云边路

甫跃辉 著

北京出版集团
北京十月文艺出版社

自　序

人生天地间，忽如远行客。

来不由己，去也不由己。

一种语言来到我嘴里，一种文字来到我手上。

我想叙写天地万物、生死寂灭，不仅仅是描摹故乡的风物世情；我想探寻人世万般的更替与守持，不仅仅是叹惋故乡的物易人非；我想复现生命原初里的幽邃和光焰，不仅仅是记录童年的琐事趣闻；我想要自由自在游弋于时间之流，不仅仅是复现逝去的光阴。

我想要尽力看到一些细微的东西、宏阔的东西、短暂的东西、恒久的东西，看到一些看不到的却又真实切实的东西。

我想写生命，写人类，写命运。

我想写生命和人类在这世界上如何存在，想写命运在这世界上如何运转。

我想写人何以为人，人为什么活着。

我想写“我”的由来和归宿，“我”何以为“我”，“我”为了什么活着。

但我很可能什么都没写出来……

“本自无家可得归，云边有路许谁知？”

我为此苦恼，却也释然。

目录

云边景

云边物

云边人

云边事

云边时

云边景

高黎贡

高黎贡多少次说要去，多少次又说，下次下次，这次是太匆忙了。想要去，是真的；觉得匆忙，也是真的。于我来说，高黎贡不仅仅是一座山。在十多年离家的日子里，随着对它的日渐了解，它已经转化为一种精神性的存在了。我那么迫切地想要靠近它，走进它，又那么焦灼地觉得，还没有准备好。我并没有确实地去想，要准备些什么，只是觉得，再等等，再等等，我应该有更好的状态的。

但准备是永远不可能充分的。

在忆战酒吧，酒至半酣，不知怎么又说起去高黎贡的事儿。有人鼓动，说你要去，我给找车；有人怂恿，说你要去，我全程陪同。也不知怎么的，昏昏然地，就约好了。次日醒来，想着答应的事，不由得有些激动。

几乎是没有任何准备，竟然真就成行了！

先到保山农民街，和开磊兄及他的两位摄影家朋友会合。饭后赶往百花岭，青山如黛，残阳如血，仍是习见的风景；人呢，不论是卖甘蔗的、泡野温泉的，也并没什么特异之处。只是路越来越险了，不逢陡坡，便遇悬崖。待到得百花岭，天色已经完全暗下来了。原本是要好好休息的，可百花岭蔺站长太热情了，他的热情是完完全全显在脸上的，先是拎出一壶酒，继而拿出一副牌，大笑着说喝点儿喝点儿。司机小段不喝酒，也被我们拉来了，只要他输牌，我们轮流替他喝。阒寂的暗夜里，我们的笑闹声分外响亮。但我分明感受到，有个静默的巨大的存在，就在我们身边。那是高黎贡啊！直到大半夜躺到床上，心绪仍然不能平静。

翌日清晨，我们朝山里进发了。五十多岁的傈僳族向导消匿在夜色里。路愈发险了。蕨类丛生，乱石横斜。吉普车醉汉似的趔趔趄趄，好不容易钻出郁郁葱葱的丛林，停在俗称旧街子的一小块儿平地上。嚯！我们大概都喊了一声吧？远远望去，是曙色乍现的瓷器样的天空。繁星点点，青山脉脉，鸟鸣隐隐，这和我的想象是契合的。我们想看日出，想看群山之巅忽然光耀万丈，那真叫人血脉偾张。时间一分钟一分钟过去，天际一线橘红，缓缓变亮，变淡，那太阳仍迟迟地在大山的肚腹里延挨。等不了了，我们打算进山。进了山还能看到日出的吧？我问傈僳族大叔。大叔说，看不到了。怎么会看不到呢？我不明白。不管怎样，我们决定进山。刚一进去，立马明白了，是真的看不到日出了。我们像是几个芝麻粒儿，被巨兽似的大山囫囵吞没了。

只看得见马蹄印深深的石板路，只看得见无处不在的青苔，只看得见纷乱芜杂的灌木花草，只看得见藤蔓纠葛的大树……单说这一株一株大树，随便哪一株，搬到城里去，都是要惊倒众生的。可是在高黎贡，它们是平凡的，一株一株，挨着靠着梦着醒着生着死着沉默着。傈僳族大叔说，这些树不乏千年以上的。千年也好，百年也罢，时间对它们来说，已经不是个太值得计较的问题。它们只是日复一日夜复一夜地矗立在这座峻拔的大山之上。阳光来了，月光来了，风来了雨来了，它们就那么承受着。

从来没有的，我感觉到寂静是如此的沉重。只听得到我们粗重的呼吸声。天色完全大亮了，落叶遍地的石板路光影斑驳。眼前的一切早已出离我的想象。我们惊呼，逗留，拍照，前行。寂静越来越沉重，就是那繁星似的鸟鸣也不能减轻这寂静的分量。鸟是很难看见的，因为树木太多；兽更是从未见到，也因为树木太多。我们恍若这大山里唯一走动着的活物。

旧街子、二台坡、大风包、岗房、黄竹河、永定桥、黄心树、换米处、迎客松……一个点一个点地攀爬上去，到了懒板凳，我们都说，这儿为什么叫懒板凳啊？那是因为实在懒得再走一步，只好坐板凳上歇息了。但不得不继续走。不知道又走了多久，终于在丛林中看到房屋的一角，我简直热泪盈眶了。我知道，到山顶的南斋公房了。

不过是两间屋子，一个小院落。

傈僳族大叔已经提前抵达，生好了火，烧好了水，我们各自吃了一碗泡面。都说，这怕是这辈子吃过的最好吃的泡面了。傈僳族大叔原路返回了。我们匆匆忙忙收拾了一下，也要翻山下去。就在这时，起风了，乌暗暗的云从天那边卷过来了。

记得傈僳族大叔说，在山顶南斋公房这儿，有一群黑麝的。我站在暴烈的风里，只看得见大山冷峻的身影和无数偃卧的低矮树木。——不知从哪儿开始，那些高大的树木不见了，取而代之的是低矮的灌木和竹林。

下山的路并不轻松。第一站是雪冲垭口。虽没有雪，风却足够大。我们几乎不能呼吸。就在这样的地方，竟然有一座碉堡，是二战时期我军阻击日军用的。这是我在高黎贡山上碰到的第二座碉堡了。第一座碉堡那儿发生过一场战役，叫作“云天之战”。这儿发生的是什么战役？似乎并没个名字。驻守在这儿的是什么人？也似乎并没个名字。一个人，一座碉堡，守这一重大山，是怎样的孤独和勇毅？

风还在吹，不见分毫消歇。

那些珊瑚树和大树杜鹃，一律被吹得贴伏了山体。一朵一朵艳红的杜鹃花挑在高高的树梢，几乎辨不分明。容易见到的，是地上的无数花瓣。我拾了两朵藏在衣兜里，不多时，发现血一般的汁液浸出来了，胸口中弹了似的。

大树杜鹃越来越多，杜鹃花越来越多，每隔一段，石板路上便铺开了一层落花。高黎贡，总算在最后的阶段，给予了疲惫不堪的我们最温柔的抚慰。

这时候，我显露出了急性子的一面，不等大家一起，一个人朝前跑了。后来，同行的朋友说，我跑得就像一头麂子那么快。很快，我身边没人了。天色已近黄昏。环顾四周，除开树木，只有自己。仿佛整座高黎贡山只剩下我一个人了。我想要大声喊，又闭紧了嘴巴；我想要快步走，又怕惊扰到什么。光影，鸟鸣，风，在我周身旋转盘绕。仿佛天地间就只剩下我一个人了。小路时隐时现，方向时明时乱，我踽踽地走着，偶尔停留，看看山影，心头一紧，又赶紧挪步。无论走还是停，均感受到那巨大的寂静。

这是高黎贡啊！

——我再次深切地体认到。

回程的路近乎是沉默的。大家都累了，又似乎并不是因为累，是因为无话可说。我们刚刚在十二个小时里阅尽造物的丰赡，还能说些什么呢？言语是多余的，感叹也是多余的。只能沉默着。夜越来越深，吉普车仍然在柏油路上奔驰，前路简直无有穷尽。直到凌晨两点，我才回到施甸县城。躺下了，才想起，下山后竟然没有回头看一眼。转而又想，看了又怎样呢？因为肯定是什么也看不到的。高黎贡，不是一眼就能看得到的。

2017年3月13日

再访高黎贡

高黎贡肯定是会再去的，但我没想到这么快就去。磊哥打来电话，问，要不要一起走一趟北斋公房？北斋公房，这是众多向往高黎贡的人时常提起的词语。上次我走的是南斋公房，都说北斋公房是要比南斋公房险恶得多的。南斋公房走到最后，我已然气喘吁吁，走北斋公房会怎样？但我没有丝毫犹豫，说，没问题。磊哥让我再约几个作家朋友一起，思来想去，得约体力充沛的、对自然感兴趣的，当然，还得是有时间的。先后约过十来位，大多都说，一天内走完四十多公里，太困难了。最终敲定的，除开我和木子，只有广州的惊涛兄等四位。临近出发，又有一位说，怕走不通，不去了。

这次准备得很充分。去年，是2月底去的，正值干季；这次是5月底，正值雨季。雨季山里有蛇，有蚂蟥，还可能有雨，花露水和冲锋衣是必需的。另外，上次我几乎没准备什么吃的，这次可不行了。看看出发日期将近，又觉得，还没准备好啊，更开始纠结，四十多公里哪！平日几无锻炼，忽然要走这么远的路，走不过去怎么办？

从上海飞昆明，再飞保山。和磊哥、惊涛兄夫妇会合后，先回家里。六十多公里，转眼即到。知道我回家，一些朋友来了，坐满两大桌。我说要去走北斋公房，问一个朋友，要不要一起？朋友说，我不去，我走不动。听到这样爽直的回答，我们都笑了。网上也有朋友劝说，明知有危险，为什么还要去呢？我说，就因为有危险，所以才要去嘛。

但磊哥说，这次怕是走不了北斋公房了。我问为什么。磊哥说，那是核心保护区，我们这么多人，走起来不方便的。

其实我知道，更重要的原因，是怕我们走不下来吧？

我心里多少有些失落。磊哥或许看出来了，说，明天到百花岭再商量。

喝完酒，我没和大家去县城。心想好好休息吧，说不定明天仍决定走北斋公房呢。

第二天吃过早饭出发，先往潞江坝。潞江坝我到过几次了。在怒江边，那雄伟的怒江大桥，是我熟悉的；江边废弃的怒江糖厂，却是我陌生的；顺道又看了一次丙闷村的千年古榕树，和树下摆摊的老人买了一罐酸蚂蚁；来到双虹桥，下到江中黝黑光亮的巨石间，听江水滔滔，滚滚远去……三角梅、凤凰木、霸王椰、杧果林、香蕉林、咖啡林，合力营造出热带的景象；一条橙色的小蛇快速溜走；一只棕色的鬣蜥隐身草丛。一整天，我始终在盘算，最好能走成北斋公房啊，毕竟做了这么久的准备。

兜兜转转，傍晚时分，终于，我们到百花岭了。

找去年一起喝酒的蔺站长，说想到宣教中心看看，竟然说停电了。蔺站长和我们说话时没一丝激动，很显然，他已经不记得我们了。管护站里，住了八十多个保山学院生物系的学生，正在对刚采集来的动植物做记录。我们只好另找宾馆住下。出宾馆走走，路过著名的鸟导老侯家门口，和老侯父亲聊了聊；刚摘完路边的桃子，狭路相逢桃园女主人，她笑着说，你们多摘点儿啊。原来，她是老侯的姐姐，百花岭小学的老师。

绕了一大圈，回到宾馆，电仍然没来。宣教中心没法看了，更糟的是，手机也快没电了。焦躁，又有些失落。宾馆老板娘说，她丈夫去买发电机了。天黑了，仍然不见回来。另一个说好要到百花岭会合的朋友发来信息，说是来不了了，只能在腾冲等我们了。保山城里的几个朋友来了，听说我们打算走北斋公房，略作迟疑，说他们走另一条道吧。发电机迟迟不来，我们摸黑吃饭，又摸黑喝酒。一大钵头酒喝完了，又添了一小半，电仍然没来。从大家的谈话中，我知道，北斋公房走不成了。磊哥说，改走老保腾路线吧，三十多公里。大家仍然犹疑着。蔺站长走进来，说山里一根电线杆倒了，三天后才能通电。我问老板娘，真有人去买发电机了吗？别是骗我们吧？老板娘又拿进一根蜡烛点上，说，怎么会骗你们呢？

12点过后，发电机终于到了，电力伴随着噪声一起到来。

望一望四围沉静黢黑的山峦，我知道，北斋公房这次是走不成了。

早上8点起来，开车回到潞江镇，吃饭，买毛巾，买红牛，上厕所，高黎贡管委会的朋友和护林员都来了。大家再次商量路线。我问一位护林员，我们要走多少公里？答，十六七公里吧，五六个小时就能走完。怎么又减了？我愈发失落了。惊涛兄直接说，没意思。

最终出发，已经是10点过了。

车沿山路盘旋而上，一面高山，一面深渊，路面渐渐颠簸，司机偶然放开一只手，大家屏息敛声。前路遮掩在大雾之中，远处的山峰，影影绰绰时隐时现。在蒲满哨稍作停留，等后车赶上。好一会儿，才知道后车爆胎了。又继续走了一段路，这才来到此行的出发点。

路的一侧竖着三块石碑，是1952年为纪念保腾公路修建而立的。碑文上说，这条路新中国成立前修过三次，均没成功，新中国成立后修成了，三十九人为此牺牲。石碑旁边，是一块看上去很新的警示铁牌，写着：“黑熊出没，注意安全！”路另一侧，木牌上写明，这是“康藤·高黎贡最美山脊线”。高黎贡最美山脊线全长五百多公里，而我们接下来要走的，是最早对徒步爱好者开放的入门级路线，全长不过十六公里。

免不了失落，却又禁不住有些小小的雀跃。再怎么说，这也是高黎贡哪！说不定这十六公里也挺不错呢？

又等一会儿，后车方到，一行十二个人总算聚齐。此时，细雨蒙蒙。塞好管委会准备的食物，用袜子裹住裤脚，在鞋面上洒一些花露水，我们三三两两的，朝木牌后的山坡走去。眼前是一片竹林，竹林中小路隐隐。我们矮身进入，一瞬间，光，几乎消失了。

脚下是腐败的竹叶，软塌塌的，湿漉漉的，会不会有蚂蟥？当时已经无暇多想。路边不时有倒伏的枯竹，捡了几根试试，找到一根趁手的权作登山杖。继续走，继续是竹林。竹干细细密密，不知不觉，右手边的竹林勾勒出一面陡峭的山坡，望下去，混沌如梦境。若投一粒小石子下去，想必听不见一丝回声吧。继续走，走出竹林，眼前豁然开朗。我们站到山顶了，回头看看，风声呼啸，大雾飘飘忽忽，奔腾如千万野马。

继续走，继续走，任凭树枝扫到身上，野花碰到脸上，露水洒到头发上。

一株株大树杜鹃隐遁在稠密的林间。失去了花朵的显扬，它们变得沉默寡言。是地上飘落的殷红残瓣泄露了它们的身份，偶尔的，发现还有一两朵花残留枝头。两三个月前，这一株株大树杜鹃，得在这大山里制造出多大的喧嚣啊？思绪间，目光从枝头移到树干，忽然发现，青苔蕨类密布的遒劲枝干上，正怒放着一朵朵皎白花瓣、鹅黄花蕊的花朵。这是石斛花！不止一株如此，两株如此，是一株一株皆如此。饱经雨雾的滋润，石斛花们美得不像尘世的存在，美得让人感叹连连又哑口无言。

钻入深林，又钻出深林，眼前豁然开朗，又忽然幽暗。路途上总是这样反复着。忽然，眼前一亮，我知道又走出一片树林了。是一大片空地，空地中央孤立着一株大树杜鹃，一座小小的平房在我们身后。这不起眼的房子，有个响亮的名字，叫作“诸佛寺”。我想，这名字和这儿是相称的，世间诸佛都会出现在这样的地方。我们在大树杜鹃下整理行装，偶然抬头看，满树莹白的石斛花，恰如稠密夜空里眨眼的星星。

继续走，继续走……很奇怪的，石斛的品种似乎换了，也不开花了。树呢，倒似乎是愈发高大了，附生植物丝毫未见减少，攀附着树干树枝直到树梢，遮住云彩遮住天空，偶尔洒落的阳光珍贵如同黄金。有人滑倒了，有人从裤腿上找出蚂蟥了，有人手背被倒刺剐伤了……这些丝毫不影响我们的速度。我们比上一次走得快多了。我没像上次那样走到最前面，相反，我渐渐落到了最后面。我好几次和同伴说，走慢一点儿哪！要看看哪！我这是为刚刚对高黎贡生出的失望感到抱歉吧。高黎贡，是从来不会让人失望的。

渐渐下坡，护林员指向远处山坳中的村落，说那儿就是“小地方”了。

小地方是一个行政村。我想，叫这名字并非因为谦虚，而是源自对自己的“小”的珍惜吧。

我们是要下山了。这一路植物见了无数，鸟鸣听了无数，动物却只见到一些蚂蟥。我正想着，磊哥走近，喊我回去，说路中间有一小堆动物的粪便。好吧，看不到真身，看看遗迹也行。走了好一段回头路，在干干净净的路中间，绿色青苔衬底，几十粒鲜红的咖啡豆格外醒目。这是什么？磊哥说，是破脸狗（麝香猫）的粪便。大伙儿笑，这可是真正的猫屎咖啡啊。

继续走，走到山脚，眼前忽然呈现出一个湖，湖里一大片开花睡莲。清净，艳丽，阒寂。我们很怀疑，是不是因为太累，出现幻觉了。在湖边，我见到了此行最让我惊喜的动物：红瘰疣螈。这是我小时候熟悉的动物，因为被人当作“药材”，如今竟已踪影难觅。这小湖边，至少得有几百只吧？听见我的脚步声，它们纷纷滑入水中。

这是雨季。潜藏地底的红瘰疣螈是被雨季唤醒的。这么想着，雨又来了。

时晴时雨，雨水泼洒，雷声轰响，我们匆匆穿过空地，钻入树林。再次走出树林，雨已经停了。来到山下，石级边立着“高黎贡山白眉长臂猿研究中心”的牌子，这儿已经是腾冲地界。天色阴沉，但时间不过下午5点多钟。几个小时里，我们从隆阳区出发，经过龙陵，来到腾冲，疲惫而又意犹未尽。好几辆车在等我们，车刚开动，雨瓢泼而下。雨水如同瀑布，雨刷快窒息了。我们有些后怕，要是下山晚一些，可就糟糕了。

那位“临阵脱逃”的朋友已经在城里等着了，还有别的朋友也来了。洗漱，吃饭，喝酒，闲聊，唱歌。高黎贡似乎转眼已成过往。

翌日，从腾冲飞昆明，再飞上海。

脚没有酸，手没有软，我甚至没带回哪怕一小团寄生植物做纪念。

但我知道，有些改变确确实实在我身上发生了。

很奇怪，第一次去，我并没有这样的感受。或许是因为那次翻越南斋公房后，我仍然在老家停留多日，不像这次直接回到上海吧？这次，头天还在高黎贡，第二天，已然置身上海街头。阳光耀眼，人流潮涌，我深切地感受到，有些改变确确实实发生了。看啊，那些行走的人站立的人，沉默的人说笑的人，怀抱希望的人深藏绝望的人，都在忙忙碌碌地进行着他们的生活。我也在进行着我的生活。这是怎样的生活？这样生活的意义何在？在高黎贡，我窥见过这个世界最隐秘、最深邃、最完全的"美"，如今，我仍然要这样生活。可不这样生活，又该怎样生活？这个古老而无解的问题再度浮现。我自然也找不到答案，我只是感到不适和虚空，继而，是自在和坦荡……想起好莱坞电影《拆弹部队》，那位惯于拆弹的士兵回到家中，面对俗常的生活，也是这样的感受吧。

磊哥说，我去高黎贡几次，他就陪我几次。我说至少去九次，每次回来后写下的文字，合起来可以叫作"高黎贡九章"。期待着，我能尽快翻开第三章。

那会是北斋公房吗？

2018年6月4日

远　行

我们县大多是山区，坝区东西窄南北宽。我家所住的汉村，在南北中间，东山脚下。离得最近的背后山相对海拔不过四五十米，爬到顶，能望见整个平坦的澡盆样的施甸坝子。汉村、田坝心、九龙、横沟、棉花村，还有我们的小学校，似乎都不大一样了。人是很少看到的，只看见稻田、竹林、房屋和道路。阳光下，寂静被放大了许多倍。往西是看不远的，连绵的西山挡着呢。往南看到底是县城，往北看到底是七〇七，它南边一些是由旺。过了七〇七，再往北就是保山了——施甸县是保山市（在我小时候，叫作“保山地区”）的一部分，但我们总觉得，市政府所在地隆阳区才是“保山”。

去保山，是我的第一次远行。

那是小学五年级吧？学校来了位年轻教师刘汉松，不到二十岁，身材匀称，肤色偏黑，小平头，运动衣，运动鞋。刘老师和我们打乒乓球打篮球，带他班里的学生练书法，玩出很多新花样。再后来，班主任余老师通知，刘老师要带他们班和我们班一起去保山。记忆是零碎的，完全补不全出发的画面了。两个班级同坐的那辆大客车，是怎么开进横沟小学的？想不起来了。想得起来的是在路上。那时候施甸到保山走的是老路，全程六十多公里，畏途巉岩，百步九折，山林蓊郁，鸟鸣纷杂。一路上车不多，却忽然地，遭际了此生中的第一次堵车。我们在车上待了将近一个小时，大家的兴致反倒越来越高。纷纷议论，到保山后要做什么。似乎大家都没去过保山。到得保山，去了龙王塘、北庙水库、太保山，具体的景色是忘却了，一些印象却长久留存，龙王塘的幽暗、北庙水库的开阔、太保山上“鬼城”的阴森，让我们的情绪一次次波动。在保山街头，我第一次见到草莓。那红红的小果儿，仿佛撒了一身芝麻，花“大价钱”买了一小袋，看来看去才舍得放一个进嘴里。

再次远行，还是托了刘老师的福。去的是姚关清平洞。在施甸，谁不知道清平洞呢？似乎就在家门口，我们却没去过。

从小学往南十来公里，到了县城，再往南钻进大山，走个二十来公里，就到姚关了。也是走的老路，路比去保山的还要险峻。一路看得见悬崖，悬崖下渺渺茫茫，是纸盒般的房子。在一处萧瑟之地，有人低声说，红谷田到了！红谷田是枪毙人的地方。枪毙过谁呢？某些传说中的名字悄然传开……山峰、树林，愈发阴郁而沉默。大巴哼哼哧哧爬了半天坡，喘息停了，呼呼呼朝下开，是到姚关坝子了。清平洞呢？自然是不远了。清平洞是几百年前邓子龙将军驻军处，将军是什么样？我们没有见过。几百年是什么样？我们想象不出。那时候还没学过中国历史，即便学过，邓子龙也很容易被忽略掉。但在我们县，关于他的故事和传说几近妇孺皆知，可以说是和我们县有关的最有名的历史人物了。

去记忆里搜索，石壁上刻的“倚剑”两个大字刚劲古拙，石洞豁然显现于石壁，洞内幽深昏暗，走几步就可寻见几行刻字。出洞口上山，山上的烹象亭让我浮想联翩：得有多大的铁锅，才能够煮大象？下了山，往前走不多远，是一片荷花池，池中央一座亭子。

沿着曲曲折折的石板桥走进去，想上到亭子二层，却没能上去……这些，大概是被后来的经历补白过了吧？记忆是没有这么有序的，也比这富于色彩得多。再想一想，只记得刚进入院子，我就急切想要脱离队伍奔上山，跑出没几步，立马被刘老师喊回来。整个园子，氤氲着新鲜而陌生的气息。对我来说，这正是远方的感觉。

这感觉，是在去保山也有过的。但用文字怎么去形容呢？

清平洞我后来还去过几次，带朋友去过，也带父母去过。带父母去，那是两三年前。说走就走，三个人骑了两辆摩托，妈和阿爸一辆，我独自一辆。平坦的柏油马路从县城一直蜿蜒而上。我一骑当先。姚关并没记忆中遥远。进到清平洞的院子，萦绕在记忆里的那种远方的气息业已荡然无存。山、石、洞、亭，比记忆里的明晰和坚硬。

记忆留下很多黑洞，如今是怎么也补不了了。

童年的最后一次出门远行，我去的并不算远——离家四五公里吧，是一个叫作长官司的地方。很久以来，我一直以为它叫作“长官寺”。那儿确实是有一座寺庙的。长官司的来历、那位叫作阿苏鲁的契丹人、契丹人和长官司的漫长往事，我是几年前才知道的。小时候只知道，长官司那儿的寺庙不同于别的寺庙，里面是有一座动物园的！

那是我见过的第一座动物园。

第一次去，是班主任余老师带全班去的。记得长官司门前有条河，河边有几家小卖部，我在小卖部里买了一种好喝的饮料。长官司里有个动物园，我第一次见到梅花鹿、破脸狗和乌龟。别的动物似乎还有一些，想不起来了。出动物园到后山，一株大榕树静静立在那儿，细看了，如龙蛇般纠缠的根须团住了一座坟茔。这便是有名的树包坟了……所有的记忆，大概也就这么一些。之后，便是回到家后的情形。

兴致勃勃和弟弟讲，梅花鹿是怎样的，破脸狗是怎样的，乌龟又是怎样的。但我的叙述是挂一漏万的，是没法和现实比拟的。一问一答中，我渐渐没法应答了。两个十来岁的孩子做了个天大的决定，再到长官司去，再看一遍动物园！

那是春末。阳光耀眼，桃红柳绿。走出村子，水田一片接一片，白茫茫间，一簇一簇秧苗绿绿的，排排行行，茫无际涯。白鹭在踱步，见人靠近，停住，对视几秒，展翅飞远了。小学南边有大片荷花田，荷花田中有几棵柳树，白鹭飞到柳树顶盘旋几圈落下，柳树弯下腰，如开了一朵一朵硕大的白花。

云朵堆叠，蓝天沉静。我们走在路上，一个人都没碰到。

爸妈赶上来时，我们吓了一大跳，心想要被骂了。

童年零散的记忆中，这一幕一再浮现：爸妈跳下单车，问我们去哪儿，我说去长官司。他们问，去长官司做什么。我说去看乌龟！爸妈是没见过乌龟的，大约也没见过梅花鹿，甚至没见过破脸狗吧？他们几乎没怎么商量，把我们抱上车，一起朝长官司进发了。一辆单车怎么坐四个人呢？阿爸找人焊了个“几”字形的铁架搭在后座，两边各有一个兜，我和弟弟就坐那兜里。路贴着我们脚底嗖嗖地退却。

不多时，到了长官司，门大开着，不少人在寺庙里。整个院子，比第一次来时似乎要亮堂许多。我们不仅如愿看到破脸狗、梅花鹿和乌龟，还各自喝了一大碗红糖水。红糖水是刚刚从一个金色小人儿头顶淋下的。那小人儿一手指天，一手指地，糖水从他的头顶淋下，不多时便从他的小鸡鸡流出来了。寺里的人说，这是刚刚出生的小太子。他从哪儿出生的呢？我们问。是从他妈妈的胳肢窝里，寺里的人说。

很多年以后，我才知道，那天是浴佛节；那个“小人儿”，乃佛祖释迦牟尼。

2017年7月11日

崖子寺

世界上那么多寺，我“见”得最多，却又从未见过的，是崖子寺。

“南朝四百八十寺”，施甸的寺也不少。离我家百米，即有一座汉村寺。再远，有东山寺、热水塘寺，更远有摩苍寺、朝阳寺、王母阁、土主庙等等。但我现在要说的崖子寺，很长时间里，我连它具体在哪儿都不清楚，却又几乎每天“见”到它——从小学开始用数学练习簿，封面上蓝色或红色线条所描绘的，便是崖子寺了。整座寺的建筑，悬于一面石壁，一条窄窄的石板路蜿蜒而上，小路两侧草木掩映，依着崖壁，是个檐角飞翘的小亭子。再往上，隐隐可见大门。门边三个竖排大字：崖子寺。时不时地，我会对着这封面悬想：我变成个小小的人儿，走进图画里，沿石阶往上，分花拂柳，听钟磬声声，看晚霞漫漫……然后呢？我想不出来了，毕竟我没见过真的崖子寺。

崖子寺，位于施甸县保场乡（现已并入仁和镇）大石桥西侧，又名“岩子寺”“云岩寺”“圆通寺”，有“西南胜境”之称。然而，查《永昌府志》，康熙、乾隆、道光三部中对崖子寺皆无片语，对施甸境内的摩苍寺、朝阳寺等倒是有记载。直到晚近的《光绪永昌府志》，方看到一句，“云岩寺，在施甸大石桥”。《施甸县志》（新华出版社，1997年10月）上记载的也很简略，关于崖子寺，仍只有一句：“建于明万历三年（1575年），毁于1966年破四旧。”

崖子寺被毁弃时，爸妈刚五六岁，自然不可能对它存有印象。奶奶却是亲到过崖子寺的，她好几次跟我讲，崖子寺里大蛇出没，炸毁寺时，一间闲置的仓房里，大蛇化身为龙，腾空而起，云中露一鳞，风里展一爪，最终消逝不见。奶奶怕我不信，还说谁谁谁都看到了。

几年前，我将奶奶讲的故事，敷衍成短篇小说《大蛇》（收入小说集《万重山》）结尾的一个情节：

> 隔着三十多年的风雨，透过那巨眼般的水池，我仍旧清晰地看见，一条巨蛇腾空而起，抛下崩毁的庙宇，在烈焰之上，飞绕三匝，无地可栖。大蛇身上的每一片鳞甲都闪耀着火光，映照着人间。立在地上的人们，都在它身上看到了自己的影子，生怕它低下头来，一口一个一口一个……可它丝毫没顾及他们。它扇动尾巴，伸出脚爪，在云雾间轻轻一按，再一摆动，呼呼地朝上飞升了飞远了。一朵墨黑的雨云很快包裹住了它的身躯，一眨眼，便只剩下只鳞片爪，再一眨眼，便只看见滚滚乌云从西边压过来。

奶奶常说，龙上天，就棵树。那崖子寺的龙上天，就的是哪一棵树呢？这么说，崖子寺里有一棵大树？自那以后，我随家人到大长地干活，时常会注目山坡上一棵极高大的树。附近土崖里据说有大蛇。那大蛇会变成龙，攀附大树而上吗？

行文至此，我发现，很难再写些什么了。我对崖子寺的了解实在太少，能查找到的资料也很少。然而，对于施甸人来说，它又确确实实是很重要的，不然，何必将其描画在供广大中小学生使用的练习簿上？对我来说，从小听奶奶讲述崖子寺，日复一日，崖子寺在我心目中更是有着极其尊崇的地位，可说是“施甸第一寺”。

资料查不到，只能问人。奶奶因罹患阿尔茨海默病，已无法问询。问谁呢？问了保山的几位前辈文化人，竟无一人去过，而且，有的甚至完全没听说过这地方。我不免有些失落。看来，这座曾经声名远播的寺庙，在人们的记忆里快消失了。这反倒激发我，去问询更多的人，不然，过不了多久，真就没人记得这辉煌一时的存在了。

1966年拆毁，距今半世纪矣。至少得问六十岁以上的人，不，最好问七十岁以上的，否则不会有多少确切的记忆。这听上去并非难事，尚在人世的七十多岁的老人绝非少数。然而，我此时身在上海，急切间想要找到人，并非易事。继续发信息，打电话，终于，有了一些回馈。县里的一位前辈、市里的一位兄长，都和我说会找些老人问问，他们也相信，肯定是有不少人有记忆的。又都说，等我回家了，带我去和他们聊聊。我说好，又有些急躁，什么时候回家还未可知，万一到时没找到人呢？我还是现在再问问人吧。

少顷，朋友赵开月说，她姑妈去过崖子寺的！我怎么早没想起问她呢?！她家所在的赵家村离崖子寺不远的。几个月前，我偶然听说她家里有崖子寺的照片，托她翻拍照片给我。照片是黑白的，其中一张是近景。拍照人在山前树底仰视崖子寺，崖子寺殿庑堂皇，若雄踞山顶，又若嵌于石壁，幻景梦境一般。山脚一条向上的石阶小路清晰可见。照片左下角两行小字，“云岩秋色 / 一九六二、八摄”。这是我第一次见到崖子寺的照片，和记忆中练习簿上所画的很有些不一样。还有一张，是远景。不算高的山上，草木丰盛，亭台耸峙，楼阁错落。照片虽是黑白的，却觉得阳光煌煌烨烨，晃得人睁不开眼。左上角空白的云天之上，亦有几个字，“云岩寺（岩子寺）”。

开月说，她姑妈属猪，今年七十有二。“小时候听她讲过，一百磴槛儿的事。还有一个塘塘，水是温的，她们还去洗澡、游泳等。姑妈说，崖子寺被破坏后，水就没那么热乎了。”“还有八角的楼阁，特别‘牌子’，她说，‘阿祖说那是神仙盖的。’当时我还追问，‘怎么会是神仙盖的？’姑妈回答，‘一夜之间，崖子头上就冒出一座阁楼寺，不是神仙盖的，还能是谁盖的？’姑妈可能以为我小，当故事讲哄哄我的，但是这个环节我却很记得。”

这和奶奶是一样的，在她们眼中，崖子寺多有神迹。隐约想起，“一百磴槛儿”的事，奶奶也说过。想必奶奶还说过一些别的？只是，我竟忘了个一干二净，只记得那化龙的蛇。

地铁里，人群熙攘，这里面不会有第二个人知道，这世界上存在过这么一座寺。我像个怀揣秘密的人，内心充盈而又孤独。电话响起，是罗崇阿叔。他会不会去过崖子寺？上午发信息问他，他没回复。罗叔在政府工作多年，常年关注保山文化，退休后写了一些有关保山文化的文章。接通电话，罗叔说，他确实是去过崖子寺的。那年他才五六岁，是由大人领着，坐马车去的。崖子寺山脚有温泉，水不算很热……爬了很多级台阶才进到寺里，印象里建筑恢宏，屋檐飞翘……这些，差不多是他全部的记忆。

“崖子寺不是被炸掉的，”罗叔说，“是被拆除的。主持拆除的，是保场革委会姓张的主任。不过他也没好下场，没过几年，被别派批斗，上吊死了。现在一些老人说起崖子寺，还是很难过啊。太可惜咯，‘文革’期间，施甸最大的损失啊！”罗叔仍旧心中不忿，“那时候缅甸、泰国都有僧人来朝拜。如果崖子寺还在，文化上且不说，至少能为施甸旅游增色不少。”

“既然只是拆除，怎么没留下一点儿痕迹呢？”我问。

“那是座石头山嘛，村里人开采石头，不消几年，大半座山没了。”罗叔说。

至此我才意识到，崖子寺并非建于现存的那面石崖。

算起来，已是七八年前。我到邻村吃年猪饭，饭后约弟弟和几个朋友，一起去看崖子寺。我们只知道个大方向，骑摩托到小坝后，问了几个人，他们总以略带诧异的眼神瞅瞅我们，再朝西指一指。向西穿过村子后，迎面一道低矮的赭红石崖。枇杷树下，又问了位老人。

“崖子寺？”老人指指石崖，“那就是。”

激动着，又忐忑着，然后，是难以置信的震惊。记忆里，石崖底下，乱石间有个小水坑。难道就是当年的温泉？我们想上山看看。石级杳不可寻，山后倒有条小路可走。好不容易上到山顶，冬日的阳光煌煌然，耀人眼目。放眼望去，施甸坝油菜黄小麦绿。身边几棵细弱的矮树，在西南风里战栗。没有了，什么都没有了，没有了的再不会有。有关崖子寺，“我们又能知道什么？我们爬上去，看看四周的风景。然后再下来。”

“哪有什么龙哦，”罗叔在电话里笑着说，“要是有龙护持，崖子寺还能让人拆了？”

是啊，古老的太阳底下，没有蛇化龙，不见崖子寺，但余满山乱石。

2019年5月8日

汉村寺

汉村寺在哪儿？不在汉村，是在九龙。我所生活的那个村叫“汉村”，汉村以南是九龙，九龙以东，是“山后”，再加上汉村以北的“田坝心”，几个沿着山脚分布的小村子曾合称“大汉村”。分开来呢，每个村子只不过几十户人家，多是四合院，少有单门独院的。如今，人口增长，房屋也增长，单门独院的人家渐多，村舍已连成一片。只有当地人清楚，从哪儿开始，是田坝心，是汉村，是九龙，然后，是山后。我家在汉村最西，隔一条小路，便是九龙。再往南走两百来米，在小路转入山后时，左手边一座高高的大门，挂一块牌匾，上书“汉村寺”三个篆体大字，这便是汉村寺的大门。

汉村寺有这光景，是近年修葺的结果。

汉村寺的修葺，是一件大事。左近的几个村子里，善男信女们捐钱出力。房屋修缮了，围墙新建了，更重要的是殿堂里真立起石雕或泥塑的佛像，墙壁上还绘了八仙过海、花开富贵之类的图画。

逢年过节，初一十五，汉村寺有庙会，用奶奶的话说，是“做会”。左近村子里的人都会来，来烧香拜佛，也来帮忙做饭。去的人不用交钱，可以吃一顿免费的素斋；只有“上表”才交钱。上一道“表”大概是五块钱吧？我至今不清楚“表”是什么。以前，奶奶是常去上表的，为我们祈求福寿。汉村寺离得如此之近，我竟从没去参加过一次庙会。听奶奶说过，那是极热闹的。哪怕是得了阿尔茨海默病，到了日子，奶奶仍然会去寺里，往往还要带上用龙潭边的香柏树枝自制的香面。直到近年，她腿脚不好了，才忘了这事。

我只在闲日子里去过。推开虚掩的大门，一进空落落的院子，右边偏殿里供奉财神，左边偏殿里摆着几张桌椅，好几次碰到老人们在那儿。他们看我一眼，又低头继续搓麻将。迎面一道景墙，爬几级台阶，穿过景墙，便是后院。墙角有个小花坛，蜀葵、虎刺梅、四季海棠、紫鸭跖草、一串红、豆腐叶花（天竺葵）等开得甚是恣意。大殿里，居中是观音，两边白墙上，绘了威赫尊严的十八罗汉。大殿挺高，瓦隙间阳光一缕缕射下，可见熏黑的梁柱。据说，半个世纪前，汉村寺遭过一场大火。从此便不像个寺了，派过许多用场，先是办过一所小学，后来，我的一位小学同学家在此借住，一住好多年；班主任余老师也在此住过一年。

那时的汉村寺，既没门楼，也没围墙，殿堂里更没一尊佛像。“汉村寺”只剩下一大片敞开的空地。空地上，残余的水泥东一块西一块，裸露的土地生发出种种杂草，高的有鬼针草、臭灵丹（翼齿六棱菊）、解放草（紫茎泽兰）等，匍匐在地的有牛筋草、马齿苋等。高高低低，错落有致，繁茂又芜秽。

阿爸开货车那一两年，停车是件头疼的事。记得先后停过山沟边谢油松医生家、横沟小学、村口，还停过汉村寺。入夜了，我们一家还在车上。阿爸是在修车吗？我不记得了。我和弟弟是在车厢里玩耍。同学家的灯火就在眼前，我看着他们一家人进进出出，吃饭、说话、做事，再看看不远处的大殿，黑黢黢的，不存在的佛像，在那儿低眉垂目。心里有种奇特的感觉升起，这世界上有那么多种生活，而我只能进入其中唯一的一种。

过年前，村里压粑粑，也常在汉村寺。小半个村子的人来了，机器嘎吱嘎吱运转着，冒着热气的米饭转眼压制成冒着热气的粑粑，瓷白耀眼，丰糯润实。到处是潮红的面孔，到处是欢悦的笑声。天高云淡，鸟雀啁啾，大殿屋顶，瓦松细瘦，摇举着小小的喇叭状的花朵。屋后几株高大的香柏树探出头来，幽森又寂静。我们一群小孩儿，纷纷跑上大殿石阶，从垂带石上滑下。那垂带石，不知被多少小孩儿的屁股磨过，触之腻滑，光可鉴人。

这样热闹的情形，一年不过一次。

比汉村寺热闹的，是寺门口的井。是一方四四方方的井，井口比路略低，早些年就这么敞开着，在我十来岁时，才用空心砖砌了三面围墙。我去挑水，有时是为家里挑，更多是为学校挑。我们从四年级开始挑水，三五个人一组，从横沟小学出发，走上两三百米，到这儿挑上水，再回到学校，将水倒满学校操场边洋草果树（桉树）下的水缸，供全校学生饮用，再送几桶水到各位老师的住处。学校周围还有别的好几口水井，我们似乎从来没去过。就连离得较远的横沟寨子，也有人常到这儿挑水吃。这一口井水，清洌，甘甜，水底有几条鱼游动，皆看得一清二楚。水井底部靠南，有个大洞深入进去，鱼慢悠悠进去，许久，又慢悠悠出来。我时常在井边蹲了看，想那条鱼去了什么地方，那洞口是否通往传说中的龙宫。

挑水时，我们偶尔会踅进汉村寺看看。看什么呢？天还没亮，漫天的星，如没熄灭的炭粒。眼前不过是一片荒地，几间废屋，草茎里蟋蟀、蚂蚱发出吱吱吱的声音。那时，同学家已搬往新房，汉村寺开始修葺，只是进度很慢。一些高大的石头立在黑暗里，石头的坚硬里渐渐展露出佛面的温柔。仿佛只需一口气，它们便能活过来。

不知谁喊了一声，我们忙往外跑。担了水桶走，水桶摇摇晃晃，水洒到鞋面上。身后的黑暗里，是什么睁开了眼睛？

这天傍晚，一个消息不胫而走。杂技团到汉村寺来了！哪儿的杂技团？表演什么杂技？我们全然不知，也全然不管。吃过晚饭，我抹抹嘴，往汉村寺跑。紧挨着景墙的石基，一盏临时悬挂的白炽灯下，早有许多老人小孩挤挨着。我耗费了老大功夫，才挤进内圈。

似乎是一家人：两个兄弟模样的中年男人，一个中年女人，一个七八岁的男孩，还有一只说不出年纪的猴子。一个男人手拎铜锣，敲了几敲，用普通话说些"初到贵地"之类的场面话。大家木呆呆地看着，不吭一声。男人又敲了敲锣，似为了打破尴尬局面，又似为自己壮胆。咣咣咣的锣声，在幽暗的荒院里格外响亮。女人拉过一条板凳，一直沉默着的那个男人躺上去。敲锣的男人说，大家都在电视上见过胸口碎大石吧？有人亲眼见过吗？他看向大家，没人回应他。他接着说，电视上那些石头，其实多半是泥块，做不得数的。我们今天给大家表演个货真价实的……男人说话时，女人和男孩合力搬出一块砧板样的石头。谁来摸一摸？这是你们本地的大青石，绝对货真价实。大家呆呆看着。男人屈起指头，敲一敲，大青石当当响。女人和男孩将石头搬起，放到一直躺着的男人胸口。

站着的男人敲一敲锣，又说了一番话，人群里传出嗡嗡声。忽然，男人不知从哪儿摸出一柄铁锤，高高举起，轻轻落下。他瞅瞅人群，笑着说，刚刚这是假的，现在来真的了！看好！高高举起铁锤，再次轻轻落下。人群里嗡嗡声更响了。男人笑，还是假的！真的真要来了！再度举起铁锤，梆！这次不用他说，我们也知道，是真的了。然而，人群沉默着。看好！男人咬牙说。梆！梆！一下又一下。每砸一下，大青石底的男人便头脚一翘。梆！梆梆！梆梆梆！挥锤男人咬紧牙关，满头大汗，早忘了说笑。人群沉默着。只听得金石碰撞声。

猴子吱吱吱叫，脖子上的铁链哗啦哗啦响。

梆！闷钝的一声，大青石终于裂开，慢慢从躺着的男人的两侧滑落。

人群静着。所有人静着。

躺着的男人还活着吗？我不敢想。挥锤男人扔下铁锤，伸手去拉躺着的男人。一个念头闪过，他们谁是哥哥谁是弟弟？两只手握在一起，挣了挣，男人坐起，手杵膝盖，一动不动，只是喘气。一头蓬乱的头发，沾染了灰白的石粉。货真价实吧？挥锤男人擦一把汗，冲大家笑笑。白炽灯光昏昏地照着。男孩牵着猴子的铁链，猴子端着铁盘，慢慢从人群面前走过。人群沉默着，往后退一退。

黑暗里，只听见一两声金属相撞的脆响。

我默默退出人群。人群外，站立的石头们，已有更多的面目剥离出来。慈眉善目、怒目圆睁、抓耳挠腮、沉思默想、心不在焉……但一律沉默着。忽然，石头里似乎射出目光。我没看后面的节目，慌不择路往家跑。咣咣咣的锣声，一声一声一声追来。

2019年5月28日

东山寺

东山寺，坐落东山脚，北依官市河。官市河上跨着新的旧的好几座桥，有木桥、石桥，还有水泥桥。桥的北面连着菠萝村、羊毛村、柿子园等村寨，桥的南面只有一座东山寺，往南再走一段路，才是五楼村。这两不靠的地理位置，让东山寺多少有些寂寥。

平常日子里，我去过几次。立在大门外看，随山势高低的几座大殿掩映于树木之下，南面一排柏树齐齐整整，北面一棵高大的椿树冠盖如云。进了大门，眼前是空旷的庭院，迎面两座房舍中间一条石阶。石阶向上，通往中院。石阶两侧草木掩映，记忆里，有一株缅桂花树，还有一株三角梅。缅桂开没开花不记得，记得三角梅开得繁茂，团团簇簇，红热如火。走到树下，抬头从花瓣间觑去，天蓝得能渗出水。走尽石阶，置身廊庑下，眼前又一片空空的庭院，正中一间是一幢三层的殿堂，神像端坐，默对人间。寺里没和尚——施甸那么多寺，没几处有和尚的。只遇见几个老人，在下象棋，朝我瞥一眼，不出声。

更多时候，东山寺会以声音的方式，出现在周围村寨的日常生活里。经常是，我还没起床，便听见寺里喇叭播放佛乐。朦胧的晨曦里，洪大的乐声扩得很远，宣告漫漫长夜的终结，提醒刚刚醒来的人们，这儿是人间。站到三楼屋顶北望，望得见两三里外，官市河堤岸上的一排洋草果树和竹林，东山寺却望不见，仿佛隐藏于梦境，和人间烟火相距迢遥。

东山寺融进人间的热闹，一年只有一回。

要等到过了年，过了元宵，二月二龙抬头，二月七龙出水，终于，二月十八龙相会了。这一天，周边十多个村寨的十多条龙，踏风卷云，一路趱行。最先赶来的是小龙，然后是长龙，再后青龙、金龙，最后，老麻龙来了。龙们年年如期现身，人们也年年如期前往。

这十多条龙里，最著名的是菠萝村的长龙和五楼村的麻龙。顾名思义，长龙自然很长，据说，如今长龙身长六十二节，约二百三十米，要舞动这一条长龙，得一百来个人。那麻龙又为什么出名呢？是因为一个传说。朋友赵开月在一则报道里说："相传在一个久旱未雨的年头，一位麻脸老道人协助村民扎龙，扎好龙的瞬间，天空突然乌云密布，下起了倾盆大雨，转眼间，麻脸的老道人不见踪影。为了感谢老道人，人们给龙起名'麻龙'，村民视麻龙为神，把孩子寄给麻龙当干儿子、干女儿，因此相邻村寨姓'龙'的人不计其数。"

大前年，我回家时恰逢龙会，和开月约好前往五楼村看祭拜老麻龙。进了村里，没走多久，一座旧房旁，一棵大树下，一个巨大龙头突兀地在三米多高的空中显现。即便我这个并无鬼神之念的人，见到这头角峥嵘、怒目圆睁、血口锋齿、须髯戟张的龙头，也会目眩神迷、中心摇摇、拙口讷言、顿生敬意。这是我第一次如此近距离地注目老麻龙。好一阵子，我就那么睁眼看着。香烛和鞭炮激起的浓烟，滚滚翻翻，腾腾挪挪，更增添一分神异的气氛；阳光从大青树的叶隙间洒落，一柱一柱，鲜亮明艳，又增添一分温暾的春意。

陆陆续续来人，并不多言，献上祭品，跪下磕头，静默间，神和人，已然心意相通。

原打算随了麻龙一路前往东山寺的，不想朋友打来电话，约到五楼村公所吃饭，又喝了些酒，说些闲话，竟错过了下午的龙会。

时间往后推五六年，我还曾错过一次龙会。

那一日清晨，我正在二楼屋里看书，听得屋外鼓声喧阗，出了房门，看到院墙外，昂然露出一个龙头，摇摇摆摆，飘飘荡荡去了。因院墙的阻隔，见不到龙身，也见不到人，仿佛那龙是在腾云驾雾，真真是“神龙见首不见尾”了。这是哪个村的龙呢？我没能辨认出。咚咚的鼓声，恍若春雷，不断击破春日的空气，闷闷地传来。好一阵子，转身朝村外看，龙头从一户人家的后檐墙穿出，出现在一大片黄色油菜花的背景之上，接着，是龙身……身……身……身……待要进屋，龙尾翘翘然出现了。四五个人拖拽着龙尾，仍不免跌跌撞撞。

去东山寺看耍龙吧?！我向弟弟提议。

看我和弟弟推摩托出门，黑嘴也跳出门，甩尾巴，扭屁股，汪汪乱叫。出汉村往北，路两侧油菜花拥挤着，路都变窄了。摩托驰过，花香阵阵。黑嘴时前时后，身体几次蹭到我们腿上。这一路竟没看到龙，也没听到鼓声。不消多时，到得东山寺。寺里倒是一片闹热景象，做生意的、看热闹的、烧香拜佛的，许多人已经在着香了。我们停好摩托，穿过第一座院落，沿石阶往上，三角梅花枝摇曳，迷乱人眼。回转身看，寺外田畴平整，小麦黄，油菜绿，洋草果树高挑，乌鸣如星闪烁。

忽然，见有人弯下腰，手里拿着点燃的香。我们赶紧往上跑，回头看一眼黑嘴，大喊，快上来！快上来！已然来不及。鞭炮在黑嘴身边炸响，黑嘴往前蹿了一下，猛地缩头，反身跑了。炮屑迸溅，硝烟弥漫。想要往下冲，哪里冲得下去。好不容易等到鞭炮声停歇，跑下石阶，四处只见煌煌然的太阳照着乱纷纷的人群，哪里有黑嘴的影子。

忙往寺外挤，骑了摩托，原路返回，一路喊黑嘴黑嘴，回应我们的，只有亮堂堂的阳光和大片大片让人迷路的油菜花。想着，黑嘴会不会跑回家了？回到家中，又喊，黑嘴黑嘴。寂静无声。心中恍然若失，看来，黑嘴是给吓跑了。它一向是胆小的。爸妈知道了，出门找，可能去哪儿找？等到日头偏西，爸妈干活回来，身后却跟着黑嘴。

怎么找到的?！爸妈说，他们找了一圈，没找到黑嘴，只好到田里干活。忽然，听到唰唰唰的声音，探头看看，竟是黑嘴的背影。喊，黑嘴！黑嘴急忙扭身，愣怔片刻，飞也似的朝他们飞奔，来到眼前，只见黑嘴裹了一身烂泥和草屑。

黑嘴抬着头，摇摇尾巴，呜呜咽咽。

龙会呢？自然是没看成了。黄昏里，又听见咚咚咚的遥远的鼓声，龙们是要回去了吧？此时的鼓声，虽没上午那么有力，也是很让我向往的。然而，只能等来年。

这么算起来，东山寺虽离得不远，龙会虽年年举办，我真正参与其间的，却只有一年。

时间还得再往后推，一气往后推十五六年。

那时我还不满十岁吧？从家里走去东山寺。对一个小孩儿来说，这简直算是长途。路上的事儿，于今全忘了。只记得到了官市河边，洋草果树的每一个影子，都被小商小贩占据了，卖小花糖的、卖凉虾的、卖葫芦糖的、卖火烧肉的、卖龙须糖的、卖小花篮的，真是应有尽有。然而，我手里紧紧攥着的，只有一块钱纸币。我停留在许多个摊位前，又离开了这许多个摊位。我想，我是来看耍龙的啊。看耍龙不会要钱吧？

好不容易挤进寺里，我只能从人和人的缝隙间，看见一条黄色小滚龙的只鳞片爪。咚一声，鼓声震天；轰一声，人群叫好。我心里也跟着咚一声轰一声。然而，过不多久，小滚龙歇息了，人群却并不散去。看什么呢？是看中间的一片白地吗？我并不清楚，因为我仍然只能从人和人的缝隙间张望。龙会就这么结束了吗？我不甘心。众人显然也不甘心。不知谁最先传的，说龙会的重头戏还在后面呢，长龙还没来呢?!

我想知道长龙有多长，也没个人问。总之是很长吧？长得看得到头看不到尾。众人议论纷纷，早有人往外跑，要去迎接长龙。我反应过来，跟着往外跑。

官市河两岸，各站了一溜人。我站在河南岸，总算不用看别人的屁股了。然而，等了许久，长龙不见来。我看到脚下的官市河几近干枯，鹅卵石遍布，官市河北面大片油菜花，油菜花田那边，一座座房屋连着一片片竹林。然而，长龙没有来。

人群开始猜疑，开始鼓噪，有人甚至走掉了。我没有走，转身又往小商小贩堆里钻。卖小花糖的、卖凉虾的、卖葫芦糖的、卖火烧肉的、卖龙须糖的、卖小花篮的……世界上，怎么会有这么多我买不起又很喜欢的东西呢？我紧紧攥住兜里的一块钱纸币，想着怎么才能把一块钱当成两块钱用。最后买了什么？记得我用两角钱和一个老太太买了龙须糖，那龙须糖真像龙须；还用五角钱和另一个老太太买了小花篮，那小花篮被我无数次拎上山摘黄果儿。剩下的钱，还没想出怎么个用法，只听得人群吵嚷，脚步杂沓。

来了！长龙来了!! 好几个人喊。

鼓声咚咚，渐渐明晰。远处的一行人也渐渐明晰。一行蚂蚁似的人，走出村子，钻出竹林，行过大路，转眼被橙黄匀净的油菜花田遮没了。青色长龙浮在黄色云朵之上游动，摇摇摆摆，迤逦而至。咚咚鼓声，如阵阵春雷，一阵响似一阵，一阵紧似一阵。俯仰之间，长龙到眼前来了！口衔宝珠，鳞光闪动，谁也不会怀疑，这真是一条能够跨风驾雾、布云施雨的龙。记忆里，长龙没从桥上过，而是掉头下到河里，蹚过浅浅的河水，踏过大大小小的鹅卵石，被稠云似的人群簇拥着，迅疾朝岸上飞升。龙头昂仰，须髯飘动，一双炯炯巨睛，于永恒之流中的一刹那，和岸上的一个孩子对视了一眼。

2019年3月11日

摩苍寺

“摩苍山，在施甸南。孤峰耸拔，浮于云表，山顶可望数百里。”

这是《康熙永昌府志》里的摩苍。

表姐夫是摩苍林场员工，长年累月待山里。表姐到摩苍水库边盖了几间小平房，方便一家人相聚。表姐常讲摩苍，说拾菌子，不需要走多少地方，就能捡满一箩筐；说找蕨菜，下过雨后，似乎满山林都是；说找黄果儿，他们屋前的沟坎边，便长了好几株黄果儿树。他们吃的菜是房前土坡上种的，吃的鸡是散养的，屋后还养了蜜蜂、马蜂。屋前过一道木桥，对面山林里悬着吊床……这全然是一副世外桃源的样子。他们屋前也真种着桃树。表姐还讲在那儿认识的村人，他们如何淳朴好客；讲她和表姐夫去抓盗伐林木的，黑夜里两个人走到路口，看见有人开拖拉机从更高的山里下来，车上全是木材。他们摇晃着手电筒拦上去。我问表姐怕不怕，表姐说，不怕，是盗伐林木的人怕。

表姐讲了好几年，我才去到摩苍。县城往东，经过老马水库后上山，经过一个弯又一个弯，经过一片片树林、山地和零散的人家，人家渐渐多了，最后穿过一个叫大庙的村子，摩托再往上骑没多久，眼前一片开阔的草地，穿过草地，沿树林间的小路再走上一段，几间矮矮的小平房出现了。房前一片小院，院前散乱地种了桃树、李树和一丛芭蕉，紧挨着急遽下降的陡坡，坡下便是水库了。太阳从四大山后升起，山影投在水面，大半边水库乌暗暗的，剩下的水面波光粼粼，如有细小的鱼群跃动。深吸一口气，阳光随着清冷的空气涌入身体，身体里一片光亮。

记得有一次去，是过年前几天。

院子边上，粉红桃花一半开在昨夜的幽暗里，一半开在今晨的阳光中。表姐夫蹲桃树下杀鸡，一条高大的黑狗、一只矮小的黄狗在边上守候着，耸着鼻子嗅来嗅去。表姐夫揪出不要的鸡内脏，远远扔出，两只狗抢过去。

我和妈、大舅爹、表姐和表侄儿王元旦，以及一位远方来的朋友一起去看摩苍寺。太阳在四大山顶越升越高。离水库最近的，是四大山中第二高那座。自山顶以降，密密层层的树梢沐在光明里。一阵阵风吹过，把光明时暖时寒地吹到我们身上。我们望向水库，发现那闪耀的鱼群一直跟随着；抬头望天，树干淹没在阴影里，树梢在光明里轻轻摆动，窃窃私语。

苔藓遍地，荒草连绵，不时碰见静等着慢慢腐烂的硕大松果。走不多远，露水已然沾湿裤脚和鞋子。远远看见一个石砌门洞，说是施甸古城东门，如今这城门，自然是后来修复的，但看上去仍古意盎然。摩苍寺定然更其古旧了。据说，摩苍寺始建于永乐四年，为建文帝流亡云南所创立的最大一座寺庙。城门边的石板古道潮湿阴暗，杂草丛生，沿石板路朝上走，不多远，只见两棵大青树遮天蔽日，繁密枝叶间，松鼠机警地盯着我们。

大青树西面正对着的，是摩苍寺的大门了。

进门有一道石头地基，石头侧面有图案，从位置上看，应该是一面照壁。照壁正对着几所低矮的房屋，还算完整，但内里已没什么旧物。四面看看，朝暾里还有不少青石构筑的方形地基，荒草疯长，房屋杳然——那是1966年被当作“四旧”拆毁了的。我在照壁地基上坐了会儿，望着荒废的院落，也不知想了什么。大概是什么也没想，只是呆呆出神吧。没什么可看的了，大伙儿要到后山去。去后山似乎并没有一条现成的路，所幸我们手里有刀。披荆斩棘，牵藤攀树，脸上手上腿上不知道划出多少伤痕，我们总算来到一片空地。说是空地，也不过是树木藤蔓稍稍疏朗一些。

几座圆坟静静立着。大舅爹说，是和尚坟。摩苍寺历代修行的僧人，过世后皆安葬于此。很奇怪，我的记忆到此为止，我不记得曾在那些墓碑上看到些什么文字了。那些长眠地下的僧人们，是什么法号？是哪朝哪代的？是什么时候生，什么时候死的？全然忘却了。只记得太阳在头顶烘烤，水汽在四面蒸腾，我们被灼热的当下包裹着。

回到水库边，饭菜已经做好。菜饭带着乡野的朴拙丰茂，大碗大盆，大红大绿，迅速被我们一扫而光。王元旦端着碗，站在桃树边，将啃过的鸡骨头扔地下，两只狗忙低头四处寻觅，很快吃完骨头，又抬头看着他。

我们决定去爬四大山。那巨大的山影矗立眼前，有种说不出的威迫感，却又招引着我们。绕过水库，爬过一段陡坡，逢到一条公路，穿过公路，是另一段更加险峻的陡坡。抬头望山巅，山巅也正凝望我们。若要沿现成的路走，不知要走到什么时候。我想直接攀爬上去，大伙儿同意了。不管有没有路，我们只望着山顶走。前一个人的脚跟，常常踩在后面一个人的头顶。远来的朋友说，她在原地等我们吧。可我们不知道回来会走哪条路，她只能咬牙跟随。

待地势稍缓，只见漫山竹林。竹子矮小，枯索，显是酷烈的山风吹拂所致。兜兜转转，总算走到山巅。一片残破的青石地基立着。在这群山之巅的，或许曾经是个烽火台之类的？站上去四下望，山外有山，层层叠叠，阳光灰蒙蒙的，大地无垠无限。我们躺石头上、草坡上休憩。觑眼望天，天那么高，那么蓝，让我想到“我”，想到一些遥远的恒久的事物。

山风渐冷，我们才慢慢下山。

再要到这儿，不知道是什么时候了。我和那位远来的朋友说。

说不定再也不会来了。那位朋友说。

回到来时经过的公路边，眺望水库，水面一半瑟瑟一半红。

晚饭吃得很饱，似乎一整天的辛苦，就为了吃这一顿饱饭。暮色四合，山林里不时传来一声啸叫，或一阵细碎的铃铛声，是牛羊下山，村人晚归了。此时，夕光返照，迷离惝恍，和清晨相比，是不一样的光景。乡人徐崇岳（1636—1698）的《咏摩苍寺》，开首便写这摩苍林间的光：朝光入户虚凝白，夕照穿林紫间黄。

安排好床铺，烧旺炉火，我们围坐屋里看电视。山里信号本不好，但屋外支了接收器，算是有所弥补。电视里恰巧播的是纪录片《森林之歌》，清冷悠远的背景音乐响起，应和着屋外的阵阵山风。无尽夜色，正笼罩着这宁谧的群山。

表姐要到村里朋友家说个事。我们几个也想一起去。出得房门，山风扑面，冷得直打哆嗦。走到那户人家，没有围墙的院子里，昏昏地亮着一盏灯。女主人忙将我们迎进耳房，耳房里有个火塘，柴火半明半暗。我们坐下后，女人到屋外去，一会儿推门进来，一群冷风如调皮的孩子跟在她身后。她扔下一抱劈柴，转身又出去了，再次进来，扔下了几根甘蔗。加了劈柴，火苗蹿起来，甘蔗搁火塘上，香甜的气味儿弥漫开来。女人用刀削掉烧煳的甘蔗皮，将白净滚热的甘蔗递给我们，我们呼哧呼哧咬着，身上的寒气很快被驱散了。女人的儿子跑进来，女人顺手塞了一截甘蔗给他。

女人说，想着年过完后，随丈夫外出打工，她丈夫在上海。在这深山里，“上海”格外陌生。听说我在上海工作，她不免和我多说了几句。她笑着，皲裂的脸颊被火光映得红红的。

抬头望望屋顶，瓦片间漏下缕缕星光。

得回去了。出得门来，冷风如拳，拳拳到肉。星光熠熠，几座静默的坟头散在四周，中间一条路通往水库边。站在山坡头，隐约望得见摩苍寺。隔着蒙蒙夜色莽莽山林，更显其岁月久远。电筒光照不到那儿，电筒光在夜空里搅动，光消失在星光里，没有一颗星星被我照得更亮一些。一颗流星划过，我们惊叹一声，紧接着，又一颗流星划过。我们站定了看，猜想着，哪一颗星会忽然消失在夜空深处。

再要看到这样的星空，不知道是什么时候了。我说。

说不定再也看不到了。那位远来的朋友说。

——或许我们并没有过这样的对话。是多年以后，我臆造的罢了。记忆所能确认的，唯有当时那满天繁星，柔和地、无声地，映照着六百年前的摩苍寺，映照着六百年后的摩苍林场，也映照着将要在十来年后，写下这些文字的“我”。

2017年10月1日

木老元

在汉村，无数个日子里，我看见厚厚的云从西山坡奔来，呼呼呼从天上奔过，千军万马，雷霆万钧，在头顶落下一场雨、几场雨或者仅仅滴答了几点雨。风流，云散，剩下游手好闲的几朵，都跑东山头去了。东山是南北走向的山脉，最高峰是靠南紧挨着的四座山头，从北往南，似乎一座比一座高，究竟哪一座最高，肉眼却不大能分明。施甸人都叫它们“四大山”。到了十来岁的年纪，我才准确认出，哪几座山是四大山，一旦认出了，便再不会忘记。很多个雨后初晴的日子，晚云叆叇，落日熔金，一顶辉煌的冠冕，稳稳地戴在四大山头。白云深处有人家，四大山也有人家吗？

我知道那儿有个乡镇的，叫作木老元。每逢赶集，总有些戴着华美头饰的山区女人背着山货出现在街上，她们几乎是一个样子，脸色黧黑，皱纹深陷，目光殷切。其中很大一部分，是来自木老元的布朗族，我们喊她们“小花濮蛮”。这称呼多么旖旎多姿，让人联想到洒满露珠的山花野道。

去到四大山，是高中时候，从县城往东，开车上山，兜兜转转，四十来分钟后来到摩苍林场，林场周边好几个寨子。而爬上四大山顶，得迟至大学毕业后。越往上爬，松树越少，取而代之的是矮矮的竹丛。披拂竹丛而过，眼前一片草地，在冬日下枯黄着。有几棵丰神俊朗的松树，松树间一座灰黑色方形石基。是屋基？是碉堡？还是别的什么？我们胡乱猜想，没人知晓答案。站石基上西望，窄长的施甸坝横卧眼前，阡陌交通，鸡犬相闻；转身东望，也是个坝子，大舅爹说那是昌宁县了。紧挨着昌宁的，是木老元。木老元？我还以为，四大山已经属于木老元了。记得大舅爹指了指远处一座顶上有广播电视发射塔的高山，说那是大水河头山，山下是木老元。好多年后我才查知，大水河头山海拔2895.4米。四大山并非施甸最高峰，大水河头山才是。

那时候，水泥路刚修到摩苍林场，再往东是土路。还要走多少土路，才到木老元呢？

木老元，施甸有名的少数民族乡，偏远，穷困，“山高石头多，出门就爬坡”。乡里有布朗族、彝族。布朗族居多，有三千来人。布朗族是云南八个人口较少民族之一，有语言，无文字。每年农历二月初七，布朗族举办“跳会”，祭祀祖先；到了八月二十，布朗族还会杀猪宰羊，祭祀神刀。这神刀据传为明朝邓子龙将军所赐，为了旌表参加过靖边平叛队伍的阿三、阿祥两个布朗族小伙子。

我一直想去木老元看看，直到2015年9月14日方才成行。

团省委赵副书记到木老元考察，高中同学段杨时任团县委书记，如今，已不记得是段杨还是赵副书记约我了。车过摩苍林场，时而悬崖，时而草场。云白如雪，堆在山顶，滞重，明亮，触手可及，又遥不可至。莫名地想象有鹰在天上飞，但天蓝得看不见一丝丝杂质。

先去的是布朗族村哈寨。木老元有四个行政村，哈寨是其中之一，另三个是大地、龙潭和木老元。村里有个空旷的广场，说是供村民围着篝火打歌。可我们到的时候是白天，天又阴着，村里没几个人，只在边上的小房子看到几个布朗族妇女在做花绣。

到木老元乡政府时，雨窸窸窣窣落了一阵，停歇后，云仍紧绷着脸。我们去看了几家乡镇企业，有一家生产的是“花濮蛮”白蜜，白蜜为冬蜜，木老元满山满坡苍翠欲滴，多的是冬天开花的植物。随后，我们转到一座山脚，看到老态龙钟的核桃树仍在结果，地上掉落了好几个果子。一座水碓磨坊仍在运转，只是门锁了，进不去。雨又来了，我们立在屋檐下躲避。有人冻得哆哆嗦嗦。雨住后，浓浓大雾缠盘于茫茫无尽的玉米林，随便抓一把都挤得出水。回到乡政府食堂吃饭，窗外雾气更浓了，浓得看不见近在咫尺的山头。不知谁说的，窗外野地里常有菌子，随便捡捡就能做一道菜。那天的菜没菌子，记得有绿壳鸡蛋，有紫色羊角洋芋，皆是木老元特产。鸡蛋我吃了两个，洋芋我也吃了两个。

饱食后出门，雨还淅淅沥沥下着，远远近近的山在大雾中时隐时现。

一个瘦瘦的女人走过，立住了和段杨说话。我看她，脸颊如削，眼窝深陷，似曾相识。女人走后，段杨说，她是我们高中同级的某某，你还记得吗？我说记不得了，名字听着倒是挺耳熟。段杨说，她前阵子离婚了。其中一个很重要的原因，是因为她在木老元工作，聚少离多。顺着这个话题，段杨和我说起她在木老元工作那几年。说有个周末，她从县城家里回到木老元后，发现木老元降温了，毛衣忘带了。她正犯愁怎么办，男朋友老王已经带着毛衣从县城出发了。骑摩托疾驰近四十公里山路，来到木老元乡政府时，老王整个人冻僵了。我笑，你就这么被老王追到的？

这一天，新认识两位木老元的朋友，书记王冰凌、乡长蒋军礼。他俩都没比我年长多少——后来算起，冰凌只比我年长二十三天，看上去却很是老练，握手时，单薄的身子微微一弯，嘴角带着笑意；军礼则有些沉默，身体壮实，面相憨厚。

第二次到木老元，是一年后的9月。政协蒋汉雄主席托我约了些文学界的朋友，到施甸走走看看，木老元是行程之一。车停在羊场边，众人下车，看羊们静静地这儿那儿地吃草，让这儿那儿开了一朵朵白花，看布朗族妇女坐石头上牵针引线绣花，看布朗族汉子在山对面唱山歌。虽说是刻意安排的，但“演员”们并没一点儿演员的样子，只是自顾自做自己的一份事情。放羊放牛，绣花唱歌，于他们来说，一如吃饭喝水，怎么能算表演呢？待来到哈寨，喝了不少拦路酒后，走到广场时，篝火已经点燃。身着布朗族服装的山民们，围住篝火打歌。不多时，更多的人加入。篝火煊煊赫赫，牛血似的鲜亮，洇湿了众人的影子。黑黢黢的村寨和山峦，在四周静得格外完整。人群里，看到冰凌忙出忙进的。不过那两三天里人实在太多，我们不时碰面，却几乎没说过话。

有一天，偶然看到冰凌朋友圈，是一个视频，易地搬迁拆旧复垦，乡村干部在帮农户搬东西打老鼠；往前翻，又一个视频，乡村干部唱着山歌抬着自制的轿子，轿子上坐了位劝说三年才肯搬迁的布朗族老奶奶。发的更多的是图片，前往村里的路上不是大雾就是大雨啊，在农户家发现一盆叶子比手掌大的车前草啊，在农户家每家吃一串樱桃吃饱了啊……因了和她的交流，我才知道这些远离上海生活的词：易地搬迁、脱贫攻坚、“两不愁三保障”，才知道老家那片土地以及中国很多片土地上正在演绎的故事，才知道今天乡村里的老百姓在想些什么做些什么。所有这些变化，无疑正一天天塑造出中国乡村的未来图景。

今年端午，我回了一趟保山，参加第五届云南名特小吃节。活动结束后，回施甸住了一天，那天刚好是我三十五岁生日。和家人朋友在县城聚一聚，席间除了父母，还有市文联郑耀文主席、县文史办张明斗主任等。地方是冰凌定的，而她迟迟没到，原来木老元在修路，每天有几个小时不让车过，她只好走了三公里多的山路下来。

那天我才知道，张主任的女儿张颖曦在木老元工作好几年了。张颖曦是认识十多年的小妹妹，懂事、能干，有几次家里有事，我还麻烦过她。偶尔看到她发朋友圈，要么是在扶贫，要么是在扶贫的路上。再次见到张颖曦，是三个月后，我带家人回施甸。冰凌约我去木老元民族学校讲一节课，具体和我联系的是张颖曦和木老元中心校朱有瑾校长。

和朱校长认识，还得追溯到一两年前。

某日，和前辈冯桂林聊天，得知他的服装公司每年会做捐赠，我半开玩笑半认真地说，什么时候也给我们老家山区捐一些？冯叔说，没问题啊。然后，问我具体捐到哪儿。这倒问住我了。捐到哪儿呢？想了半天，忽然就想到木老元。和冰凌说了，她介绍了朱校长给我。最后，冯叔往木老元民族学校捐赠了四百多套衣服，因学生们年龄不一，高矮胖瘦也不一，捐赠的服装分了好几个尺寸。再后来，到苏州吴中区文联做讲座，听苏州天堂鸟教育培训中心葛芳姐说，她每年会发动学生往贫困山区捐赠文具，问我老家那边是否需要。我笑，还有这样的好事？当然需要啊。

确实需要，木老元山区那些孩子们。我见过孩子们手脚皲裂，穿着虽不褴褛却不甚干净的衣服，在黄昏里放羊放牛，在黄昏里担劈柴，在黄昏里背茅草……朱校长对于捐赠，曾经有过犹豫。毕竟，云南中烟集团捐建的木老元民族学校设施良好，看着不像困难的样子了。朱校长说，别人会不会觉得，都这么好了，怎么还要捐赠？我说没事儿的，我会说明的。再说，受人捐赠不丢人，地区发展有先后，学生们珍惜就好。

今年9月2日，我和家人早早来到摩苍寺附近的“东篱风语”，这是张学斌等朋友在山坳里为乡村造的一个大梦。午饭过后，学斌开车送我去木老元民族学校。上坡下坡，光影变换，林木丛集，杂花纷至。还好我坐副驾驶座，靠崖壁一侧，不觉得怎么危险。回程时反过来了，副驾驶座靠近悬崖一侧，感觉可真有点儿危险哪！我下意识地抓紧拉手。

冰凌发微信来，说本想和我吃顿饭的，哪知又要去县城开脱贫攻坚的会。

这次回家，因为临近脱贫攻坚的最后时限，我熟识的很多基层公务员都异常忙碌，每天都在忙各种杂事，比如农村危房改造、产业发展、外出务工、人居环境提升、矛盾纠纷调处……冰凌还兼着县里宣传部的工作，自然比别人更要忙碌。当然，忙碌里也有很多趣事，有一次聊天，她和我说，夜晚从木老元回县城，经常会遇到野兔顺着车灯的光亮并排跑。她让驾驶员停一下，让野兔先跑，哪知车停了，野兔不跑了，等车再开动，野兔又并排着跑起来了。她只好让驾驶员慢慢开。“要不是旁边的树木映衬，加上它在跑动，都不会注意到野兔。”还说，哈寨农户家的牛羊夜里经常不撵回家，有时会在路中间堵住车，但堵一下就会让开。冰凌笑说：“有个同事说，木老元的羊会让车，其他地方的不会，得放羊人撵开。”

冰凌又发微信来，问到哪儿了？我看看四周的山，不知到了哪儿。忽然，在一处悬崖的拐角，车停住了，对面还有一辆车，也停住了。那么大一辆车，跳下那么瘦小一个人。冰凌说着抱歉的话，我只想起来说，真没想到，我们会在路上遇见。

高山，悬崖，蓝天底下没有鹰在飞，只有巨大无朋的白云不知要飘往何方。

在民族学校，我第一次见到笑呵呵的朱校长，第一次见到没走出过大山的布朗族孩子，还再次见到张颖曦。我说，听说你要离开木老元了？张颖曦说，是啊，还真有点儿舍不得。后来，见到她发一条朋友圈，几乎搬空了的宿舍，定位是木老元乡政府。

课后，朱校长带我在校园里走了走。校园崭新，空旷，到处是蓄势待发的气息，孩子们的笑声一阵一阵。在杰出校友事迹墙上，有这么一句话："不怕眼前山高，只怕心中没路。"朱校长说，这是冰凌书记在某次报告里说的。

从山顶的学校往外——不，是往下看，近处是一排排新盖的集中安置房；远处是窄长的施甸坝，土地平旷，房舍俨然，比六七年前在四大山顶看到的整饬、鲜亮；县城里好几座公园，似乎是一夜之间凭空生长出来的；更远处，是重重又叠叠的高山。人们总想着走出大山，到世界去看看。也真有很多人离开木老元，但也有很多人选择了留在木老元。而那些离开木老元的人，谁说他们就不会有回来的一天呢？

2019年11月3日

山河新故园

灯火昏黄，炭火正旺。桌子底下，已经挤满空啤酒瓶。桌上是几碟小菜，酥肉、虾皮和黄瓜。靠墙坐着的是来自温州的王总，人瘦，手更瘦，瘦脸上一撮小胡子。我背靠矮矮的土基墙坐着，不时夹一筷子酥肉或虾皮。酥肉香脆，虾米鲜甜，说是王总从温州老家带来的。学斌坐我边上，附耳说，他们几个朋友，要在东山某地盖很多房子，养很多马，他去弹琴唱歌，让我去吃喝玩乐……我觉得学斌是喝多了吧？但看他的样子，又是那么实诚。学斌也留着一下巴小胡子，其中几根在灯光下闪着亮光，很是精神。

这是在施甸县城忆战酒吧，我度过的很多夜晚里的一夜。

那时候，其实我没怎么在意学斌说的。一是因为酒喝得差不多了，二是觉得这事儿遥遥无期，很可能根本就做不成。许是因为年龄渐长，我对很多事，总会预想一个最坏的结局。然后呢，想了几次那个尚未出现的最坏的结局，遂将想象当作了现实，干脆袖手，不做了。学斌年长我好几岁，却从未流露出一丝丝这样的颓气。

学斌总有很多事在做，还有很多计划待实施。

先说忆战酒吧，这是学斌和王总等人合伙做起来的。布置自出机杼，地上停卡车，屋顶悬飞机，在这样的环境里喝酒，俨然置身于施甸抗战那段惊心动魄的大历史。学斌还是酒吧演出的主力。犹记得今年6月我生日那晚，我带爸妈在县城和朋友们聚会后，到忆战坐坐。学斌上台，低头轻拢慢捻琴弦，抬头说：“今天是跃辉的生日，下面这首歌，送给跃辉的母亲。”爸妈坐在正对舞台的卡座，我回头看，妈高兴得合不拢嘴。后来，妈好几次和我说起这事儿。阿爸更不用说了，他刷抖音，是学斌的粉丝。

每晚到忆战唱歌，已经够学斌忙的了。前不久，他又组建了“众艺联盟”，以一己之力，团结起施甸的一大拨文艺青年，每周末在“三馆”广场边演出，给小小的县城增添了多少温暖和情调。不过一年多，已经有人找上门寻求合作，为众艺联盟提供宽敞的演出场地。

后来回想起那晚学斌说的话。他是要做农家乐吗？

近年，农家乐在施甸开了不少，离家两三公里就有一处，我带家人去吃过，菜做得不错，环境嘛，虽说不错，却也不过是预料中的不错，并无出人意表之处。这家农家乐，据说现在已经没有了，我没去看过，不知真假。

远一些的农家乐我也去过，比如今年才带爸妈去过的姚关野鸭湖边那家。吃的荷花宴，桌上除了荷叶、荷花、藕，还有生态鱼虾、油鸡纵等，鲜红碧绿，香清味美，地方虽有些偏，客人却络绎不绝。我去的时候，荷花已经败得差不多了，满池只是绿蓬蓬的荷叶。除了家人，还有高中同学蒋磊也在，我们俩慢悠悠地喝酒，对了这满湖的荷叶。暮色四合，我忽然发现，野鸭湖对面一排柳树上，白茫茫一带，似白花骤放，如浮云聚敛。那是什么？我问。是鹭鸶。是鹭鸶归巢了。在汉村外荷塘里，也有几棵柳树，也会有鹭鸶停留。但哪里会有这样的盛况？我匆匆搁下酒杯，和家人一起，沿着步道径直往湖心走。惜乎出来得有些晚了，不待我们走近，鹭鹭们已经潜入树丛，只在视觉里留下一带白茫茫的记忆。

想起来，我还去过更远的，是在东山头木老元乡的一处山坳。我和不少朋友去过，车停在外面公路边，从一条山半腰硬生生劈出来的土路走进去，在一方尚存留着草创气息的院子里，吃到了这辈子吃过的最好吃的烤全羊。然而，我却想不起这家农家乐叫什么名字了。问了在木老元工作多年的冰凌，才知那是木老元哈寨的热昊农庄。“那是木老元的第二家农家乐。是个退伍军人开的，他现在成了哈寨的村支书。他以前在外做生意，是特意回来家乡发展的，当时投了三十多万元。虽然鼓励他，我心里其实并不太看好。什么时候能收回成本，结果平均一天一只烤全羊，周末还要预订。”

那第一家呢？冰凌说：“乡里的第一家农家乐，是龙潭村的一个年轻人开的，在龙潭村委会旁边。当时连我都惊讶，木老元这么远，谁愿意吃顿饭跑这么远？平时我们都没注意那个小山包，原来那是个小石林。就在路边，很多杂草。小伙开业请我们了，因为他父亲曾经在过村里。我们去后惊呆了，饭桌就在小石林内，石头成了一桌与另一桌的隔断，曲径通幽，站在亭子里，可以看见卡斯坝，壮美又秀丽。美就在身边，只是平时我们忽略了。木老元以前只卖活羊，他家卖出了施甸的第一只烤全羊……”“这家农家乐叫什么呢？”我问。这次连冰凌也想不起来了，“叫什么？忘了。招牌被大风吹飞了。后来我们一直叫它小石林农家乐。”

听冰凌描述，禁不住想要去小石林农家乐看看。奈何如今木老元在修路，就算回老家了，一时也去不了。

学斌的东篱风语倒是去了。

东篱风语？学斌告诉我这名字时，脑海里即刻浮现的，自然是这几句：“采菊东篱下，悠然见南山。山气日夕佳，飞鸟相与还。”

这是无数人的田园梦，也是我的。然而，我亦深知，乡村不是这么美好的。从小干农活，怎会不知乡村里的苦辛？

乡村还有很多面向是不大能入“诗”的，你看，那么多牲畜粪便啊，布头箩筐啊，果皮纸屑啊，后来还多了许多塑料袋，满目山河，遍地垃圾。新闻媒体、文学作品描述的乡村更加不堪，无不破败、萧条，青年流失，只剩些老弱病残。而我近年所见的乡村，似在慢慢改变。不少本可留在城市的年轻人选择回乡，比如这些年陆续熟识的壹坤窑的杨庆坤，小磊农庄的段开磊，天火同人的陶永华、陶永平兄弟。“永平也是啊，大学毕业在云南电视台，原来在昆明发展，现在回老家发展……”冰凌说。甚至于，还有些外地人来到施甸，比如文首提到的王总王丹舟，一个温州商人，2010年到施甸，如今又让大学刚毕业的儿子也来了。中秋节前夕，小伙子还和我、学斌两家人，一起去看望几位抗战老兵。

去东篱风语，是看望老兵们的前后两天。

第一天，我们全家老老少少挤了一车，木子有些紧张地握着方向盘。连续的窄路、山崖、急弯。学斌开车如同闲庭信步，又稳又快，我们在后紧追慢赶。半个多小时后，快到摩苍林场时往北拐入小路，水泥路变成土路，两侧的山愈发挤迫过来，初极狭，才通人，复行两公里，豁然开朗，群山之间，土地平旷，房舍俨然。转过一堵镂空的红砖墙，眼前是一圈土基墙，从大门进去，一圈沟渠中间，一座两层小楼端坐。进屋后，有吧台、书屋，从二楼窗口往四周望，田亩、草地、沙坑、帐篷远远近近地排列着。青郁郁的山团团围住了这一方天地。不远处的山顶，有巨大的风力发电机，风扇慢悠悠地转动着。太阳很好，天很好，云很好。大地上的一切也都很好，向日葵很好，玉米很好，黄色白色蓝色的野花很好。

时间缓慢地转动，这静谧的声音，几乎可以听得见。

吃饭时，经过一所下沉式的屋子，吊着黢黑的罗锅，烧着火塘，草灰里焐着洋芋。后来，听永平说，这屋子是利用当地村民挖的一个大坑改造的，大坑本是计划用来存粪的，但还没用就被他们租了，就着这大坑做了个火塘……当时我可不知道这些，只是不由得想起几年前的那个夜晚，也是在火塘边，学斌告诉我他的大计划。如今，东篱风语虽仍在草创阶段，功成之日却已指日可待。学斌说起从一个山坳里开辟出这一方天地的艰难，单是房子，本已盖得差不多了——围绕那栋两层木楼的沟渠边，全是房子。后因故拆了四十多间，直接损失达上百万元。我想，这是多么沮丧的事儿，然而，学斌并未多叹惋，因为房屋的重建早已开始。

“等你下次回来，这儿肯定大变样了，我还打算给你留间房，和你上海的书房布置成一样……”学斌的这一份情谊，让人感动。而我又犯了老毛病，觉得这事不大能做成。

隔天再往东篱风语，由永平开车，他熟悉路况，大家都很放松。东篱风语有永华、永平兄弟一份，所以永平这是前往自己的地盘呢。到了后，已经有些熟门熟路的感觉。我给“东篱梦”的木匾认真擦了黄油，一边擦一边说，以后裂了不能怪我啊。大伙儿都笑。稍后，和学斌等朋友一起将其挂在门楣上，再郑重地扯下覆盖着的红绸。大事即将功成，人人脸上洋溢着笑。

一位大叔端了一托盘鸡、酒、茶，到附近的山神土地前供奉。

一匹叫作“白玉”的小马由农户牵来，温驯地任由学斌牵着，在路旁吃草。

我和小朋友到草地上捉了几十只蚂蚱，又沿着山路往外走。路上遇到两位老人，闲聊几句后，便邀我们去家里吃饭。山民吆喝声声，不知来自何处，只觉得满山满林回荡着啸音。马啊牛啊羊啊，都在归途上。

几十只羊、三五头牛走过来了，脖子上的铃铛叮叮当当地响着。我们让在路边，看它们旁若无人地走过去。夕光映在所有牲畜的眼睛里，也映在我们的眼睛里。

晚饭后，我们到山林里找菌子，黄昏的光清澈又迷蒙，山影暗暗，云影悠悠。

时间缓慢地转动，这动人心魄的声音，人人都听得见……

天，黑下来了，我们不得不回返。夜空很高，星子很大，山路难以捉摸。这次是学斌开车，不用我们操心什么。我大可放心沉浸在一个关于田园的大梦里，山河仍是旧山河，故园却是新故园。此中有真意，欲辨已忘言。山下灯火璀璨，我们正从天上驶往人间。

2019年11月11日

山中有路

我们总是走在路上。认真地走一段路，是上小学时候的必修课。每天早上六点半，准时在闹铃声中醒来。揉揉眼睛坐起，穿衣，穿鞋，洗脸，刷牙，背上书包，和爸妈说，我们走了；爸妈说，路上小心点儿。我们拉上门，摸着墙往外走。天真黑啊！尤其冬天，如果没有月亮或星星，天得有多黑呢？天地一笼统，到处黑窟窿，每走一步都得小心翼翼试探，脚仿佛完全消融在黑暗里了。有时候，手里有电筒——冬天的时候，铁壳手电筒捏在手里真冷啊——能照亮眼面前一小片地方。更多时候是没有的，电筒的电池太不经用了，用不了多久，就"黄死黄死"的了。我们只能睁大眼睛，努力从眼睛里射出光来。出了院子，更大的挑战来了：后院边有条小水沟。水沟上有木桥，后来变成石桥。我和弟弟探寻着哪儿是水沟哪儿是桥，过了桥后，又探寻着哪儿是路哪儿是墙哪儿是篱笆。

穿过竹林和树木掩映的小路，走到村外的大路，哪怕头顶没星光月光，四野开阔，晨风轻拂，身上也会一轻，恍若抖落了黑暗的分量。

《上学歌》里唱，"太阳当空照，花儿对我笑。小鸟说早早早，你为什么背上小书包？我去上学校，天天不迟到……"我很纳闷，太阳当空照了才去上学，算哪门子的早？还天天不迟到?！很多年后才明白，施甸时间比北京时间晚一个半小时，却是同一时间上学放学。

早上放学后，出横沟小学校门往家走，一条土路在光明里显现出来。

太阳高升，明澈的光亮遍流大地，横沟小学和家之间的土路在季候里变化着。春秋两季，路上多忙于收获的手推车，兼有拉甘蔗的、拉红砖青砖的拖拉机开过，车来车往，轧得小路两边塌陷，中间窄窄一条高高隆起。落一场雨，路两边数不尽的水坑。太阳一出，泛着黄浊光亮的水坑是天然的乐园。我们穿雨靴打赤脚，一一检阅水坑。扑通一声，是谁脚底虚空，被水坑吞下半个身子，我们不由得大笑一场。我常常一个人走在这条土路上，低着头在水坑边搜寻好看的小石头，红的白的，鲜亮光润。一路捡一路扔，回到家里，手里只剩下两三颗。可如今，那仅有的两三颗，也早已不知去向。

不知不觉，后院已在面前。我走进家门后，小路从后院边继续往东延伸，穿过汉村，进入东山。东山里的路比坝区的路可陡多了，而这样陡峭的路，每天不知道有多少人在走。我也走过不知道多少趟，是上山摘野果或找菌子。野果多在地头，菌子多在林间。有路的地方没菌子，有菌子的地方没路，要想有收获，得自己走条路出来。我永远记得那些隐藏在松树林间、茅草丛里、枯枝败叶底下的算不得路的路。

有过几次，在山里走着走着，忽然发现一条山路在不远处，沿着山路走，总能见到人家，到人家里去讨一口水喝，感觉是很特别的一件事。虽然从坝子往山上看，能看到一寨一寨的人家，道路蜿蜒，房舍俨然，可没有一个寨子是我认识的。那时候人小，路又不好走，走到那些地方实在不易，而山里人下来一趟也不容易。

那时候，家里还有些往来密切的山里亲戚。他们从一个叫作"崖子头"的地方下来，有时骑马，有时甚至赶着一支马队或牛队，咣咣咣敲着锣，大摇大摆的模样。记得有天晚上，亲戚们来了，妈出门迎接，七八头黄牛挤挤挨挨走在村路上，一不小心，妈被挤进水沟里了。所幸是冬天，沟里没水。进到大院子，亲戚们坐在堂屋门口吃茶，吃烟，裤腿高高卷起，解放鞋底粘着一层厚厚的泥土和草茎。白炽灯昏昏地照着，黄牛们摩肩接踵，眼眸纯澈，嘴唇磨动，哞哞叫唤。不知道它们走了多少山路，才来到这山脚下的汉村。

山里自然也有那种能走车的大路，这实在是一句不用说的话，但小时候刚知道山里有大路是很吃惊的。山高林密啊，路竟然能通进去？

冬天来了，村里分树。上山砍松树时，有些人家会雇用拖拉机从大路上山。拖拉机拖斗里塞满碧油的松枝，晃晃悠悠下山，蓬松如一朵巨大的绿云，一路散发浓绿的松脂气息。拖拉机所走的山路仍然是土路，只是宽一些，坡度小一些。坡度一小，自然就得绕圈子，我们平时是不会走的。

初中到乡里上学，保场中学紧挨着东山，学校附近，一条弹石路伸进东山里，听说会通到老麦乡。老麦乡我至今没去过，这条山路倒是经常走。每天跑早操，出校门后，我们的队伍沿着大路跑上山。若是冬天，路上总厚厚积着一层浮土，一脚踩下去，鞋子都找不到了。全班九十多人，前面的尽可以撒丫子跑，噗噗噗噗，扔下无数小型炸弹，后面的只能腾云驾雾了，别说脚在哪儿看不见，手在哪儿都看不见了。更惨的是，恰好碰到别的班级从前面跑过——当然，最惨的还得数有大卡车经过。一辆卡车从后面追上来，猛按喇叭，我们左挡右挡，可螳臂终究挡不了车，稍一松懈，大卡车从身边怒吼着驶过，灰色云团腾起，人人雨露均沾，个个灰头土脸如同从天界坠落凡尘的二师兄。

有天课间操后全校集中，水泥操场上黑压压栽满人。班主任赵金林老师登上柏树间的水泥讲坛，手一挥，高声宣布，大公路要修了！大伙儿窃窃私语。赵老师又说，大公路修好后，一路到县城，想要鞋子沾点儿灰都不可能。大伙儿群情激奋了。那得是怎样干净的一条路啊？想一想后山那路，实在无法想象。

其实大公路原本就有，是从水长乡通往县城的主干道，途经由旺、保场、仁和等乡镇。所谓“修”，只能算升级改造。没几年，大公路修好了，即229省道，直到今日，这仍然是施甸最重要的一条公路。不过呢，鞋袜不履尘土，那是从所未见的景象。从北面水长乡开始，到县城，大公路串联起诸多村寨和街道。只要逢着哪个地方赶街，路边的人啊牛啊马啊总是乱得不能再乱，牛粪马粪随处可见。不记得有多少次，我看到明晃晃的太阳底下，牛啊马啊撩起尾巴，滋出一泡泡臊烘烘的热尿。

听不少人说这条路可是杀人路，想想怎能不是呢？稍有不慎，直行的汽车就会撞上从村道出来的车或人。单是汉村，我知道的就有好几位。每次我从村里出来，到大公路拐弯，没红绿灯，也没哪辆车会稍微减速，总得左看右看半天方能穿过。如果装上红绿灯呢？那这条路上简直全是红绿灯了，又会给车辆通行造成极大困扰。

读高中时，县里为了缓解大公路的压力，从快到县城的地方，往西岔出去修了一条柏油路，可以绕开县城通往南面山里的姚关镇。小学时，班里组织去姚关清平洞，走的是老路。大巴在山体一侧摇摆，醉汉似的，随时有可能一个趔趄掉下山崖。时值秋天，山坡上的树，绿的绿黄的黄红的红，不时撞到眼面前。新路比老路宽多了，平顺多了，且多是在山坳，一条大路朝上，车加足马力开去，似可攀云登天。

除开这样的大工程，小路修得那就太多了，生活也因之有了很大改变。我经常走的那些小路，最先修的是从县一中通往永平村的。高中三年，每天从一中去外婆家吃饭，都走的这条土路。一个又一个春天，我在路上停下单车，单脚支地，看山坡上的桃花，红的粉的白的，阳光熠熠，暖风习习，几乎忘却了脚下泥泞的道路。忽然有一天，这条路就修成水泥的了。一条泥泞的土路，变成水泥路，多么不可思议？自家院子里修一块水泥地，都是何等艰难的事，怎么能一条条路都修成水泥路呢?!

永平村在县城附近，经济条件较好，汉村离县城远，经济相对落后，汉村什么时候才能修这样一条水泥路？就在读大学期间，某次假期回去，村里的土路已然全部变成水泥路。

往年雨季来临，村路泥泞如胶，总要留下几只解放鞋和一连串咒骂。如果穿拖鞋，那更糟糕，不单拖鞋经常拔不出来，走上一截路，稀烂泥犹如雨蛙，纷纷跳上身后的裤子衣衫，直至跳上脑袋的制高点。现在是哪怕下再大的雨，路面顶多不过积一些水。

时间在路上加速。越来越多的路在修建，有我知道的，更有我不知道的。

最近两年，就在紧挨汉村的东山脚，很多地方挖开了，问了朋友才知是要修高速公路，从保山到施甸的保施高速——这是县里的第一条高速公路。等这条路建成了，大公路的压力将减轻不少。杀人路不再是杀人路了吧？但什么时候才能建成呢？一次一次回去，变化一次比一次大，鲜红的土壤裸露，巨大的桥墩立起，桥墩上有了路面……我好几次站在老家三楼平台往东望，两百来米外的高速路面上，人如蚂蚁，车如甲虫，龙门吊如巨兽，日夜都在忙碌着。高架桥后是绿的山峦，山峦后是蓝的天穹，到处是崭新的景象。

老家正在修的路还有很多。

去年9月回老家过中秋。节前要到霁虹桥底坐船逆澜沧江而上，到了才知道，过桥即是大理，而保山一侧山坡上在施工的，正是大名鼎鼎的大柱山隧道。隧道全长十四多公里，2008年开工，至今尚未全面贯通。一股水流从隧道口附近喷涌，直直飘坠，飞珠溅玉。突然，一块护板被大风吹落，飘坠江面，发出巨大的爆裂声，抬头看正施工的桥面高高在上，又低头看红浊江面遥不可及，江中几片零碎的三合板漂浮无定。

又一日，从施甸去龙陵松山，从怒江边经过，又一座巨大的桥梁在修建，是怒江四线特大桥，全长一千多米，桥面距江面达二百三十米。

中秋节前一天，县里负责高速公路统筹施工的杨开东主任约我，次日中午到横沟小学一起吃顿饭。横沟小学早已取缔，校园倒还在，亦早挪作他用。我问了才知道，横沟小学原校址是现在高速公路指挥部驻地。

横沟小学离家多近啊，小时候却觉得那么远。每天一早从家里摸黑出发，总要走上好一阵才能到。如今，我们从家里出门，走在水泥路上，不到十分钟，学校已在面前。

校园整体格局和当年差别不大，只是房屋新了，行道树整饬了，而老师们同学们早已不知所终。寒暄几句，开东主任说吃饭还有些早，要不去高速公路上看看？我说，能到路上去？开东主任说，当然能。十来个人分头上车，两三辆车拐出横沟小学，往西上大公路，往北，再往东，从银川村附近穿过，经过大片蓝莓地，前往东山脚。

一路听开东主任介绍，保施高速主线长三十三公里，全程六座隧道，三十五座大桥，自2016年12月30日开工建设，至今已近三年。建成后，从施甸县城到保山城区用时仅三十分钟，比229省道节约三十分钟。听他说来如数家珍，我笑，路还没修完，您都成专家了。开东主任笑，说只能边干边学，又说起这三年来因修路，征地、赔款等引发的一连串“故事”。我想，这些故事要是写下来，多精彩啊。然而，我知道我写不了，这么听一耳朵，所了解的只不过是一些些皮毛，要想讲好当下“中国乡村故事”，须得长久沉入最基层的生活才行。

说话间，车子摇晃，停住了，已经来到高速公路桥上。下了车，脚下是一个坑，不远处更多坑，到处裸露着钢筋，到处散落着碎石，到处搭着脚手架，桥面和桥面之间还没连接好，罅隙宽大，探头望下，离地面少说也有一二十米。不免有些怀疑，这个样子能在年底通车？到年底，满打满算只有三个半月。开东主任倒是很有信心，说肯定没问题。

在高速公路上走着，望望东面的高山，一山连一山的松树，坡地上的玉米即将成熟；又望望西面的坝子，村落、道路、田亩，秩序井然，万物在秋日太阳底下闪着光亮。这是我第一次到保施高速上，是走着的，今后再来，是只能坐车了。那时车行路上，再这么东看看西看看，又当是别样的感觉吧？

回到横沟小学吃中饭，席上除施甸本地人，还有好几位云南建投集团的，他们来自天南地北，说话南腔北调，中秋节都回不了家。大家一起吃的这顿饭，就算是团圆饭了。

几天后，我离开施甸，经芒市去曼德勒后返回上海。不时会想起保施高速，但我知道开东主任很忙，从没问过他路修得怎样了。从“水墨施甸”等微信公众号看到保施高速的消息，“保施高速公路建设推进有力”“保施高速公路吹响攻坚‘冲锋号’”“保施高速：年底通车，我们拼了！”……2019年12月30日，看到“保施高速公路顺利建成”，点开帖子里的路况视频，一条崭新的高速公路在眼前延伸，穿村过寨，翻山越岭，永无尽头似的。转发帖子到朋友圈，说当初还想着不大可能完工呢，有朋友留言，“你这是看不起基建狂魔啊”。

什么时候回保山，会坐车经保施高速回家呢？那些我熟悉的山峦，我还没从它们的肚腹里穿过；那些我熟悉的村子，我还没从那样的视角看过。

2020年1月11日

无数桥

朋友到云南旅行，发来一张当地地图的截图，图上有个用红线圈起来的地名，叫作“漫旧桥”。现在已经不大记得，朋友是要问我什么。是想问我，这地名什么意思吗？还是要问我，有没有到过这儿？可惜，我既不知道这地名的意思，也没到过这儿。然而，这三个组合别致的字，却唤醒了我的许多关于桥的记忆。

我家后院，出门即是一条小水沟，宽不过一米。水从小娃坟流下，流经我家后院，一路向西，经过大片农田，越过横沟、棉花村两个自然村，汇入施甸大河。这么说起来，家门口这条小水沟，似乎也有了辉煌的简历。小水沟冬天几乎没水，夏天才浊流滔滔。即便如此，上面仍然是有桥的，还不止一座。我家门口的桥，起初是几根原木搭起来的，日渐腐朽，才换作几块石板。日日从上面经过，很少想到，这是一座桥。真正桥的样子，是要到更大的河流上才能见识到的。

最先让我想到的，是我家北边一里地外的官市桥。

官市桥建在官市河上的。官市河发源于东山，一路奔流而下，成了一条悬河。悬河在我们那儿，印象里只有这一条——我曾写过一部短篇小说，叫作《滚石河》，这滚石河，就是从官市河讹化来的。从我家往保场街，必经官市桥。这座桥，老远即可看到，高高在上，神貌庄严。是一座铁桥，铁皮桥板铁制栏杆。人和车走上去，咣当咣当响动，晃动。赶街的日子，山里人赶着马队下山，来到官市桥边，马害怕铁皮的响动，也害怕铁皮下滚滚浊流，不敢走了。好多次看见赶马人驱赶马匹，或者强拽住马笼头将马往桥上引。马无可奈何，百般小心地挪动蹄子，踩高跷似的，一跳一跳踱过去。我骑单车，看看快到官市桥了，拼尽全力蹬踏板，摇摇晃晃上得桥，总要停下单车，扶着桥栏，歇一口气。

往东望，不远处有一座石板桥，连接了北面的村寨和南面的东山寺。每年农历二月十八，东山寺举办“三沟头龙会”。那时候，官市河流水不丰，鹅卵石大片露出水面。舞龙的人们，也不走桥了，直接舞动着长龙，越过官市河到东山寺去。

往西望，满眼茂林修竹，竹木掩映着一座破旧的风雨桥。这是我在老家见过的唯一一座风雨桥。桥两边的土坯墙几近倾圮，桥顶的挖沟长满瓦松，不少瓦片已然破损。桥面是木板搭起来的，透过宽大的缝隙，看得见离得很近的官市河水。我总望见这座风雨桥，却极少走上去。走上去的几次，多少有些心怯。那是因为桥顶横梁下存放着一条龙杠。何谓龙杠？村里出殡时，棺材会由八个人一起抬。棺材上方，有一条纵贯棺材头尾、统领所有绳子和木棍的横梁，那便是龙杠。龙杠全身涂以油彩，系以红绸，一端雕成龙头，一端雕成龙尾，龙头置于棺材头，龙尾置于棺材尾。因沾染了死亡的气息，这一条“龙”，和所有的“龙”都有所不同，神圣而又可怖，威严而又肃杀。

如今，无论是铁制的官市桥还是木头的风雨桥，都已变换模样。

官市桥是在我读初中时候，即拆掉换成水泥桥了。负责施工的，恰是初中同学赵开旺的父亲。有一天，我忘记拿饭票，晚自习下课后，从学校骑单车回家拿。来回虽然只有四五公里，但一路幽暗，灯火稀少，心里难免忐忑。来到官市桥边，只见桥下亮着一处灯火，心中惊疑，近了才知是守工棚的同学父亲。他邀我和他坐下歇一歇。在我们边上，月光笼罩下的铁桥，如同出土的恐龙，已经只剩一副骨架。

官市河西边的风雨桥，我昨晚查找资料时，才知道它已经被修缮一新了。说是修缮，却几乎看不出原先的影子了。黑瓦白墙簇新，桥头的“惠仁桥”三个大字也簇新。

官市河往西流，最终汇入的河流，和我家门口那条小水沟是一样的，都是施甸大河。施甸大河从南流向北。在地图上看，会发现这个流向多么特立独行。

施甸大河上的桥更多了。常听妈说起施甸大河上的“大桥头”。这大桥头并非单指向一座桥，而是两座。一座是施甸街的大桥头，在施甸一中门口不远处。如今，这大桥头是很难让人意识到它是桥的。它是平坦的，已经和马路融为一体，边上两株大青树，看上去可比它年岁久远多了。施甸大河从这座大桥头底下流出，笔直往南，七八公里后，来到仁和镇的大桥头。很多人说去仁和街，不说去仁和街，而是说，去仁和桥。

仁和街上的这座大桥头，是一个完足的小小世界。桥面两侧，鳞次栉比的小摊，卖糕点、卖水果、卖豆粉、卖冰粉、卖衣服、卖鞋、修鞋，种种样样，挤挤挨挨，吵吵嚷嚷。街子天从桥上过，大太阳滋啦啦放出光线，鞋子踩到鞋子，后一个人呼出的热气，膏药似的贴到前一个人的脖颈。有人站下想买块糕点，刚拿到手，没来得及付钱，已被后人推搡着往前走。到了闲天，没赶街的人了，大部分摆摊做生意的人走了，这桥才显得宽展。这时，方能看到桥的真面目。是一座多孔桥，桥洞上架设了锈迹斑斑的铁闸，铁闸起落，放水蓄水。若在蓄水期，俯身桥栏往下望，水面幽深，照见人影。

夏日午后，若到仁和桥边，准会看见许多卖野山菌的人。鸡㙡、铜绿菌、青头菌、黑大脚、见手青……整齐码放在竹篮里或背篓里，根脚沾着山里新鲜的泥土。那卖菌子的女人，鞋底也一样沾着山里新鲜的泥土。渐渐地，落日西沉，大桥西面房舍的影子压在她们身上。此时还没卖掉菌子，她们多少有几分焦急了，招揽生意的声音愈发响亮和迫切。许多次骑摩托路过，我总会停下，买上一些。菌子装在塑料袋里，塑料袋往摩托车龙头一挂，风驰电掣回家去。一路沿着施甸大河走，水波漾漾，光影糅乱。只要有村落，河上便有桥，这些桥，绝大部分我都没涉足过。我只是无数次看到，它们就在那儿。

小时候，我每天望见西山坡，却不知道，西山坡后，怒江就在那儿日夜流淌。

施甸大河穿过施甸坝，到达由旺镇银川村后，渐入山谷，转过西山，在深山老林里回旋盘绕，最后汇入怒江。怒江和东山脚的汉村，几乎处于全然隔绝的两个世界。直到大学一年级，我才有机会一窥怒江的真容。在群山里行走，远远望去，怒江不过是一条黄浊的带子，但它的涛声，已然灌满两耳。怒江的老桥，我见过的五座，由南到北，依次是红旗桥、惠通桥、潞江大桥、惠人桥、双虹桥。

潞江大桥最新，是20世纪80年代修的，从桥面往下望，整个潞江坝尽收眼底。其次是红旗桥，红旗桥修建于1974年，用来替代惠通桥，惠通桥始建于明末。1936年，新加坡华侨梁金山捐资将其修建为钢索吊桥。1942年5月5日，为阻挡日寇东进施甸，惠通桥被炸断，两年后滇西反攻时重建。1977年，惠通桥下游四百米处修建了红旗桥，惠通桥不再通车，而是作为抗战胜利的重要物证横跨于怒江两岸。

几年前和大表哥一家去怒江，穿过一个寂静的小村庄，眼前是一处断桥。江两岸各一桥楼，江心一桥墩，三处皆残破不堪，桥面更是荡然无存。因是枯水期，河边露出巨大的鹅卵石。我从一个鹅卵石跳向另一个鹅卵石，最后攀上中间的桥墩。桥墩上荒草萋萋，几棵绿树枝叶婆娑。桥墩上看怒江，大有一览众山小的感觉。后来，才知道那寂静的小村庄叫作老桥队，这座只剩下桥楼和桥墩的桥，叫作惠人桥。

惠人桥修建于清道光年间，是一座双孔索桥。惠人桥往东，是另一座更古老的双孔索桥，叫作双虹桥。双虹桥修建于清乾隆年间，至今仍在使用。

我见到双虹桥，是今年5月。怒江两侧山坡壁立，铁篱笆（剑麻）花节节攀升，高举如同绿色火炬。铁索，木板，江水浩荡，声若雷霆。雨季即将到来，江水暴涨，千军万马，蜂拥着从怪石边奔过，撕咬着，踩踏着，嘶吼着。我在桥上行走，低头凝望，时间久了，有些眩晕。

忽然，脚下木板震颤，铁索响动，抬头望去，只见一位皮肤黝黑的大哥骑摩托车，突突突开上桥板，迎面而来了……

怒江往南流，进入缅甸后，成为萨尔温江；怒江再往南，最终注入印度洋的马达班海湾。这一路不知道还有多少桥，那么多桥上，又会有多少故事？

2018年10月14日

去缅甸

刚好是十年。十年前的夏天，我第一次去往缅甸，从施甸坐车两个多小时，驶过坑坑洼洼的土路，来到镇康县南伞镇。南伞紧挨着缅甸果敢，离缅甸腹地还很遥远。这么多年以来，我一直想真正去缅甸一次，直到今年9月，才有这个机会。施甸宣传部的朋友从家里送我到芒市机场，再从芒市机场坐飞机到曼德勒。飞行时间不过个把小时，又因两地之间有一个半小时的时差，从芒市到曼德勒，如果只看当地时间，便如“瞬移”一般。

车出机场，往保山市曼德勒缪达经济贸易合作区。这一路上，土地平坦，灌木丛生，车窗外不时闪过的凤凰木吐露红色花朵，恍若这片土地灼热的内心。更多的灌木无从辨识，如一团团绿色云烟，在道路旁迅速闪过。有同行者说，这儿看上去像是非洲大草原。还真有点儿像，虽然我没去过非洲大草原，只是在电视里见过。在这“大草原”上，除了草地和树木，不时还可看到树下矮矮的房屋，有石棉瓦做顶的，还有很多棕榈叶做顶的。

到了缪达经济贸易合作区，视野愈发开阔。

太阳将落未落，红红的，悬着。颗粒状的光芒弥散在茫茫大地之上，流泻于丛丛灌木之间。热气在周身蒸腾，让我再次确认，这是在热带。深圳香港澳门南宁北海海南等地方都属于热带，我到这些地方时，并未有如此强烈的“热带印象”。缅甸，让“热带”这个词在我的感受里真正具体起来。

从这个黄昏开始，我在缅甸曼德勒和蒲甘待了六天。六天里的行程安排得很满。每一个行程，都给“缅甸”这块画布填补上了一片绚丽的色彩。

行程里最多的景观，自然是佛塔和佛寺，蒲甘的阿南达佛塔、四处散落的不知名的佛塔，曼德勒的柚木寺、莹白如雪山的固都陶佛塔、玛哈牟尼大佛佛塔，还有实皆山上的佛塔……蓝的天，白的云，金黄的或翠绿的或莹白的佛塔，种种色彩激烈碰撞而又谐和相处。佛塔太多，哪里是一篇短文里能够细数过来的？单说翡翠佛塔，由一块块形状不一，颜色不一的翡翠拼建而成。远远望去，颜色深深浅浅，熠熠闪光，似是冷的光，却又灼热无比。塔四周立着铁架，架子上系着浅黄色姜花花束，边上的瓶子里插着紫色睡莲。凑近了看，半展的睡莲花心儿，密密匝匝聚着一种很小的蜜蜂，有的停着，有的飞着，发出稠密的嗡嗡声，让肃穆凝重的佛塔多了一分活泼泼的生机。

我问缅族导游小姑娘缪缪，缅甸除了佛塔还有什么？缪缪笑一笑，说还有佛塔呀。

这自然是开玩笑的话，缅甸还有太多美景。站在佛塔边往四面望去，四围总是平展的土地，佛塔隐隐，草木扶疏，天空似乎变得很低，和大地紧紧嵌合在一起。人在天地间行走，显得异常渺小。我们上到曼德勒山看落日，落日缓缓下沉，伊洛瓦底江流得比缓慢更缓慢，远处的山脉遥远得比遥远更遥远，凤凰木的花朵红得比红更红。观景平台上，人群熙来攘往，东方西方、男人女人、俗众僧侣，都压低了声音说话，都在等着那惊心动魄的一瞬。太阳一点一点往下，再往下——

太阳刚落，平台四面叽叽喳喳热闹起来了，哦，是鸟儿归来了！一棵棵树托举着声音。神圣的瞬间远离，此刻是烟火人间。

暮色里，辨不清鸟，也辨不清树。

即便不在暮色里，很多树也是辨不清的。从无数陌生的树种里最先让我辨认出来的，是柚木。柚木是缅甸“国树”，柚木寺、大皇宫、乌本桥，都是柚木构建的。结实、粗壮、挺直，年轮里有深厚的岁月积淀。就在柚木寺边上，一棵矮矮的柚木，正将枝丫探进院墙，在热风里挥动宽大的叶片。更高大的柚木，是在眉缪植物园里见到。湖泊如平镜，草地如绿毯，一个完整而宁静的梦。我们走在极不真实的世界里，没有目的，遇雨则停。离湖不远，有一片树林，树木高大，一棵和一棵之间，隔得有些远，足以让人在其中舒服地走动，足以让四时的光照往返，一缕一缕，一柱一柱，阳光明亮又柔软。这些高大的树木里就有柚木，叶子沉沉地坠着，轻柔地从每一个行路人头顶拂过。

从眉缪往曼德勒城区，车窗外不时有成群的僧侣走过。

在缅甸，僧侣不在深山佛界，而在阡陌街头。无论是清晨还是黄昏，他们总是很笃定的样子，橙色僧袍曳地，或托钵而行，或箪食壶浆。问了缪缪，才知僧侣是缅甸起得最早的一群人。无论冬夏，天不亮，他们便会离开寺庙，赤了双脚到外面化缘，而此时，很多人家也早早准备好了饭食等着他们。

转眼最后一天，我们决定到乌本桥看日出。

来到桥边时，天还灰蒙着。租赁了小船进湖，摇橹的船夫不会一句汉语，不时朝我们笑一笑，默默地为我们寻觅观看日出的最佳角落。橹声欸乃，停下时，船夫弯腰从船底舀水往外倒。这船竟然是漏水的！不免有些担忧。但担忧很快就被冲散了。太多的景、物、人转移了注意力，就连湖水是不是干净，也变得没那么重要了。

万物孕育于光明，脱胎于黑夜。湖边的树，湖面的船，湖上的桥，在天地光影的变幻里，渐渐凸显出白昼固有的轮廓。船橹割开绸缎般丝滑的水面，橹声吱扭，水声忽忽，更多的声音从虚静里破空而来。细微，而又坚韧。是僧侣们行走在桥板上的声音，是一个人走到桥上呼喝的声音，是不知来自哪儿的乌鸦麇集的声音。乌鸦们啄尽桥墩上的吃食，高低错落地飞起，有的回到湖边树上，有的在湖面盘旋，还有一些，依依不舍地随了那施舍吃食的男人……东边天长长一线，从瓷白到浅粉到橘红。太阳升起来时，我放下手机，拍照是拍不出这一切的。只是看着，内心被一种奇异的感觉充满了，身体像是无穷大，又像是无尽小。

新鲜又苍老的光，弥漫在天地之间。

离开乌本桥，我们抓住最后一点儿时间，到曼德勒玉石市场看了看。在拥挤且混乱的人群里，看到许多华人面孔。这趟缅甸之行，接触的华人不少，他们有的办教育，有的做工程，有的创企业，还有的是中缅两地的联络人。他们虽不是这片土地的主人，却也在这片土地上扎下了深远的根基。当然，这是以后要讲的故事了。彼时，我们匆匆告别玉石市场，进机场，上飞机，飞机爬升，云层底下，是一片刚有些熟悉却又忽然陌生了的土地。缅甸很大，我所见所闻所知的，仍然甚少。再一次来，会是什么时候呢？

2019年10月23日

云边物

枇杷树

我家后院不止两棵树，却常被误以为就两棵树：一棵是枇杷树，还有一棵也是枇杷树。众树之中，这两棵最高，高得超过家里的两层瓦屋。它们存在的年代也最久，据说，是在我出生前头几年，阿公从崖子头亲戚家带回来的小苗。几十年后，阿公过世了，两棵树已然亭亭如盖；再后来，别的树没了，它们仍然挺立着。东边屋檐边那棵小枇杷树细一些，枝叶收束，结的枇杷多而小；西边屋檐边那棵大枇杷树粗一些，枝叶披散，结的枇杷少却大。“大枇杷树”“小枇杷树”，家里人一直这么喊它们。我们甚至给两棵枇杷树划分了权属关系，小枇杷树归弟弟，大枇杷树归我。

两棵枇杷树，每年开两次花结两次果。一次“倒花”，6月开花，10月结果，花少果也少；一次“顺花”，冬天开花，次年四五月结果，花多果也多。——离开云南好多年后，我才发现这样“花开二度”的独特。在我们的后院，却是年年如此的，不止枇杷，石榴也这样。

一年四季的大部分时间，我都会爬到树上，如同那位树上的男爵。回想起来，大概只有冬天很少上树吧？冬天里，天蓝得发白，云很少到来。站在树底下抬头望，枇杷树的枝丫疏朗许多，巨大树冠的外层，零零星星绽出花来了。枇杷花起初是个毛茸茸、黄褐色的小脑袋，缓缓缓缓张嘴，露出一瓣瓣洁白的小牙齿。枇杷花的呼喊，引来蜜蜂、土蜂、黄腰蜂和蝴蝶。蜂飞蝶舞，寂静的冬日多了多少热闹。

薄薄的花瓣谢落地上，很快便被高原的阳光收干水分，随风飘散。

小小的青枇杷在枝头探头探脑了。

有多少人吃过青枇杷呢？小时候，我吃的枇杷，大多都是青枇杷。枇杷才有手指头那么大，我就开始上树了。挑大的摘，一个个摘下后捧在手里，毛乎乎的硬铮铮的，擦掉表皮的细毛，咬掉花眼，挤出尚呈白色的核——此时的枇杷核没什么黏液，并不怎么滑。然后蘸了事先调配好的盐辣子吃。

端午前后，顺花枇杷成熟。从村外很远处，就能望见，两棵枇杷树犹似两朵黄色的蘑菇云。太阳底下，黄得那么亮眼。热风时时吹来果实成熟的气息。

啪，一声响，一个枇杷摔落地上。

水泥地面迸开一小片乌暗的水迹，滑溜溜的果核溅出老远，捡起果肉看一看，定是被鸟啄食过的。仰头望去，革质的宽大叶片簇拥着累累果实，阳光透过点点缝隙滤下，尺子画出的一条一条笔直光柱里，浮动着细微的尘埃，是光阴正赶路呢。鸟儿们在枝丫间蹦来跳去，小小的身影乍隐乍现。如今，我能依稀辨识出树上跃动着的有树麻雀、戴胜、黄臀鹎、白颊噪鹛、绿背山雀、黑头金翅雀、暗绿绣眼鸟，还有常被误认为是喜鹊的鹊鸲。小时候，是除了麻雀再不认识其他的——不过，那会儿也没这么多鸟飞到枇杷树上。我们每天上树几趟，哪里还有多少鸟敢飞来呢？

放学回来，书包一扔，鞋子一脱——有时候也不用脱，因为本就没穿鞋，抱住树干就往上爬。三蹬两抓，抓到枝丫后，爬树和爬梯子便没什么两样。我最常爬上去的，自然是大枇杷树。与后檐墙顶平齐处，是树的第一个平台，树干分出南北两枝，朝北的是主干。沿主干稍微朝上，到屋顶平齐处，来到第二平台，几根小枝丫间有个小小的“托盘”，约莫可以放得下一只碗。我也真把碗塞进去过。先拽一捆麻绳上树，找个地方拴扎牢了，放下绳子，绳子底端系上竹篮，篮子里放进碗筷。垂下两条腿，坐了其中一根大枝丫，慢慢把篮子朝上拉，确保一路别碰到磕到。拿到碗后，稳稳当当塞进主干中间的“托盘”。此时的一碗饭，似有了别一番滋味。——当然咯，这是树上没枇杷才干的事，有枇杷时，上树自然都是冲着枇杷去的。

第二平台处，那伸向屋顶的大枝丫，枇杷一串挨着一串，挤挤挨挨的，云朵似的弹到瓦屋顶。瓦片好几年没翻检，靠近枇杷树的几条瓦沟堆满枯枝败叶和不知哪一年落下的干瘪枇杷。不知什么鸟衔来一粒种子，竟在这被雨水沤烂的杂物间生出一株凤尾蕨……想要摘那枝丫上的枇杷，须两脚钩住身后的主干，伏下全身贴紧枝丫，伸长了手去够。也试过用钩镰之类的器具，又怕力道不巧，掰折了枝丫；也想过跳到瓦屋顶，也真试过一次，两手握紧枝丫，两脚悬空，朝屋顶踩。只听得哐啷一声，两片瓦碎了，惊出一身冷汗。

要想吃到最大的枇杷，得到更高处的第三平台。

每一年，大枇杷树树梢总会结出三五个小鸡蛋般的枇杷，被我视若珍宝，用棕皮给包起来，以防鸟雀偷食。每一天，我都要爬上树梢看看它们。那时候人小，心里有些怕的，仍硬要往上爬。往上，再往上，最后抱住细弱的树梢，揭开棕皮，看，一二三四五,五个胖娃娃幸福拥抱，五个胖娃娃晒晒太阳。

也有被鸟雀偷食了的，也有被大风吹掉了的，难免要伤心一阵的。每年也总有那么一两个能存到熟透。颜色慢慢变黄，黄里慢慢泛红，红里慢慢浸出成熟的馥郁果香。表皮绷得紧紧的，指甲轻轻一划，立马鲜血淋漓皮开肉绽。终于，时辰到了，我摘下它们，祭了五脏庙。唇齿间回味中，失落不可避免地袭来。

枇杷最繁盛的时光，匆匆过去了。

一个个夏天我想在树上搭一间小屋，屋里看书，吃饭，睡觉；一个个秋天到来了，小屋仍没搭起。无奈之下，有一天我甚至偷偷抱着主干在第一个平台那儿睡了一夜。

云朵越来越高，天气越来越凉，风越来越大。

有时候在第二平台处，有时到第三平台处。抱住那几欲消失在空气里的细弱树梢，没有人发现我，没有鸟雀发现我。

爬到大枇杷树顶朝西望，无遮无挡，视线在施甸盆地一路飞驰，直到阻于最西边那一脉屏风似的高山。夕阳正在落下。曾经有几年，每年至少一百天我会像这样眺望着夕阳正在落下。往西山落下。往大地深处落下。往白昼的渊薮落下。风呼呼地吹，天气骤冷，满天云朵惊慌逃窜，恍若躲避黑夜的追捕。我抱住那已然消失在空气中的树梢，深觉自身也已消失在古老而又新鲜的夕光里。夕光照耀到好多年后的院子，大枇杷树砍了，小枇杷树没人攀爬了。夕光转眼变成黑白底片。现在是连小枇杷树也枯死了，砍了。——我也再没看过那样好的落日，倒是常常吃到小鸡蛋般的枇杷。这般大小的枇杷，原是极为平常的。

2017年6月28日

缅桂花

“出了作协的院子，拐个弯就到了陕西南路。路边的梧桐很高大，绿荫匝地。大概是因为靠近淮海路，一路上美女如云。吸引我的倒不是美女，而是一些沿路做小买卖的。那些推销包包、手表的有些让人厌烦，不过还有一些真是挺不错，比如吧，卖碟片的，常常是一辆助动车或摩托，架着一个木箱，箱子盖儿打开，里面是各种各样的碟片，没有细看过，但似乎欧美的居多。车上还有个音箱，播放的都是欧美的音乐，多半是很抒情那种。路过时就会下意识地走得慢了，听那音乐渐渐消逝。

“今天刚拐出巨鹿路，还见到一位老奶奶，头发全白了，蹲在地上，面前有一只小篮子，篮子上面有个横条木，摆着一排白色的花，竟然是云南老家特别常见的缅桂。缅桂开起来像是微型玉兰，我见过的有两种，白的和黄的，白的香，黄的不香。以前……大概上初中前，院子里有一棵黄的，每年开很多很多花，黄黄的一树，经常有村里的小孩、女人来摘，花开后还会结出大串大串青葡萄似的果实。后来那树不知怎么被水沤死了。院子陡然空旷了许多。白缅桂姑妈家有一棵，也是在院子里，不过不怎么到姑妈家，印象不是很深。印象最深的是施甸一中北部的教学楼前面的两大棵，有三层楼房那么高，开起来那叫香啊。上课时不经意就会闻到，再要闻，却又闻不到了。香得缥缈不定。那时和弟弟住在学校里的教师宿舍区‘九家巷’，两个人经常晚间出来散步，走着走着就到缅桂树下去了，总不免要在两棵缅桂树间徘徊许久。记得有一天晚上，和弟弟说，今后想起这时候的日子，肯定觉得特别好，会很怀念。弟弟说，不用以后想起，这时候就已经开始怀念了。现在想来，果然。

“一面走，一面回头看老人摆弄缅桂，心想，不知有没有人跟她买。这么想着，渐渐就走到卖碟片那些男人边去了。猛然想起，干吗不跟她买一些呢。可已经距离很多路了，天又这么热，就懒得回去了。对啊，天又这么热，不知道她的花卖掉没有。”

——以上文字，是我2009年7月17日的日记，录入时，稍微做了一些字词上的修改。那时候，我还在复旦大学读研究生，刚到上海作家协会实习。一晃眼，三年过去了。我是2003年到的上海，一晃眼，九年过去了。九年了，我仍然对老家的许多物事念念不忘。缅桂花就是其中之一。

中国实在太大，导致很多器物的名字难以统一，植物的名字，也是各地不一，可以说，非常混乱。二十多年前，汪曾祺先生曾写过一篇《葵·薤》，探究所谓的“葵”和“薤”究竟是什么东西。我小时候可没这种精神。想当然地，就以为老家的缅桂花是桂花，而且，误会了很多年。高一时，我学着写诗，在一首诗里把缅桂花当作了桂花，教语文的赵国评老师在班里读了这首诗，表扬了几句，接着嘀咕道，不过缅桂花和桂花可是两种东西。我愣了一下，但没太当回事。直到大学后，才知道桂花是另一种东西，知道后，却不能立即接受，总觉得，桂花怎么这么小呢？也不好看啊，总之，没有缅桂花好看。

让我误会的，何止缅桂一种！前面引用的日记，第二句话就错了，上海陕西南路上的行道树可不是梧桐，而是悬铃木。“梧桐更兼细雨，到黄昏，点点滴滴”，这里的梧桐完全是另一种植物。翻找资料后得知，悬铃木大概有七种，作为行道树的有三种，分别是一球悬铃木（俗称美国梧桐）、二球悬铃木（俗称英国梧桐）和三球悬铃木（俗称法国梧桐）。经常地，我们把这三种悬铃木都统称为法国梧桐。为什么呢？那是因为近代悬铃木主要是由法国人种植在上海租界内的，除此，悬铃木和法国人没半毛钱关系。大概在晋代，悬铃木就传入我国了，相传，是印度高僧鸠摩罗什带来的。

转回来，继续说缅桂花。

初中以前我家院子里就有一株缅桂花。那棵缅桂树比碗口粗些，常年绿叶婆娑，开很多花。可惜是黄色的，并不香。但这并不妨碍人们对它的喜欢，村里还是有很多人来摘花。女孩子喜欢摘了缅桂花，用一根线穿了蒂，项链似的，挂在脖子上或者手腕上。好几天，黄色的花瓣才会变黑，变干。这么漂亮的花，这么容易就败坏了，怎么行呢？人民群众的智慧是无限的。老家的人们想了个办法：找个空罐头瓶，洗干净了，把带着绿蒂的缅桂花装进去，灌满清水，拧上盖子，最后，用蜡封住盖子的缝隙，罐子不让空气进去。这样，长年累月，缅桂花都不会坏。罐头瓶可以放在床头、放在桌上。

小时候有几年，我跟奶奶住一屋。窗户很小，采光不好，白天屋子里也是昏暗的。床边的桌子上，除了放奶奶的针线和杂物，还放了这样两个装满黄色缅桂花的罐头瓶。奶奶时常擦洗罐头瓶的外面，不让落上灰尘。不管白天还是黑夜，它们都像两盏黄色的小灯笼，给了昏暗的屋子一丝光亮。许多年过去了，不知道那两个罐头瓶哪里去了，我没在奶奶床边的桌子上看到它们。

许多年过去了，夏天里，我在上海见了无数枝叶繁茂的悬铃木，却再也没见到一棵开满黄花或白花的缅桂花树。

——以上全部文字（包括开头所引的日记），是我于2012年5月30日完成的一篇短文，题目叫作“故乡的缅桂花”。转眼快六年了，我在上海已经见过几株缅桂花了，那是2017年夏天，在路边一家卖花草的小店里见到的。花花草草直接摆在路边，占了很大一片地。开车路过，远远地就看见一大片红色，近了才看清是三角梅。停下车看，一盆盆花草似是随手扔在了那儿，又多是大盆土盆，整个地方显得荒僻荒凉而又茂盛坦荡。在三角梅后，竟有几株缅桂，凑近看，枝丫间一个个小花蕾含苞欲放。喊了好几声，卖花人才迤迤然从附近小房子里走出。我挑了几盆，其中就有一株缅桂，细细弱弱的样子，主干比拇指略细，树梢刚到我的额头。

将缅桂运回家后，在阳台找了个位置（阳台上已经种了不少在老家常见的植物，譬如姜花、薄荷、剑麻和三角梅），用个红褐色陶盆栽上。浇了一次水，第二天一看，竟然有个花苞出现在眼前，洁白如玉，娇俏动人。不用怎么凑近，便可闻到熟悉的芳香。接二连三地，更多的花苞绽开，一天开出两三朵甚至四五朵，最多时，树上同时开着十七八朵花。从仲夏到初冬，花朵从未断过，小小的阳台始终清香弥漫。直到冬天来临，树上只剩下最后一个花苞，几天过去，花苞仍裹着绿萼，如今，春天到了，那花才悄无声息开了，谢了。待到夏天，或许会开出更多的花吧？

如今我才知道，白缅桂的中文学名叫作白兰，黄缅桂叫作黄兰。黄兰是要比白兰香得多的。可我怎么记得黄缅桂并不香呢？是因为大院子里那棵黄缅桂要比我高得多，距离远了所以闻不到香？但我分明曾经把花朵放到鼻子跟前闻过的。那么，是因为黄缅桂的花朵太过于鲜亮了，以至于我竟忽略了它的香？……记忆的不准确不可靠，由此可见一斑。

2018年3月6日

隐身树

我记得它们，那些隐身的树。一棵，一棵一棵，一棵一棵一棵，我记得它们站立的土地，沟渠边、小山坡、竹林旁，或旧屋后。我也记得风吹过它们的样子，它们开花的样子落叶的样子。当整个村子在变迁，老屋拆了建新的，人老了死了出生了长大了离开了到来了住下了，它们沉默着，渐渐藏身隐匿之地。但我仍然记得它们。

最先隐身的，是大院子里的桃树。那是很老的一棵桃树了，在我家的东北边，通往邻居家的路边。树干有保温壶粗，侧向我家的屋子。春天开很密集的粉色花朵，夏天里密集地结出桃子，初秋桃子密集地成熟。无论满树的花还是满树的果，都让人担心，桃树要被压塌了。那时候我五岁？抑或六岁？爸妈说，我会穿条小裤衩在桃树下打拳。我记得，奶奶会在桃树下纳凉。那桃子是什么味，却早忘却了。

大院子里还有两棵树，在对面邻居家的石阶前。

一棵是缅桂，一棵是杏树。

东边的缅桂似乎一年四季都在开花，花色蜡黄，隐在蓬蓬绿叶间，朵朵烛火似的。因是邻居家的树，我是不好爬上去的，只能站在树下仰头看，看到花朵，总有种怯怯的欢喜，生怕还有别人看到了来给摘走。好些年，奶奶床头木架上，长年累月放置着几个打吊针剩下的粗大玻璃瓶。玻璃瓶洗净了，用蜡封住口子，内里灌满水，水里挤挤挨挨地浮着一朵一朵黄黄的缅桂花，花型窈窕，鲜活如初。我至今不是很明白，那些花是怎么一直不坏的；也不是很清楚，它们是否就是来自大院子里的缅桂树。

那棵杏树呢？杏树的存在感低很多，但我始终记得，春天里开得不多却娇艳无限的杏花；记得心形叶片间，露出的一个个绿绿的杏子。抬头望去，阳光正在叶子和青杏间闪烁。

不知道在一个什么日子里，斜对面的邻居家修路，砍掉了桃树。那时候，我只有六七岁吧？等我长到十多岁，对面邻居家修院子，又砍掉了缅桂树。杏树倒是一直在着，但失去缅桂后，它看上去是那么孤单。终有一天，它被雨水沤死了。所有的叶片凋零殆尽，光秃秃的灰黑色枝干扎在泥泞的土地上。

接着隐身了的，是我家后院的两棵银桦树。它们是我迄今为止见过的最高的树。走在村子里，稍一抬头就能望见它们。竹林已高出两层楼的瓦屋，它们收紧枝丫像是抱紧了手臂，高高地肃立在竹林之上，真似乎要插到云霄里去。每逢夏天，两棵银桦满树金黄，阳光里分外炫目。据说，那些金簪一般颤动着的大串大串花束是甜的——那样子看着就很甜，可惜，我至今没有机缘尝一尝。而它们给我的最大快乐，是上面不知何时有了个硕大的鸟窝。

那般高大且繁盛的树，有鸟窝并不稀奇，稀奇的是，那鸟窝不是一般的树麻雀、鹊鸲之类的，而是老鸹的。不记得谁先发现的了，春末夏初，两只老鸹绕着高高的银桦树上下翻飞。你见过老鸹在天上飞吗？天蓝透了，闪亮的白云缓缓走动，老鸹展开它们黑而亮的翅膀，不紧不慢地飞，不时发出响亮的一声：“哇——”它们视域下的村庄，愈发静寂了。

一声一声，嘹亮，孤独，庄严。

银桦树热闹起来了。当老鸹飞近，一个个小脑袋探出头，数一数，一只两只三只……最多时候，同时出现的有四只还是五只？鸟窝离我们至少三四十米远，要看清楚雏鸟并非易事。但我们每天回家，必然要站在后院里仰头看上半晌。

不知过去多久，雏鸟们长大了，老鸟们带着它们围着银桦树飞啊飞；又不知过去多久，小鸟们飞得不知踪影了，两只老鸟仍绕着银桦树飞啊飞。漆黑的身影，补丁一样打在天上。

两棵银桦树是被缓慢地砍倒的——至少砍了一两天。它们实在太高，不可能直接从脚下砍倒，只能从树梢砍起——先砍掉枝丫，再从上往下一截一截砍掉主干。后来听大人说，邻居家是以一千块钱的价格卖掉它们的。那两只老鸹莫非预料到两棵树的命运？早两年它们便飞走了。

再也看不到它们了，那高耸的身影。站后院朝南望，空落落的天让人不知所措。

时间似乎在加速，更多的树列队走向隐匿之地。

我家后院原本有两棵枇杷树、两棵石榴树、一棵桃树和一棵番石榴。桃树和番石榴是奶奶在我六七岁时候栽的，枇杷树和石榴树则是我还没出生就栽那儿了。我看着桃树和番石榴一年一年长高再长高，番石榴追上了先前的枇杷树和石榴树，比两层瓦屋还高。桃树则一直矮矮的，枝叶婆娑地趴在水沟上方。先是不知道什么原因，东边的石榴树砍了，西边的石榴树也砍了。再后来，要修院墙，每年硕果累累的桃树砍了，那棵高大挺拔、总在冬天开出白色小花的番石榴，也砍了。奶奶已经不大清醒，或许并不知道她种下的树已经消失了吧？

时间确乎在加速！

紧接着加入隐身队伍的，是水井边的几棵柳树、石榴树，邻居家后院的一棵李子树，我家后院附近的两棵银桦树，田边的一棵桃树。然后，是菜地边的一排长期充当篱笆的树——是些什么树呢？是几棵桃树、一棵酸木瓜树、一棵柏树和一棵枇杷树。那棵枇杷树还年轻，别的树是有些年岁了。桃树已经很少再结果；酸木瓜树的枝干老硬虬结，每年不过聊以自慰般开几朵红红的寂寞的小花。柏树呢？从老屋我那间房的窗口，刚好能望见它。夏日忧愁的雨雾里，它静穆地立着。奶奶信佛，我曾经爬上柏树，给奶奶折下树枝，晒干了舂成香面，让她带去寺庙。奶奶老得不能出门了，不再到寺庙去了，它也就再没什么存在的价值了吧？反正这么些树，三两天给砍光了。从我家的菜地到邻居家的菜地，再没什么屏障。四处都很空旷。

接下来呢？时间继续着吞噬一切的习性。

后院边上的邻居家从外地回来，要盖新房。他们决定，要砍掉我家南边的一片竹林，还有竹林边的几棵树：狗骨头树、洋草果树和苦楝树。

多少个日子，正午的时候，太阳总要把那棵三四层楼高的洋草果树的影子投到后院，正晒着的衣服，完全给遮挡住了；又有多少个日子，大风吹起来，小小的小小的紫色花朵，忽忽悠悠地，飘到院子里来了。仔细听那落地的声音，噼噼啪啪，轻俏的，疏朗的，和春天的细雨是步调一致的。让小时候的我觉得有点儿可惜的是，那么秀丽的花，最后结出来的果是有些傻气的，圆乎乎的，黄暗暗的，一嘟噜一嘟噜挂在枝头。但对大人来说，它们倒有别样的用场，可以收集来做成胶水，将一层一层布粘牢，待压实晒干后，便可剪成鞋垫。

那棵狗骨头树呢？据说木质坚硬，是做陀螺的上佳之选。我是有过一只陀螺的，是用它的枝丫做的吗？如今回想起来，已经很模糊。

时间不停歇。后院那棵比我年纪还大的大枇杷树也隐入黑暗中了。它站立的地方，已建起钢筋混凝土的新房。那年，我回到家，看到新房，没和爸妈提起它，爸妈也没和我提起它。好几年过去了，几乎从未有人提起过它。就仿佛，它从未存在过。只剩下东边那棵小枇杷树，一年一年立在那儿，开花，结果，果实没人吃，也没人摘。一年一年，熟透风干的果实落满拆剩一半的老屋的屋顶。记得那晚躺在新房的床上，睡不着了，闭上双眼，又看见那熟悉的村子。面对时间的深渊，召唤那些早已隐身的树：一棵，一棵一棵，一棵一棵一棵，它们静默而苍翠地显现。

2017年7月18日

玉　米

四年级那年，家里把将近六分的自留地都种了玉米。一垄一垄玉米，如一列一列士兵，生机勃勃，可堪信任，足以期待。自留地往东几步，即是小娃坟。地里干活时直起腰，大山占满眼帘，低处浅绿，往上变蓝，有些山坡的树砍光了，裸露出大片鲜红殷殷的土地。山顶之上云影渺渺，天呈灰蓝色，已经许多天没下雨了。

玉米是格外壮健的。看它的根，不说那扎进土里的地下节根，且说地上茎节处长的出气根，一根一根向下，暗红，饱满，如龙王弹性十足的胡须。它们渴极了，从地底咕嘟咕嘟吸上水来，再通过强壮的主干朝上输送。我有时候会对着一株玉米发呆，想，水是如何往上走的？午后的玉米地燠热，寂静，仿佛看得见绿色汁液在匆促地流动。阳光盛大，锤金碎银。浓绿的玉米叶硬挺修长，紫红的玉米须柔顺光亮，它们都在阳光里弹奏着强劲的音乐。

玉米刚长得比膝盖高，我们便常去玉米地。

自留地太远，我们一般只会到附近的玉米地里。夏天草木疯长，走到田埂上，青草拂身，草味苦涩。草遮住了水沟，和路没什么分别。所幸我们手里捏着电筒。电筒射出昏昏的光，照到玉米叶上，一个一个肥胖的羊虫（金龟子）正吃玉米叶呢，摸上去，大的，小的，真不少。羊虫吱吱叫着，并不飞起，抓住了，塞进玻璃瓶里，盖上盖子，摇一摇。几十上百只羊虫碰撞，发出更响亮的吱吱声。第二天，把羊虫朝地上一撒，它们蠢蠢地爬动着，来不及展翅，已被急遽奔来的鸡群啄食干净了。

大人们说，多吃羊虫，鸡就会多下蛋。

鸡蛋不知道有没有多下，羊虫是减少了，玉米也渐渐熟了。

堂屋里，阿爸在刻卡子（格子门上的雕件）。刻好一个，交给妈用砂纸抛光。我和弟弟在一旁做暑假作业。说是做作业，实在是三心二意的。电视开着呢，播的是《新白娘子传奇》。许仙一唱起来，我就低头做作业；白娘子一展法术，我就抬起头来。那是云南台呢？还是施甸台？竟然一个白天连播六集甚至七集，播完了，太阳已然西斜。阿爸放下手中的活，催我们出门。可白娘子走了，大力水手又来了！我们还想赖着看大力水手吃菠菜，阿爸已经把手推车弄到院子里了。

我们不情不愿地推着手推车出门了。

夕阳把我们的影子映在小路上，影子很长，爬上夜来香拼成的篱笆，爬上粗糙的土墙。走过大水井，走过二泥浆龙，就到自留地边了。

暑热正盛，放眼所及，茫茫荡荡的，不是水稻，便是玉米。田埂上绿草茵茵，鬼针草、车前草、青葙、烟管头草、水蓼挤挤挨挨，从停放手推车的路边，走到自留地边，不知道得挡开多少杂草。玉米林密不透风。阿爸拿一把镰刀，侧身进去，看看玉米包大小，再撕开一点儿玉米皮看看，确实饱满了，就连玉米秆一起砍下。不多时，我们已经拖出不少玉米秆，拖到车上堆好，捆扎好，阿爸拉车，我们推车，浩浩荡荡回家了。

玉米一根一根掰下来，壳是淡绿的，须是紫红的，浅黄的玉米粒像一个个小水泡。吃玉米的方法很多，嫩的煮，老的烤，然后一折两段，插在筷子两端，用手握住中间的筷子，如同抡一件武器。不老不嫩的可以蒸作玉米饼，玉米饼就用刚刚撕下的玉米壳包裹，玉米的清香一点儿不会丢失。

我最喜欢的，还数做玉米粉。和豌豆粉是差不多的做法，先把玉米粒抹下，为了省力，也可以干脆用刀削。玉米粒要么拿到磨坊去碾碎，要么用家里的杵臼舂碎，总之，弄碎就成。然后，将碎了的玉米粒泡水里，泡一段时间后倒入纱布，纱布底下接了盆，滤出的玉米浆澄清一会儿，将上面较清的倒入铁锅，慢慢加热，不停用锅铲搅，待玉米浆热了，再把之前留下的最浓稠的玉米浆倒入，再接着搅啊搅。接下来，见证奇迹的时候到了！玉米浆慢慢凝结，结成明黄色的糊糊，这就可以盛到盆里或碗里了。

看我说得头头是道，可实际上，我从没做过一次玉米粉。奶奶才是做玉米粉的好手。我一次次站在灶台边，看她弓着腰，两手紧握锅铲柄搅拌。她脸上神情严肃，似乎正面对这世界的终极奥秘。我紧张地看着锅里。这世界真奇妙，让我生出多少好奇心。

习见的是豌豆粉，走村串寨的小贩、街上的豆粉铺子，卖的都是豌豆粉。到后来，家里不种玉米了，我竟再也没吃到过玉米粉。玉米粉可以趁热吃，或者放一放，任其凝成固体。固体可切片切丝，凉拌后即是一道爽口的好菜。小孩儿总是喜欢趁热吃的。满满地盛一大碗，沉沉地端在手里，加入一勺红亮的油辣子，再撒上点儿翠绿的小葱，黄的黄红的红绿的绿，慢慢搅拌，浓稠厚重的玉米味儿窜出来，长久地弥散在夏天里。

巨大无朋的云朵压在屋顶。雨水刚刚到来，又抽身远去。雨后的天空蓝得出奇，仿佛可以看见大地上草木的倒影。

空气潮热，泥地蒸腾着泥腥味儿，晒得嗞嗞嗞响。蚯蚓从地底爬出，在滚烫的石板上蠕动，不时蜷曲身子，激烈地弹跳，终究逃不过被烤干的命运。蜻蜓不知道从哪儿冒出来，麇集在大院子上空，忽高忽低，忽东忽西。握一根玉米秆胡乱挥舞，总能打下不少。有个同学告诉我，蜻蜓很多瘦肉，烤熟后很好吃，直到整个夏天过去了，我也没试一试。

白娘子都成仙了，玉米地里仍然燠热难当。草叶葳蕤，虫蚁乱飞，到地里去，身上总会留下些伤痕。不过我们去得少了，玉米老了，煮或烤都不再适合，更别说其他了。玉米壳变黄，玉米须变干——干瘪的玉米须揪下来，粘在下巴上，让我们提前做了一回老头儿，就连粗壮的玉米秆，内心也变空疏了，再找不到可以充作甘蔗嚼一嚼的。

多日不到玉米地，再要去，那便是最后的收获。

地里剩下的玉米仍然很多，这次是要无所区分地一边砍着过去了。

不记得拉了几车，自留地里的玉米才全部运回家，只记得掰下的玉米堆满耳房墙角，玉米高几尺，手可碰屋顶，让我觉得世界变得不一样了。玉米棒滑溜溜，两脚陷进玉米堆里，半天拔不出来。

玉米去壳时，壳儿得留下两三片，好把两根玉米结在一起。梁上系一条结实的麻绳，绳子长长垂下，玉米一对一对挂上去。最后，我站到椅子上，接过奶奶递过来的玉米往上挂。屋檐左边挂一串，右边挂一串，还没完，那就左边再挂一串，右边再挂一串……村里家家户户挂满玉米，玉米黄黄的一串一串，沉默而喜庆。

玉米堆里，总有些特殊的，比如彩色玉米，比如红玉米。我总要把它们挂在显眼的位置。

秋天深了，玉米干透了，得把玉米从屋檐放下来脱粒了。那时节，若夜里去串门，总能碰到人家在抹玉米。一边聊天，一边看电视，一边抹玉米，生手一排两排地抹，熟手则用两根玉米相互抹，动作花哨，效率很高。玉米粒源源不断落下，如金黄的光阴落在两膝间的竹筐里，很快便有大半筐。两手深深插进去抓一抓，哗啦哗啦哗啦。抹干净玉米粒的玉米芯，触手轻软，红红地在身后堆成小山。这时候，我更注意那些特殊的玉米了，总要把它们从玉米堆里找寻出来，想尽办法留到最后，最好能够一直留着，仍旧挂到屋檐底下。

让玉米红着，让过往的风吹着。

“就是那种红玉米/挂着，久久地/在屋檐底下……”

家里这般大规模地种玉米，印象里只有过这一年。

2017年9月24日

甜　夜

从怒江边经过，仰面朝上望。蓝天澄净如镜面，大风吹动浓白的云彩，如一个磨镜人，认真地擦洗天空，安静，笃定。偶尔看得见鹰在飞，稳稳地移过来又移过去。天空之下，陡立的两岸山坡上，遍布甘蔗。看上去细细的甘蔗，一根一根向上挺立着，一只一只伸出的手，想要竭力抓住些什么。怒江水滔滔不尽，不尽的声响填塞在金光闪耀的空气里。我呆立着，想着，如果是夜晚，会是怎样的景象？天上一条银河，地下一条怒江，江水滔滔，银河浩浩，我还没见过这样的夜晚。转而，我想起另一个我所经历过的夜晚来了……

许多年前，家里种过大片甘蔗，是种了两年还是三年呢？想不起来了。总之是种过的。我们种的甘蔗，也如这陡坡上的，是用来榨糖的，皮红，质硬。

我们那儿经常听说的糖厂有两个，一个是由旺糖厂，一个是打黑糖厂。姑妈家就在由旺糖厂边，邻居阿坤哥则在打黑糖厂工作。不过那时候，我是哪个糖厂都没去过的。我只知道，那些望不尽的甘蔗林，最后伐倒了，是要装在大红拖拉机上，突突突地运到糖厂去的。拉甘蔗的季节，是我们孩子的狂欢季——当然，在此之前，我们中的不少人已经开始陷入狂欢了。有个小学同学，就曾好几次逃学，到甘蔗林里去偷甘蔗，吃饱了再回来。有一次他运气不好，偷吃的甘蔗刚刚打过巴丹——那是一种杀虫剂。回到教室后，他的肚子造反了，跑了一趟又一趟厕所。等到拉甘蔗的季节，是没这样的后顾之虞的，那时，打过的农药已基本没残留。

看那拉甘蔗的拖拉机开过来了！我们笑着，等在路边。甘蔗堆得老高，即便有好多根绳子捆扎着，仍然摇摇摆摆的，仿佛随时会坍塌，随时会把拖拉机拗翻。拖拉机刚过去，我们紧跟着跑，顾不得开车师傅詈骂，紧跑两步，跳起来，拽住一根突出的甘蔗，缩了双脚，把整个身子挂上去。因了身子的重量，一根两三米长的甘蔗吱溜溜地给抽出来了。偶尔，也有甘蔗捆扎得特别紧实的，怎么也抽不出来，我们的身子便坠在上面，上不得下不得，随了拖拉机，漫无目的地朝前颠簸着。

这种甘蔗并不好吃，太硬了，咬掉皮都困难。街上有专供人吃的甘蔗卖，那是脆芯甘蔗、水果甘蔗，皮绿，粗大，甜脆。但那年头，很多人家是舍不得在甘蔗上花钱的。我们很多时候吃的，还是这原本用来榨糖的大红甘蔗。

奶奶在龙塘边的自留地种了一丛甘蔗，也是这样的大红甘蔗。我们时时要砍来吃。但那还不如从拖拉机上抽来的呢。或许是因为种在水边吧？也有可能是因为不远处就有个厕所，奶奶种的甘蔗吃起来，那味道总有些诡异——不甜，很咸。

终于，这一年家里要种甘蔗了，一下子种了好几亩。种甘蔗，是要把甘蔗两节三节地断开，断口处涂上草木灰，一截一截插进土里。在这过程中，甘蔗种被我偷吃了不少。种下去后，又要防着被别人偷吃……几场雨过后，甘蔗发芽了。透过朦胧的雨幕，看上去绿茵茵一大片。甘蔗长得飞快，再过不久，就能看见抽出的茎节，红的，表面一层白色薄粉。又过个把月，甘蔗已经长得比我还高了。这时候就要开始做些整饬，掰掉多余的叶子，砍掉细弱的甘蔗。这是让人喜闻乐见的，吃甘蔗变得顺理应当了。等清理好，甘蔗又噌噌噌长上去好几节了。我时常钻到甘蔗林里拔草，里面多的是兔子喜欢吃的小鹅菜（苦苣菜）。

甘蔗林，是比油菜花地更茂盛的存在。待在里面听外面，脚步声、说话声、鸡叫声狗吠声，都离得远远的，恍若另一个世界。我独自待在这完足的小世界里，阴凉，荫蔽，幽暗。蟋蟀在叫，蚂蚱在振翅，甘蔗在拔节，所有响动和事物，恍若是我的一部分。一阵风过，飒飒声响，抬起头望，午后阳光如碧波万顷，在头顶鲜明动荡。

我们还在家里的甘蔗林里种西瓜。不记得是谁种下的，也可能是随手扔下的西瓜子吧，总之是长出了西瓜蔓。是一块稍微开阔些的地方，阳光可以透下来。瓜蔓在珍贵的光亮里爬行，长出一片叶子，又长出一片叶子。然后是，一朵花，又一朵花。我几乎每天都要去看一看。黄色的小花干瘪了，鼓出一个圆圆的毛茸茸的小球儿。我兴奋得不知如何是好。西瓜一天天长大，旁边又有了第二个西瓜，再没有第三个。就这么两个西瓜，慢慢地一天一天长大，最先冒出来的那个，渐渐长到碗口大了。圆滚滚的模样，比我见过的世间任何的西瓜都要让我欣喜。而这时候，甘蔗已经成熟，甘蔗林氤氲着郁郁的甜味儿。

砍甘蔗前几天，摘了西瓜，只有那个最大的瓜瓤是水红色的，另一个，瓜瓤都全白着呢。这真叫人惋惜。但不等我过多惋惜，热闹的收获日到来了。

家里人手不够，请了村里好几个帮手。带上早已拧好的稻草绳，带上早已磨锋利的砍刀，带上早已准备好的肩杠，推上早已维修完备的手推车，浩浩荡荡地，朝甘蔗林进发了。甘蔗林离家不远，村外几步便是。很快，众人来到地里，埋头苦干起来。我那时候在做什么呢？这么多年后，我只记得一件事了。

那天，家里买了甜白酒（醪糟），我吃了一大碗。在甘蔗地，妈让我去拿地边的一捆稻草绳，我沿着田埂走过去。走着走着，身边的地晃荡着，草茎晃荡着，草尖的露珠也晃荡着，一切都凑向了鼻子尖。总算走到稻草绳边，身子一歪，整个儿大地翻转过来，湛蓝的天空如一块湿漉漉的毛巾，严严实实盖在脸上。身下是黄色的稻草绳，柔软如同梦境。想要挣扎着站起，却被突如其来的甜蜜气息击中，世界动荡而鲜明，我是如此渺小……

醒来时，甘蔗林已然荡然无存。甘蔗一捆一捆地横在田间，正待搬运出去。没人搭理我。许久，才有人敷衍似的问一句，刚才去哪儿了？嗨，这我哪里知道呢。

甘蔗一捆一捆垒在村路边一户人家的院子里，高高地一直垒得靠近枇杷树枝。夜里得有人守着。谁来守呢？最终议定的人选是阿爸和我。

对于这件事，我是时常疑心的。

但在我的记忆里，分明是有这样一个夜晚啊——

夜色降临，人声渐弱，灯火渐稀。阿爸和我躺在甘蔗堆中间的凹槽处，身下是薄薄的草席，就如甘蔗林里那两个西瓜。说了一会儿话，阿爸睡着了。劳累一天后，他的喘息声粗重而均匀。

我仍然醒着。醒着听到老鼠吱吱叫着奔逃；猫从屋顶掠过，不小心踩翻了一块瓦；夜鸟在不远处的背后山上呓语；然后是虚静……猛然，于虚静里发现，满耳是虫鸣。蟋蟀？蚂蚱？或许还有别的，唧唧唧，唧唧唧唧……这是夏末了。一钩新月凉如水，月光缠绕了这稠密的虫鸣；银河高悬头顶，辉煌壮阔，从东北到南方，横跨整片夜空。忽然，一颗流星划过。我刚想叫出声，又一颗划过，然后又一颗，又一颗……倏忽而来，倏忽而逝，如此短暂，如此明亮。我不再讶异，不再惊惶，只是让自己沉浸在这夜的黑暗和光明里。周围的甘蔗也沉浸其间。我听得见，它们的喘息声也是粗重的。每一次呼出的，都是浓得化不开的甜味儿。我被这甜味儿裹挟着，有几分飘飘然，有几分昏昏然，像个喝醉酒的人。对的，是喝醉了，那白天初次尝过的醉酒的滋味，再次袭来了。

就这样，我睡着了。

就这样，许多年后，我非常疑心，这不过是一个虚构的夜晚。

2018年10月2日

野　地

那时候我七岁？还是八岁、九岁？早上放学后，回家吃过饭，我没像往日那样径直回到学校。不记得是在哪儿玩耍了，是在前院、后院，还是一直就在屋里。那时候我并没午睡的习惯，但那天确乎是睡了一觉，醒来看看，白炽灯亮着，屋里的隔帘沉沉地垂着。看了会儿帘子上的花卉，翻身起来扯了一下灯绳，屋里瞬间暗了。

突然，脑袋里有个念头却噌地亮了：灯泡刚刚会不会坏掉了？我又拉了一下灯绳，灯亮了。怎么可能坏呢？我又拉了一下灯绳，灯灭了。稍等了等，黑暗里那个念头又冒出来了，灯泡刚刚会不会坏掉了?！我又拉了一下灯绳，灯亮了。怎么可能坏呢?！我又拉了一下灯绳，灯灭了……真要命啊，那个念头又冒出来了。嘀嗒嘀嗒嘀嗒，灯绳拉响的声音在屋子里反复，我越来越紧张，越来越控制不住自己去拉灯绳。嘀嗒，亮了；嘀嗒，灭了……汗水一层一层渗出来，湿漉漉的手简直要颤抖了。

啪——

灯绳断了。

是从上面开关处断的，一根蓝色尼龙线委顿而下，蛇一样缠住我的脖子。我愣了一下，舒出一口气，可以不用再去扯灯绳了。抬头看，灯泡亮着。我又舒出一口气，灯泡看来确实没坏。可我很快明白过来，这似乎比弄坏灯泡的麻烦更大。

走出房间，家里静悄悄的，大院子静悄悄的。

奶奶不在，爸妈不在，弟弟不在，邻居也全都没踪影。这可真够少见的。前院后院找了一遍，确实一个人没有。再次回到房间，那盏灯执拗地亮着。

我背上书包，再次走出房间，朝盛满阳光的大院子看了一眼，转到耳房。耳房堆满刚收回来的水稻，水稻尚未脱粒，发出拥挤稠密的发酵过的气息。稻茬朝向过道，我伸出手掌从那些锋锐的稻茬上擦过。穿过空空荡荡的后院。后院外的村道上一个人没有。我想还是上学去吧。沿着小路走，往南往西再往南再往西，学校出现在视野里。走过两户人家，大片稻田横亘在我和学校之间。

稻田大多收割了，大地比往日矮了一大截。

有的水稻已经收了，田里只剩下光秃秃的稻茬，稻茬间胡乱长着辣草尖儿（红蓼）；也有的水稻割倒了，尚未收回去——只要天气好，割下的水稻总要在田里晒上两三天的。水稻齐齐整整地码在稻茬之上，稻穗在一边，稻秆在另一边，一行一行的很是好看。快到学校了，看到一户人家正在收割。他们看看我，直起腰，说这小娃儿怎么才去学校？我站住了，看着他们。他们说，上课铃打了半天了。我略想了一想——其实也并没怎么想，转身走了。

可是，能去哪儿呢？

无论回家，还是在附近晃悠，都很有可能遇到家里人或认识我的人。在此之前，我从未逃过课——在此之后也再没有过。家里人见我没去上课，结果是可想而知的。我忽然发现，我没地方可去了。天那么高，地那么大，似乎没有一个地方能让我待上一个下午。我漫无目的地走着。快进村时又拐出去，往南到了寺门口；又折返进了邻村，村道静悄悄的，听到不知谁家在院子里掼水稻的声音；再往北，快到家门口时又拐向西再拐向北，一直走到横沟供销社，再往北边去；晒得发烫的土路两侧，铺了稻秆或者席草……曲曲折折，拐来拐去，一路上的所见，异常熟悉，又格外陌生。

让我停下来的，是一片荒芜的野地。

四周都是收割过的稻田，整整齐齐，一丝不苟，这一片芜乱的野地镶嵌其间，显得格外扎眼。不过，说是荒芜，倒其实是更旺盛了，更放肆了，也更坦荡了。生长着水稻，也生长着稗子，还生长着席草、荸荠、慈姑、芋头，狭箭形的芋头叶子边上，傍着几片溜圆的荷叶。再看杂草，那就更多了，除开辣草尖儿，还有蒲公英、车前草、通泉草、牛筋草、三棱草、泽漆、龙葵、酸浆草、蛇莓、鬼针草、粘粘草（豨莶）、叶下珠、草纸包（救荒野豌豆）、鼠曲草、棒头草、益母草……规模最大的则是一大片开着小黄花的石龙芮。

地里半干不湿，有些凹陷处，积着些水。也不知出于什么目的，我分开高过腰的杂草走进去。这才发现，荒田里竟然藏着这么多热闹。是蚂蚱！扁头的尖头的，黑眼睛的红眼睛的，绿身子的褐身子的，在我经过时，纷纷飞窜，撞到我身上又折飞出去，撞到脸上的，还有些疼。我越往前走，惊起的蚂蚱越多，蹦跳的声音，展翅的声音，跌落的声音，噼噼啪啪连成一片。回头看看，来路的上方，嗡嗡嘤嘤，腾起了一片蚂蚱的绿云。

我多想抓住几只蚂蚱，回家油炸了解馋，可我从来没见过这么狡猾机灵的蚂蚱，无论我怎么费劲儿，空空两手仍然两手空空。我只能站起身子，徒劳地看一整片蚂蚱的绿云环绕在我身边。嗡嗡嗡——嘤嘤嘤——时间是在冲刺呢还是在慢跑？周围没有一个人经过。鸟叫也听不到一声。我在野地里待了多久呢？大概一个小时还是两个小时？自始至终，我独自面对着荒田的冷寂和热闹。

听到人声正朝这边来，忽然惊醒过来似的，我想，我该回去了。

走出荒田，回头看看，午后的太阳亮堂堂地照耀着，荒田又回复到了原先的样子，杂草们混在一起不分彼此，蚂蚱们沉到绿色的海底悄无声息。荒田收了胳膊大腿触角，准备好缩进时间的隧道。我怀疑自己从未走进去过；看看脚下，沉甸甸地沾了两脚泥，我又确实是走进去过的。走到村路上，胡乱地转了几个弯，眼前竟然是学校。

我混进放学回家的人群里，谁也没发现有什么异样。

回到家里，奶奶已经回来了，爸妈和弟弟也都回来了。回屋看看，灯绳竟然修好了。拉了一下，灯亮了；又拉一下，灯灭了。没人问一句，灯绳怎么坏了。就像它从来没有坏过。

第二天到学校去，也没人问起，我头天为什么逃课，就像我昨天一直坐在教室里。

我没再到过野地那儿。

我从没和人说过这事，大概没人知道会有那么一个地方吧？久而久之，像是什么都没发生过，像是那片野地从未存在过。

2017年9月15日

野　果

清明过后，上山的次数越来越多。我和奶奶从小娃坟边爬上去，往北转到瓦厂后面，从我家的两块山地边朝上走。地边有几株很大的茴香，根有手腕那么粗，此时已经绿了，有些枝头早早开出伞状的黄色小花。茴香边是一条小路，小路往南，是一片慢坡。慢坡上长满藤蔓，贴地的褐色藤上撑出椭圆绿叶，粗糙，硬实，翻过来看，叶底有些红色虫囊。若把叶子掀开，则可以看见一些紫的、小小的圆果。这就是地石榴了。还没熟呢，要到中秋前，这些小小的果实大了扁了软了，颜色淡了，呈橘红色，才算是熟透。那时若站在此地，定会被馥郁的果香包围的。

穿过慢坡往上走，到了水沟边。是一条干沟，只有插秧种麦时，才会有水从远远的水库流过来。干沟边有不少树，松树、洋草果树、乌柏树，若沿着干沟往南，到水利科那儿，会有一棵高大的“楂窝果儿树”。好多年来，我一直想弄清楚这是什么树，只弄清了是榕树的一种。楂窝果儿树会结很多果子，不结在枝头，而是像波罗蜜那样结在枝干。果实和地石榴有些仿佛的，成熟的时间也差不多。

此时，我和奶奶不往水利科那边走，而是径直上山。

不多久，走进一个山坳。左手一座山，右手一座山，我们走在两座山之间的小路上。小路两侧挤满解放草（紫茎泽兰），我们硬生生闯过去后，浓郁的草汁气息散泛开。抬头看天，天蓝得滴水，大朵大朵湿漉漉的云彩明晃晃地悬着。冲天上大吼一声，喊声撞得云彩摇来晃去。一只鹞鹰正在天上稳稳地移来移去。奶奶说，小鹞鹰要下来抓小鸡了！我盯着看，脖子发酸了，仍然只见它在蓝得瘆人的天上移来移去。再看两边的山，左手的松林茂密幽深，右手的有不少地方被辟成梯地，地里依稀可见忙碌的身影。我一向是喜欢右手的山的——

那原是陡直的山坡，几十年前才被开成梯地，种红薯、洋芋或者玉米。一层山地到下一层山地之间，有两米来高的直坡，几十层山地，远远望去，是一座巨大的阶梯。我有时候臆想，自己变成个巨人，一级一级朝上走，很快便到山顶了。此时，我倒是更愿意自己是自己，巨大了，便看不到那山地之间的东西了。

白白的一丛一丛，是映山白开了；红红的一丛一丛，是映山红开了。奶奶给我讲过映山红和映山白的故事，两姐妹如何如何，如今是全然忘却了。更有那黄黄的一丛一丛，是黄果儿熟了！远远望见了，我总是要飞奔过去的。

所有山里的野果子中，黄果儿带来的欢乐是最为盛大的。

蓓蕾小珍珠似的缀在枝头，春风几阵，雨水几分，小珍珠吐出纤巧的白色花瓣，不消几日，花瓣雪片般落到地上，凸出一个个绿色球状聚合果。阳光几时，暑气几日，黄果儿黄了，几乎膨胀了一圈，轻轻捏一捏，暄腾又多汁。太阳好的时候摘下，吃到嘴里还热乎着，酸味不见了，甜在嘴里漫延，是阳光的味道。如果长久没人光顾，这些小小的黄色果儿，是会掉落地上的。据说，长虫会守在黄果树底，抬头，张嘴，坐等黄果儿落。很多人说是亲眼见过的，怎样粗的蛇，怎样盘曲着，又是怎样差一点儿没发现，发现后是如何被惊吓得三魂七魄飞散……我怀着惊惧，每到一株黄果树下，便低头在枯叶间搜寻，却是从未见过。

有时候和奶奶，有时候和同学，提了摘黄果儿专用的竹编小篮子，或者拎一只红色塑料小桶来到梯地这儿。不多时，便可满载而归。摘黄果儿，我一向算得一把好手，大概是因为我不怕黄果树上的刺吧。黄果儿好吃，可惜有刺。那刺是生满了黄果树全身的。我却并不怕，手掌手臂划上几道血口子，也要把手长长地伸向那远远的枝头。那时候我经常赤脚，哪怕是上山摘黄果儿也不例外。两只脚底板，早就磨得坚硬如铁了。看到那匍匐向山崖的黄果树，我甚至要两只脚踩住长满刺的主干，毫不犹豫地朝满枝头的黄果儿探出身子。

很多时候，还得往更高的山里更深的林里走。远远看见黄果树，跑上去摘一通；看不见，大可以看山看树看天看云。满眼是发芽的树、抽叶的草，还有不少野果，譬如山麻雀饭果儿、盐肤木、白酒果，但我们不会过多停留。我们往前走着，顾不得蜘蛛网撞到脸上——忙乱间瞥见一只怀孕的蜘蛛惊惶不安地沿树干逃窜；忽地，一只灰兔跃出又窜进草丛里了；另一边，一只野鸡咯咯飞出草窠，五彩的翅膀在春日里格外艳丽。

有一次，我们装满小桶，且吃够了才往回走。忽然，一棵黄果树毫无征兆地出现在不远处的草坡上。从没见过这样的黄果树，无所依傍，心无旁骛。快步走近看，它有我一人半高，主干杯口粗，枝丫像一柄伞一样收拢，一颗颗又大又熟的黄果儿珠玉般镶嵌其间。在它旁边坐下，看草地静静蒸腾着热气，四围的松树都退得远远的。它会说话吗？我有些怀疑。最终，别无他法，我们只能倒掉桶里的黄果儿，重新摘了全部这棵树上的。

这样的好运气是不多的。有时候，春天也会忽然吹来一阵大雨。忘记那次我是怎么独自上山了。狂风骤起，雷电突袭，我飞奔下山，雨越下越大，天越来越暗，树林变得鬼影幢幢形迹可疑，路仿佛被下了咒语，总在脚下延伸个不休。很快竹叶帽不管用了，被我扔了；很快凉鞋不管用了，被我脱了攥手里；很快我摔了一跤，桶里的黄果儿全撒了。什么都顾不得了，我一手拎空桶，一手拎凉鞋，孤魂野鬼般朝家里奔。回到家里，我几乎是全然虚脱了。偶然发现，桶里竟还剩几十颗黄果儿，我差点儿哭出声……

时间来到本文开头这一天，我十二岁了，就要到镇上读初中了。我和奶奶沿着山坳朝山里走。走过梯地，走过五四家坟，走过新山，从豺狗洞洼子经过也没停留。奶奶指着山底那一大片乱乱的荆棘林说，二三十年前，豺狗从村里叼走了人，就钻进里面吃……我们要一直走，走到大水潭去。从小听奶奶讲大水潭，却从没去过。不知走了多久，大概到中午了吧？奶奶说，到了。到了吗？我朝前小跑一阵，看到无数黄果树。一棵一棵，一律清清爽爽朝上长，依傍着松树，却又不全然靠近。只要爬到松树上，就能摘到那一颗颗汁液饱满的黄果儿。我爬到树上去摘，奶奶则站在树下摘。忽然，我发现了什么。

这儿不是大水潭吗？

是哦，就是大水潭。

怎么没水呢？

我和奶奶分开黄果树，分开松树，分开野草——

水呢？……这地方完全变了。奶奶怅然若失。

呈现在我们眼前的，是一个巨大的干涸的深潭。不知道多少年没见过一滴水了，潭底皲裂，裂缝间塞得进一个拳头，每一条裂缝都弯弯曲曲绵延几十米。一些瘦瘦的席草蔓生其间，太阳底下，迎着细细的风。以前一直听奶奶讲，大水潭里有条老黑龙的。我问奶奶，龙也会像长虫那样，张着嘴等黄果儿吃吗？奶奶没回答我。三两步跑窜而下，顾不得被杂草划伤，我奔跑在曾经大水汹涌的地方。水！水！我大声喊，像是失落又像是兴奋。声音撞到四围的山林又撞回来。扒住裂缝朝地底下看，黑咕隆咚看不到底，喊一声，竟能听到回声。我吓得一哆嗦，慌慌地离开，继续跑，跑得浑身大汗，汗如雨下，才找到一片完整的地面躺倒。仰面望见，镶着金边的光闪闪的云，无声地飘到山那面去了。

最后一次，那是我和奶奶一起，爬上那座大山。

2017年7月3日

上山拾菌子

不记得是几岁开始上山拾菌子的。我们就是这么说的，“拾菌子”，不是“找菌子”。就仿佛，那菌子满山满坡的，只管上山拾到篮子里便是。村里有经验的人，上山拾菌子总是背一只半大的背篓的，也有的是拎一只提篮。无论如何，容器都是竹编的，有缝隙，菌子搁里面后，可以畅快地呼吸。菌子当然会呼吸！只有那种没经验的人，又或者十足懒散的人，才会揣一个塑料袋上山。塑料袋多憋闷啊！菌子装进去，没有不闷出毛病的。我是个志大的人，总要背个背篓的，那期望当然是满篓而归了。当然，不说也知道，这样的机会实在并不多。

很多人是天还没亮就要上山的。我一直想不明白，天还没亮，看得清路就不错了，怎么看得清树根下草丛里有没有菌子呢？难道要靠两只手摸过去？可不明白归不明白，村里刚刚升上炊烟，那些人三三两两下山来了，背篓歪歪地背着，顶上覆一些缀着露珠的茅草，茅草稍稍透开一些，底下全是菌子：铜绿色的铜绿菌，橙黄色的旱谷菌，鹅黄色的荞粑粑菌，青白色的青头菌，黑色的黑大脚，暗红色或奶白色的奶浆菌，姜黄色的圆球的姜疙瘩，杏红色扫帚样的扫帚菌，内圈杏红的喇叭状的喇叭菌，灰色的大的鸡枞，灰色的小的鸡枞花或者小灰老头，皱皱巴巴干枯瘦弱的鸡屁眼菌……菌子在村人眼里是有高低贵贱之分的，那时候，最高贵的当然是鸡纵，最低贱的则是鸡屁眼菌。虽都与“鸡”有关，待遇却大大不同——好多年后我才知道，城里人哪分得清这个，只消用香油炸了，鸡屁眼菌就可以当作鸡纵售卖了。而我喜欢的菌子呢，当数铜绿菌和早谷菌，好看，更好吃。

——那些早早上山拾菌子的人，大约不多时便会出现在几公里外的街上吧。

待我上山，不管喜欢的还是不喜欢的菌子，都被人筛了一遍又一遍了。

我总是要吃过早饭才能上山的，又总是和奶奶一起。二十多年前，我十来岁，奶奶七十来岁。七十来岁的奶奶翻山越岭一点儿问题没有。出了家门，走在村道上，奶奶不时停下脚步和人说话。张家长李家短。啊，真是没个尽头哪！我一再催促奶奶，快点儿吧快点儿吧，菌子都被人拾光啦！奶奶挨不住催促，只能匆匆与人话别。可走不多远，又撞见个同龄老太太，不可避免地又聊上了。那时候的我，真是对全村的老太太充满了怨气啊。好不容易到得山里，太阳都快升到最高处了。

阳光耀眼，山林阴郁。鸟鸣长一声短一声，忽地停下，山林便愈发阴郁，并且寂静。我只顾睁大眼睛低了头看。地上茅草长长的叶子被磨得锃亮，朝两面倒伏，让出一条条小路来。都不知道有多少双脚从这些路上踩过了。我不甘心，仍用木棍在草丛里扒拉来扒拉去。偶尔看到一朵两朵，也不管大小，都是要尽数收入背篓的。也有时候，扒开草丛，竟然看见七八朵十来朵，那真是要欣喜若狂了。

这么说，拾菌子只要眼睛好，肯扒拉草丛就行？当然没这么简单。拾菌子是有诀窍的。奶奶告诉我，菌子大多长在那些半阴半阳的地方。这还只是一般的诀窍。更大的诀窍在于，你得知道“菌子坛”。顾名思义，“菌子坛”就是菌子聚在一起开会的地方嘛。奶奶是知道不少菌子坛的，也都毫不吝啬地告诉了我。譬如刚上山的大路边，那儿有条下雨才会有水的小沟，沟边的草丛里多生长铜绿菌和黑大脚。因为就在大路边，最容易被人忽视，也就每每让我和奶奶有了不小的收获。还有一处，是在半山腰的一片乱石旁的深沟，沟底常年积水，两侧茅草丛生。十来岁的我到了沟边，顿觉阴风飒飒，是有些害怕的。可那沟边，偏偏生长着成片成片的小灰老头。再有一处，是快到山顶的一处二十来米深的悬崖。奶奶有一双“解放脚”，就是裹了小脚又放开了的，是有些畸形的，所以，奶奶是没法下到崖底的，可奶奶竟然知道，崖底出姜疙瘩。我半信半疑，拽住崖顶露在外面的胡须似的大拇指粗细的松树根，撅了屁股，弓起身子，一步一步朝下挪。崖壁上的红土太松软了，松树根又太滑溜，下了不过三五米，我便两手松脱，哗啦哗啦地犁开红土，径直滑至崖底了。崖底长满一人多高的茅草，茅草中间有个小水塘，水塘边上，尽是拳头大小的姜疙瘩。我几乎要扑上去了。可恨没带背篓，两只手很快塞满了。抬头望去，奶奶正俯瞰着我，笑意让皱纹都绽开了。我锐声喊奶奶，要她扔下背篓。我听见我的声音撞击悬崖四壁，松软的红土纷纷坠落。

除开能吃的菌子，山里还有很多不能吃的菌子，而且，必然是占多数的。比如，“死人头”。那悬崖底下，就不单盛产姜疙瘩，还盛产死人头。和姜黄色的姜疙瘩挺像，死人头圆圆地笃定地扎在地上，颜色却是灰黑的。更大的区别在于，死人头里面是粉状。遇上我们这些孩子，也算是死人头倒霉，总要被我们一脚踢去，骨碌碌滚远了，同时腾起一蓬黑烟。还有种“笑菌”，长得有些像鸡枞，据说有一户人家误食了，笑了一整夜没停下。

然而，风水轮流转，也有二十多年前我们以为无用的菌子，后来竟然发达了的，最有名的当数“一掐青”，又叫作“见手青”。看名字就能猜到，这菌子只要损伤了，白色的口子立马会变成青色。看到这诡异的状态，就知道其毒非小了。还有谁敢吃吗？总有人敢的。听一位吃过了中毒的说，中毒后会看到天花板上波涛汹涌，许多小人儿在奔跑。我读大学后，才知道这菌子被许多城里人视为珍宝，比铜绿菌、旱谷菌都要金贵。村里人也便跟着宝贝起它们，虽然自己还是不敢尝试，但会拾了卖到街上，专门卖给那些贪馋的城里人。

如今，我也成了“城里人”的一分子了。

刚到上海读书时，暑假一回家，还能吃到菌子。有一年暑假后返校，从县里上车时，看到做菌子生意的人搁了两大筐铜绿菌在大巴顶上。那年月，铜绿菌两三块一斤。过了一夜，大巴来到昆明，买菌子的人来了，出价是二十五块钱一斤。买那么多菌子，当然不可能自己吃，肯定是要到市场上去卖的。那又得卖多少钱一斤呢？那时候我才明白，为什么昆明人买菌子一般不按斤算，而是按两算。

工作后，暑假没了。菌子是很难吃上了。夏天打电话回云南老家，总和爸妈说起菌子。爸妈知道我的心思，买了不少菌子回来，用油煎了，真空包装了，说是邮寄到上海。几天后，我便收到个奇怪的包裹，圆滚滚的，活似快要撑破肚皮的母猪，剖开来，十几个塞满菌子的塑料袋则是十几只滚圆的吱吱叫的小猪。为了安慰爸妈，我告诉他们，只有几袋坏了，大部分还能吃，不，是好吃着呢！再说，上海也是有菌子的，以后不要再给我寄了……

上海有的其实不是菌子，而是蘑菇。蘑菇和菌子是不一样的。

菌子会一直生长到秋天。中秋节那天，大概已经吃不到菌子了吧？

2016年7月2日

酸木瓜

酸木瓜，酸木瓜，酸——木——瓜——

读一遍，读一遍，再读一遍，不禁要馋涎欲滴了。

想起妈讲的关于酸木瓜的故事：这一天，富人家煮肉。肉在锅里，咕嘟咕嘟冒香气。对门穷人家的孩子馋虫大动。肉煮熟了，富人家端住碗，坐在堂屋前，低头吃一口，抬头看一眼穷人家。穷人家的孩子更加没法忍受了，那肉，肥瘦相间，油脂丰润，口口馨香啊。穷人家的父母想，怎么办呢？到后院摘了几个酸木瓜回来，塞给孩子。酸木瓜切开来，薄薄的一片一片，酸木瓜裹了盐辣子（盐和辣椒面调和后的产物），红白黄绿，还没进到嘴里，单那馥郁的酸味儿，便要勾出舌底的唾液来了——喏，就像现在，我打下这一行字时，顿觉舌尖一片潮润。正如《世说新语》记载的曹操故事，谈梅生津，还能望梅止渴。富人家吃肉的孩子们，看在眼里，馋在心里。肉，再怎么肥美，在酸木瓜面前，亦不得不败下阵来。

妈讲完这个故事，常要说起她小时候。妈说，她和姐姐经常两个人吃一个酸木瓜，用刀子将半绿半黄的椭圆酸木瓜一切两半。挖掉内里的种子，空出来的地方，填上调配好的盐辣子，然后，用一根两头尖尖的软竹片，扎入酸木瓜肉里。提着半个酸木瓜，一路往学校走，一路将酸木瓜一片一片咬下来，蘸了盐辣子吃，到了学校，已经吃完了这小小的果篮。

这样的细节，到我小时候仍然重复着。

小时候不觉得，离开施甸后才发现，大多数人对水果和盐辣子的组合，是会投以极困惑的眼神的。记得大四寒假，来自南京的室友随我回家待了一阵子。有一天，我带他走到汉村寺门口，见到一位摆小摊卖酸木瓜的老太太，倍感亲切，买了一块钱的酸木瓜，力荐室友尝一尝。室友没见过这东西，很谨慎地用拇指食指拈起一片，端详良久，塞进嘴里，咬一小口，皱起眉头，呸一声吐出。有这么夸张吗？我有些鄙夷地大笑，随即捏了一片塞进嘴里，又酸，又辣，又甜。多么熟悉的滋味儿！

水果配盐辣子，施甸人一向是视之如常的。盐辣子搭配的，不单可以是酸木瓜，还可以是青葡萄、青杧果、青麻散朴（番木瓜）、青梨、青李、青梅、青杏、石榴、枇杷……种种水果和盐辣子和睦相处，催生出新的滋味来。不过，盐辣子最重要的搭档，非酸木瓜莫属。

在横沟小学门口，摆摊卖零食的老太太们，最主要的货物便是这盐辣子腌的酸木瓜。课前课后，我们总在这些小摊周围流连。老师们三令五申，不让我们买小摊上的东西吃，说你们不晓得那些老太太怎么腌酸木瓜吗？她们都是擦擦鼻涕又切切酸木瓜的。又说，你们瞧瞧她们酸木瓜桶里，都有蛆在爬了……如此恫吓，并未阻退我们从嗓子眼往上爬的馋虫。我们依旧会到小摊前，交出皱巴巴的一角钱、两角钱，接过用干荷叶包起来的几片酸木瓜，吃到嘴里，又酸，又辣，又甜。怎么会甜呢？那是放了糖精的缘故。

我们在家里，也会自己腌酸木瓜吃。有一年夏天，爸妈赶集回来得晚，说是遇到一个卖酸木瓜的山里人，街市散了，还没卖完，他们把剩下的全买了，装了满满两只蛇皮口袋。蛇皮口袋搬进屋里，塞到衣柜边。那儿幽暗，干燥，适合酸木瓜保存。我和弟弟，敞开肚皮，每天要吃三四个。但可不是张开嘴嘎巴嘎巴吃的，也不再像之前那样，仅仅蘸盐辣子吃。我们将酸木瓜洗净，切片，滚水烫个三五分钟，去掉一些酸涩，待青绿色的果肉渐渐发白，滗净了水，然后，倒进调配好的盐辣子。用筷子呼噜呼噜拌一拌，酸木瓜片敲在白瓷碗壁上，叮叮作响，这声音，轻微，朦胧，是酸的，清冷的。稍微听一听，舌尖泛甜。

衣柜边还放着半袋白砂糖，不记得是不是用家里种的甘蔗换的了。学校门口小摊上那酸木瓜的甜味儿启发了我们。我们在腌酸木瓜时，除了加入盐辣子，还加入了一大把白砂糖。这么一来，何止没了酸涩味，甜味儿还比小摊上的来得正宗。装酸木瓜的蛇皮口袋，非常迅速地矮下去。没过多久，秘密被爸妈发现了。妈有些恼火，批评我们，你们这是吃不下去了，还要想尽办法吃啊?！我嘴上不说什么，心里却想，既然吃了，当然要弄好吃一点儿呀，难不成要弄得很难吃，就为了吃得慢一些吗?

我们腌好了酸木瓜，拿给爸妈吃，他们推托不过了，才会尝一片两片，同时撇嘴皱脸，如同经受酷刑，连连说，牙齿酸倒了！渐渐发现，大人们是真不怎么吃酸木瓜的。酸木瓜在大人那儿做什么用呢?除了可以做菜，最主要的用途，应该是用来泡酒吧。泡酒有讲究，最好是白花酸木瓜。而我们吃的，多是红花酸木瓜。奶奶用白花酸木瓜泡过药酒的，只是我并未喝过那酒，也始终未见过开白花的酸木瓜树。

年岁渐长，我已很少吃酸木瓜了。直到不怎么吃酸木瓜了，我才知道，酸木瓜，正是《诗经》里所说的木瓜，现在水果摊上所说的木瓜，实为番木瓜。酸木瓜，学名皱皮木瓜，又称贴梗海棠、滇木瓜、云木瓜。《诗经·卫风·木瓜》说，“投我以木瓜，报之以琼琚”，彼木瓜正是此木瓜。古人将酸木瓜视为和“琼琚”一般美好的事物。古籍中对酸木瓜的记载还有很多，关于泡酒，也早有记录。《齐民要术》载：“木瓜以苦酒鼓汁，密度之，可按酒食，密封藏百日，乃食之，甚益人。”

因缘际会，我结识了老乡杨德升。德升长我四岁，离开施甸多年后，他和湖南农科院合作，用滇西酸木瓜为原料，酿造出独特的酸木瓜酒，叫作“喝对酒”。和对的人，喝对的酒。和他几次碰面，喝的大多是酸木瓜酒。

今年春天，我到德升的酸木瓜基地去玩儿，终于见到传说中的白花酸木瓜。零星的小花开在遒劲的枝头，白里染着一丝儿红，夕阳下看，粉雕玉琢，犹似白雪美人点了绛唇。

记得德升在朋友圈里转过一篇文章，说到他小时候和父亲上山摘酸木瓜的事儿。这样的细节，将他的童年时代和我的童年时代，勾连在了一起。

想起来，家里也是种过酸木瓜的。

在龙潭边的自留地边上，有一排充当篱笆的树，将家里的地和别家的地隔开。这排树至少有十多种吧，年深日久，挤得密不透风。记得有椿树、枇杷树、桃树、竹子、仙人掌、金刚纂、香柏树、老牛杆（芦竹）、吸血果（薏苡）等，树底丛生着鱼腥草、藿香，等等。

酸木瓜树呢？夹在香柏树和一棵我叫不出名字的树中间。

这酸木瓜树，据说是阿公从崖子头带回来的小苗。崖子头是什么地方？我并没去过。只知道是在离得很远的深山里。到我记事时，这棵酸木瓜树已经长得至少有两层楼高，和周围的树木浑然一体，若不细看，真看不出它来。一年到头，它只是绿着，鲜少开花，更不结果。我们也便一年到头忘了它的存在。有一年，它突然开了好几朵花，红色的，小小的，藏在绿色的叶片间。不止一朵，不止两朵，而是三朵，四朵，五朵……记得阿爸好几次站在树下，抬起头来，在绿色的汪洋里找寻那一点儿一点儿红。一天两天过去，红花谢落，果子结出。果子一天天粗壮，从指头大小，长到拳头大小了，表皮青绿中泛着粉白。终于，我们决定摘下这些酸木瓜。

奶奶站在树下的菜畦间，我爬到树上去。

小心地躲避树上的刺，一段一段往上爬。树枝在我脚下软闪软闪的，站稳了，伸出手，避开尖刺，躲过蛛网，摘下一个，攥在手里，恰好满握，硬硬的，凉凉的，舌尖不由得溢出一丝丝甜。扔给奶奶一个，啵！又扔给奶奶一个，啵！奶奶低头找到后，复仰起头，满脸皱纹，眼睛眯缝。朝天上指，那儿还有一个！那那，还有一个！我睁大眼睛寻觅，不觉又往上爬了一段。风一吹，枝条晃动，叶片翻浮，到处是绿色，到处是光影，我置身在一团密实的绿光里了。好一会儿，似乎忘记了要做什么，只呆呆地蜷在枝叶间。绿色，光影，在我眼前闪闪烁烁。似有若无的酸味儿，也闪闪烁烁。奶奶的声音从树下传来，传到耳朵里，仿佛很遥远的地方，一条化冻的大河上，冰块轻轻地撞击着冰块。

2019年5月5日　初稿

2020年7月23日　修改

夜　鹭

最初听到这孤零零的声音，是什么时候呢？当然，是在夜里。那是在哪个夜里呢？却已无从追溯。似乎是，从小就会听到这声音。就那么一声，忽然出现，在夜空里，然后又一声，再一声……一声比一声更近了，又更远了。最终，只剩下满天繁星，或者满天乌云。无论是怎样的天，都会在叫声消逝后，显得更为阔远。这声音，和平日习惯了的麻雀或燕子的啁啾是那么不同。它是孤独的、执拗的、冰冷的，又是独立的、执着的、温柔的。不取悦谁，也不拒绝谁，只是循着自己的路径，近了，又远了。当然，这些都是我的胡乱比附，声音就是声音，声音也只是声音。只是那听声音的我，活在了不同的时间和情境里。

最初是在大院子里。看电视的夜里，我常常跑到院墙边撒尿——长大后，有些不好意思，才跑到大门外——尿液激起一团热气。周围的房屋和树木魅影重重，风吹过竹林，呜呜响着。还没尿净，便忙忙地拉上裤子，穿过夜色的迷障，往院子里疾走。四面的房屋亮着灯，昏昏的灯火，很是安慰人心。忽然地，上台阶时，天边一声响——

“嘎……嘎……嘎……”

一声比一声近了，又一声比一声远了。

我站着，静静地听。黑暗的浓稠，被稀释了许多；黑暗里的鬼魅，纷纷退隐。繁星满天，星光如水。然而，看不见鸟。是一只怎样的鸟呢？一边飞一边叫，茕茕孑立形影相吊。它从哪儿来，又往哪儿去？它的同伴们呢？是和它飞散了，还是它从来就没有过同伴？这些问题，电光火石一般，在头脑里闪过。

从堂屋里隐约传出的电视节目声音，让我更深切地意识到，这是在人间。而这“意识”，又让我兼具了一种高高在上的、俯瞰人间的眼光。这只夜鸟俯瞰此刻的人间，是什么样的？黑暗的山河大地上，点点灯光，亦如繁星吧。转而又想，俯瞰亦如仰视，看灯如看星，星灯不分明。灯光是地上的繁星，繁星是天上的灯光。

后来到乡里的保场中学，再到县里的施甸中学，偶尔的，我还会听到这野鸟的声音。“嘎……”每每听到，我总是激动不已，站在操场边，站在楼梯口，坐在教室里，屏息凝气，静静地听。鸟声彻底消失后，世界倍加空旷和寂寥。我莫名地想，这只夜鸟，还是大院子上空飞过的那只吧？明知不可能是，却又有几分相信。

再后来，到复旦读书。大一时候，住在本部六号楼。楼前有许多高挺笔直的水杉，水杉叶子落在车棚顶，积了厚厚一层。水杉林间最多的鸟是斑鸠，咕咕，咕咕，叫声是我熟悉的。我没想到上海会有这么多斑鸠，为此，上海对我来说少了一份陌生感。再后来，搬到南区，又搬到北区，斑鸠的咕咕声始终不绝于耳。一天夜里，忽然听到一声，“嘎……”熟悉又陌生，多少记忆瞬间复活。哪里能够想到呢，上海竟然会有野鸭！是的，彼时我已经认定了，这从未见过真身的夜鸟是野鸭。

也到网上查过野鸭的叫声是否如此。电脑里一大群野鸭飞起，叫声啁啾，和麻雀、燕子等似乎并无二致。我想，或许是因为一群和一只不一样？单独一只的叫声，总归不同的。我仍然认定了那偶尔飞过的夜鸟是野鸭。当那“嘎……嘎……”声忽然出现，我便自行在脑海里想象出一只野鸭的样子。想象它披一身夜色，在上海的夜空中缓缓飞过，它看到了满地的灯光，只是看不到满天的繁星。

刚毕业那年，回家过年。年三十那晚，全家人睡了。我接到一个朋友的电话。那时家里的房子还是木楼，我在楼上房间里打电话，全家人都听得见。我犹豫了一下，握着手机走下了楼。只穿了一件衬衫，握着手机在大院子里走来走去。打来电话的朋友，已经很久没联系。那晚不知为何，竟和我说起她这几年的生活，恋爱、分手、家庭变故等等。她越讲越有兴致，深入生活的隐秘皱褶。而我冻得簌簌发抖，只偶尔嗯一声算作回应。真后悔没穿一件外衣再下楼啊，再要上楼去拿，又怕吵到家人。我在大院子里走来走去，跺跺脚，抱抱手，浑身抖一抖。大院子里已没有一盏灯亮着。四围黑黢黢的，更显得夜空澄澈而明亮。满天的星啊，一颗星的光和另一颗星的光默然交会，隐约映出地上枯萎的牛筋草，草叶上凝了一层灰白的薄霜。宇宙是这般浩瀚，人是这般孤独。渐渐地，我窥见了朋友这几年生活的大致轮廓，窥见了一个同类在这星球另一位置上的轨迹。

“嘎……嘎……嘎……”野鸭的声音忽然响起。

一声比一声近了，又一声比一声远了。

我定住脚，一只耳朵听着千里之外的故事，一只耳朵听着天上的声音。电话那端，说话声停了下来，仿佛也在谛听这野鸭的叫声——当然，她是听不到的，听到的只是一段静默的声音吧。但那一刻的静默，让两个生活里并无多少交集的人得以无限地靠近。只是，为什么我会莫名地冒出个念头：朋友和我打完这通电话后，还会和我联系吗？

后来，果然如我所料，我和这位朋友几乎不再联系。

如今，工作十年，我已经在上海安定下来。从书房窗口望出去，泗泾塘日日漫流。泗泾塘是黄浦江的支流，河面宽展，水流浩大，常有运输建材的铁驳船突突突驶过。时常看到白羽的水鸟在河面飞来飞去；夜里，还听到过几次野鸭的鸣叫，“嘎……嘎……”这声音每次出现，我总会走到窗边，静静地听，心里有几分难以言说的欢喜。好几次想要用手机录下来，刚打开手机录音机，那声音已然消失。

是大院子上空飞过的那一只吗？当然不是，但我总觉得它是。

前几天晚饭后，和家人出门散步，走到泗泾塘边。我们走到桥上，看到灯光下坐了好几位夜钓的人。走到桥下，走到他们身边，彼此说了几句闲话，继续往前走。脚下是一段临时修筑的土坝，两三只涉禽立在河边的木桩上。喙长，身长，腿也长，这鸟是我小时候在谷子田里见过的“老黄皮啊”（“皮啊”快读）吗？听到我们走近，它们扭过头来，小眼睛警惕地瞅着；看我们再走近，它们猛地跃起，低低地从水面掠过，钻进了河边的柳林深处。就在这飞掠的过程中，那熟悉的声音出现了。

“嘎……嘎……”只两声。夜静止，水漫流。这鸟，分明不是野鸭！

回家后，我立马上网查找，几番搜寻比对，终于知道，这是夜鹭啊。仿佛有一个新的世界忽然显现。三十多年来，我竟然一直活在这么一个错误里。网上还有一条几天前的新闻，说夜鹭是近十年来才在上海重新出现的，最先被观察到，是在苏州河边。此前，它们已经在上海消失近百年。想起来了！老家的亲戚朋友来上海，我常陪着到外滩去，在外滩边也见过它们的。尤其在外白渡桥附近，它们时常三五只聚在水中的浮标或岸沿，长身玉立，悠闲淡然，全然不受人潮的干扰。人似乎不在它们眼里，在它们眼里的是天光云影。

“嘎……嘎……嘎……”此刻，深夜无眠，心念甫动，夜鹭的声音再次浮现。

一声比一声近了，又一声比一声远了……

故园西望路漫漫。在记忆的星空，夜鹭飞着，不知飞了几千几万里。

2019年8月21日

云边人

启蒙者

我的小学没有围墙。几棵歪歪扭扭的洋草果树隔开外面的世界。洋草果树圈住的几亩土地，立着一栋挺大的教学楼、两栋挺小的教师宿舍外加一间厕所。细沙操场边上，有一座国旗台，国旗台上升国旗，是每周一的固定节目。此时，国旗正在旗杆顶端飘扬。旗杆前，站着的是我们的校长王学正老师。他声音很响亮，说："你们回去和家长说，不要再来学校放猪了！"我们的队伍爆发出了持续的欢乐的笑声。回头看看，正有几头猪藏身洋草果树下蠢蠢欲动……在这所没有围墙的小学，我度过了将近七个年头。

那时没幼儿园，只有学前班，一年的学前班我只读过大半年。原因是爸妈不知道我到上学的年纪了。大院子里的堂姐带我到学校玩儿，我悄悄坐到学前班教室最后一排，听了两次课，老师发现了，找到家里，给我补报了名。我记得，学前班只有这一位老师，一位年轻漂亮的女老师，她的名字，我却怎么也记不起来了。

学前班的事只记住两件。第一件，我给同学们算命。教室门关着，要算命的在门外排队，一个出去了另一个再进来。所谓算命，不过是给人看手指头上几个腡几个簸箕。我牢牢记住奶奶说的，"一腡穷二腡富三腡顶抹布四腡银子包中柱……"如今，后面是什么全记不住了。第二件，有道数学题全班没一个人做对，被罚站在太阳底下“好好思考”。上课时间竟然能到教室外面，大家都很高兴。

学前班结束，全班二十六个人要换到斜对面教学楼上课。之前教六年级的那位老师要来做我们班主任了。据说他非常严厉，“辣子面”不好吃。开学后，却听说他调走了。全班皆大欢喜。那谁来做我们班主任呢？

开学第一天早上，天刚蒙蒙亮，同学们三三两两到教室里坐好了。教室外有个胖大叔在徘徊，不知道是找谁的。上课铃声一响，胖大叔竟走进教室里来了。“我姓余，教语文，是你们的班主任。”他说着，转身在黑板上用粉笔写下他的名字。我们看到他穿一件后背起皱的的确良白衬衫，一条黑裤子，脚上一双黑色懒汉鞋。最引人注目的是那大圆脑袋，只有旁边一圈儿头发，头顶油光闪亮。

余老师是刚从别的学校调来的，我们一点儿不了解他。他却一点儿一点儿了解我们了。我们来自学校周边的好几个村寨，汉村、田坝心、九龙、山后、横沟和棉花村，很是分散。余老师一个个村寨走遍了。一天傍晚，听到一个声音在大院子外提起我的名字，是余老师！邻居问他，他家这小孩儿学习怎样啊？他说，我们班第一名！真是大大满足了我的虚荣心。我跑出去迎他，他说不是来我家，是要去村里另一个学生家。他家在山脚下的村头，妈跟外方人跑了，爹带着他们两兄弟过。我带余老师到他家去。在没有电灯的院子里，见到了那个学生。月亮高悬，院里没板凳，我们站着说了几句话。回去路上，余老师连连叹息。我邀他到家里，他没去，独自晃着个手电筒走了。

小学六年，我一直是全班第一名（全年级只有一个班，导致我很长时间没法理解三年级二班之类的是什么意思）。老师总是喜欢成绩好的学生的，我自然得到不少“优待”。余老师优待我的一大方式，是让我帮着刻蜡纸。第一次刻蜡纸是在教师宿舍楼前那几株高大的洋草果树下。余老师让我试试。我像是得了莫大恩宠，很高兴地坐到椅子上“试试”。余老师瞪大眼看了，说不错啊。就让我把剩下的试卷刻完了。起初，我一边刻还一边想答案，后来是完全来不及想了。自那以后，刻蜡纸的任务，大部分落我身上了。

中午，余老师把我喊到他的房间，他倒床上看报，让我在离他两三米的书桌上刻蜡纸。余老师住在二楼端头，就是学前班教室的楼上。推窗望出去，正望见东山，仔细辨认，还可望见东山脚下我家的两棵枇杷树。目光收回来，看屋前过道，阳光斜斜照下，将花瓶栏杆描上木地板，影子犹如轻烟。左侧的柱子边，挂了一盆吊兰，长长的花茎垂下，开了几朵白花。右边是过道尽头了，蹲了一只红泥小火炉，铁锅静静支在上面，旁边散乱地放了些松柴。不时传来一阵欢呼，是同学们在楼下打乒乓球——我们学生都没午睡的习惯。

这时，隔壁屋教过我自然课的刘老师起床了。听到他穿鞋，洗脸，水泼向楼下，干燥的泥地即刻湿了一大片。刘老师刚分来，二十来岁，全校最年轻。他带学生练书法、出门旅游，很多人喜欢他。他关上门，下楼去，整栋木结构的老楼随他的脚步颤动着。楼下又一阵欢呼，原来他是下楼打乒乓球了。回头看余老师，正打呼噜呢。刚还举在他手上的报纸，此时完全趴下了，盖在他脸上，随呼噜一起一伏，一伏一起。我蹑手蹑脚走过去，忍住笑，拉一拉报纸，竟被他拽得紧紧的。

蜡纸刻好了，余老师找来几个同学，大家配合着油印。黑漆漆的油墨不算难闻，但时常弄脏手，很难洗干净。余老师高而胖，常穿一件宽大的白衬衫，下摆没掖进裤子里，在身上一荡一荡的。试卷一张张印出来，传来递去间，不知何时，忽然发现，他的白衬衫下摆黑油油一片。

我刻蜡纸的“名声”是越来越好了。教思想品德课的朱老师也让我帮他刻。

五年级的夏天，我们正准备全省自然竞赛。那个周五晚上，我要到黑板上给同学们抄题目，自己还得抄一遍，再要帮着刻蜡纸……我不想接下来的周末还弄这些，竟然蹲在跳远的沙坑边哭了。同学们围过来安慰我，我却对他们说，晚上都带着油壶蜡烛到学校来，停电了也要把自然笔记抄完再走。同学们都听我的，但没等到停电，竟然给抄完了。

朱老师知道我哭过，却并没放弃让我刻蜡纸……他不知道从哪儿给我带了个很大的水蜜桃，算是对我的慰劳吧。他笑呵呵地说：“一个大小伙子，哭什么嘛。”

锃亮的黑皮鞋，笔挺的西装裤，白衬衫比余老师的顺滑得多。虽然比余老师大几岁，花白头发却仍然浓密着……朱老师在我们眼里一直很讲究。他和教体育的杨老师住得近——我经常和杨老师在屋前下老和尚棋，我是兵，杨老师是老和尚，兵把老和尚赶到女厕所里，老和尚就算是输了。我几次三番把他赶进女厕所里，他却常常不认输。杨老师屋前常是喧哗的，朱老师那儿却很安静。那是一楼的一个小院，有间卧室，还有间灶房，院子里有好几株蜀葵，夏天开很红很大的花。

这个年纪的孩子，顽皮的事自然少不了。譬如，我捉弄过教数学的校长王老师。拿掉数学题的一个已知条件去问他，他做不出来，我就一直站他身后看他抓耳挠腮。直到去年聚会，我才把这件事告诉王老师，王老师一愣，说想不起来了。

王老师始终是把我当成他教过的最好的学生之一的吧？这让我想起五年级那个早上，王老师从隔壁六年级急匆匆走过来，站在教室门口，冲正给我们上课的余老师说，你把甫跃辉借我两分钟。没等余老师反应过来，他进教室拉了我便走，到了六年级教室，一堆人睁大眼盯着我。王老师说，甫跃辉你告诉他们，中国在哪个半球？我脑袋里一团糨糊，心想中国嘛东方嘛，支支吾吾说，东半球。王老师呆了呆，说，没事了，回去吧。后来我想，他一定是想要我回答北半球的吧？可东半球也没错啊！又有些怨他，怎么不提前告诉我答案呢？余老师看我垂头丧气回到教室，笑一笑，像是什么都明白了。

一天下午，余老师把我叫到屋里，说全校少先队要选中队长、小队长，你觉得谁合适？我已经是班里的小组长、学习委员兼班长了，就推荐了别的几个同学。其实，我很虚荣地想，余老师会说让我当中队长的。余老师始终没说，我只能像孔融那样让梨了。几天后，朱老师把我喊去，问我，全校的少先队中队长、小队长都选好了？我说，选好了。朱老师说，还有个大队长，让你当怎么样？我心想，早说嘛！谁知道还有个大队长呢。嘴上却说，不当，有什么好当的！一向慈眉善目的朱老师拉下脸，说这是老师们对你的信任，怎么能这么轻易推脱？怎么能毫无担当?!……这是我作为小学生被教育得最厉害的一次吧。

那时候真虚荣，也知道自己虚荣，却怎么也改不掉。让我的虚荣心得到最大满足的，是小学五年级的一天。操场上，升旗完毕，王老师站旗杆下，大声向全校师生宣布："我们学校……甫跃辉……在全省……自然竞赛中……得了……全县……第一名！"他近乎一字一顿地喊。我站在人群中，早已笑得合不拢嘴。一个我告诉自己，不能这样不能这样！太难看了！但另一个我实在忍不住啊，仍然笑得发出了声，完全不管旁边的同学怎么看。

多少年后，我仍然记得那个清晨天高云淡。

就像记得那所小学校——横沟小学。

后来，横沟小学有了围墙，有了水泥操场，有了漂亮的教学楼，还有了花坛，我却早已离开学校。我的老师们也相继退休了，离开了。最先离开的是杨老师，接着是朱老师、余老师，最后是王老师。哦，想起来了，最早离开学校的或许是最年轻的刘老师，他是早早就改了行的。

上大学后，我每次回家，刘老师总要约我一起吃顿饭。他说，以前教你的是书本知识，现在要教你社会知识了。十来年前在姚关，打麻将三缺一，刘老师问我会不会，我说不会。他说，你还写小说呢，麻将都不会打，怎么了解这个社会？给你两百块钱去输！我坐到麻将桌上，他朋友帮着我，两百块钱果然很快输掉了——这社会知识，我终究没能学会。

几年前，听说杨如纠老师过世了。前几年回家，我说，想去看看余赓兴老师。刘老师说，你不知道？他去年过世了。去年回家，我说，想去看看朱跃安老师。刘老师说，你不知道？他三四个月前过世了！我盯着刘老师。刘老师说，你可不要哪天忽然说，想去看看刘老师……过了两天，刘老师约王学正老师和几个同学小聚。刘老师很高兴，很快喝得微醺。王老师也很高兴，我要敬他酒，他说身体不行了，只能以茶代酒了。大家说起世事的变迁，不免诸多感慨。王老师说，如今连横沟小学都没了！说起余老师，我说，真想不到，前两年还见到他，谁想到那会是永别呢？——

是在仁和街。阳光耀眼，我看到一个高而胖、戴顶破草帽、穿白衬衫的男人在买菜。我小跑过去看，果然是余老师！他满脸笑，不停地说，你现在是大作家了！我听人说过你的！我说，哪里是什么作家，学写作文呢。——我总不能忘记，余老师对我作文的一次修改。那是小学三年级吧？我写鱼塘里的鱼，“红得像太阳”。余老师在旁边批注：形容不准确，再红的鱼也不像太阳！我久久不能服气。后来渐渐明白，“准确”是多么重要。——说不上几句话，余老师要走了。我看他渐渐走远，有些驼的背依然宽阔，宽大的白衬衫皱缩着。

2017年7月2日

语文课

新书的气味是新的。凑近闻一闻，似乎时间即将重新开始。抚摸着挺括的覆了一层膜的封面，心情真是好到无以复加；然后，翻开书的第一页，一本一本写上自己的名字；再拿出事先准备好的报纸，一本一本包好；最后，压一压报纸，报纸伏贴了封面，这才放心。这么多课本，要说我最喜欢的，自然是语文。我总是急迫地翻开语文书，看看有哪些插图：低飞的燕子、江中的竹筏、小狮子爱尔莎、河里捞起的金斧头、一座椰林摇曳的海滨小城……语文书是彩色的，古代的世界、外面的世界都是彩色的。

教语文的是班主任余赓兴老师。教语文，余老师是很有几样法宝的。

第一样法宝，背诵大法。本来嘛，有些课文后面，已经有背诵要求，“背诵课文第三到第五自然段”，只有古诗，才会写着“背诵全文”。余老师不管这一套，他要求我们，所有课文都得背下来——更准确地说，是所有没要求背诵的课文都得全文背下来，那些写明背诵第几段的，反倒可以照旧。我们于是都盼望着课文后写着要求背诵。不知是否因为得过极严重脑炎——严重到被医生断言活不过三天，我的记忆力一直不大好。每天放学回家，从田地干活回来，我得花大量时间背课文。自然不会安安稳稳坐屋里，有时爬上枇杷树，有时爬到耳房顶。啪！瓦碎一块。小心抬起脚。啪！另一只脚底下，瓦又碎一块。久而久之，屋顶好大一片碎瓦，我只好偷偷用檐口内的瓦置换了。

无论在屋顶，还是在树上，只要不下雨，我总会一边大声背诵课文，一边呆看落日。落日慢坠，逼近青山，真是好看。落日陷下山坳，如戳破的溏心鸡蛋，散开满天霞光。大地上，一条黑线由西朝东涌来，爬过田塍，越过房屋，跨过河流，什么也阻挡不住它。大地昏晦，沉静，风吹过世上所有的生命。世界包藏了比光明之时更加磅礴的力量。

也不知是什么原因，有一阵子，我的记忆力发了疯，头晚读一遍课文，第二天到余老师跟前，便能全部背出来。这让我既惊且怕，生怕这样的光景不能持久。果然，一个学期后，过目不忘的神迹再没降临到我身上。

余老师的第二样法宝呢？是抄写大法。这可谓背诵大法的2.0版。“好记性不如烂笔头”，余老师如是说；而且，他一向是两手抓两手都要硬的；而且！这次是绝无厚此薄彼了，不管课本上怎么要求，一律全文抄写。

我们叫嚷一阵，也便接受这样的安排，而且加倍接受——我们总会提前抄写。当然了，这是不能让余老师知道的。得准备两三本抄写本，刚上第三课，已经用不同抄写本抄完第四课第五课了。那时，作业本是不容易得到的。如果只有一本作业本，我们便会在抄好的第三课后空出七八页，这才抄第四课，第四课后又空出几页，这才抄第五课，然后再把第六课抄在三四课之间……如此，翻开作业本交上去，余老师只会在第三课后打个红钩，再写上大大的“阅”。可凡事总有例外，有同学的作业本发下来，所有提前抄好的课文，红钩大“阅”赫然在目。同学捧着惨遭提前临幸的作业本，比窦娥还冤比黄连还苦。再布置抄写，只能重抄一遍。余老师呢？微微一笑。

提前或按时，不都得抄同样多？还得冒多抄几遍的风险。我们那时是不会这么想的。只想着提前完成，便卸下了一副重担。

余老师这第三样法宝，乃作文大法——不，或许应该叫数数大法。写景如何状物如何写人记事又如何，余老师也是这么教写作文的，对作文的评判却不管这一套。余老师说，考试时，作文满分三十分，一行一分，写满三十行，便得三十分。平日练习也这样——我们在自习课上写作文，班里刚组织野炊回来，题目自然是“野炊”。我说，我写到搭锅做饭，已经十五行了！同学说，我才写到上山，快二十行了！另一位同学大声说，那算什么！我还在写准备锅碗瓢盆呢，快写够了！教室里你攀我比，互相伤害。

后来，我们像普鲁斯特那样，能够把一块甜点心写得像一片土地那样广袤，写得它开出满地的大红花了，余老师才开始品评点心里的芝麻绿豆。

对余老师的批评，印象最深的，一是他说我写的池塘里“金鱼像太阳那样红”不准确；二是他给我画了一条波浪线——那是命题作文，要求写母亲。母亲怎么写？我想从外貌开始写。外貌怎么写？无非眼睛鼻子耳朵嘴。可眼睛鼻子耳朵嘴怎么写啊？我想不出特别的，就想着，不如写手吧。真就老老实实写手。其中有一句，“妈手臂上有一层绒毛”。作文写完了，读给妈听。读到这句，妈白我一眼，说我又不是猴子。我不服气，觉得确实能看到一层绒毛嘛，谁的手不是这样呢？作文批改下来，余老师恰巧在这句底下狠狠地画了一条红红的波浪线。这波浪什么意思？并没一句批注。是好还是不好呢？我不好意思问，余老师也不说。但我一直琢磨啊琢磨。大概是不好吧？还是写得不够准确，也不够“美”吧？准确，本应该是美的。

细细回想，余老师的法宝还不止这老三样。

四年级以后，我常帮着余老师刻印蜡纸。再后来，我们班竟然没一个人没刻过蜡纸。余老师要求我们，每人出一套语文试卷，考一考别人，也考一考自己。那真是盛大的狂欢，大家想尽办法找难题，掀起了刁难别人愉悦自己的学习高潮。

余老师自然是更喜欢刁难我们的。他手边有本封面乌暗的厚厚的四角号码词典，说查哪个字，他总能迅速报上一串数字然后翻到那一页，那个字真乖乖地待在那儿。说“甫”，他立马答5322；说“跃”，他立马答6218；说“辉”，他立马答9725。全班同学的名字都被换成数字了，可我们完全不知道他怎么换的。“横一垂二三点捺，叉四插五方框六……”这口诀让我们对世界生出迷茫，对他顶礼膜拜。五年级某个周末，到县城新华书店，我发现有一模一样的词典，让阿爸一咬牙买下来，回家钻研半小时，磕磕绊绊会查了。一上学，我就宣告，我知道怎么回事了！那天，课堂上，余老师问，你说“余”在哪一页？我答，8090；又问，“赓”呢？答0028；再问，“兴”呢？答9080。余老师点一点头，微微一笑。两个地下工作者终于接上头了。

余老师还动员我们订报纸，我订过几年《中国少年报》，还有两三位同学订了别的。余老师的本意是，让我们交换着看。但我们舍不得，拿到报纸就赶紧藏回家。那时候，订了一份报纸，这事听着真够牛的。外面的世界，就这么每星期按时来到我们手中。

我们也有慷慨的时候，比如早读课上。只要余老师不来，我们总忙着交流头晚看的港台电视连续剧，令狐冲小李飞刀白发魔女们在唇枪舌剑里闪转腾挪。这时，总有个同学大公无私，舍武林大会于不顾，伸着长脖子，甘当放哨的小喽啰。余老师来了！同学喊出这句，那个骑单车的人在两百米开外。哦，不是余老师。喊出这句，那人在一百米开外。啊呀！是余老师！喊出这句，单车已在楼下停好了。我们慌忙翻开课本，摇头晃脑苦读起来，那歌唱般的语调婉转极了。还有失误更严重的。有一天，放哨的同学老早报出敌情，却又暗自嘀咕，余老师怎么没骑车呢？待那人进到学校，更困惑了，竟是个瘦小的中年女人。余老师标志性的大草帽怎么会戴在她头上呢？原来，那是师母，她是到学校跟校长请假的。余老师重感冒——又或者是别的什么病吧，总之，得好几天不能来上课了。我们没心没肺，暗暗有些高兴，心想语文课可以不用上了！

福后总跟着祸，语文课变成自习课，没想到体育课却也变成自习课了。——我们的体育课，有时是余老师兼着的。——所以说，语文是体育老师教的，这话于我并没错。

余老师怎么教体育？差不多全然忘却了。记得为庆祝六一，举行全乡小学生体育比赛。全班从4月就开始准备。跳高跳远长跑短跑爬杆铅球，同学们各展身手，功力深厚。矮小的我站在队伍最末尾，甩着两只手没事可干。余老师或许觉得我这班长不参加武林大会太没面子，就让我负责跳绳。不，跳绳我可不行，只是让我帮三个练跳绳的女生数数。最终，竟有个女生得奖了，似乎我这个还算识数的班长也与有荣焉。

当然咯，六一可不是白过的，要写作文！才写到五一，我已经写够三十行了。

2017年9月22日

给外婆的信

余老师给我们布置了一份作业：写信。写信没问题，可是给谁写信成了大问题。偏偏余老师还要求我们，信写好后，必须得寄出去。我家没什么离得远的亲戚朋友，离得最远的，就数外婆家了。可外婆家是我们常去的，根本用不着写信。没办法，只能将就了。

那是我写的第一封信。那年我小学三年级，信写的什么内容，二十三年后，全然忘却了。大概也就是问问吃得好不好睡得好不好。我从妈那儿问清楚了外婆的名字——之前我从没听人说过外婆叫什么名字，又问清楚了地址，很郑重地写在信封上，然后把写好的两页信笺塞进去，用饭粒封好口，到邮局去寄了。寄出后，才想起，外婆是不识字的。

那时家里连固定电话也没有，后面的事，是到外婆家才知道的。

邮递员到永平村，问了好几个人，才知道信封上写的那人是谁，这才把信交到外婆手中。可外婆不识字啊，信只能交由表哥表姐他们代念了——具体是谁给念的，如今也记不得了。我想，那或许是外婆这辈子收到的唯一一封信吧？

后来，我自然没再给外婆写过信。

再后来，有了电话，有了手机，但这些“新式武器”，外婆是学不会使用的。

永平村在县城边，离我家不过十来公里，外婆却很少到我家。这或许和外婆不怎么认路有关——县城和村子都变化太快，外婆是早早跟不上趟了。曾经有一次，也不知道是不是到我家后回去，外婆竟然能在县城迷路。

印象里外婆到我家，是好多年前了。阿爸被刨木机切掉一截手指，待在家里养伤。外婆来了，夜里和妈睡一块儿。待了几天，我也忘了，只记得外婆给了我五块钱，我一直很珍惜地压在存钱盒的最底部，直到有一天学校门口来了个货郎，我才舍得花掉那张钱。

总是我们到外婆家去。每次去，常见外婆弓着腰在扫地。外婆闲不下来，干完这事又要干那事。大姑妈（我该喊她姨妈的，不知怎么，一直喊大姑妈）说，你不要做了，闲着得了。外婆不听，嘀咕着，天天吃闲饭，那还不惹人嫌？大姑妈说，哪个嫌你？你好好歇着吧。外婆还是不听。忽然落雨了，外婆忙忙地到院子里收毛豆，大姑妈说，你歇着吧，我来收。外婆已经把毛豆收回来了，说等我死了，看你们吃什么。大姑妈说，等你死了嘛，我们一家都要吃草了。后来表姐也说外婆，你好好歇着吧，有我们忙呢。外婆仍然不听，总要给自己找点儿事做。她动作很慢，但似乎一直很忙，似乎一直有无穷无尽的事儿等着她去做。

高中三年，我和弟弟每天从施甸一中骑单车到外婆家吃中饭晚饭。外婆常看我们吃饭，也不说话，就在一旁坐着，两只手掌平放在膝盖上。偶尔，她会探听我们在学校的情况。问：今天识得几个字啊？答：一个都没有。外婆似乎吃了一惊，说那今天的饭白吃了。第二天，又问同样的问题，还是同样的回答，外婆仍然同样地感叹：那今天的饭白吃了。于是乎，那三年里头，大部分的饭我都是白吃的了。

高考前某天，桌上有一碗炖猪脑。外婆说，吃什么补什么，给你补补脑。我说，吃猪脑子就补脑子，那吃猪尾巴补什么？外婆答不出来。过些天，外婆要去寺里，说要帮我烧香，求菩萨保佑我高考顺利。我笑着说，千万不要，不然等我考好了，还说是菩萨显灵了。那我努力这么长时间，岂不是一点儿功劳没有？不记得外婆是怎么说的，也不记得外婆有没有在菩萨面前求祈——我想，她一定会偷偷地求祈的吧。不记得是高考后多久，我到外婆家，外婆恰巧到王母阁去烧香，我去找她，看到她和一群老人闲聊，见到了我，她有些意外，又分外高兴，笑眯眯地将我介绍给她的朋友们。

再后来，听妈说，外婆也和奶奶一样，不记得人了。妈常说，她去看外婆，问：我是哪个？外婆有些不高兴，说你不就是那个嘛，还能是哪个！而“那个”可能是张三可能是李四，就不是妈。我想，外婆连妈都不记得了，更不记得我了。

再到外婆家，我想问一问外婆我是谁，又一直没问。外婆好像一直知道我是谁。或者说，是我一直以为外婆知道我是谁，又或者，外婆一直以为她知道我是谁。

前年我去看外婆，外婆照例坐院子里，两腿并拢，腿上支着手肘，手上托着脑袋。阳光从老旧的瓦屋（这是外婆手上盖的）顶后射下，将瓦沟间开着细碎小红花的土人参的影子细细描在水泥地上，也描在外婆身上。外婆见我走近，一动不动，也不说话。我喊：阿婆。外婆答：唉。我想，外婆竟然真认得我！这时，外婆仰起脸来，认认真真打量，问：你是哪个？

我只能说了我是谁，也不知道外婆听懂没。她不再理会我，和身边的老奶奶有一搭没一搭地说话。静静地，外婆的一只手拉着那老奶奶的一只手。那老奶奶和外婆一个院子的，也九十多岁了，我喊她“阿祖”。

大表哥说，这两妯娌，做了一辈子仇人，到老才和好。

一只小花狗拱到外婆身边，外婆慢腾腾地给它挠痒痒。小花狗是二表哥过世后留下的，外婆一直很宝贝它。它不知跟谁家的大狗打了一架，一只眼珠子给抠出来了。找兽医做了手术，将那只掉出的眼珠重又塞回眼眶里——自然，那眼珠只能起装饰作用了。本不好看的小花狗，瞎了一只眼就更丑了。外婆仍然对它很宝贝，常偷偷拿饼干罐头之类的喂它。小花狗越来越老，那样子，看上去简直和外婆一样老。

外婆还是那样，慢腾腾地走路，慢腾腾地说话，慢腾腾地做事，似乎事情永远做不完，永远等着她去做。时间慢腾腾又不容置疑地流逝，连她的重孙重孙女也长大起来，可以和她拌嘴了，她便慢腾腾地和他们拌嘴。

爸妈或许是想，再等等，外婆肯定没法出行了，就接她去家里。妈说，本来是打算着，要让她多住几天的，谁想得到，外婆刚睡下没多久，翻身起来到处找，连床底下都找了。妈问她找什么，外婆说，找小花狗。我的小花狗呢，小花狗不见了！妈安慰她，小花狗睡着了，你别把它吵醒了。外婆说哦。不一会儿，外婆又不安生了，说这是哪儿？妈说，是你女儿的家，我们的家。外婆说，想得美！我女儿家哪里会有这么好的房子?!

这说话的语气，让我想起妈年轻时讲述的外婆了——

妈和大姑妈读小学时，某天中午，在野地里发现一片黄花籽，那大概是可以充作药材的，有专门的地方收购。妈在野地里摘黄花籽，让大姑妈回家给她带饭来吃。外婆看到只有一个人回来，问明情由，拿出一只空空的火油瓶，蹾到桌上，却没给一分钱。大姑妈哭着，拎了火油瓶去找妈。姐妹俩齐心协力捋了不少黄花籽，拿去卖了，换得一角五分钱。一角钱打了二两五火油，五分钱买了一小茶杯瓜子——妈说，那卖瓜子的真奸，茶杯底垫了纸不说，却告诉你，尖儿堆得多高。姐妹俩回家晚了，自己烧饭，忙乱中大姑妈把饭烧煳了，外婆用竹棍狠狠揍了她一顿，并且把烧煳的饭分给她吃。

妈说，你不知道，你外婆年轻时多狠。而就在今天，妈却在手机里和我说，外婆兴许只能熬过中秋——前几天洗澡时摔了一下，外婆变得异常虚弱。躺了几天，今天勉强可以坐起，但状态仍然很不好。大姑妈递给她香蕉，她不接，她或许不知道那是什么；大姑妈剥了香蕉要喂她，她闭紧嘴，她或许仍然不知道那是什么。之所以活得像孩子那样小心翼翼，是因为知道自己不堪一击了吧？这九十二年的光阴，是怎样让一个“狠角色”一天天变得柔弱的？

“杨自珍”，漫长光阴里鲜少被人提及的名字，看上去平凡又笃实。

问了妈，才想起，当年我郑重写在信封上的，是这三个字。

——当我写完这篇东西，过了三天，2017年10月2日下午两点，外婆离开了。下葬那天，刚好是中秋节。我留在上海，没能回去。

2017年9月29日　初稿

2017年10月2日　修改

奶奶的茶园

那时候我还不会喝茶，只会到灶房水缸里舀一瓢冷水咕咚咕咚灌一气。阿爸可不这样。他大汗淋漓从山里拉回一车松柴，松柴还没卸下，他就嚷着要泡茶。小小的白瓷茶壶里，塞进一大把茶叶，倒上热水，盖好盖子。等卸完松柴，茶叶早泡开了。他坐到桌子边，倒出茶水来，颜色深红甚至暗褐，热热地几杯喝下去，总算解了渴。再往壶里续热水，打开壶盖来，只见泡开的茶叶，占住了大半个茶壶。出于好奇，我曾倒出茶水尝尝。苦，涩，恍若迎面挨了一记闷拳。这怎么能解渴呢？

小时候不喜欢喝茶，上山摘茶叶却是我喜欢的。

我常常和奶奶上山，挖药，找柴火，找菌子，找野果子。离家不到百米的背后山就有茶树。一圈一圈的梯地边沿，种了一圈一圈的茶树。这些茶树是有主人的，所以奶奶对它们视而不见。要采野茶，须到更高的山上。爬过背后山，跨过一条水沟，径直往东，沿山路走半个多小时，来到一处山坡头。那儿好几个水塘，那片地方便得了个名字“大泥汪塘”。大泥汪塘边松林阴郁，松林边上有片梨园。小时候，我感兴趣的，排第一的就数这片梨园，满树的梨子惹得眼馋，只消从地上捡起一颗坏了掉下来的梨，高高地冲树枝间砸去，听着吧，噼噼啪啪，总要掉下几个透熟的梨来；排第二的，要数那片水塘，有弹跃纷飞的绿蚂蚱、红蜻蜓，据说还有鱼；排第三的是松林，那看不见的暗影里，有菌子有野果子。和奶奶到大泥汪塘去，她带我去的却是茶园。我最初是不乐意的。哪个小孩子会对茶园感兴趣呢？如果不是奶奶，我怕是永远也不会进到茶园里去的吧。

不记得第一次随奶奶进茶园是几岁了，也不记得去过多少次，印象中的茶园恒久地保持着一个样子：荒僻荒凉又生机盎然。茶园是分为两片的，一片靠西，一垄一垄种着规整伏顺的茶树，稳稳地立在天底下，如一颗一颗蓬松懵懂的大脑袋。茶树下的土常常是新翻的，难得见到杂草。很明显，这样的茶园也是有主人的，自然不能由着我和奶奶去采摘。我们能去的茶园，是靠东那边的。钻进一片低矮的小松林，荡开一张又一张迎面而来的蜘蛛网，眼前忽地开阔了，展现在眼前的，便是我和奶奶要去的茶园了。

回想起来，大概不过几十上百株茶树。高的高低的低，有的羸弱，有的丰赡，有的旁逸斜出，有的张牙舞爪。总之，是没有一株体态丰满珠圆玉润的。不知道出于什么原因，它们被种茶的人遗忘了，或者说是放弃了。它们也就此得了大自在，自在生长，也自在死去。确实有些已经死去了，只剩下光秃秃的枯枝，兀自挺立着，任由四围的野花野草野蛮生长，将它们的死亡装点得恣肆快意。野花野草挤挤挨挨，在耀眼的春日阳光下，发出嗡嗡嗡的墨绿声音。而那几十上百株茶树，默然，肃立。——这一切，不过是现在的我翻检记忆时的想象罢了。小时候是不会去揣想植物有没有各自的精神的。只要一进入那片茶园，我便胡乱跑开了——偶尔，也帮着奶奶摘些茶叶，不过摘得两捧，就撂挑子不干了。如今想来，这便是我的百草园啊，我可以尽情去搅扰那杂草，去攀折那灌木，去看一朵一朵的野花，从不起眼的鼠曲草，到夺目的茶花。

那时还不知道茶花和茶树的异同，只是盯了茶花看，纳闷着怎么这么大的花呢，怎么这么厚实的叶子呢？想从上面摘下嫩茶叶来，却遍寻不着。再去茶树上找花，也能找到，可远没这么显眼，细弱的枝条上一个一个小小的绿蒂花苞，那绽开来了的，是小朵小朵白萼黄蕊，蜜蜂嗡嗡嘤嘤地悬浮在花蕊之上，欲停不停，欲飞不飞。凑近了，嗅到一股淡淡的清香，似乎是那艳丽的茶花所没有的，摘了放到嘴里咀嚼，涩中回甜，清新悠远。

奶奶摘够了茶叶，或者把这一片茶园都摘秃了，我们才重新钻出小树林。回到家后还有很多活要干。奶奶先是找出一个大的簸箕，把背篓里的茶叶倒出来，翻晒一下，清理掉不小心掉落里面的杂物；然后把茶叶下到大铁锅里，铁锅直径将近一米，茶叶绿蓬蓬地堆了大半锅；接着，烧上火，烘焙。这是个慢活儿，急不来的。也不记得过了多久，那小山似的茶叶才软塌了下去，烟气袅袅，茶香四溢。烘焙好的茶叶再次回到簸箕上，奶奶蹲下身，将滚热的茶叶一遍一遍在手下揉搓。我摸过，那时的茶叶又湿又烫，不知道奶奶怎么能禁得住；这一切工序完了，剩下的就交给时间了。奶奶把揉搓好的茶叶匀匀地散开在簸箕上，端到太阳底下晾晒。奶奶有一双“解放脚”，走起路来并不是很方便的，人又很矮小，两手伸展开端了那直径远超一米的簸箕，她便踮着脚，身子吃力地朝后拗着。

过不了多少日子，新茶晒干了，留下一部分给家里，剩余的，都由奶奶背到街市上去卖了。不知道为什么，我竟从未和奶奶到过街上。奶奶到街上卖过茶叶，卖过麻绳，大概还卖过些别的什么小零碎。可我一次都没跟她去过。她会在街市的哪个角落放下她的背篓呢？又会怎样招揽生意呢？我全然不知道。

黄昏里，奶奶回来了，背篓里总会有些吃的，有时是几个橘子，有时是几根香蕉。

考上复旦那年，家里为我上学的费用东拼西凑，谁也没想过要和奶奶说这事。一天下午，奶奶把我叫到跟前，翻开一层一层衣襟，翻出一个敝旧的装洗衣粉的塑料袋子，袋子用细麻绳绑缚得严严实实的。奶奶耐心地解开细麻绳，打开袋子，掏出叠得齐齐整整的一沓钱，有角票，有块票，还有两张百元大钞。奶奶把那两张百元大钞捏出来，递给我。

奶奶钱不多，只能给你两百块。奶奶说。

我怎么能要呢？我推托着，说家里的钱够了。

那不一样，这是奶奶的心意。你不要嫌少，奶奶卖茶叶和麻绳攒下的。你拿着！奶奶说。

可是，我怎么能要呢？

终究，我没要奶奶的钱，奶奶脸上显出失落的神情来了，她仰起头，一双遮了厚厚阴翳的眼睛注视着我，我低垂了头，一再跟她说，家里的钱够的，够的。

十多年过去了，九十多岁的奶奶是再也不能上山摘茶了。

渐渐地，老家的朋友到上海来，有时会带些老家的茶叶给我，有红茶绿茶也有普洱茶。几个月前，刘汉松老师一家到上海，背来大大小小十好几饼施甸产的茶；过后不久，另一位刚认识的老乡到上海来，送我几袋茶，说是我们当地的“里畿茶”，明朝邓子龙将军曾经喝过的；再是几天前，保山日报社的朋友寄来几饼普洱茶，是保山滇兰茶厂生产的。把这一种一种茶叶排开来，一种一种喝过去，确实好喝，不是当年奶奶的“大叶子茶”可比拟的，可它们竟让我愈加思念起奶奶的大叶子茶来了。

奶奶没喝过我喝过的这些茶——我忽然意识到，奶奶似乎根本就是不喝茶的啊。而我呢，也再喝不到奶奶做的茶了。

罹患阿尔茨海默病的奶奶，大概全然忘记深山里的这片茶园了吧？更不会记得，她曾经在茶园某株茶树下的奇遇——

那是暮春时节，奶奶看见一株高大蓬勃的茶树，走近了去，摘那满树鲜嫩的芽儿。似有窸窸窣窣的声响，再听，又什么声息都没有。忽然，茶树底下呼隆几声，蹿出个东西来，咯咯几声，扑棱翅膀，逆着阳光飞远了。“是一只老野鸡啊，尾巴那么长——”奶奶朝我比画。讲述这些时，奶奶已经回到家里了，她没能带回野鸡，却带回了九颗蛋。浅蓝色的九颗，攥在手里，似乎可以感知到蛋壳里跳动着生命。我的失落和兴奋是可想而知的。失落的是，没抓住那只野鸡；兴奋的是有这九颗蛋，不也等于有了野鸡吗？吊诡的是，二十多年后，我竟然无论如何想不起来，是怎么处置那九颗蛋的了。是给炖了，还是交由家里的老母鸡孵了？我既想不起野鸡蛋的味道，也想不起孵出的小野鸡。

2017年1月4日

岁月晚

冬日清晨，我在灶房帮奶奶烧火。奶奶把煮得半熟的米装入甑子，顺手团了一个饭团递给我。我接过饭团，小心翼翼塞进灶洞深处。有时候，塞进灶洞里的，不是饭团，是山药、荸荠或者甘蔗。不管是什么，那飘出的香味一律是暖热的。我喜欢半关火门，脑袋凑上去，从缝隙看红红的火苗热闹地舔着锅底。甑子被水托得扑突扑突响……

从灶房窗口望出去，后院的枇杷树亭亭如盖，花开花落，奶奶又老了一岁。

奶奶从没年轻过。从我记事起，奶奶就是奶奶，就是个老太太。那时候不会想到，岁月流变，老太太还会继续变老，变成更老的老太太。

渐渐地，家里不让奶奶干农活了。奶奶做好一日三餐后，要么上山割铁篱笆回来，泡水、捶打、抽丝，最终拧成麻绳；要么上山摘野茶，背回来揉搓、烘焙、晒干。有时候，奶奶带着货物到街上去卖，也有时候是托村里人帮忙带去街上。村里似乎没人和奶奶一样搓麻绳，和奶奶一样上山摘野茶的老太太倒是有好几位的——如今，她们是都已经过世了。

有一天，妈接管灶房，做了几十年饭的奶奶下岗了。

奶奶是有些不高兴的吧？她觉得自己还不老呢，才七十多岁嘛。吃饭了，我们喊奶奶，奶奶便来吃饭；吃完饭，她不用洗碗也不用打扫，回自己屋去了。我看她坐在自己屋前，垂着两手，一副无所事事的样子。不记得是哪一天开始，奶奶宣布不再和我们一块儿吃饭了，她要自己做饭吃！她在屋前支起个小火炉。柴火和菜蔬，妈给她拿过去。但奶奶很快不满足于此。她收下米，却很少再要妈拿去的菜。需要菜了，她自己到菜地拿；需要柴火了，她要么自己到柴楼拿，要么到院外竹林里搜罗一些竹叶回来，偶尔还会和村里人买。妈知道后，说不用买啊，家里又不是没柴。奶奶听了，很快就忘掉了。再后来，她还托人到街上帮着买菜买针头线脑。

总会想起，奶奶蹲在大院子里，眯缝眼睛，俯身对准直冒浓烟的小火炉吹，再吹。慢腾腾地，浓烟少了，红红的火苗子蹿出，映红奶奶皱纹密布的脸。

渐渐地，奶奶很少再到很远的山里。先是不再去摘野茶了。再后来，她没力气搓麻绳了，只能搓细细的麻线。常听她算账，一根麻线几分钱，一天能搓几根麻线。又过两年，是连麻线也搓不了了。麻线的原料铁篱笆泡在龙潭里，这是奶奶费力从山里割回来的，泡烂后，要用一根木棍使劲儿捶打，然后抽出其中的丝络来。这过程费力又麻烦，铁篱笆分泌的浆液把奶奶的手都咬坏了。妈几次和奶奶说，不要到龙潭边去了，掉水里怎么办呢？奶奶嘴上答应着，却仍往龙潭边去。又过些时日，仍有不少铁篱笆泡在龙潭里，奶奶却不去了，似乎把它们忘记了。

奶奶记得的，只剩下挖药一事。

背个小篮子，篮子里放一把镰刀，手里再攥一把小锄头，奶奶出门了。奶奶身后，自然有我尾随着。我们就在附近的村子、田野、小山坡转悠。小狗响铃、隔夜找娘、泥山药、雪山一支蒿、放屁藤、倒提壶、撵山狗、臭灵丹、亚绿椿叶、九头狮子……奶奶告诉我，这些中药什么时候开花什么时候结果，花是怎样的果是怎样的，并让我摸一摸叶子是怎样的，待挖出根须，又让我记住根是怎样的。还会告诉我，这药怎么吃，是不是还需要药引子……药挖回家，洗干净后，奶奶坐在大院子里，用一把不怎么锋利的菜刀切药。切好的药绿绿地铺满一簸箕，在阳光下散发着青涩的药味儿。

找奶奶看病的人越来越多，看跌打损伤的，看头疼脑热的，还有看不孕不育的。妈说，奶奶医好过四五例不孕不育症的。那些人均是到医院去过了不知道多少趟了，最后死马当活马医，这才找到奶奶。最夸张的，有个离得很远的人开了小轿车来，接奶奶去给自己的老妈看病。奶奶去了一周，才被小轿车送回来。问奶奶医好了？奶奶摇一摇头，癌症啊，晚期了，怎么医得好？这是奶奶少有的颓唐的时候。

妈常常感叹，奶奶是“老来旺”，早些年怎么就没这么多人来看病呢？妈又埋怨奶奶，说你那么辛苦，要和对方说，一副药多少钱啊！奶奶咕哝，是啊，老有人不自觉。——奶奶给人看病抓药，是从来不说价钱的，看完病拿好药了，对方给多少收多少。不少人给个一块两块，不少人只说声麻烦了，一分钱不给。甚至于，有人拿了不少药去治好病了，最后却说，病是在别处看好的，奶奶的药虽然不管用，但看在奶奶年纪大了，多少还是要给几块钱的——这话说得，仿佛是对奶奶施舍。奶奶对此挺恼火。尽管如此，下次，再下一次，奶奶仍然不会开口要钱。奶奶安慰自己，就当做好事吧！老天爷看着呢！

经年累月，药香在大院子里静静地浮动着。

我以为，日子会一直这么继续下去。

直到有一天，妈打电话告诉我，奶奶出问题了。说是村长带人修路，修到我们家门口，故意不往下修了，奶奶和他们“讲理”，回来后，说话就不对了。那时的村长，也是姓甫的。此后见到，我没再喊过他一声。但这又能怎样呢？对奶奶来说于事无补。

奶奶一直在自言自语，讲过去的事，骂现在的人。仿佛很多过世多年的人就站在她跟前，仿佛很多周围的人都要欺负她。和她说，不要怕，不要多想，没人欺负你啊。她哪里听得进去。她白天蜷在大院子边睡觉，晚上就用刀子或者木棍敲板壁，砰砰砰！梆梆梆！当当当！夹杂着她的大声叱骂，整个大院子热闹非凡。我住在奶奶楼上，喊她，不要敲了，快睡吧。哪里有什么用。第二天，她睡了一觉，醒过来又接着敲，敲一只锑盆，叮叮叮，叮叮叮叮。满院子的人眼冒金星。我跑过去说，奶，我帮你敲吧！奶奶仰起脸，露出小孩子一般欢喜的表情。我接过木棍，蹲下身子，敲啊敲啊敲，快速，用力。奶奶说，不要敲了不要敲了！我没停下，继续敲啊敲啊敲。——咣！锑盆破了。我怔住了，奶奶伸出干瘦的手去摸锑盆，喃喃自语，哎呀，破了，我用了几十年了。妈过来看了，责备我，好好的一只盆，你怎么给敲破了呢？我愧悔得无以言表，忙骑上摩托出门，冲到街上，想要再买一只一模一样的锑盆。找遍几条街，卖杂货的人都说，没那样老式的盆了。我只好买回几只塑料盆。

我在奶奶屋里待到很晚。奶奶攥住我的手说，阿辉，你今晚和奶奶住吧。我没说话。奶奶又说了一遍，我还是没说话。奶奶屋里刚被妈整理好，又被她弄得又乱又脏。奶奶抬起头，盯着我，又说一遍，我仍然没说话。我明明知道，这是不对的！为什么就不能留下呢?！这真让我对自己感到厌恶。那晚，我仰面躺在床上，睡不着。隔着薄薄的木楼板，听得到奶奶在自言自语。小时候，我和奶奶睡一屋好多年，睡前我总要闹腾许久，看墙上贴的报纸、明星年历，看梳妆台上玻璃罐里泡着的黄缅桂，缠着奶奶讲故事……就这样，我在奶奶的自言自语和虚幻的记忆中睡着了。第二天，起床后下楼，看到奶奶在大院子里切草药。走到边上看看，不过是路边到处生长着的解放草。绿绿的摊开来，散发出苦涩的气息。我知道，不会有多少人再来找奶奶拿药了。

果真少有人来了。来的人听说奶奶的状况，感叹几声，走了。但偶尔也有人继续让奶奶免费帮着捏胳膊捏腿，奶奶很高兴。我们是有些不高兴的，但也无可奈何。

渐渐地，是再也没人来了。

渐渐地，奶奶的脾气似乎温和一些，絮絮地说些旧事，不时一阵大笑。

家里盖新房了。邻居们搬出去了。大院子只剩下奶奶一个人了。年复一年，后院的枇杷树花开花又落，奶奶九十多岁了。有人问她，您几岁了啊？她说，一百三十岁！

每次回家，回去就问奶奶，想吃什么？我给你买。奶奶说，什么也不想吃。过会儿又说，去给我买一包蜡烛吧，还有打火机。这天，我买回几瓶鹌鹑蛋罐头，那是我小时候难得吃上的好东西。奶奶听说有鹌鹑蛋，笑得眯缝了眼。其时，奶奶正坐在她住的屋门边，两眼空空地望着大院子，双手握一根竹棍，杵进脚前的塑料桶里搅拌。汤汤水水黄糊糊的，倒不怎么臭。我知道，那是奶奶自己的杰作。也知道，如果把这桶倒了，奶奶会骂人，且会搞出另一桶来。我站在桶边，犹豫着要不要帮她倒掉，同时，一个一个剥了鹌鹑蛋递给她，她腾出一只手来接了，将鹌鹑蛋塞进只剩下两三颗牙齿的嘴里，另一只手仍然紧握竹棍搅啊搅。

再吃一个？我又递给奶奶一个。

奶奶接了，没吃，问我，你爸你妈阿有得吃？我说有的有的，你放心吧。奶奶还是没把鹌鹑蛋塞进嘴里，她目视大院子，笑眯眯地，絮絮地说起另一件过去的事儿。

时值盛夏正午，阳光猛烈，大院子静悄悄的。荒废的水泥地上撒了一些晒干的草茎。我不确定，那是不是奶奶晾晒的草药。水泥地边上，一大丛绿绿的植物如火焰一般腾腾生长。我能确定，这是奶奶好多年前种下的草药。

2017年7月21日

灶房里

2018年10月7日中午，我在书房睡着了。醒转前，做了个短暂的梦。梦见还没盖新房时，老家灶房里，奶奶在做饭。爸妈从田里干活回来，看见锅里煮煳了的米糕。妈说，哎呀，米糕怎么给煮了？爸说，人老了，昏了，现在也还能吃……这梦如玻璃上哈出的一片水汽，转瞬即逝。我做梦极多，大多数梦是关于老家的。但梦里所谓的老家，只是在意识里认为它是老家，和现实里的老家并无一丝相像之处。但这次梦里的老家，和现实里的是一样的。

那灶房，确实是新房造起来前的灶房。

灶房建在耳房里，边上有一大一小两间猪圈，猪圈上面是鸡笼。猪圈之所以建得这么近，是为了喂猪方便吧。猪食桶，就放在灶台边。待在灶房里，时时闻得到一股猪屎鸡屎味儿。一面吃饭，一面听着，猪吼吼吼叫，鸡咯咯咯叫，可谓鸡飞猪跳。奶奶吃不安心，冲猪圈里嚷，不要叫了不要叫了，来了来了。匆匆扒几口饭，放下碗筷，拿一把大锅铲，搅弄起大铁锅里猪的吃食。这铁锅，亦是我们煮饭的铁锅；这锅铲，亦是我们炒菜的锅铲。

猪食，我们有时也叫猪菜，细究起来，称之为猪菜，倒显得对猪颇为尊重。猪食的构成，除了剩菜剩饭，除了面粉谷糠，还有杂草、山药藤和山药块（山药，在我们那儿，指的是红薯）。每天剁猪菜，是不小的工程。完成这项工程的，早年是奶奶，后来是妈。有时候，我和弟弟也搭把手。

弟弟左手食指，正是因为剁猪菜，给剁掉了一小截。妈和我和弟弟，盯着弟弟竖着的食指，食指上一柱红色的小小喷泉。噗噗噗噗。血喷涌声。好一会儿，我们就那么盯着喷涌的鲜血看……又仿佛，这只是妈告诉我的，我并没亲见。记忆又一次因时间的冲刷变得面目难辨。哦，想起来了，我确实看到了这一画面的，因为我还跑来跑去地找蜘蛛网。找蜘蛛网做什么？是用来当创可贴用的。然而，贴了一片上去，被冲掉了；又贴一片上去，仍然被冲掉了。还好，蜘蛛网在灶房里、猪圈里随处可见。不记得贴了多少片上去，才压住汩汩的血流。

现在，我忽然有些犹疑。蜘蛛网怎么能压得住血呢？细细回想，那时所用的蜘蛛网，并不单薄，而是比较厚实的、柔韧如蚕茧的。这可不是蜘蛛网，而是蜘蛛的卵袋，蜘蛛宝宝离开以后的卵袋。在《夏洛的网》里，有一段写到蜘蛛卵袋："威尔伯看到，在夏洛的旁边有一样古怪的东西，是一个袋子，它是粉红色的，看上去像是用棉花糖做的。夏洛告诉它，这是它的卵袋，是它做过的东西中最好的。里面一共有五百十四个卵。夏洛用它的两条前腿拍拍它，告诉威尔伯，它很结实，是用最有韧性的材料做的，而且它还防水，里面又温暖又干爽。如果不出事，它们要到来年春天才出生。但是夏洛已经没有力气了，它看不到这些宝宝的出生了。所以，威尔伯要想办法把夏洛的卵袋带回谷仓，把这个卵袋保护好，等着夏洛的小宝宝在春天诞生。"——那些被我征用做创可贴的卵袋里的蜘蛛宝宝们，都顺利出生了吗？

奶奶有没有因剁猪菜伤到过手？记得是伤到过的，且伤得不轻。是不是用蜘蛛卵袋止血？想必也是的。而这一切，我竟记不真切了。奶奶的那一双手，皮肤皲裂，青筋暴起，骨节嶙峋，指甲硬如龟甲，剪都剪不下来，只能用一把老式的剪刀剪。

这一双手，要调弄猪食，还要炒菜做饭。阿公过世后，家里许多年都是五个人。五个人不算多，但干的是体力活，又缺油少肉，米饭消耗得就很大。每天早上，要煮两筒米——“筒”由棕榈主干抠去心子后制成，一筒米约莫两斤半。米先在铁锅里煮，待半熟后，从锅里舀起，撇出米汤，然后，将米放进竹甑里蒸。这时候，奶奶常抓出一团半生不熟的米，从左手抛进右手，从右手又抛进左手，抛来抛去几个回合，一个饭团堪堪成形。饭团递到我手里，滚烫，喷香。我打开灶洞的铁门，将饭团送进去，埋在柴火边的草木灰里。铁门关上，留出一条缝，凑近了，看到火苗舔着黑黑的锅底，还有一些火苗旁逸斜出，舔到了饭团上。饭团由白而黄，米香由淡而浓，饭快蒸熟时，饭团也烤好了。用火钳夹出来，像奶奶那样，将饭团从左手抛进右手，从右手又抛进左手，抛来抛去几个回合，饭团不烫了，一团香气窝在手心。

灶洞里能烤的，何止饭团，还有山药、洋芋、荸荠、甘蔗和糍粑……冷硬的糍粑一烤，会冒出圆鼓鼓的“苞芽”；山药和洋芋一烤，变得香软甜糯；荸荠一烤，变成半透明，玉一般温润；甘蔗呢？烤好了，削掉黑煳的皮，内里亦是半透明的，嗞嗞冒出略带枯焦的甜味。

不单单是为了吃。回想起来，这烘烤的过程，自有迷人的魔力。怎样搭起柴火，怎样在柴火中间留一个空间，怎样让火苗按照奶奶的要求忽大忽小，这些都让我着迷。灶洞里小小的空间，火苗呼呼赫赫，是一个大光明的小世界。而我，从一个遥远的视角，观察着这一切。

时不时地，奶奶还会给我们做些小吃。譬如稀豆粉。鲜玉米做出来的稀豆粉，一股浓得化不开的玉米味儿，浮在灶房里久久不散。趁热盛进钵头，搁一勺红亮的辣椒油，撒几段翠绿的葱花，用筷子慢慢搅动，念着，心急的吃不着，吃不着的心急……再譬如糖稀。糖稀做起来更简单，将山药洗净，满满地堆在锅里放水煮，煮软了煮烂了，最后捞起山药，我们吃一点儿，更多的，存起来喂猪。锅底浓稠的汤汁，筷子搅一下，即可挂起小小的亮褐旗帜，这便是糖稀了。糖稀太甜，一时半会儿吃不完的，便存进一只洗净晾干的细口陶罐，可以甜蜜接下来的许多个日子……

多少个这样的日子啊，我在烧火，奶奶站在灶台边做事。算起来，这竟是二十多年前的事了。二十多年来，灶房的变化，何其巨大啊——

最早的记忆里，灶房门是篱笆门，关不严实。进门后，右手边是一口半圆形石缸，缸里储满清水，水里有一条红鲤。村里很多人家如此，就连村里的水井也养着鱼，这是为了防人投毒吧？不过从没听说过投毒之事。每当缸里的水快用尽了，我和弟弟便从水井里挑水回来。更多的时候，自然是妈挑水。妈用的是大桶，我和弟弟用的是小桶。水挑回来了，先得捞出那条红鲤，再涮洗水缸。好多次，我盯着盆里游动的红鲤看，偷偷捏几粒饭扔给它。当它在水缸里，我也经常这么干，为此，不止一次被妈说，这水缸里的水，可是大家用来喝的，鱼吃饭多了，拉屎也多。这道理我自然懂，我也经常一瓢一瓢从缸里舀水喝。可不给鱼吃饭，难不成给它吃曲蟮？什么都不吃，鱼怎么长大呢？然而，一日日过去，红鲤并没长大。有一天，忽然就死了。难过归难过，红鲤还是被我们煎了吃了。干干瘦瘦的一条，横在碗里，翻着白眼，嚼吧嚼吧，满嘴骨头。

进门左手边，是一只一人高的碗橱，玻璃门打开，分成三层，放着碗筷和剩菜。灶房正中间，则是一张四方桌，黄漆剥落，一日又一日，我们一家五口围桌而坐，我和弟弟常常赤脚，脚踩着的是泥地，坑坑洼洼，积满泥垢。我们一面吃饭，一面听着猪叫鸡叫，偶尔往灶台后的窗口外望一望，望得到背后山，望得到一片竹林，还望得到几株几十米高的银桦树和一株枝丫蓬勃的苦楝树。风来雨往，四时光阴在树木间轮替。

有一天，奶奶正烧火做饭，竟忽然出门，到自留地去拔菜，刚回大院子，就看到浓烟滚滚。是灶门口的松毛烧着了，火苗直蹿上阁楼，阁楼上堆满松毛、劈柴和稻草……

火救下来后，全家人都意识到，奶奶真是老了。

妈接管了灶房。我们喊奶奶来吃饭，奶奶便只管来吃饭，吃完不用洗碗擦桌子，甩甩手就能走人。奶奶站起来，走出灶房，走到大院子，两手空空，这儿站一站，那儿站一站，犹如一位失了权杖的国王。

奶奶告别灶房后，灶房历经多次改动，篱笆门换成木门，灶台拆后重造，地面用水泥重新铺了；后来，隔壁的鸡圈猪圈拆了，彻底改造，兼做饭厅和木工房；再后来，老房变新房，灶房彻底拆除，建起新的灶房。这些变化，已经和奶奶无关。

早在这些变化前，奶奶宣布，她要独自吃，不和我们吃了。又没分家，好端端的，为什么要独自吃呢？奶奶说，因为她要吃素。奶奶在房前支个小炉子，又弄来锅碗瓢盆碗筷。菜呢，几十米外的自留地里有的是；柴火呢，她到屋后竹林里随便一搜罗便有。好几次，妈到灶房楼上拿了柴火给她，她收下是收下了，可仍然喜欢自己出门搜罗柴火。奶奶，为了自己的一日三餐，重又操劳起来，空落落的日子，重又变得充实丰盈起来。

蹲在院子里，伸着脖颈，噘着嘴巴，朝炉子里吹了一口又一口气，炉子里的柴火慢腾腾地腾起黑烟，渐渐地，黑暗里闪出红光，终于，柴火呼呼赫赫，烧得繁炽，奶奶紫檀色的、布满皱纹的脸被映得红润活泛……从七十岁出头，到八十四五岁罹患阿尔茨海默病，奶奶的这个姿势持续了十多年。终有一天，奶奶病了，也实在老了，连这一只小小的火炉也守不住了。一餐一饭，皆是爸妈做好了送去。奶奶的小火炉熄灭了，被蛛网封住了，沉默地待在屋角。小火炉里，会有一两只蜘蛛的卵袋吧？——这让我莫名地想起那早已归于历史的老灶房。卵袋里孵化出的蜘蛛宝宝们，都去哪儿了呢？

2019年2月10日

守山人

关于守山人最“有趣”的故事是这样的：几个女人上山抓松毛——我们把“松针”叫作“松毛”，仿佛松树是一只温驯的小动物，用抓筢归拢，带回家后便可当作好柴火。那年头松树并不比现在少，但缺柴火的人家太多，上山抓松毛的也就特别多，很多地方被抓得留下一道一道抓筢印。或用肩杠挑，或用竹篮背，重量多在百多斤。那几个女人累了，渴了，跑到守山人的小屋，想讨一口水喝。守山人是村里的老头，那时候恰巧不在——守山人总是满山跑，很少待在自己屋里的。几个女人也不客气，看到墙角有个挺大的竹筒，提起来一看，竹筒顶端开了个小口，晃一晃，水声叮咚。一个女人举起竹筒，猛灌一大口，挪开竹筒，抿紧嘴，将竹筒推向旁边。旁边的女人正焦渴呢，依样举起竹筒，猛灌一大口，依样挪开竹筒，抿紧嘴，将竹筒推向旁边……七八个女人喝完一圈，硕大的竹筒已然空空如也。最后一个人放下竹筒，这时，众人才哇呀一声，吐了满地。原来，那竹筒是守山人的夜壶。

奶奶给我讲这故事时，那里面的人一个个都是有名有姓的。讲到几个人互让竹筒，奶奶笑得流出眼泪，说，哪个会晓得，水和尿都装在一样的竹筒里！

许多年后，我有些怀疑这故事的真实性。水和尿的气味，总是容易辨出来的吧？

许多年后，那些喝过尿的女人，一个接一个过世了。那个守山人，大概也过世了吧？但那间小屋还在。

我家出门不多远，爬上背后山，一路往东，连连绵绵全是大山。山林莽莽苍苍，守山人的小屋分散各处，临近了才能看到。其中两处小屋倒是站在村里便能望见的，一处在水利科边，一处在小娃坟脚下，两处傍着同一条引灌溉用水的水渠，相距不过百多米。都是矮趴趴的土坯小屋，木门虚掩着，走进去，潮湿，昏暗，扑面而来沉闷的土腥味。墙脚支着锅灶，锅灶黑漆漆的，正对面的墙、墙上的椽子也一律熏得乌黑。四面看看，会发现墙上挂了个袋子，袋里有米，偶尔也会有腊肉腊肠。

水利科边上的小屋是个单间，守山人是横沟的，我似乎从未见过他。小屋门前有个土坡，土坡上种了好几丛万寿菊。我此生第一次见到这花，它的气味、叶子、花朵，都让我觉得新鲜而郑重。我偷偷挖了一株回家，栽到后院水沟边。连续两三年，它越开越旺盛，蜡黄的小花叫人看了欢喜。可不知道怎么回事，后来忽然全死了。

小娃坟脚下的小屋略大一些，进屋后，左手边看得到一个门洞，里面是守山人的卧室。守山人是我们村里的老人，我不时会在村里遇见他，干瘦、矮小、背略驼，小眼睛瞅人时，透着机灵劲儿。我喊他，他便朝我点一点头。好多次，我和奶奶从山里回来，到了他的小屋附近，会进去喝一口水。当然咯，因为听过奶奶的故事，我总是对守山人的水多一份警惕的。水是山泉水吧？清凉里夹杂了苦涩。但哪里管得了那么多！好多时候，在山里最头疼的事儿就是口渴。有一次渴得厉害，我甚至喝了路边牛脚印里的水。那水浅浅的只够一捧，浑黄的，看得见小虫游动。后来，我很怀疑那水的成分，毕竟牛是会尿尿的。

几年前，我在村里见到守山人，喊了他一声，他照例眯缝着小眼睛，朝我点一点头。回家后，我和家人说起他，家人却说，他过世好多年了。啊?！我一时恍惚，不知道是自己认错人了，还是白日见鬼了。

说到鬼，我一直挺佩服守山人的。他们不怕吗？水利科边的小屋，离鸽子板很近；另一间则紧挨着小娃坟。走出小屋，便可看见满山坟头。守山人怎么敢待在屋里？我又害怕，又好奇。有时候明明好好睡在家里，却想着，如果此时此刻，是在守山人的小屋里呢？假想的恐惧让我拉紧了被子。回过神来，想起是在家里，又为自己的安全庆幸。

再往山里走，树木越来越多，林子里杂草疯长、阳光酷烈，愈显得荒凉。再走七八里山路，到了新山脚下，会遇到另一间守山人的小屋。

那是我见过的最烜赫的守山人的住所了。先看到的是路边的门楼。大门虽只剩个框了，边上的小屋还是好的，守山人便住在里面。进得大门，后面一排石阶朝上，石阶两侧种了石榴树、梨树，结的果实都很胖大，但听妈说，并不好吃——有一次，她看到满树红石榴，摘了尝过。沿石阶走二三十米，左手边有个院子，院墙是碎山石砌成的，院墙脚下，一丛一丛绿绿的铁篱笆。走进院子，南面西面各有一间瓦房。瓦房前植着几棵大树，依稀记得是椿树、梨树和银桦树。院子北面，有一片绿地，种了菜，还种了一些花草。如此富丽堂皇，也是守山人在住吗？我倒是全然忘却了。只记得那片绿地，曾经怎样地吸引了我——因为那儿种着好些“甜茶”。甜茶是草本，三四寸高，心形叶子毛茸茸的，摘一片放进嘴里，甜得齁人。我们四个小伙伴相约去偷甜茶，紧张又兴奋，听谁喊了一声，我们撒腿便跑。跑到门楼底下，才敢检视战果。三个人均斩获不少，唯独弟弟，手里拿着的是两把解放草。解放草幼苗和甜茶，本是很相像的——过去了二十多年，我仍然没弄清楚，那所谓的“甜茶”究竟是什么植物。

我们躲在门楼的暗影里，想回去再拔些甜茶又不敢。

门楼旁的小屋，正是奶奶那则故事的发生地。

后来，连续好多年，我是连门楼那儿都不敢独自去了的。因为门楼后那条石阶通往的那片坟地，刚下葬的棺材曾经被挖出来过。

门楼旁小屋的主人，换了好几任，最后一任，是我最为相熟的，我喊他老院公。我家住村脚，老院公家住村头。到上海读书后，寒暑假回家，我常去找他。他养了一头水牛，耕种季节给人犁田耙地；他在院子里种了许多瓜果，有百香果、牛奶果和羊奶果；他卧室里还有个大木柜，掀开盖子，口上一层铁纱，铁纱底下，咝咝吐着芯子的，是几十条蛇；此外，他还养了好多箱蜜蜂，所以，每次去找他，耳边总是嗡嗡嘤嘤的。

那天，我们约好了。他看见我，便拿了铜炮枪出门。问：枪不是老早收走了吗？答：托了好几个人，才给留下来的。问：守山多少钱一个月啊？答：一千二一年。问：怎么在家里，没到山上呢？答：去年就不做了，钱太少了，也走不动了。我没再问什么，他也不再说什么。我们吭哧吭哧地朝山上爬，经过几间守山人的小屋，小屋都空着。我们在大山里走了一天，撞见一树很好的红梅，撞见几只很好的野鸡，又撞见几只很好的兔子，铜炮枪一枪没来得及开。他自言自语，冬天，山里的东西不多了。其实我并没想打到什么，却仍有几分失落。我们无可奈何地朝山下走。经过门楼那儿，他推开虚掩的门，进屋说要把自己的东西拿回家。拿起碗筷又放下，自言自语，这个留着吧；取下墙上的水壶又挂回去，自言自语，这个也留着吧。

走出小屋，他把门阖上，把门扣扣好。

我想问他那个故事是不是真的，终究没问出口。

2017年7月19日

一　天

这是我一生中的一天。这一天的巨大存在，要在它逝去许多天许多月许多年以后，我才慢慢反刍过来。我早已不记得，这是哪一年的一天了，但我记得，那时候我还在读小学，三年级或四年级？记得那时候大院子的样子，瓦房，草地，黄缅桂正开花；更加记得，那是个秋天。和所有秋天一样，天很高，很蓝，阳光清澈耀目，毫不吝啬地铺张；也和所有秋天一样，忽然就会风雷交加，暴雨如注。人们总是相互提醒，瞧瞧西山坡有没有雨，只要西山坡暗沉一片，不消多大一会儿，雨滴便会准确无误地落在头顶。我还记得，那一年家里的谷子（水稻）黄得有些晚，别家早已在翻晒谷子，家里的谷子还在田里杵着，垂着头颅。

这一天，家里的谷子终于要收割了。早早起床，穿衣洗漱。磨快镰刀，准备肩杠、绳索、苫布、手推车。奶奶做好饭，站在灶房门口喊，吃饭咯，吃饭咯。一家人来到厨房，围坐在四方桌边。这时候，一个踢踢踏踏的脚步声由远及近。

不用看也知道，是小明来了。

小明学名甫江明，按家族排行，比我小一辈。小明是大院子西边阿坤哥的儿子，阿坤哥常年待在糖厂，新阿嫂几个月前生了小女儿，阿坤哥回来一趟又走了。

小明虎头虎脑，很像那时候我刚开始订阅的《中国少年报》里的漫画人物“小虎子”。我们自然是喜欢他的，他也常来找我们玩儿。我们喊，小明来吃饭啊。小明摇一摇头。妈说，吃过了也再吃一碗。小明又摇一摇头。奶奶说，我们家煮了火腿肉，小明吃一片火腿肉吧。说着，从钵头里挑出一片精肉。小明接过明红色的火腿肉，两手捏着，坐在小板凳上，静静地吃。两条小腿一荡一荡的。

吃完饭，爸妈推着手推车去田里。镰刀、肩杠、绳索、苫布都放在手推车上。我们没和爸妈一起出门。为什么没一起出门？或许是因为小明吧？不可能带他一起去割谷子的。又或者是，因为我们还有别的任务？

任务是奶奶布置的。我们得去买东西。买什么呢？记得是酱油，还有味精。走到横沟头，朝西走不多远，拐两个弯就到小卖部，小卖部主人是两位笑语蔼然的老人。

小明和我们一起出门。穿过大院子，穿过北面堂哥家的耳房，来到堂哥家的后院，竹子、梨树、无花果树、丁香树和柿子树高低错落。后院门口，有棵高高的柿子树，我们抬起头看，小明也抬起头看。柿子叶黄里带红，几乎已经掉光，裸露的枝头挂着一个一个又一个圆圆的黄柿子。微风轻抚，柿子摇晃。没有一个柿子掉下来。

走出堂哥家的后院，眼前便是龙潭。龙潭周围，草木蔼蔼，更显得潭水深不见底。水葫芦和浮萍中间的罅隙，一条小鱼蹦了一下，激起微末的水花。我们小心翼翼地沿着潭边的小路走，小路窄且滑，所幸小路西侧是大妈家后院的围墙。我们扶着墙走，生怕滑进龙潭。

大人们常叮嘱我们，不要从龙潭边走。尤其奶奶，不知道多少次和我们说过，她的大儿子——我和弟弟应该喊他大爹的，三四岁时候，掉进龙潭里没了。可我们不愿听这些。怎么会掉下去呢？洗衣服的人不都从龙潭边走？再说，去小卖部买东西，走龙潭边要近很多。

绕出龙潭，再沿龙潭流出的小水沟走不远，就到大路了。

转眼来到横沟头，往西走时，南边不远就是我家的田。在众多立着稻茬的田亩中间，我家那接近两亩的谷子田显得很高。

爸妈戴着草帽，弓着身子，挥动着镰刀。镰刀移一下，寒光便一闪。

我们站定，冲田里高声喊：阿爸！妈！

爸妈直起腰，高声答：唉！你们去哪儿？

我们高声喊：去买酱油！

不多时，买好酱油，买好味精，也许还有一些别的，我们拉着小明往回走。

我和弟弟走两边，靠边的手拿了酱油，拿了味精，也许还拿了一些别的。中间的两只手空出来，各拉住小明的一只手。小明小跑两步，缩起两只脚，在我们中间荡一荡。再次经过家里的稻田边，我们又站定了，高声喊：阿爸！妈！

爸妈直起腰，高声答：唉！你们走慢点儿！

我们高声喊：晓得咯！

爸妈又喊：不要走龙潭边。

我们朝前走，一间新盖的房子挡在了我们和爸妈之间。我们回家仍然是走的龙潭边。我们小心翼翼地扶着墙，踩着几乎没入水中的小路，走到堂哥家的后院，又抬头看看那棵柿子树。柿子真黄啊，真多啊。但没有一个柿子掉下来。

然后呢？很多记不起来了。只记得我牵着小明，走到他家单独的小院，喊新阿嫂。喊了两次还是三次，才听到闷闷的声音。声音从屋里传出来。我牵着小明，走上台阶，走到门前。门帘垂着，帘后的门虚掩着。我说，我送小明回来了，我要去割谷子了。新阿嫂说，你们进来嘛。我牵着小明的手，推门进去。屋当中还拉着一道隔帘，新阿嫂在隔帘里面的床上，听得到婴儿的咿呀，或许新阿嫂在给她喂奶吧？我说，小明送回来了，我走了啊。新阿嫂说，好嘛。我说，那我走了啊。

小明站在屋里，看看我，我也看看他。小明笑一笑——有没有笑，其实我不记得了，但我愿意他笑一笑。我退出来，把门拉到原先的位置，没撞上锁。

然后呢？记得我和弟弟拿上我们平常用的小镰刀，到田里去了。我们和爸妈一起站在田里割谷子。阿爸割得最快，我和弟弟都割得很慢。妈总担心我们的镰刀割到小腿。

偶尔抬起头，看得到堂哥家的柿子树，黄澄澄的，如同一朵好看的云彩。四周是那么静，只听得到镰刀割倒谷子的嚓嚓声，还有阳光炙烤泥地的嗞嗞声。

尖锐的呼喊，呼喊——

呼喊从龙潭边传来，从大院子传来。

阿爸直起腰，提着镰刀，说不好了，怕是小明出事了。

妈说，别瞎说！刚才还好好的。

我们往家跑。走的是龙潭边的路吗？不记得了。只记得我们来到大院子，看到一群人围拢在一起。新阿嫂在哭。撕心裂肺。奶奶站在人群外围，和几个女人说，刚才到龙潭边涮衣服，看到龙潭里漂着条蓝色小短裤，想着是谁家的呢，就用一根小树枝去拨，拨了几下，才看清，下面竟然是个人。是小明哎！是小明！

陡然间，天更高，更蓝，阳光更加清澈耀目。

嘈杂的声音，纷乱的动作，所有人额头都在冒汗。

一口大铁锅被搬到大院子，倒扣在地，黑乎乎的。是谁把他放上去的？肚子朝天，按一按，吐口水。再按一按，没吐水了。又是谁说，不行不行，翻过来翻过来，他被翻过来，肚皮上黑黑的一片。水珠从他身上滴滴答答滑落，洇湿了锅烟子。我摸了一下他的手，手上有泥，手指冰凉。再按，又吐几口水。再按再按，没吐出来了。他静静的，一动不动。是谁说的，不行了，不行了。哭声凄厉。是谁说的，还有脉搏，还有脉搏！是谁再按压他的胸口、肚子，甚至提起他的两只脚，让他倒过来……不行了……哭声来自别的世界。

记不得这些抢救行为都是谁施行的，也记不得最后怎么就放弃了。

但我记得毯笆裹住了小明小小的身体，扛在阿爸的肩上。也有可能是扛在堂哥父亲的肩上？总之是扛在他们其中一个的肩上。毯笆后端，看得到两只小小的白脚丫。他们走出院子，脚丫高高地悬空着，一荡一荡——是这样吗？也有可能从毯笆后端看到的是脑袋。漫画人物小虎子一样的圆脑袋，粘着几绺湿头发，头发上还沾着泥。

这一天的黄昏，阿爸和堂哥父亲，把小明葬在了离家不远的小娃坟。挖个坑，放进毯笆，盖上土，垒几块小石头。没有墓碑，没有祭奠。

搁过大铁锅的地方，留下了一个空心的黑圈。

我们的生活很快回复到原来的轨道。鲜少有人提起小明。也是，那几年，大院子里接二连三死人，堂哥的阿公和奶奶，西边的老奶奶，还有我阿公。这么多死亡事件，小明在其中算不得多么显眼。我和弟弟也几乎没说起过他。

没有刻意忘记他，是不知不觉忘记他了。然而，想不到，我刚开始写小说时，就写了一篇《葵花八月》，前两年又写了《鬼雀》《星垂》，里面都有个溺亡的小男孩儿，而且他的溺亡多半不是自己造成的，而是小说里那个比他大的男孩造成的。为什么要这么写？常常说小说来源于现实，而这并非现实。我想，是我终究没能忘记一个孩子在水里无声的挣扎吧，这是源自内心深处的愧悔。如果当初，我们不带小明从龙潭边走呢？如果当初，我们带着小明一起到田里呢？如果当初，我离开时撞上门锁呢？

然而，对过往的假设是没有意义的。我所能做的，唯有如实地写下这一天，记下这个曾经来到过人世间的小小生命。

写完了，打电话给妈，想要再核实些细节。我问，妈你还记得小明吗？妈说记得啊，怎么忽然说起他。我说，他那时候还不会说话吧？妈说，什么都不会说呢。我说，那天我们家在割谷子吧？妈说，是啊，那天我们一家都要到田里割谷子，吃完早饭后，你奶奶把小明送回去，说是一直把小明送到房门口，和你新阿嫂说，今天家里忙着割谷子，把小明送回来了。你新阿嫂说，晓得了。你奶奶这才回家的。

我说，不是我送回去的吗？

妈说，不是啊，你和我们在田里割谷子呢，是你奶奶送回去的。

2018年9月16日

大　云

1990年，我六岁。那时候，我不会想到，马上会遭遇一连串死亡事件——所有这些事件，都发生在大院子。大院子东南西北四家人，男女老少二三十口，老人多，孩子也多。我们在大院子里嬉戏，打闹，蝙蝠在暮色里匆匆掠过，被我们惊得忽高忽低。这家煮火腿肉了，其他家会说一声，吃好菜了？这家吃饭了，便会喊其他家；这家的玉米茭白枇杷收了，也会拿一些给其他家。大院子像是个分散的小集体，热闹又温暖。也有可能是我太小，不识得那几年大院子里的暗涌吧？如今回想起来，仍然觉得那时的大院子，是最理想的乡村图景。然而，欢愉总是转瞬即逝的。

有一张老照片，拍摄于风雨前夕。

西边奶奶那时八十多岁吧？她身材高大，却裹了小脚，坐或立，都有种不平衡感。照片里，她坐在八仙桌南边，右手搁在八仙桌上。弟弟怀抱一只陶瓷猫，站在她左手边，若即若离，猫头扭向她。我则怀抱插了塑料花的瓷瓶，远远地站在八仙桌北边。后来妈告诉我，当初我和弟弟争着抱那只陶瓷猫，还闹得不高兴了。不知道这张照片还在不在，想起画面中的老人，戴一顶毛线帽，满脸皱纹，似乎她的眼神正昭示着什么。

西边奶奶是大院子里最先过世的。是生病吗？不记得是什么病了，也不记得她有没有受罪，我甚至记不得她的葬礼。但后来有件事，让她的死亡，浓墨重彩地涂抹在大院子的每个人心头。——落葬没多久，她的棺材被挖出来了。不知道是谁干的，只知道是邻村干的，因为他们觉得自己的坟地被占了。好几天大雨，棺材一直搁置在墓穴外。有人说，棺材盖被铁钎穿通了，正好扎进老人的眼睛……一天大清早，阿爸正刷牙，看见正对面邻居家堂屋前坐着个人，像是西边奶奶。阿爸走过去，喊了她一声，她没答应，阿爸又走近几步，她忽地消失了。阿爸着实被吓了一跳，告诉我们，她的一只眼睛是闭着的。

我家的老屋坐南朝北。正对面邻居家是坐北朝南，每天早上，太阳刚升起来，就晒到他家的板壁，亮晃晃的。对面的阿公半身不遂好几年了，每天坐椅子上，手持竹棍，骂骂堂哥们，又骂骂大姑太。大姑太不理会他，走开了。堂哥们也走开了，他便一个人坐在太阳光里喃喃自语。偶尔听大人说起他，说不会长久了。

大姑太留着齐耳短发，大院子里常听到她响亮的笑声。我至今记得她的声音，记得她说话的样子，也记得那个兵荒马乱的早晨。

大姑太是在灶房里摔倒的，倒地后，再没站起。很多人聚拢来了，掐人中，切薄薄的土豆片贴在她额头上。她睁开眼一圈一圈看围拢的人，再也说不出话来了。当天下午，她就走掉了。谁也想不到她会走得这么匆促。

没几个月，那半身不遂的阿公也过世了。

下葬那天，天降大雨。

送葬的人回来后，一个个浑身湿答答的，黄泥巴糊遍裤子、衣服、手和脸。惊恐仍然明明白白在他们脸上。嘈嘈杂杂的，他们仍然在议论刚刚发生的事：雨太大了，路太滑了，棺材没捆扎好，从龙杠中间滑脱了。棺材沿着山坡朝下滚，人群惊叫着散开，有人跌倒在泥地里，有人滚落在道路边。棺材呢？有人说尸体摔出来了，有人语焉不详。

三个人走了，大院子空旷许多。

阿公是在此前就查出病来了吗？记不清楚了。在空旷下来的大院子里，药香弥漫。去县医院检查回来后，阿公就不再干活了，他想吃什么，家里就给做什么。有人来看阿公，带了牛奶糖，我仔细地攒下一张张塑料糖纸，足足有两大盒；阿公吃的药中，有一味是用鱼腥草做引子，煮熟了的鱼腥草如蚯蚓般难以下咽，阿公只喝药汁，把鱼腥草全给了我吃；阿公想吃狗肉，狗肉太贵了，妈把家里养的小白狗给了卖狗肉的，换回三斤狗肉……一天一天，阿公在衰弱下去。有一天，他不睡在自己屋里了，搬到堂屋去睡了。在我们老家，老人过世，总是要在堂屋里的。我想，阿公是做好准备了。

从县城医院回来，阿公就应该做好准备了。家里给他准备了专门的碗筷，他愣了愣，问阿爸，是不是病带真了？阿爸不说话。阿公也不说话了。

堂屋里靠东的墙角，临时放了张床，阿公躺那儿。堂屋正当中，支了一把黑乎乎的太师椅。椅子前，搁一箩筐谷子（稻粒）。阿公受不住了，断断续续发出呻吟。阿爸和二姑夫在旁边守着，等着。阿公早已瘦得脱形，不再吃药了。隐约记得，有个熟识的护士偶尔来给他打一两针止痛药——但似乎已经没什么用。

我睡在隔壁，堂屋里的一点点响动尽收耳中。

又是一阵忙乱，器物相碰，人声嘈杂。揣想得出，他们从床上把阿公拖抱起，再次摆到太师椅上坐定，扯住他的两只脚齐齐地按在箩筐上。许久，哭声响起。

葬礼的很多细节我还记得。许多人的声音，许多人的面孔，阿爸在灵前哭泣，鼻涕长长地挂下去……闹哄哄，乱蒙蒙，大人们的腿在我眼前晃过来晃过去。我连续几天没睡着，一直守在棺材边。棺材架在两条板凳上，板凳底放了一卷毯笆，据说是防止猫钻到棺材底下，不然会诈尸——我那时并不理解诈尸什么意思，只知道那是很可怕的事，便时时注意着，不让猫靠近。

下葬时，却是我钻到棺材底下去了。

我们身披孝布，跪在棺材前往坟地必经的路上。抬棺材的队伍在鞭炮声、吹打声中慢慢靠近了，没有停下，而是径直抬着棺材从我们身上过去了。感觉得到棺材在身上经过时那沉重的阴翳，勒住棺材的皮绳吱扭吱扭响，恍若阿公艰难的喘息。我略略抬起头，发现棺材底是没涂油漆的。白花花的木材袒露着，很轻飘的样子，像是有一朵云从我头顶飘远了。死，变得飘忽不定。棺材的缝隙用黄油糊过了，没糊严实，暗黄的水滴滴答答。死，又是如此确确实实……几个月前，棺材刚刚合好，我跳进去躺下，站起来后告诉阿公：很舒服！现在，阿公躺在里面舒服吗？

高高的天上，真有一朵巨大无朋的阴翳云朵镶着金边，缓缓飘来，又缓缓飘远……

大院子里，几只灰不溜秋的树麻雀，停在晒得发烫的石板上。人走近了，不动；再走近了，才扑棱棱奋力舞动翅膀，飞向屋顶，三三五五聚拢，朝院子里走过的人乱翻白眼。

大院子紧挨村道，村道又紧挨茂密的竹林。之后好几年，村里的孩子们到横沟小学上学，途经这段路时，总是大呼小叫着快速跑过，有人甚至宁愿绕很远的路。就连生于斯长于斯的我，也觉得四周的树木、暗夜和云影有些可疑了。

死是什么？死后会怎样？大概正是这几年，我开始想这些问题的吧。待到十多岁，我已经被学校教育得早已没法相信鬼神那一套，但又怀疑，死了真就什么都没了？“有”，如何成为“无”呢？如果成为“无”，那“有”去哪儿了？既然会死，还有什么好活的？活就为了走向死？如果不死，活着又为什么？活着就更有价值？为什么人人都想活呢？……被一个个问题折磨着的年幼的我，常觉世间昏暗，人生无光。

离“死”最近的奶奶，会想这些吗？

奶奶本是几位老人中身体最弱的，不时生病，吃药打针是常事。那几年后，病病歪歪的她，成为整个大院子最年长的人了。奶奶会继续活多少年呢？一年，两年，五年，十年……如今，奶奶已经活过二十多年。二十多年来，大院子外的很多老人、年轻人，预料之中或预料之外地过世了。奶奶生病，吃药，打针，但是活着。

去年，我问罹患阿尔茨海默病多年的奶奶，怕死吗？

奶奶很清醒似的，满脸皱纹，笑得花团锦簇。

“不怕！有什么好怕的？死嘛，不就随睡着了一样？”

2017年7月27日

汉　村

这是一个还没有邮票大的地方。纸质地图上，找不到它的踪影。哪里去找比例尺那么大的地图呢？后来手机可以查看地图了，先找到云南西南，在挨近缅甸的地方，找到保山，找到施甸，找到仁和镇，食指和中指继续扩展，看到棉花村和横沟了，继续往东，哦，在这儿了，汉村！不过是一条横线上画了一个椭圆，恰似“危如累卵”。道路是虚白的，道路两边也是虚白的，仿佛这儿并非人间的悲喜剧场。

意外的是，边上标注了一座山，叫作“鸽子板山”。这山是我熟悉的。从小熟悉的一个鬼故事——或许，只算得上一个场景，正发生在这山里。说是阿爸在隔壁田坝心的一个朋友，二十出头时自杀了，火化后，埋在鸽子板。每当落太阳雨，他便出现在自己坟头，坐着，看书，和过往的人打招呼。

前天晚上，微信里跳出一个链接，点开来，能够从俯瞰的视角，看到施甸各个乡镇村落。很快找到仁和镇，找到五楼村，然后，手指移动上面的画面，汉村出现了，家里的房子也出现了。菜地，龙潭，大院子，房屋，二楼屋顶的亭子，三楼屋顶的花盆，屋后的枇杷树，路边的竹林，皆历历在目。往西往北看，是大片稻田和烟地。水稻烟叶，半绿方黄，收获日即将到来，但此刻田地间还静悄悄的，看不见一个人影。

汉村有多少人呢？前几年回家，我在村头看到两块“项目碑”，碑文上写着：“汉村村民组位于五楼村东南部，有74户居民，总人口354人……”底下落的时间是“2010年12月5日”。时隔八年，不知道人口是增长了还是减少了。

总听不到生的消息，死的消息倒是时常由妈传来。

和家里打电话，妈不时会说起，谁谁过世了。比如，有一天打电话过去，妈接了电话，闹哄哄的，好一会儿，才听妈说，在某某家里，他阿公死了。妈说的某某，是我小学同学。他阿公是我熟悉的。小时候，听过他的一个故事，说是“文革”期间，他是糖厂领导，被强迫跪在地上，膝行了很远的路，膝盖都烂掉了。当时讲的，还有许多细节，如今是都忘却了，只在心里留下一个鲜血淋漓的印迹。

村里有我好几个同学，自然，同学的阿公也就有好几位。其中一位，是村里的阴阳先生。他姓甫，论辈分，比我阿公还大一辈，所以我喊他阿祖。阿祖个子小小的，常年戴一顶毛线帽。他原先的家和我家只隔着一条小路，相距不过二三十米。那是个比我们的大院子还要大的院子，不单有院子，院子边还有菜地，还有竹林。这些地方，对我来说曾经犹如一个秘境。我在他家楼上，见过许多扎好的和快扎好的纸人纸马。十多年前，他家搬到村头居住，我还专门到过他家的新房，去看纸人纸马。老人佝偻着腰，说他没力气了，扎纸人纸马的是他儿子，也就是我同学的父亲。他也不再做阴阳先生了，唱不动了。多少年来，他给我的印象总是站在祭台边，手里拿着铙钹，敲一敲，又照着供桌上的本子唱几句——那唱腔像是在独白，又像是在哭泣。他面前的院子里，跪了一地头戴白包头的孝子贤孙；他身后的堂屋里，躺着即将永远离开家门的逝者。他置身阴阳之间，似乎永远保持在一个年龄上，不会变年轻，也不会变老。

阿祖过世前，精心看了一穴地，建好自己和妻子的双坟。然而，他过世后，因一些早先没想到的情况，家里人将他葬到很远的地方去了。早先建好的坟在阿公坟边，许多年来，野草照样蔓生，青苔照样滋长，不说谁也不会知道，坟底竟是空空如也。

一年以后，阿祖的妻子——我一样喊她阿祖，也过世了。相比男阿祖，我和女阿祖更亲近些。她从老家去新家，常常要经过大院子。她时常会站下来，和奶奶说几句闲话，也和我说几句闲话。说话时，她总是笑容满面的。她过世前两天，爸妈去看她。她说不出话来了，只是眼里含着泪。她在想些什么呢？没人知道。

村里还有一对老人，也让我难以忘怀。他们的孙子，是弟弟的同学。严格说来，他家不算汉村的，是隔壁田坝心的了，但离汉村不过几步路。

老人高大、俊朗，头发朝后梳，一丝丝不乱，常年穿一套干净笔挺的中山装。这在村里是很少见的。我见到他，多半是在村里婚丧嫁娶的宴席上。他坐的那一席上，坐的是村里德高望重的老人们。很显然，他又是其中更掌握话语权的。他面前一杯酒，酒倒得满满的，喝一口，放下了，又倒满，酒波轻漾，日影辉煌。他一只手比画着，说起话来："吐一口唾沫，钉一颗钉……"酒过三巡，他满脸酡红了，解开上衣的风纪扣，动作和话语，越发斩钉截铁。

很多桌子渐渐空出来，唯独这一桌，越发喧嚣，讨论着的，大概是村里的大事吧？隔壁桌是早早空了，只有个老太太静静坐那儿，那是老人的妻子。听爸妈说，老人喝酒时，老太太是总这么守在一旁的，不说一句话，待老人喝完了，扶老人回家。村里很多人说，他们结婚几十年，从未红过脸。

老人过世后，老太太哭得站不起来。不到一年，老太太也过世了。

当老一辈们接二连三地离开后，死亡的乌云，已飘向更年轻的人们。

今年4月，我正走在莫斯科老阿尔巴特大街上，和妈打电话，妈说，三嫂死了。三嫂不过五十来岁。她忽然歪倒在地，送到医院，抢救不回来了。而那时候，三嫂的公公——我喊他阿良大爹的，还住在医院重症监护室里呢。三哥着急上火，生怕三嫂还没出殡，大爹又过世了。然而，三嫂出殡后没几天，快八十岁的大爹竟慢慢恢复过来，如今，可以摇摇晃晃地在村里走动了。他本就瘦弱，想必现在更瘦更弱了。

（然而，就在我改完这篇文字后，打电话回家，妈告诉我，她和爸正在阿良大爹家，阿良大爹昨晚十一点过世了——他咽气时，或许正是我写下他“更瘦更弱”的那一刻吧。）

又过一两个月，妈又在电话里告诉我，村头一个女人过世了——她是我熟悉的，她的两个儿子，比我小不了几岁。她家原先住在半山坡，后来搬到村头，好多年了，新房子还没盖起来。我时常见到她和丈夫一起出门收垃圾，她的一条腿不好，走起路来一歪一歪的。今年5月回家还见过她，她坐在丈夫的三轮车上，满头花白头发。来不及说句话，他们便从我身边匆匆而过——她是被车撞了，到医院住了几天，没了。撞人的不同意自己全责，说是她本就心脏不好，死了怎么能全怪到车祸上呢？

又过几天，妈在电话里说，村口小卖部的男人死了。他也是我熟悉的。记得爸说过，他们小时候打过架，具体怎么回事，我听过，全忘了。他给我的印象，只是瘦。一把骨头支棱在单车上，单车吱吱扭扭靠近。他忽然冲我笑了，问我去哪儿。我说去赶街呢，大爹去哪儿？他说，也要去赶街呢。说话间，两辆单车错过了。他去赶街多半是要进货吧？他的小卖部有个威风的名字，门楣上挂了红绸缎的牌匾写着几个大字：龙门门市部。其实，那不过是空心砖垒的一个单间。但这儿绝对是开风气之先的，别的小卖部只开出一个高高在上的窗口，他已经大开两扇红门，让我们走进店里，对着柜台挑选货品。好多次放学路上，我会花五分钱，在他那儿买一颗花生牛轧糖。不买些别的了？他瘦削的脸上浮出一个笑。我摸一摸裤兜，也笑笑，不买了……龙门门市部，是早已关张了的。他的两个女儿远嫁，院子已没人居住。

有人离开，必然有人到来。

这是我打开微信里那个链接时，深切体会到的。在手机里俯瞰汉村，看到不少人标注，这是谁谁谁家。留言边的头像，都是年轻的面孔。汉村竟然有这么多年轻人！当然，汉村肯定有这么多年轻人！只是，没有一张面孔是我熟识的。再看他们的留言，知道他们中的不少，也如我一般，身在异乡。

在异乡，看汉村似乎更清楚。那些我从未进过的院子，从未走过的山峦和道路，看起来亦很熟悉。手指继续移动，再往东往南看，那儿是背后山了，再往后，便是鸽子板。鸽子板附近，现出一座崭新的建筑。那是我去年回家时，正在修建的骨灰堂吧？爸年轻时那个朋友，据说火化时，他在柴堆上坐起，吓坏不少人。如今，村里人过世后都要火化了，他不再是孤独的了。他还会在太阳雨过后，坐在自己的坟头和路人打招呼吗？那些路过的人，已经没有多少是他认识的了吧。

2018年10月10日

乡村音乐

二胡，是我最早见过的乐器之一。我见过的那把二胡，把在一个和阿炳差不多的人手里。在我十年前写的中篇小说《收获日》里，干脆就给这个来自现实的人物，取名叫作“小阿炳”。而汉村，是这部虚构作品的现实发生地。

汉村从来不缺少音乐。婚丧嫁娶，是音乐集中展现的日子。谁家娶亲，谁家出殡，老远就能知道——准确地说，是听到。蓝天白云底下，响亮的音乐可以穿得很远。听到音乐的人，心里都有些波动，不自主地要朝那地方走去。

这样的场合，小孩子们更是不会错过。

小时候，我也爱往人堆里钻，但我在村里不属于很能混的那种，除了和奶奶上山，或者随爸妈到地里去，多半和弟弟在家里玩儿，走到村里，身边简直没个玩伴。每逢红白喜事，想要去，又不知道该往哪儿站。“无所措手足”，大概就是说的我这样的状况。但婚丧嫁娶，我仍然是要去的。估摸着到饭点了，就随大人到办客的人家去。

记得是寨子头的哪一家，我去了后，没赶上第一轮吃饭，只能一旁等着。我身边是挂礼处。一张方桌后，坐着挂礼人，挂礼人是村里能识文断字的。在挂礼人身边，还坐着两个人，裤脚高高卷起，脚上是解放鞋，鞋底边一圈泥，黧黑的脸上呢，是赶路后的倦怠。他们面前，各有一个敞亮的瓷钵头，里面荡漾着清亮的酒。他们喝几口酒，拿起身边的唢呐，呜呜噜噜试探几下，吹奏起来。欢快的、我叫不出名字的乐曲流淌在院子里。

后来很少再见人吹唢呐了。喜宴上，唢呐的音乐照常流出，只是从录音机里流出了。

葬礼上的音乐，倒是从未和录音机沾边。种种乐器，始终操持在人的手里。出殡那天，整个就是一场纷繁盛大的音乐会。阴阳先生一左一右站在棺材前，嘴里念念有词，一个握着铙钹，一个提着铃铛，这边响一响，那边又响一响；院门口鞭炮声响，舞龙舞狮的队伍裹挟着人流，从院外闯进来了，紧随着的还有五六人组成的乐队，闷钝的鼓声、脆薄的锣声，混杂在一起，如气流般上升。堂屋棺材边的一圈女人，哭声大作。但哭声旋即被音乐声盖压下去，闷闷地在棺材边盘绕。孩子们是很少被悲哀的气氛感染的。这简直算是他们的节日。然而，吸引我们的不是音乐，而是那舞龙舞狮的队伍。我们挤在大人堆里，看那些龙啊狮啊，身手矫健地翻滚，腾起一地的灰尘。

相比之下，弹洞经是我们最不乐意见到的——那时候，我自然不会知道，洞经音乐可是从宋代就流传至今的道教丝竹乐。只见十来个老人在院子里分两边坐开，各个调整好姿势，忽然，他们手中的钟、鼓、铙、钹等乐器，一起迸发出错落的声音。等了又等，声音小下去，想着就要结束了，不想声音又大起来了。我们只能很无奈地接着等。

不知什么原因，葬礼大多在冬天。冬天的云南是旱季，天上云彩如丝缕，偶尔现身，不知何时便消匿无踪，只剩下靛蓝的被群山框定的天。

蓝得发亮的天底下，葬礼总是进行得很热烈，从早上七八点开始，要到下午两三点才会结束。两位阴阳先生最后念了一些什么，人群动乱起来了，各个擎了灵幡、纸人、纸马，呼隆呼隆地挤出门去，随后，漆黑的棺材从堂屋里出来了，棺材上架着彩色的龙杠，龙杠上面覆了彩色的纸扎。棺材两面，是八个身强力壮的男人，从他们紧绷的手臂肌肉，看得出棺材的沉重，也看得出死亡的分量。紧随棺材的，还有一群白包头白衣服的孝子贤孙。之前出现过的舞狮舞龙队伍也跟着，乐队也跟着。在送殡队伍行进的过程中，鼓乐仍然进行着。

棺材要在中途停下，两位阴阳先生又一番念念有词，舞龙舞狮的伴奏再次响起。这时候，倒似乎没了弹洞经的。除开鼓乐，只剩下鞭炮声和哭声。

记得有一位老太太出殡，队伍停在汉村寺门口。另一位老太太在棺材边哭。哭得一把鼻涕一把泪的，旁边的人拉了几次，都没能把她拉起来。在她幽凄的哭声里，死去女人的一生呈现出来，几十年里的欢乐、痛苦、委屈、孤独和不舍，仿佛触手可及。那次，就连站在边上看热闹的我，也被深深触动了。十来岁的我隐隐约约看到，人的一生是这样的啊，人的一生将是这样的啊，而死亡，又是这样的……无论边上的人哭什么，无论鞭炮有多响，无论音乐有多闹，死亡只是沉默无语。

葬礼过后，乐器们都沉默了，唯独二胡的声音，像是不变的余音，绵绵不绝地进入了日常生活。

大院子里，便有人经常拉二胡。阴雨天里，二胡幽慢滞涩的声音传得很远。而给我留下深刻印象的，是“小阿炳”手里那把二胡。

和阿炳一样，小阿炳是个盲人。听爸妈说，他不是天生的盲人，是后来生病才盲的。那时候他二十多岁，结婚了。看不见后，妻子买来书，教会他算命。他便拄了一根细竹棍，拿了一把二胡，上街，算命。我认识他时，他的妻子早已过世。有时在村里碰到他，和他打招呼，他便停下脚步，笑一笑；有时在街上遇见他，七十来岁的他坐在街角，身形瘦削，脸上几乎没肉，眼窝深陷，侧着头倾听。听完了，掐一掐手指，从黑暗的深渊里，向身处光明的人指出一条路。他的语气是温软的，是不确定的，又仿佛有一种不可动摇的力量。

他住得离我家不远，有时会到家里来，手里只有细竹棍，没有二胡。爸妈把他让到堂屋里，喝茶，聊天。他微笑着，要给我们算命，我们纷纷避让。妈笑说，我晓得你要说，子午卯酉一枝花，不带残疾就带疤。他笑，我说的不对吗？哪个人不是这样？我们都笑。

他或许不知道，我对他拉二胡比让他算命更感兴趣。他在我面前拉过的，是什么曲子？我完全不记得了。只记得，我似乎想和他学拉二胡的，为此，还买过一把二胡。至今，那把二胡仍然挂在老房子二楼的墙上，积满灰尘，灰尘里封着的是从未发出过的声音。

小时候看过一部电影，讲阿炳的。阿炳在空无一人的街上，一面走一面拉二胡。街道两边低矮的楼里，有人在吵闹，有人在说笑，有人在涮马桶。没人注意到，一个孤独的天才正走在街上。他深陷的眼窝里，有能够洞穿时间的光。

这个画面是如此深入我的脑海，以至于，我总是这么想象小阿炳。

许多年后，我来到无锡，来到梅里。想象着几十年前，阿炳在这儿走着，脚下的路，四面的街道，都通往哪儿呢？

在梅里古月琴坊，我第一次见到了整个二胡的制作过程。从选材开始，到打磨琴头、琴轴、蒙蟒皮，一步一步，一把二胡在匠人们手里诞生，等待发出声音。匠人们年纪大多不小了，生命里的几十年光阴，全部浸润在了一把把二胡里。

制琴车间边上，偶然碰到来买琴的客人。在大家的怂恿下，客人拉了几首曲子，其中便有《二泉映月》。这让人有种错觉，仿佛在梅里，每个人都可能是阿炳。

又何止在现在的梅里，在历史上，在中国这片土地上，很多人都可能是阿炳。阿炳孤独地走在几十年前的窄巷里，小阿炳孤独地走在距离梅里几千里的汉村。

2018年12月7日

山河文章

中国几千年来，文学大家灿若繁星，哪几位是云南人？恐怕很多人都没法立马说出来。云南尚且如此，保山更不用说。保山地处云南西南，在中国历代版图上，都显得异常僻远。然而，保山很早便有先民繁衍：以九隆为首领的哀牢夷，至迟在两千三百多年前的战国中后期，便在这片土地上建立起奴隶制部落联盟哀牢国，王都勐掌即位于保山盆地。

汉武帝元封二年（前109年），于今日的保山金鸡村设“不韦县”（一说设于施甸。据马曜《云南各民族古代史略》载，不韦县即今施甸县境，首任县令陈立），属益州郡。东汉永平十二年（69年），哀牢王柳貌内附东汉，“汉德广，开不宾，渡博南，越兰津。渡兰沧，为它人”。（《兰沧歌》）东汉政权将益州郡不韦等六县及哀牢国故地新设的哀牢、博南二县，合并设立永昌郡。自此，永昌融入汉文化版图。

据《三国志·蜀书》载，蜀汉昭烈帝刘备薨，益州郡豪强雍闿叛归东吴，兵临永昌郡东北，永昌郡功曹吕凯率众坚守十年之久，写下著名的《答雍闿书》：“天降丧乱，奸雄乘衅，天下切齿，万国悲悼，臣妾大小，莫不思竭筋力，肝脑涂地，以除国难。伏惟将军世受汉恩，以为当躬聚党众，率先启行，以上报国家，下不负先人，书功竹帛，遗名千载。何期臣仆吴越，背本就末乎?”吕凯此文，情感深挚，辞采斐然，是永昌文学第一文。

建兴三年（225年）三月，诸葛亮征伐南中四郡。雍闿被同样叛变的高定部下杀死，孟获“代闿为主”。诸葛亮斩高定，擒孟获，四郡皆平。诸葛亮给后主的荐表中说:“永昌郡吏吕凯，府臣王伉等，执忠绝域，十有余年。雍闿、高定逼其东北，而凯等守义，不与交通。臣不意永昌风俗，敦直乃尔。”(《三国志·蜀书·吕凯传》)

这之后，许多有关诸葛亮的传说、掌故在保山流传，保山更深地为汉文化浸润。千年以后，时间来到明中。

明嘉靖三年（1524年），永昌设县时，因与甘肃永昌县重名，故以城内太保山之“保山”为县名。

就在这一年，明正德六年（1511年）状元杨慎因“大礼议”受廷杖，贬戍永昌卫。此后，杨慎偶尔也往返于老家四川和云南他处，但最终终老于永昌。明嘉靖三十八年（1559年），杨慎卒于戍所，享年七十二岁。

杨慎有一半的人生是在保山和云南各地度过的，按现在的话说，算是“新保山人”。这个新保山人，是保山迄今为止的历史上，出现过的最为耀眼的文学之星。他以一己之力，让永昌文学，进入了从未有过的高光时刻。

翻检《永昌府文征》，诗录部分收录的诗词，多有杨慎和保山本地文人张含等相互唱酬之作。张含，字愈光，号禺山外史、禺同山人等，当时被永昌百姓誉为“小杜甫”。杨慎有很多首诗是写给张含的，譬如《重寄张愈光》:“海裔江湄独倚楼，瑟居匏系又惊秋。菊花黄处回青眼，枫叶红时对白头。少日声名追杜甫，暮途羁绊脱庄周。九龙尚有临池兴，一雁能忘远札投。”又如《招张愈光》：“容易年光斗柄东，萧条客舍酒樽空。雪消已减乘舟兴，寒重翻添闭户功。古道尘埃多去马，故人书信少来鸿。新丰逆旅知无伴，何惜西斋一笑同。”相应地，张含也有多首诗是写给杨慎的，譬如这首“字字句句工致沉郁”的《对雪怀升庵》：“孔明庙前松柏苍，相伴放臣凌雪霜。龙蛇白昼远山泽，鹅鸭黑夜惊池塘。寒欺貂裘积蛋毒，冻缩马毛含猬芒。老夫肺病拥炉坐，乘兴舟航非所忘。”

永昌文人在与杨慎的交往中，自觉或不自觉地提升了自己的文学素养，他们对杨慎的厚待，则让杨慎在人生的大悲剧里，找到一个足以安身的温暖角落。无论是杨慎，还是张含们，用文字为自己的生命留下印迹的同时，也用文字为这片僻远的土地发出声音。怒江、澜沧江、高黎贡、兰津渡……这些高山大河，千百年来，在汉文化的文字世界里是沉默的，而今，它们总算找到了自己的代言人。

不止于诗词歌咏，杨慎还编撰《南诏野史》《云南通志》等著作，系统梳理云南的历史地理。杨慎没让自己的人生走向昏暗的死地，反倒用一支笔点亮了一片陌生的土地。

数十年后，万历十一年（1583年）二月，缅军侵犯云南，万历皇帝派邓子龙驰援永昌。邓子龙击退缅军后，在施甸姚关驻扎六年。这期间，他留下不少吟咏施甸风光的诗作。譬如，在姚关清平洞内所刻的两首诗，一首是《清平洞》：“洞里神仙洞外村，清平不问旧将军。静观杨柳依依绿，满笑桃花灼灼春。醉向几杯销白日，闲拖一帚看浮云。围棋未了千年局，倦展诸夷纳贡文。”还有一首《别清平洞》：“开尔清平记六年，许多盘错破中坚。梅根挂壁全无土，石乳为门别有天。释子好看池上树，莽生休据洞前田。我去莫教棋石烂，看山亭上月常圆。”可惜这两首诗于1967年因破“四旧”，被石工铲除，于1978年才在原处复刻。

2018年10月，我往韩国参加第四届东亚文学论坛，刚到首尔，走出下榻的宾馆没多远，眼前一座雕像，是朝鲜名将李舜臣，瞬间让我想到邓子龙。邓子龙离开施甸后，于万历二十六年（1598年），在釜山海面上迎战日军，年过七十，勇猛无比，力战而亡。李舜臣正是在救援邓子龙时战死的。这便是著名的露梁海战。

千百年以来，保山文人辈出，他们可能不再有杨慎、张含、邓子龙那样的名声和成就，但他们并未让保山的文脉中断，尤其腾冲，文化更是灿烂夺目。前面提到的《永昌府文征》，其编撰者，正是腾冲人李根源。李根源是辛亥革命元老，曾任国民政府代总理。抗日战争时期，李根源请任云贵监察使赴滇西协助抗战。为了弘扬乡邦文化和保存文献，在当时外部环境和物质条件极其艰苦的情况下，他凭借自己的威望，集周钟岳、秦光玉、由云龙等学者，对散落各处的与保山有关的文史资料进行搜集整理，本着“不接客、不待客、不访客”的态度潜心学术，耗时两年编撰出这部五百万字的皇皇巨著。

现在，这部大书就在我的桌上。依靠它，我才有可能深入了解故乡的文明，才有可能重新认识那些自以为熟悉的山河。不说别的，单说我的老家施甸吧——

《永昌府文征》里收录了施甸团树人徐崇岳诗二百五十首、文三篇、词二阕。“徐崇岳，字石公，保山施甸人。康熙癸卯举人，赴公车未第，以所业一编投尚书龚鼎孳，拂袖而归，龚遣人追贶之，且致书有‘吾子未易才也’之语。归后决意林泉，平生孝友温恭，文词博雅。吴三桂钦其名，欲强之仕，逃匿腾越教读三年。吴败回里，家居乐道，足迹不至公门。所著有《造适轩诗集》，原刻版已毁，民国廿四年林景清序而重刻之。”

徐崇岳这名字，在此之前我从没听说过，但他确实诞生在了老家那片土地上，活在那儿，也死在那儿。徐崇岳写就的诗篇里，有好几首是吟咏摩苍山的。比如《摩苍山次韵答施静文先生》，“石能生月寒如雪，松欲孥空韵在风”。还有一首《摩苍山歌寄施陈二公》，“即今摩苍松子熟，顺风五里稻花香”。读这些诗句，自然让我想起摩苍来了。就是读那些并未点明具体地名的诗句，也容易让我想起故乡的风景。譬如这首《看雨》：“清晨栉沐余，端坐惟看雨。畅哉十日霖，既酣犹新怒。云颓树已失，密影纷群缕。久玩机豁如，迷蒙亦娟妩。白借窗纸生，暖依炉火拄。是中有冥搜，耳目寂如睹。蚁垤感沧桑，春秋不自数。”在施甸，在许多个久雨的日子里，我又何尝不是这样看雨的？

徐崇岳之后几百年，我在施甸人李俊玲的散文集后记里，又看到关于摩苍的文字。俊玲姐说，她去探访摩苍山上的摩苍寺后，心有所感，这才开启写作生涯：“在一个深秋的傍晚我特意跑去了摩苍寺，永远忘不了那天的夕阳，将最后一抹余晖镀在残垣断壁上的情景，高耸的石阶边荒草齐膝，四周叶子飘落，满目萧然。这里曾经是滇西香火最为鼎盛的寺院，曾经是永昌读书人云集讲学论道的书院，如今，晨钟暮鼓与琅琅书声都化为簌簌的风声。而佛教与儒家的文脉，依稀在那些雕梁画栋中固执地呈现出微弱的呼吸，古道不见僧挑水，荒刹无闻响磬钟，世事沧桑，唯江山依然，独立石阶，我内心被一种莫名的东西击了一下。”

面对同样的山、河、景、物，不同时间里的人们，内心有着同样的柔软。

还有更多的人，也以自己的方式，守护并延续着保山的、施甸的文脉。且看我手头这些资料:《保山通史概要》(肖正伟著)、《保山市地方文献书评》(鲁兴勇主编)、《哀牢文化》(杨晓东主编)、《隆阳民间传说》(蒋怀洲编著)、《青牛白马的迁徙》(蒋开磊编著)、《永昌府志》(包含康熙、乾隆、道光、光绪四部，保山史志委和保山学院共同修订完成)……还有一些人，比如我熟悉的前辈段一平、郑耀文、蒋汉雄、王开洪等，即便没有著书立说，对地方的历史文化，他们也一样介介于怀。

想起十多年前，我到蒋家寨水库边做客，见一位老人在画“财门布”，和他攀谈起来，得知他搜集了很多本地民歌，遂走了不少路去他家看。路上遇到一棵酸木瓜树，果实累累，枝沉欲坠。我们都停下来看。到他家里，宽展的院子，阒寂无人。老人拿了一大摞笔记本给我，每一本笔记本，都填满了老人清秀的钢笔字。一首首民歌，不用唱，只用读，便觉新鲜，俏皮，爽直。可惜那时候手机还没拍照功能，我没能记下什么。这些年，我时常想起那个阳光灿烂的上午。老人叫什么名字呢？竟然忘了问。前年，和县里写作的朋友说起这事，他们说，哦，老人叫蒋在凡，几年前过世了。我忍不住叹息。平凡的名字，平凡的人生，和一个平凡的地方血脉相连。可是，再平凡的人生，也值得活过；再平凡的地方，也值得歌吟。他的那些笔记本，不知道还在不在？那里面，有一个地方独特的秘密。

2019 年 2 月 15 日

异乡人

2008年十一假期，弟弟从北京到上海找我。那是弟弟第一次到上海。我们去了人民广场，去了外滩，去了崇明岛，本打算到东滩看海，到了才发现，根本看不到海，茫茫无尽的，是芦苇。那夜我们住在一处农家乐，走出门去，看到好多排小洋房。不少人在门口纳凉，听他们聊天，说的并不是上海话，一问之下，他们竟是当年修三峡大坝时，从坝区搬迁来的。问他们，回去过吗？有个老人想了想说，回不去了，家都在水底下了。

从崇明岛返回市区，买好了船票，在码头边等船时，我和弟弟在一个走廊里有一搭没一搭地聊天。当然，我们说的是老家的方言。忽然，一个中年男人站到我们面前，问，你们是施甸人吗？我是施甸姚关的。

好多年过去了，我已经忘记那位大叔叫什么名字了，但我始终记得那一刻，我是何等的惊讶，何等的欣喜。在距离老家几千里外的上海崇明江边，一个人准确无误地在无数声音中辨认出了故乡。

老本腔，我们是这么称呼自己的方言的。

“你还是老本腔嘛。”每次我回家后，听到我说方言的人，常会这么说。

2003年至今，我到上海十五年了。每次回老家施甸，我都会立马说回方言。最初几年，我并不能够很快在两种语言之间奔波。在家里，偶尔会蹦出一两句普通话；回到上海，偶尔又会蹦出几句方言。大概要三四天，我才能让自己在一种语言里完全安稳下来。在什么地方说什么地方的话，本是理所应当——除非我不会说那地方的话，但老家人听到我一口方言，多少都会有些吃惊。因为村里有些人到外面读书了，或者打工了，回来后说的，便不再是纯正的方言，多多少少会夹杂一些怪异的音调或词语。他们在潜意识里，或许是要借此获得某种对村里人的俯视感吧。类似的举动并非乡里人独有。我就见过一位饱学的上海年轻人，到美国几年，回来后便在谈话中不时夹入英语单词。

我们总在逃离故乡。不单单让身体逃离故乡，也要让语言逃离故乡。故乡先是从现实层面上消失的，接着是从我们的语言中消失的。“乡音未改鬓毛衰”，是非常不容易的事儿。就像我，虽然坚持回到老家就说方言，可终究，那些真正让这门语言区别于其他语言的东西，多少也会改变。

施甸话属于北方方言，和普通话并没有多么巨大的差异，但这两种语言呈现出来的世界是不一样的。有些东西，永远只能用普通话表达；有些东西，则永远只能用云南方言表达。

故乡，在一定程度上说，就是那只能用方言表达的所在。

多少人感慨，我们这个时代的列车行驶得太快。我们坐在这疾驰的列车上，不知道奔向何方。故乡语言呈现出来的那个世界，正在迅速远去。

很早就听说，施甸县有不少契丹后裔。今天又偶然看到一则微信文章，题目叫作《强悍的契丹民族消失的原因》，文末说，有人认为契丹流落到了施甸。在施甸发现了不少刻有契丹语的墓碑，祠堂里发现了篆刻有“耶律”二字的牌匾，种种的遗迹都表明，契丹来到了这儿，这儿有契丹的子孙，但“毕竟漠北和云南相隔万里，在没有确切的证据之前，学术界始终未能给这个自称契丹后裔的族群正名”。我想，所谓“确切的证据”，或许有一部分在语言里吧？施甸没人能够说契丹语，但据调查，仍有一些契丹词语，坚固地嵌在施甸人现今的语言里。那是昭示我们身份的隐秘符号。

我想起我的短篇小说《普通话》。关于故乡，关于语言，关于在不同地域——尤其是不同语言间奔波的人，都是我想在《普通话》里表达的。那个叫顾零洲的人，他和我一样，从云南来到上海，从说云南方言的云南来到说上海话的上海，而他呢，却在上海说着普通话，在云南总被人想着会说普通话。他在不同的语言间辗转，试图寻找一个立足之地，安放自己的身体，也安放自己的灵魂。

又想起在崇明岛边遇到的那个姚关人。

姚关是施甸南边山里的一个镇，我家呢，在施甸中间的保场乡（后来并入仁和镇）。两地相距不过十多公里。谁会想得到，在几千里外的崇明岛，在来来往往的人群中，仅凭口音，我们就能被精准地认出来呢？

我们和他聊了些什么，具体的想不起来了。但我记住了，他和儿子在崇明一所造船厂工作，他的妻子和女儿在市区做服装店的销售员。他还说，他们住的房子是每月五百块租来的，可以自己做饭。我那时候还没自己租房住，还不懂得做一个租客的艰辛，但已经隐约知道，五百块在上海能租到怎样的房子。这房子，要住他们四个人。

自那以后，我再没见过他。

但他的消息是时不时传来的。他似乎不会发短信，总是打电话给我，告诉我他加工资了，他儿子要娶媳妇了，告诉我他妻子身体不大好要去医院了，他怀疑女儿谈恋爱了。有时还会告诉我，他攒了多少钱……我听着，偶尔发一些无用的议论。

一天傍晚，我独自走在路上，经过一家房产中介的门店，驻足看橱窗里的广告，房子从几百万到几千万元，房租从一两千到一两万元。手机响了，再一看是他。他的声音里透出从未有过的兴奋。我说，阿叔你喝酒了？他说，喝酒了！你什么时候来崇明找我玩儿啊，我请你喝崇明老白酒。我说好啊，我好久没到崇明了。他说，你猜，我攒了多少钱了？我说多少？他说，二十万了！我说那是得好好喝点儿酒。他又说，什么时候回施甸？去姚关，我请你喝酒！然后，告诉我，他家就在施姚公路的某个拐弯处。我家特别好找，他补充说。

站在上海夕阳下的街头，我想象了一下，几千里外故乡那些莽莽苍苍的大山。他的家会隐藏在哪儿呢？

这之后很久，没再接到他的电话。我想，或许是他觉得上次打来电话有些失态，故而有些不好意思吧？想要打个电话给他，又不知说什么好。这期间，我毕业了，忙于落户，找工作，租房子。最先租住在复旦边，七八个人合租，我住了其中还算宽敞的一间，十来平方米，一桌一椅一柜一床，有个很大的窗户，缺点是只要走出房间，便有一股霉味儿，公共浴室更是半墙青苔。就这条件，一个月得八百元。

渐渐地，我在这新环境里安顿下自己，开始了漂在上海的生活。在学校里，漂着的感觉并不强烈，此时才有了切身的体会。渐渐地，这体会也变得麻木了。

不知过了多久，是某年过年期间吧。我正在摩苍山里。手机响了，是他打来的。陷落在纷乱的琐事里，我很久没想起他了。接了电话，刚寒暄两句，他忽然说，我回来了，全家都回来了！我说，回来过年吗？他说不是，是彻底回来了，攒了三十多万块钱，足够盖新房了，所以全家都回来了。这儿才是我们的家啊，他说。

他在电话里又一次邀请我去他家。我不由得想象着，郁郁葱葱的群山里，多了一栋崭新的白墙小楼。但我终究没去成，因为没过几天，我就又回到上海了。

自那以后，我再没有过他的消息。

2015年4月27日　初稿

2018年10月2日　修改

云边事

大风歌

我家后院边，有好多片竹林，其中一片边上，有一棵高大的苦楝树。苦楝树粗壮的主干直直地朝上生长，直到高过竹林了，快两层楼那么高了，才伸展开枝丫。那枝丫，几乎要探到小路对面王家的屋顶。每到春天，苦楝树开花，五瓣的紫色花朵缀满枝头，细细密密的，蓬蓬勃勃的，轻微地晃动着，几乎遮没了叶子。

春天里大风吹，吹得竹林呜呜响，竹林俯仰，枯叶满天飞。这不像是春天来了，倒像是冬天回来了。但细细一看，纷飞的干枯竹叶里，夹杂着一些小小的紫色花朵，旋转着，降落伞似的，悠悠忽忽落下，细碎的星子般，铺满整个后院。

后院起初是泥地，后来变成水泥地，几年以后，水泥地开裂，裂口处长出牛筋草和葎草。杂草疯长，我们到后院少了。又过些时候，水泥地荡然无存，又回复了泥地……不知道如此反复了多少次。院墙也如此，起初是土坯墙，墙上有瓦。土墙倾圮后，修了空心砖矮墙，不知多久，砖墙开裂，裂缝处长出绿绿的臭灵丹（翼齿六棱菊），眼看就要倒伏。不记得多久以后，家里又修了新的院墙……院子变化着，正如大风吹动季节的变动。

变动得厉害的，又何止我家这小小的后院？

和我家后院隔一条村道的，是王家的院子。竹林和苦楝树都是他家的。

这一年，王家的大儿子结婚了，分家后，搬出去另过；过两年，王家的小儿子结婚了。王家小儿子虽比我大十多岁，但经常和我在一块儿玩耍。猛听说他要结婚了，总觉得什么变了。王家哥哥结婚那晚，他家的客人陆陆续续走完了，我仍然待在他家院子里，抬头看得到苦楝树后很大的月亮。风吹得彤云飞驰，遮住月亮又露出月亮。后来，他们注意到我了，王家哥哥带着新娘，一齐走到院子里，问我怎么还不回家。

我是怎么说的？现在全然忘记了。只记得，当时莫名地有些不舍。我隐约意识到，他从此要变成大人了，不会再到后院找我玩耍了。

那个春天，我更注意那些飘飞的苦楝花了。风一阵一阵吹，苦楝花旋转着，也一定飘到了他家的院子里。生长在同一棵树上的花，此时，正飞向不同的院子里。

又过一两年，王家哥哥有了个女孩儿。我时常看他抱着女儿，姿势别扭，在家门口走来走去，脸上做出一副怪相，凑到孩子脸上。

王家院子背阴，大清早的，王家阿公到我家后院烤太阳。我在他身边玩耍，他和我说过些什么话，自然也是早忘记了。但我清楚地记得某一天早上，他蹲在我家墙根下烤太阳，一面摸出个塑料袋，袋里装着黄而发褐的烟丝。他耐心地用纸卷了一支烟，用舌头舔一舔卷烟纸，将烟卷粘好。之后，从裤兜里掏出一盒火柴，拈出一根火柴，嚓啦，没擦着火；又拈出一根火柴，嚓啦，没擦着火；再拈出第三根火柴，嚓啦——小小的火苗突然涨大，轰隆一声，整盒火柴着了。他愣一下，手一抖，一个小小的火球滚出去。几十根火柴一齐发出呼呼赫赫的声响，不多时，火柴盒熄灭了，他仍呆呆的。

不久后，王家阿公过世；王家奶奶病病歪歪，却在丈夫死后活过好多个春秋。

奶奶常到王家去，和王家奶奶聊天，笑声一阵一阵从院墙那边传出。

两年后，王家添了个男孩。

作为两个孩子父亲的王家哥哥，不和我玩耍已经好多年了。有时在路上遇到他，看他瘦得厉害，不时狠狠地皱一皱眉，又狠狠地咧一咧嘴，不知对谁，迅速地做了个鬼脸。

从我家后院望去，王家的院墙快塌了，大风一吹，竹梢扫到他家屋顶，偶尔有瓦片噼里啪啦往下掉，砸在院子里，啪啪作响。

听说王家已经和远方的亲戚谈妥，将房子和地基一块儿卖了；他们在村外另寻地基，盖了一所新房子，全家搬出去住了。

没住多久新房，王家奶奶过世了。

葬礼上，奶奶趴在她棺材边，大哭了一场。

一直听说，王家亲戚在旧城工作多年，退休后要回来盖房的。说了好多年，总不见人回来。王家的院子没人住了，院墙后的香椿树一年一年长高，一年一年发芽，鲜嫩的叶子散发着奇异的芳香。忽然地，王家亲戚就回来了，拆房不说，还要砍树。

这一年，我已经工作了。恰逢我回家过年，年后没几天，他们动手了。按照节气，春天已然来临，但苦楝树还没开花呢。

忙碌的人们，不会等一棵树开花。

苦楝树被砍倒了。枝丫一根一根断在路边，那些还来不及开的花，不知道能开到什么地方。竹林也整片地被砍掉了，枯枝败叶填满竹林边的小水沟。

王家亲戚要盖的新房，是钢筋混凝土的。最近七八年，村里盖的新房，几乎全是钢筋混凝土的。新房就快盖好时，盖房的男主人病倒了。

我从未见过他。是听母亲和我说的他的事。说他只是略微有些不舒服，去县医院看了，又去市医院看了，都说，回家吧。也就回家了。家里还瞒着，说没事的，吃几服药就好了。盖房子的工人们，紧赶慢赶，想要早些盖好房子。不想，只过得三五天，男人病势沉重，再也瞒不过去了。男人反复对来看他的人说，我不甘心啊，我不甘心啊。

一年后，我再次回到老家时，见到的是一幢新的小楼，一道新的院墙。我随爸妈去串门，看到堂屋供桌上放着相框，相框里的男人很陌生。

男人的妻子，看我朝屋里看，忍不住又要哭出来的样子。

老太太有两个孙子，在院子里打闹。孩子们的声音格外响亮，显出院子的空旷，似乎也显出院子的崭新。院子的地面是光滑的水泥地。许多年前，王家小儿子结婚那晚，我脚下所踩的应该是泥地吧？我竟想不起来了。

我抬起头看。又是一年春天了，大风吹动，漫天彤云飞驰。

这小小院子里这么多年的历史，是我曾经设想得到的吗？这院子的主人，想到过这些吗？他们自然会悬想未来的，会想什么时候结婚，什么时候生子，什么时候盖房……可这些往往是作不得数的。生死两件大事，皆是我们难以预想的。生死尚且未卜，又怎能言及其他？时间恍如一场大风，吹得人间万物凌乱不堪，又让它们循着各自的轨道。

我在小说里写过这样的大风。二十七岁生日那晚，我和朋友打完电话，心中忽动，在三个来小时内，完成了一部短篇小说，叫作《骤风》。这在我的写作史上，是最为迅捷的一次了，恰如其题目，骤风。两个孩子，一对母子，还有一个手捧鲜花的“我”。“我”旁观了两个孩子和一对母子在一场骤风中的相遇和分散，“我”初看置身骤风之外，其实置身在另一场骤风之中。这正如我站在苦楝树下，旁观王家院子二三十年来的变迁。

“大风起兮云飞扬”，一场又一场骤风，让帝王惊心，也让小民动魄，将我们从此刻吹向未来。我们是如此身不由己，如此“不能念长久”，“我不知道风，是在哪一个方向吹”……

2018年8月20日

大院子

大院子最鼎盛的岁月，我没赶上。小时候常听奶奶讲，当年生产队吃大锅饭，食堂开在大院子里，全村每天多少人到大院子吃饭哪！虽说没有大鱼大肉，尽是草草蔬蔬汤汤水水，但鼎沸的人声，纷杂的双手，忙乱的脚步，“真是烈火烹油，鲜花着锦之盛”。再后来，食堂关张，大院子边上建起一所小学，是从汉村寺搬迁过来的，是我后来就读的横沟小学的前身。听妈说，她嫁到大院子时，那小学还在着呢，平日里，总能听到孩子们吵闹的声音。然而，等到我记事时，小学早搬走了。我不禁有些怅然，小学若还在，得多好啊，我就不用每天早早起床摸黑去学校了。

这时候的大院子，早已淡出汉村的“话语中心”，和汉村普通的院子没多大区别了，只是院子略大一些，人丁略多一些。

还好，大院子边上有个龙潭。

龙潭紧挨着我家的菜地，那时候，我家在菜地边种了一排老牛筋（芦竹）、一丛甘蔗和几棵吸血果树（薏苡）。吸血果树细细高高，结出一颗颗绿绿的卵形的吸血果，果实后面，连着麦穗似的花束，花束垂下，在微风里一晃一晃，恍若少女摆动的耳坠。水里的倒影，也在晃动着。水面朗绿，散碎的浮萍逗引着一群群小鱼。

村里好几处水井，唯有这一处，是供人洗衣服用的。村里的女人们络绎不绝地到来，端着盆，提着桶，桶里盆里堆满花花绿绿的衣物。她们得穿过大院子，再穿过对门堂哥家的耳房和后院，才能走到龙潭边。穿过大院子时，她们常常站下了，和院子里的人说些闲话。不晓得她们怎么存了那么多话，嘁嘁喳喳，嘁嘁喳喳，简直忘记了要去洗衣服。若是洗好衣服回来，说话的时间还要更长久。我在院子里玩耍，时常看见水从盆沿底下，滴滴答，滴滴答，凝结着时间的小小水滴，摔碎在赭红石头上，留下鲜明的印迹。

大院子中间，那一长排略略高出平地的石头，是很有些来历的。据说，那是我家老房子地基的遗迹。一排赭红的石头，磨蚀得光滑锃亮，纹理清晰。有时玩累了，我会坐石头上歇一歇，石头被太阳烤得暖热，热乎乎地贴着屁股。

我面朝西方，上下前后打量身边的世界——

日头高悬，在头顶刺啦啦地飞速旋转着，放射出万道金光。一支支光的利箭，射进大院子。大院子草木丰茂，北边堂哥家门前，左一棵缅桂，右一棵杏树；我身后阿昆哥家的灶房前，有一棵歪脖子的桃树；我家在西边，台阶边有我种的杂七杂八的花卉，万寿菊、仙人球、水仙花（韭兰）、天鹅抱蛋（虎眼万年青）、打不死叶等等。我家瓦屋后面，探出两棵枇杷树的树梢；西边是大妈家，她家刚建了个家庭作坊式的罐头厂，空玻璃瓶堆在台阶边，高高的“危若累卵”，闪耀着一派白茫茫的光。

我注目更多的是院子里那些疯长的青草。阳光猛烈，草地潮润，水分蒸腾，有时会见到一小片波动着的热气。草地的组成，有几年主要是马齿苋；更多的年月，是马唐、马鞭草、牛筋草、狗牙根等。猪来了，狗来了，猫来了，鸡来了，总不免要留下些屎溺，所以杂草们长得格外肥壮。拨开草丛，地上总能见到一些翻耕过的痕迹，有时是弯弯曲曲的几缕土，那是曲蟮（蚯蚓）的杰作；有时是一小圈鲜润的土，炸开的烂泥炮似的，再看，那圈土边有一堆猪粪，这就是牛屎窝蛘（屎壳郎）的居所了。牛屎窝蛘比羊虫（金龟子）大，若能逮到一两只，那实在是很好玩儿的。

我记得那天，爸妈到保场街赶街去了。大院子里似乎再没别人。我和弟弟在草丛中发现了牛屎窝蛘的一个洞口后，翻遍草丛，将另外几个洞口塞严实了，拎来一大桶水，从仅剩的一个洞口灌进去，洞口咕嘟咕嘟冒着泡，终于，有东西浮现在洞口了。真是牛屎窝蛘！真够大的。然后，是第二只、第三只，接二连三，最后大概出来了七八只，被我们一一逮住了，统统放进铸铁做的洗脚盆里。它们笨头笨脑地爬动着，一圈又一圈，唰啦唰啦唰啦。

然后呢？然后爸妈回来了，看到这一洗脚盆战果，他们的表情和声音是难以描述的。

更多的时候，我们在大院子里练习倒立。起初，只是两手撑地，垂下头，从胯下看后面。树是倒的，房子是倒的，云彩掉到房子底下了，鸟儿飞过，大人们走过，人竟然走在鸟儿上面了……世界仿佛由此呈现出全然新鲜的面目。更进一步的，我们两手撑地，想让自己倒立起来。这个动作就不是一个人能完成的了。我一直渴望着，能够不假手于人，我也一直朝着这个目标努力着。一次次练习后，终于有一次，我倒立起来了。两脚舞动，踢翻云彩踹翻天；两手颤动，额头擦到草茎，泥土的气息猛然涌进鼻孔……

大院子的草地，并没有因为我要练习倒立而一直存在着。最先是对门堂哥家行动起来，砍掉他家屋前的缅桂树，造出一块长方形的水泥地。那之后三四年，我家在屋前铺了一块更大的。为了这块水泥地，东边阿昆哥的父母还和爸妈闹出一场风波，说是我们的水泥地面占了他家的面积。这事儿一直闹到土地局，土地局来人测量后说，反倒是他家的灶房占了我们的面积，他家得拆掉灶房。然而，他家只是在大院子东面砌起一堵墙，将家里和我们隔绝开来，拆灶房的事儿不了了之。

我家的水泥地铺好后，大院子能长草的地方，就只剩两片水泥地间窄窄的一条，以及西面大妈家门前的一溜了。

大妈家要在村路边修水井，要把我家的地挖开，从龙潭引水出去，我家没同意。然而，村路边的水井硬是修起来了，我家的地硬是被挖开了。那天，奶奶和我正在地里拔草，一伙人荷锄扛锹地来了，强行开挖菜地，我和奶奶拦都拦不住。待爸妈回家，岂可甘休？两家大吵一架，不来往了。大妈家干脆在屋前也砌了一堵墙，只留一道窄门通行。然而，没多久，罐头厂停业，到大妈家的人明显少了，那道窄窄的门也就很少开启。

没几年，堂哥家另辟地基盖新房，不怎么回大院子了。

这些，都是我理解不了的世界。我甚至不能完全记得，这些事，哪一件是先发生的，哪一件是后发生的。我只知道，大院子静了，静了十多年。

忽然有一天，大院子又热闹起来。大妈的孙子，比我小不了几岁的江桃要结婚了。

此时，我们两家早已言归于好——也不知道是怎么言归于好的。而且，似乎比吵架之前还要好。奶奶罹患阿尔茨海默病后，时常跑出门乱走，好多次都是大妈陪同妈去把她找回来的。为此，大妈还惹得奶奶骂声不绝。

江桃结婚，是大院子多少年来难得的一桩喜事。我们一家早早过去帮忙，大妈家门前的墙拆了，三间房的板壁由阿爸负责装修，油漆则由妈负责刷，我和弟弟一旁打下手。还有一大拨人负责修整大院子。茂盛的青草割了，地上的小石头捡了，大妈家屋前的那片烂泥地也要铺上水泥。紧赶慢赶，总算是在江桃大婚前，做好了一切准备。水泥地是崭新的，板壁是崭新的，鲜红的对联也是崭新的。奶奶端坐在自己门前，一身靛蓝色的衣服也是崭新的。

鼎沸的人声，纷杂的双手，忙乱的脚步……大院子简直框定不住这热闹了。

婚礼结束，江桃和媳妇到外地打工。大院子别的人，也都回到各自的一份生活里去。红色的鞭炮屑散落大院子中间仅存的那条泥地上。没过几天，割过的草发出新芽，遮住鞭炮屑。大院子里，只剩下奶奶一个人了。奶奶仍然穿着那一身新衣服，独自坐在门前，面对着人去屋空的大院子，自言自语。

白云飘来了又飘去，燕子飞去了又飞回。偶尔有人走进大院子，想要到龙潭边去洗衣服，探头探脑看看，几乎要被这寂静吓得退却。

所谓龙潭，现在看来，不过是个六七平方米的小水塘罢了。深度嘛，当年因为我们隔段时间会淘干水抓鱼，顺便清淤，或许有两米深吧？如今，那潭底的淤泥，堆积得都快触到潭边了。村里有了自来水，鲜有人到龙潭洗衣服了。龙潭边的地呢？去年已经被爸妈卖给大妈家，卖地的合同是我写的。勘定地界那天，两家人一起来到龙潭边，言笑晏晏，云淡风轻。

又一年回家，我进到大院子，只见奶奶躺在院子中央，身下铺了块装肥料的尼龙袋，袋子紧贴着泥地。奶奶仰面朝天，闭着双眼，跷着二郎腿，说说又笑笑。我喊了几声，奶奶才睁开眼看天，看我。你怎么躺这儿，多潮啊。奶奶笑嘻嘻的，说就想晒晒太阳。

真是很好的太阳。刚下过一场暴雨，太阳鲜红欲滴，天空洗过似的蓝，云彩沉重又迷茫。我多想挨着奶奶躺下，看看天，看看太阳，看看云彩，但我只是站着。大院子空旷，寂寥，听得到曲蟮拱地的声音，牛屎窝蚌打洞的声音，漫天的红蜻蜓翅膀震颤空气的声音……时间飞速倒流，回到二十多年前，一个少年摇摇晃晃倒立起来，看见倒过来的树木房舍，蓝天白云踩在他脚下。世界是这样的新鲜！

忽然，两手一软，脚再踢蹬也没用，我朝后重重摔下，后背刚好砸在院子中央那排石头上。我仰面朝天，瞪着眼睛，张着嘴巴，摊开四肢，无法动弹，喘不过气，喊不出声——这是我第二次后背着地摔倒了，上一次是和奶奶上山找柴，我从离地三四米的松枝上掉下。

白云，蓝天，飞鸟……时间静止，风搅动一切……

和二十多年后的奶奶一样，我仰面凝视着这世界；世界也俯下身来，凝视着我。

不知过了多久，我终于喘出一口气来。

世界倏然远去，时间疾速行走。

那以后，我还练过倒立吗？大约是练过的，只是终究没能成功。

2018年9月14日

大　命

这是三十年前的生死豪赌，赌的是我的一条命……

高考前夕，我看着模拟考成绩一次比一次好，不由得踌躇满志。吃饭时，大姑妈却迟疑着，说："你小时候……嗯，现在能考上一般的本科就很不错了。"我有些愕然，才意识到，大人们并未淡忘这事。然而，我记不得多少了。多数情节，是从爸妈口中得知的。

爸妈曾经一遍又一遍讲起这事，当着自家人或亲朋好友的面。你讲一个情节，我补一个细节，一遍遍讲述后，那些早已消逝的日子仿佛获得了无限的延展性，比真实的生活还要真实。我像是在听别人的故事，又像是凭借了言辞的灯火，望向那记忆不能烛照的昏昧渊林。我已经分不清，哪些细节是自己真正记得的；哪些细节，是因了爸妈的讲述而想象的。

这件事发生时，我才三岁多——

某一天，我感冒了。到县城医治，护士扎针多次，都没能命中静脉，阿爸和护士吵了几句，来了一个手法娴熟的护士，说手上血管太细，只得将针扎进了我的脑门。我至今记得，我半躺在街边小诊所的藤椅上，翻眼看头顶晃荡的吊针管子。大姑妈来了，问我想吃什么。我说想吃罐头。不多时，大姑妈买来一个菠萝罐头，摇一摇，玻璃罐里一瓣一瓣黄色的菠萝，在糖水里沉浮。我抱着罐头，继续翻眼看头顶晃荡的吊针管子。

这个情节是如此深切地印刻在我的脑海。我一直记得，这是后续的治疗，然而，妈坚持说，这是之前的事了。灾厄的到来，是在这之后三四个月。

那天，家里割谷子。早上起来，妈给我用开水泡了一碗白米饭，米饭里放了稍许白糖。我用勺子舀了饭，却没吃进嘴里，而是鼻子额头地到处抹。妈让阿爸看。阿爸蹲下，捏住我的手，将勺子喂进我嘴里，刚一松手，我又将勺子抽出，鼻子额头地到处抹。爸妈忙带我到县医院，初步诊断后，怀疑是脑炎，须得立即做进一步检查。家里正割谷子，那是半年的收成啊，怎么办呢？爸妈决定先带我回家。回到家里，一家人忙得脚不沾地，一天里收尽了田里全部的谷子。到得晚上，爸妈再次将我带到县医院。

抽血，抽脑脊液，种种化验做下来，确定无疑了，是脑炎。

我住进病房。后来，想起这病房，我总想起初中宿舍，光线昏暗，床铺拥挤。病房里住了六七个小孩，最大的不过十来岁，得的都是脑炎。爸妈说，那年脑炎很“流行”。陪护的大人们或坐或站，让本已拥挤的病房愈发拥挤。我躺在靠窗的位置，窗后一座小山——近三十年后，我陪妈到县医院看牙齿，特意查看，住院楼后是否紧挨着山。我的记忆没错，还真挨着，是几十米高的石鼓坡。

不久后，病房里又住进一人。十四五岁，是个大孩子了。妈说，他刚住进来那晚，病房里沉闷的气氛，被这孩子的妈妈打破了。也不管别人愿不愿意听，她大着嗓门说，我家小娃没事的，他爸取钱去了，家里不缺钱，我们医得起……然而，到第二天晚上，也不知道他们家的钱取来了没有，那孩子已然断气了。女人哭得声嘶力竭，孩子由沉默的父亲横抱着出门，长长的腿耷拉着，碰到门框上。妈说，她和外婆吓坏了，忙用裹被的带子将我的一只手绑在床头，生怕我的“魂灵”跟了那死孩子走。

刚开始习练小说这种虚构的技艺，这段记忆便难以阻遏地跳出来，成为小长篇《刻舟记》里的一个重要细节：

> 我漫长生命中第一个来访的记忆正如一片孤零零的胚芽……窗户被一座矮矮的山塞满了……一个女人从玻璃窗下端走上小路……她缓慢地往上走，两只手费力地托着一个白布单包裹的孩子，孩子已经死去多时，小脑袋沿她的手臂垂下，小小的脸蛋浮现出青草的颜色。床上的孩子清楚地看到了这张跟他一模一样的脸，同时感到自己正缓慢上升，跟躺在摇篮里没什么两样，甚至比那还要舒服……

这情境固然有许多小说化的演绎，但现实里，我确有这么个模糊的印象。一个女人抱着死孩子上山。也许只是一个女人抱着一包肥料上山。是我把肥料附会成了死孩子？肥料，死孩子，于宇宙来说，有什么本质的区别呢？

我的病况持续恶化，日日高烧难退。退烧针打了，没什么效用，得物理退烧。然而，医院里冰块奇缺。怎么办呢，阿爸只好出门买冰棒。整整一箱冰棒倾倒在我光溜溜的身上，冻得我皮肤通红，嘴唇发紫，仍然没把烧退下去。这细节，我隐约记得起来的，冰棒散发出的香甜、冷冽的气息仿佛仍升腾萦绕在周身。那是我平日里想吃又吃不到的冰棒啊。现在，只能眼睁睁看着它们化成水。

有天晚上，某种我必需的药告罄了——爸妈说了具体是什么药的，我记不得了。怎么办呢？这时候，给我打针的护士说，她家里存有这药的。阿爸问小护士，能不能去她家里拿药。小护士同意了。就这样，阿爸骑单车，带着小护士往她家里赶。路不近，又没路灯，只有一轮月亮朗照大地。拿了药赶回医院，已经是三四个小时以后。

突发状况一个接一个。多年以后，爸妈讲起来，仍然提心吊胆。然而，我最终大难不死，又让他们得以轻松地说笑。比如，爸妈说，我刚进医院，医生过来检查，看到我的脚掌特别宽，竟找了尺子来量。阿爸很恼火，说你们不忙着看病，怎么忙着看脚啊。——爸妈讲述这事儿时，不再气恼，反倒笑出声来。再比如，我刚住下第一晚，在床上搞了件大事。爸妈没在医院待过，全然不知如何处理。情急之下，把我抱起，卷了床单，换到没人的隔壁床上。次日护士来查房，发现情况，捂着鼻子，连连问："哪个干的啊？昨晚住这儿的是哪个啊？"爸妈心中有愧，又难免有种恶作剧的快乐，只能别过脸去，装作毫不知情。

这几件事里的护士，是同一位吗？爸妈没说，我也没想起来问。爸妈和那位救急的护士一直有联系，几年前，我还去看过她。在县城路口接我的，是她二十岁出头的女儿。三十多年前，她还没到她女儿这般年纪。她叫作李保翠。现在大概已经退休了吧？

——我的病况，仍在不可遏止地加重。每次挂吊针，我都浑身疼痛，痉挛成一团。爸妈看在眼里，疼在心里。然而，能怎么办呢？家里世代务农，爸妈连医学名词、药剂名称都很难记清，更不认识什么有名望的医生。

又有人走了。家属哭声一片。外婆再次将我的手绑在床头。

爸妈发现，旧的人抬出去，新的人抱进来，进进出出，竟没有一个人是治好了走的。

阿爸每天到水房打开水，渐渐和烧水师傅熟识了。爸妈常常说起他，却从没说过他的名字。这位我不知名姓的烧水师傅，向阿爸介绍了个人，姓杨，名剑中，在县城中药铺卖药，偶尔也给人看病。病笃乱投医，阿爸觉得通过“熟人”介绍的人，更值得信任吧，便托烧水师傅请杨医生来看看我。到了晚上，杨医生果然来了，望闻问切一番，开出几味中药。此后每隔一两天，杨医生便会悄悄在夜间过来。阿爸拿了中药，到开水房，托烧水师傅帮忙煎药，煎了几道，浓缩成近乎糊糊状的一小碗，偷偷端到病房给我喝。

之所以这么偷偷摸摸的，是因为杨医生说，不能让县医院的医生们知道。如果他们没医好的病人，让他医好了，大家今后就不好见面了。

几天后，我渐有好转之色。爸妈自然很高兴，然而，医生来了，一针下去，我又痛得全身痉挛，蜷成一只大虾。一天，医生打完针，又要从我的脖颈处抽血化验。爸妈悄悄让我喊疼。我一喊疼，爸妈就挡在我面前，不让抽血。

终于，爸妈做出一个重要决断：出院。

医生非常不解，说如果你们家执意出院，这小孩顶多还能活三天。三天！这两个字一再出现在爸妈的讲述里。我后来读到海伦·凯勒的《假如给我三天光明》，立马想到的就是这个。三天，三天光明，三天生命，三天的可能或不可能。阿爸问，那如果不出院呢？还能活几天？医生不说话。

爸妈是怎样的心情，犹疑？伤心？绝望？他们没有讲。

爸妈抱着我，毅然决然往医院外走。

爸妈带我去找杨医生——这是爸妈一遍遍讲述的重点。妈说，他们找到杨医生所住的小区，上楼后，站在门口，敲门，没人应答，再敲门，还是没人应答。是不是赶街去了？阿爸决定到街上去找找，又恐杨医生回来后错过，就让妈抱着我，守在楼梯口。妈看着阿爸下楼，转出小区，到街上去了。这时，听见有开门声。杨医生端个痰盂，从门框里走出来。杨医生回头看妈一眼，完全不认识的样子。妈和杨医生虽然见过，却没说过几句话，和他打交道的主要是阿爸。妈一时慌乱，杨医生转过头去，走向走廊另一端，从别的楼梯下去了。妈忙冲大街上喊阿爸，不多时，阿爸跑回来了，气喘吁吁上楼。

“他一直在里头！才端着个痰盂出来了……”许多年后，妈在复述这句话时，仍然是焦急的语气。不多时，杨医生端着痰盂，上楼来了。见到阿爸，杨医生才说：“哦，是你们家啊。”杨医生对不认识的人上门，一直是心存警惕的。

阿爸说了出院的事。杨医生说，不让抽血是对的，再这么折腾下去，小娃哪里受得了。阿爸问杨医生，还有救吗？杨医生又一番望闻问切，说，吃他的药，保管我“一个月自己吃饭，两个月下地走路”。爸妈听了自然高兴，又不免有些狐疑。

我们一家住到外婆家。骑单车从县城到外婆家，用不了半小时。我们住二楼，为了吃药方便，煎药的炉子也放在二楼。每天要煎好几次药，药渣被外婆扔到路上去，让行路人踩踏。在外婆看来，踩踏的人越多，我身上的病就能被带走越多。白天黑夜煎药，楼板长时间受热，有一天，竟烧起来了！所幸扑救及时。挪开炉子，楼板上破了黑乎乎一个洞。

炉子挪到了楼下石阶边。炉子一天天烧着，药罐子一天天咕嘟咕嘟着。药喝完了一碗还有一碗，一碗比一碗浓稠，一碗比一碗苦涩。每喝完一碗药，我会用一柄黄铜小勺喝糖水或麦乳精，多少可以甜一甜嘴。小勺在唇齿间留下一股浓重的金属味儿，让我久久不能忘却。中药的苦涩，似乎已深入了黄铜的内部。

汤药如海，药海无涯。这天中午，我不愿意喝了。喝那碗药，就如逼迫我纵身入海。

记忆里，这是在家中耳房发生的事。但是妈说，这时还在外婆家。我们都清楚地记得，阿爸给了我一巴掌。阿爸是木匠，常年干活，手又糙又重，打在脸上，我的鼻子涌起一股咸腥味儿。就记得这味儿。我没向爸妈求证，当初是否真的流了鼻血。

妈说，本来她也恼我不喝药的，阿爸打了我一巴掌，她又很心疼，心头被“针扎了一下”。大姑妈也说阿爸，怎么下手那么重。

我大概是哭了吧？记不得了。只记得那一大碗中药，终究没能避开。

一个月自己吃饭，两个月下地走路。杨医生所说的，一一应验。

爸妈不忿于县医院医生们对我的判决，特意带我去医院看那位小护士李保翠。看到我走进医院，医生们很惊诧，“这小娃，还活着，真是命大啊！”

我走路时屁股一扭一扭的。爸妈问杨医生：“阿辉是后遗症？”都担心，我今后走路会像得过小儿麻痹症的人那样。杨医生让我再走几步，“没事的，针打多了，屁股疼而已。”又过了些日子，我走路正常了。爸妈总算松一口气。然而，爸妈又似乎一直没完全松下这一口气。直到我十七八岁了，他们看我走路，有时还会觉得，是不是有些“与众不同”。

爸妈更担忧我的智力，常说，他们从没想过我读书能成器。妈说，我不到一岁就会说话了，这场大病后，我整个人都呆滞了。在他们看来，脑炎是脑子上的病，智力受损是没法避免的。就连我自己，也时常怀疑，自己记忆力的差劲，是否当归因于这病。

高考后不久，收到复旦大学录取通知书，爸妈带我去看杨剑中医生。他已经是七十多岁的老人了，在县城一处僻巷开了一爿诊所。爸妈让我喊杨医生大爹。大爹背靠着一排排中药柜，站起来打量我，问爸妈：“这就是当年那个小娃？想不到，想不到……”

病人不时来访，大爹坐在夏末明艳的日光下，和他们慢慢地说话，慢慢地开方子。病人们似乎也不着急，说话和动作也都是慢慢的。日光在诊所对面土坯墙上慢慢地移动。我很莫名地想，我当年真的被救过来了吗？我还活着，这是真的吗？

如果当年换作是我，我会做出和爸妈一样的决断吗？我想，大概率是不会的。

经过多年教育的我，对中医总是抱持很大的怀疑态度。鲁迅先生在《父亲的病》里，写到中医那些匪夷所思的“药”，同样是我所不能理解的。我明白，西医没治好我，中医治好了，只能说明当年中国西南边境小县的西医水平实在有限，或者说，是我格外运气好，碰到了一位医术高明的中医。我没法以一己经验评判中医西医孰优孰劣。我能说的只是，我活了下来，从前前后后死了十来个人的病房里，独自一人活了下来。

这样的结果，时时提醒我，活着，是多么偶然，多么珍贵。

大命由天，小命由人。能活下来，是我的“大命”。

三十多年前，病房里那十来个孩子，我已无一有记忆。但他们终究是和我有过那么一段极为重要的交集的。他们都活在我赢来的每一个日子里。每当我对“生命”困惑不解，对“生活”疲于应对，我不免会想，或许正有十来双眼睛，在遥远的地方注视着我。

2019年5月15日

小诊所

爸妈牵着我，从县城归来。因患脑炎，在县医院住了一个来月，加上出院后吃中药，家里为我花了一千多块钱。20世纪80年代，一千多不是小数目。爸妈到县城时，身上带了五百多块钱，其余的是从外婆家借的。外婆家为给我凑钱，卖了一头肥猪。这笔债，阿爸干了很长时间木工活才还上。这是后话了。此时，冬去春来，恍如隔世。我还活着，只是记忆里多了几十年挥之不去的消毒水味儿、中药味儿、药匙的金属味儿；外加不时对自己身体的怀疑：会不会有什么后遗症呢？尤其是觉得记忆力不好时。

大院子里桃花开，桃花树下有个人。爸妈刚进院子，就看到那个脏兮兮的小人儿，在邻居家的桃树下蹲马步，出左拳，再出右拳。走近才认出，是弟弟。弟弟看看爸妈，再看看我，似乎没认出来，继续蹲马步，出右拳，再出左拳。

回家后，我仍然天天吃中药。家里除了中药，还会备一些常用药，包括四环素、板蓝根等。这天，爸妈回家，发现弟弟嘴巴黄黄的。桌上满满一瓶四环素空了。十多片舔掉了糖衣的药片散落在地。爸妈忙抱上弟弟往乡卫生院赶。

医生看到弟弟时，弟弟眼睛白翻，口吐白沫。医生连说，我们什么也没对他做啊。又说，没把握救得了弟弟，他们可以帮忙叫县医院的救护车，只是，很可能救护车开到一半，人就不行了。爸妈说，你们该怎么抢救怎么抢救吧，怎样都不怪你们。

第二天天快亮时，抢救了一夜后，弟弟哭出了声。

爸妈一夜没睡，也没吃东西。这时候才觉出困乏，觉出饿。他们走到街上去找吃的，阳光耀眼，哪儿哪儿都闪着光。高一脚低一脚，是两条船，航行在闪亮的波峰浪谷。

弟弟的病，我的病，爸妈念叨又念叨。我打断他们的话，怎么又说啊？说了多少次了。他们呵呵一笑。不过，很可能我并没说过这样的话。许是因为得过脑炎，我的记忆力确实不好。很多人回首往事，竟能记住人物对话，真让我又惊又羡。我能记得的是，爸妈确实越来越少说起这些事。生活里总有新的状况要面对。

阿公在县医院查出癌症，是在我六岁那年，离我生病住院，已经过去两年多。对阿公的病，以及可以预知的死，我尚未咀嚼出具体的哀痛，反倒觉得家里热闹了许多。不时会有人来看阿公，我住院时给我打过针的护士李保翠，有时会到家里来给阿公打针。家里请了人砌坟，六七个人的石匠队伍，领头的是个朝气蓬勃的小伙子，记得他总是和我们说说笑笑。刻碑的是曾将我从死亡边缘拉回来的杨剑中医生。做棺材的，则是阿爸和邻村一位甫姓木匠，那时阿爸很年轻，做棺材似乎得找个前辈一起。那位甫姓木匠，在甫姓家门间，算得和我阿公同辈了。我常跑去耳房看他们干活，棺材做好了，我爬进去，躺下，挪动身子，爬起来说，大小正合适。据说那棺材是楠木做的，极硬极沉。许多年后，其中一块边角料，从云南来到上海，现在，就在我面前的书桌上。我偶尔盯了它看，便会想起当年面对死亡时的阿公。

似乎是不舍的，阿公想着棺材的样式，还想着吃一顿狗肉；似乎是淡然的，阿公没表现出害怕，对家人将他所用的碗筷单独安放，也处之泰然……

阿公过世后很多年，家里再没人得过大病，小病却是免不了的。病了，我们没去过县医院，也没去过乡卫生院，只会去附近的小诊所。出汉村，无论往南还是往北，走上一两公里，就会有一家私人小诊所。

往北走，最常去的是“谢油松”家。小时候不时听到他的名字，却并不知道是否就是这三个字，我想，中间那字应当是“友”吧？出汉村后，在田亩夹峙的砂石路上走一公里多，朝东面的村子一拐，不多几步就是谢医生家了。房屋坐东朝西，院子前是大片田野，麦子或水稻在风里起伏。院子很宽敞，时常停着一辆大红拖拉机。记得阿爸跑车时，许是为了方便，也把车子停到他家院子里。至于我到他家看过什么病，反倒不记得了。只是有个印象，下午的太阳总是格外耀眼，晒得等待看病的人要转过身去躲避。轮到我了，若听说不用打针，会大大松一口气。有时候，谢医生还没开口，我会说，不用打针吧？我觉得吃点儿药就得咯。谢医生便笑起来。

离谢医生家不远，五楼村公所里有位甫姓医生。他是我们本家，我们却很少到他那儿看病。常听人说，看病也得讲究“缘法”，这就是没有“缘法”吧。往西走更远，快走到公路边，是段开武医生家。段医生年纪很大了，医术很高明。似乎得了比较严重的病症，我们才会郑重其事地走这么远的路去他家。阿爸手指被刨木机切掉一截，是到他家医治。我多次牙疼难忍，拔牙也是去他家。他站着我坐着，他背对太阳，手持拔牙钳，扶住我的额头，让我张开嘴，这画面是如此清晰地印刻于心。

若往汉村以南呢？也有几处小诊所。第一处是勒平村李光兰家。她是周围唯一的一位女医生。听说她五六年前过世了。离开她家再往南，走一两公里，是段光荣医生家。段医生家很远了，记忆中只去过一次。去年听妈说，还去找他看过病。他已经八十多岁了，去找他看病却不少。听说，他下药很重，所以治疗效果明显。我跟妈说，还是少去吧，毕竟那么大年纪了，就不怕他哪次手一抖，把药下得更重？妈也就没再去。

很多年前，我们是管不了这么多的。有时候，我们连小诊所都去不了，只是买些药水回来，自己打针，自己吃药。我小学三年级那年，阿爸在外地跑车。有一天，妈病了，妈让我帮她打针。这事儿我可没干过啊。妈侧歪在床边，我盯着鼓突的肌肉，捏着针管，持之如矛，猛扎上去，针头瞬间歪了……妈只能扭着身子，自己给自己扎针。

也是在这一年，某一天下午，我在学校忽然腹痛如绞，额头冒汗，浑身无力，滑下长凳，瘫坐在地。同学跑到隔壁，告诉二年级的弟弟，弟弟跑过来，扶了我回家。回家路上，我右手一直钩住弟弟脖子，身子如一条死肉，不断往下溜。弟弟半拖半拽将我弄回家后，回学校去了。妈背我去看病，先去谢油松家，没人；又去段开武家，没人；再去村公所甫姓医生处，仍然没人。出得村公所，我已经疼得脸色苍白，妈背着我，也已经累得脸色苍白。

妈犹豫了片刻，只能背着我，去往南边的李光兰或段光荣医生家。对于疲惫不堪、痛苦不堪的我们来说，那实在是一段长途。

夏日下午，阳光白耀。麦穗黄的黄绿的绿，齐刷刷地竖着芒刺，泛着毛茸茸的光。微风阵阵吹来，麦子轻轻地俯仰，窸窸窣窣，悄声细语。妈背着我，走进茫茫麦地，如一艘孤舟航行在大海上。我耷拉着两只光腿，脚尖不断在麦芒上滑过，轻微的刺痛传来，提醒我这是在人间。这人世间，仿佛只有我们母子在走着，近乎绝望地走着。就在这时，奇迹不知从何而至：肚腹中翻江倒海的疼痛感，忽地，风平浪静了。如冰融化于烈火，如火消弭于风雪。肚腹里是一个干净而宁静的全新世界。

“妈，我不疼了。”我虚弱地说。“怎么不疼了？”妈的声音极度疲倦。“忽然，就不疼了。”我说。我的声音虚幻又真实，犹如从地底升起。“放我下来吧，我自己走。”

妈又背了我一程，终究体力不支，放我下来了。

我走在前面，妈走在后面，田埂在我们脚下无限延伸，麦子几乎没过我的头顶。全世界的麦子在我们身边生长，成熟，吐纳生命的勃勃气息。直到回家后，我躺在藤椅上歇息，半梦半醒间，眼前仍然浮现出这海浪一般涌动不息的麦子。

2019年5月23日

讲故事

最早给我讲故事的人是奶奶。我出生一年半后，弟弟也随之来到了这个世界上，母亲照顾不过来两个孩子，我只能挪到奶奶身边去。奶奶那时候六十多岁，印象中，却似乎和如今八十多岁的模样没太大区别。奶奶戴一顶暗灰色的毛线帽子，皱巴巴的脸，有些驼的背，裹了又放开的“解放脚”，走路时总是背着手，埋头往前冲似的。奶奶住楼上，我们挤一张床。如今对那些漫长的日夜，能记起的细节已经极少，只记得那时总是停电，没有装修过的楼上空旷而漆黑，能听见老鼠在屋顶碎碎跑过的脚步声，叽叽的吵闹声。奶奶点了油壶，豆粒般的灯火被黑暗挤兑得东倒西歪，奶奶便拥了我，在被窝里讲故事，不知不觉在故事里睡去。也有些时候，早上听到屋后竹林里的鸟叫，小孩子吵嚷着走过竹林边的小路，我便会早早醒来，奶奶睡得短，也醒来了，天还未亮，起来也没什么事做，便还是讲故事。

奶奶的故事很多，且很少重复，现在想来，那些故事可以分为两大类，一类故事近乎笑话。其中最简单的一个，也是最常被奶奶提起的一个，是有个姑爷到丈人家去借犁，不想另两个姑爷都去了，丈人家呢，又只有一把犁，只能借给其中一个姑爷。丈人只好出了一道题，让几个姑爷吃热稀饭。热稀饭很烫，另两个姑爷被烫得喉咙发白，仍旧将稀饭一口一口往喉咙里喂。只有我们的主人公不急不忙，一面用筷子搅拌稀饭，一面往碗里吹气，还念叨着，借得到借，借不到不借。结局自然可想而知，另两位姑爷最终被烫得再也咽不下稀饭，而我们的主人公端起凉了的稀饭，稀里哗啦倒进了肚里。

听奶奶讲这类故事，总能让我开心一阵子。我和弟弟吃热稀饭，也总喜欢用筷子搅着，念叨着“借得到借，借不到不借”……可这类故事只在奶奶所讲的故事中占了很小一部分。奶奶大部分的故事是令我惊恐的。或许，至今奶奶也没想到，她为我讲的那些故事在我脑海里留下了怎样的烙印——它们形若鬼魅，时常唤起我对世界莫名的恐惧。

记得有一个故事，说是一只熊吃掉了一个女人，然后化装成女人的样子，潜入女人家中，想要一个一个吃掉女人的三个孩子。奶奶说熊将鸡蛋壳套在毛茸茸的手臂上化装成女人，而熊竟没有引起孩子们的丝毫怀疑。孩子们就那么和一只吃掉了自己母亲的熊睡在了一起。还记得听奶奶讲到这儿时我的惊恐，我想着，女人的三个孩子一定能够很快发现熊的真面目，然后合力杀死熊为母亲报仇。按理说，这该是一个童话故事，类似小红帽与大灰狼的故事，事实上，相差甚远。孩子们谁都没发现熊的真面目。第一天晚上，听到熊夜里嘎巴嘎巴地吃东西，三个孩子就问熊，妈你在吃什么。熊说，在吃蚕豆，你们要不要吃？孩子们说要吃，熊便将几个手指头递给孩子们。孩子……竟然吃了母亲的手指头。第二天，熊又在嘎巴嘎巴吃蚕豆，这回吃的是第一个死去的孩子的手指头，第三天晚上亦如此。孩子们吃了母亲的手指头，又吃了兄弟姐妹的手指头。直到两个孩子都死去了，最后一个孩子才明白过来，设计将熊杀死了。可是，这个结局已经不重要了。对我来说，吃手指头那个细节已经占据了头脑的全部空间。嘎巴嘎巴……嘎巴嘎巴……这声音在黑夜里毫无遮拦的楼上隐隐回响着。有时候奶奶睡过去了我还醒着，听到奶奶睡梦里咂吧嘴，也会让我毛骨悚然。这类吓人的故事中，还有相当一部分鬼故事。奶奶是赤脚医生，在农村里，大多是巫医不分的，奶奶不晓得通晓多少咒语，知道多少鬼故事。她讲的鬼故事，总是有史可查的，谁谁是村里的谁，是邻村的谁，犹如一册账本，清清楚楚。我总是难以抑制地去想象，那黑暗中，正有某种可怕的东西隐藏着。我便夜复一夜地，在黑暗里咀嚼着恐惧的苦果。然而，我又总是一次次央奶奶给我讲故事。一旦走过了恐惧的滩涂，我总是愈发感受到现实的温暖，能够很好地睡去。如今想起来，我仍旧觉得这是个难以解释的事情。

当我渐渐长大，要上学了，才回到爸妈身边，我才算远离了那个鬼神难辨的世界。爸妈偶尔也会给我和弟弟讲故事，但都是现实的故事。阿爸是木匠，却喜欢读书，人又极聪明，记忆力非常强。有一天晚上，他大概是刚看完了一本小说，意犹未尽，就说要给我们讲讲。那会儿，我和弟弟还在做作业，阿爸说，不做了，给你们讲故事。能摆脱作业，是我们再高兴不过的。妈也来了兴致，坐在一边跟我们一块儿听。阿爸的故事，比我们想象的要好听得多，不知不觉地，我们就陷进故事里去了。阿爸这个故事讲了三四个小时，还没讲完，第二天晚上又讲了三四个小时，才总算结束。许多年过去了，故事的情节我忘得差不多了，但始终记得里面那位大力士曾经一次吃掉了“九牛二虎四象八骆驼”做的肉包子。后来，我读《隋唐演义》，才隐约想起，那是薛仁贵的故事，不过，阿爸一边讲，一边添加了不少情节。还有一个“一石惊破水中天”的故事也是阿爸讲的，后来，我才知道，那是苏轼妹妹“苏小妹”的故事。

阿爸的故事大多是书里看来的，妈的故事呢，差不多全是生活中来的。妈给我和弟弟讲了许多她小时候的故事，只有一个鬼故事是她听小时候外公外婆讲的。这个故事后来经过我的大幅改造，写成了小说《红马》。被复旦博士张昭兵看到，说这是我到目前为止写得最好的小说之一，为此，我大为诧异——我对这小说并不在意。过了好些时日，我才明白，这小说是由一个流传了几十年的故事改编的，它之所以能够流传，一定有着某种让它一直流传下去的因素。而我们纯粹编造出来的小说，大多并没这样足以让它流传的因素。

我想，或许应该再听爸妈讲讲那些故事，听奶奶讲讲那些故事。但每年回家那么几天，忙这忙那，终也忘了这件事。每次回到上海后，又总想着，下次回家一定要再听他们讲讲。可下一次回家，即便闲着，似乎也找不到由头再让他们给我讲故事。毕竟，我早已不是可以用一些简单故事哄骗的小孩子，他们也不是当年那个讲故事的人了。讲故事，听故事，原来也是有年龄和心境限制的。在奶奶和爸妈眼中，我已经是“有学问”的大人了，他们如何能再用一些“幼稚”的故事来搪塞我呢?

这么一次次拖着，一年前回家，才知道奶奶老年痴呆了……就在我到家前的十来天，奶奶突然老年痴呆了。奶奶真去了她给我讲的那些故事的世界，神鬼难分，阴阳莫辨。许多熟人奶奶记不得了，许多事奶奶记不得了，那些给我讲过的故事，奶奶怕也记不得了。但奶奶记得我。奶奶平时总是感觉受到威胁，不时要拿起刀和棍棒挥舞，说谁谁谁要害她，而那谁谁谁，早已死去多年。她和当初听她讲故事的我似乎处于同样的情境中，深感惊恐和不安。这样的情景，让旁边胆小的人也莫名地有些害怕。但奶奶一看见我，脸上常常能露出笑来。奶奶记得我。看着奶奶满是皱纹的笑脸，我似乎稍微明白了奶奶怎么会给我讲那些恐怖的故事了。那些故事虽然恐怖，却能反衬出现实世界的温暖。现在想起来，恐怖已然消退，剩下的只是温暖。

2010年4月18日

分树了

施甸的冬天也是冬天。几阵风，几场雨，屋后的竹林似乎再没那么青翠欲滴，夜里听见竹子相互撞击取暖，嘎吱嘎吱，陡然觉得冷瑟瑟的。桃树、梨树、栎树、李树、柳树，纷纷脱光叶子，伸长光秃秃的枝干，扎入蓝得发白的天空，如一个人捋起袖子将双手深入海水。再过些时日，清早起来去往村外，只见大雾如牛奶般漫过小麦地。大雾散后，一簇簇小麦敷了一层白霜。颗颗粒粒，在温煦的初阳里闪烁。再往前走，会看见青菜、蚕豆、豌豆，也都敷了白霜。再看身边，水沟边的青草、路边的稻草垛、温热的猪粪堆，也都白着呢。太阳升得更高了，温暾地照拂着大地。朝东边山头望，柔嫩的太阳光使得山林灰蒙蒙的。连绵的山峦是那般静穆。

村长挨户通知，分树了！

多少人家盼着这一天呢。我老早发现，家里柴楼后沿墙完全露出来了，曾经它是被劈柴完全遮住的；柴楼堆放的干松枝也早早没了，楼面空空荡荡，踩上去东凹西陷——楼面由竹编的毯笆铺成，毯笆底稀稀地横了几根派不上大用场的松木，算是隔开了楼下的灶房。柴楼上脚步放得重些，灶房里就会下一场灰雨。灶房里一缺柴火，便爬楼梯到柴楼上拿，刚进冬天，柴楼上只看得见两堆松毛了。那些松毛，是妈上山“抓”回来的——松毛掉地上，得用九齿抓筢去抓。挑回来一担，烧掉一担，柴火没法不叫人发愁。

只能数着日子，等分树了。

分树前好多天，村里会抽一拨人上山，圈出当年要砍的树，树全是松树，连在一起，成一片山坡，或一座小山头。树有大有小，价格也有高低。镰刀在树干齐胸高的地方削掉一块皮，露出一块白色，写下歪歪扭扭两排毛笔字，一排是树的编号，一排是价格：一元、两元、三元、五元、十元……十元以上的，是很大的树了。小树砍作柴火，大树不单有众多枝丫可以砍作柴火，主干还能当作盖新房的木材。新房不是那么容易盖的，许多人家都在一块砖一块瓦一根木头地蓄积着力量。那价高的树，自然格外抢手。

有一年，爸妈派我和弟弟到村长家抽签。黄昏里，我们围在村长家的院子。一共抽十来棵树。几百张纸条写好树的号码和价格，揉成团，塞在一个空纸箱里。村长摇一摇纸箱，我伸手进去抓出一个纸团，摊开来，叹一口气；弟弟伸手进去，又抓出一个纸团，摊开来，又叹一口气。轮替几次，弟弟高兴得要蹦起来。一棵三十块钱的树！

陡峭的土坡上，松树几乎全没了。余下几十上百个树坑，如一只只挖掉眼珠的眼眶等着天空。唯剩下它仍旧立在半坡处。一棵孤零零的松树，枝干崔嵬，仰之弥高。我是在山坡脚下看到的它。我没想到那就是它，却不自觉地走向它。望见它也望见它背后的红土地背后的绿松林背后的白云朵朵。气喘吁吁走近了，手扶树干想要歇一歇，手掌抚到一片黏稠的松脂。“三十元”三个墨黑的字显现眼前……朝它举起斧子，斧子挥向树根，树根四周的土一点儿一点儿被刨开。树根虬结，鳞片老硬。斧头每斩断一根树根，树便叹息一声。忽然，树一阵颤抖，松针纷纷洒落。继续，继续，斩断剩下的根须，一根又一根。终于，树身又一阵颤抖，巨大的树冠如同黑重的雨云朝坡下飘坠。树倒了！倒了！听到喊声，坡下的人四散开，站定了回头看。轰隆——噗——呼出最后一口气，大树仰面倒在山坡，惊起一地埃尘。

要把树干和树枝运到大路，再拉回家，不是件容易的事。

那年，家里是请了手扶拖拉机的。拖拉机等在大路边，等着我们把拆卸好的松干松枝搬上拖斗，直到高高堆起如一座小山包，直到小山包摇摇欲坠眼看要垮塌，拖拉机师傅才拿出发动手柄，走到车头那儿，弯腰弓背地摇动。许久，拖拉机喷出一阵愤怒的黑烟，每一颗螺丝都在颤动。此时，若坐到柴堆顶上，随拖拉机下山，那是要一路看着整条路整座山整片天醉酒一般发癫的。

寻常年景，担当运输重任的，是一辆由木头和竹板打造的两轮手推车。手推车两根扶手，扶手后系了一条宽宽的背带，一车能拉上千斤。拉车靠体力又靠技术，一不小心，会连人连车连柴一块儿冲下山坳。有一年，手推车装满松柴进大院子，力道没控制好，一根扶手直撞向邻居家墙，嘭一声，几块土坯飞出去。拉车的，当然只能是阿爸。我和弟弟在车后跟着。从山里回来一路下坡，小跑着才能跟上。

有一年，拉车的却不是阿爸，是妈。阿爸到外地跑车，秋天没回来，冬天了没回来，村长通知各家分树了，阿爸仍然没回来。

如果不要树，是可以让给别人家的。

妈咬一咬牙，要！

那是二十多年前的事了。我十来岁，奶奶七十多岁。奶奶和妈，我和弟弟，两个女人两个男人拽起手推车上山了。记得那年砍树处在“牌坊坡”，比往年的地方更要远一些。还好没大树。树砍倒后，立马被断成几截。奶奶和妈又挑又扛，我和弟弟又拖又拉，松树们桀骜不驯放荡不羁。晨霜浓厚，草木蓊郁，每一脚踩下，枯黄草叶上的白霜都会欻啦欻啦响。鞋子湿了，冷到彻骨。松枝在地上滑动，犁开一沟一沟光亮的红土；路边丛生的解放草断裂后泼洒出苦涩的气息；细松枝被铁篱笆钩住后弹回，刷中小腿，小腿飞速隆起彤红的一道。——我发现路边有一棵倒伏的似乎枯干了的树，竟有白白的小花间杂在烦乱的枝丫间。问奶奶，说是梅花。哦，梅花！驻足不到一分钟，我又继续朝前走了。

不晓得往来多少趟，松枝松干才全部运到大路边的手推车旁。我们灰头土脸，瘫坐在地。路上来来往往皆是肩挑背扛的人，没人注意我们这一家子。

是刻意还是偶然？我完全回想不起来，妈是怎样把松枝松干用手推车运回家了。

只记得，松干松枝与往年一样，最终都齐整地堆在大院子里。

粗直的松干要晾干存起来做椽子。先搬出阿爸做木活用的两架木马支地上，再把松干横上去，然后握一把镰刀，刀口朝向自己，倒退着一下一下削。我喜欢松皮剥离时刺刺啦啦的轻快声音，喜欢随即浸出的琥珀色松脂和散发出的幽稠气息——就在几秒钟前，那气息闪电般回访了我的鼻孔——也喜欢松树褪尽皮肉后，露出的淡黄色洁净主干。太阳底下看，一切都是新鲜的。但我最喜欢的，还数墙边的松枝。它们被捆扎得整整齐齐，堆成一堵矮墙，松针松球都还碧绿着，仍在呼吸仍在生长。夜色降临，我盛了一碗清水——清水里没忘记搁进一条短短的稻草绳，认真地放在松枝堆的最上面。扶住碗边，左右摆一摆，确保水碗稳稳当当不会被夜鸟惊歪。夜色深沉，听屋后的竹林嘎吱嘎吱，因了一份期盼，心里是暖的。

第二天，太阳初升，绿得滴油的松枝堆恰如期待中那样铺满寒霜。一个溜圆的白瓷碗口在其间熠熠闪光，我第一次见识到，施甸的冬天也会结冰。

2017年6月30日

某　日

昨天，我长久坐在车窗边，看一眼书，看两眼窗外。车窗外白雪茫茫。2003年到上海读书至今，我还是第一次见到这么多的雪。从上海到浙江，到湖南，到广西，到贵州，全是雪。银屑似的雪堆积在远处的山坡、树梢、屋顶，以及火车轨道两边。偶尔，轨道边上的雪地里，黑黑地凹陷出一条笔直的小路，仅一只脚宽。很稀奇的，会看到一两个穿得臃肿的人在路上走着。好像并不说话，只是慢慢走着。仿佛车窗外的世界整个儿静着。天色阴沉沉的，天地间只有黑和白这两种静默的颜色。树叶、树干，好像在雪的映衬下，都变成了白色。用手机和相机拍了几张照片，一看，好似拍的是黑白照片，荒凉，清冷。

后来就不看了，都一样，让人直怀疑车没走，或者，走进了巨大的黑白迷宫。看书到十点钟，熄灯了，又坐了一会儿，到六盘水站了，同一卧铺小间的人下去了两个，一下子显得空荡荡的。等了许久，火车才慢慢开出站。

听说昆明的长途客运站搬了，也不知道搬哪儿了。发了几条短信给在昆明飞机场工作的初中同学，她告诉我，回施甸得到西北客运站，在马街那边。还说好了，明天到站后先打车到机场，她请吃饵丝。然后，上个厕所，睡觉。

忽然醒了，摇摇晃晃。自然仍是在火车上，看看手机，才六点多，往车窗外看，雪没了，想必已经到云南了。只觉得过去两天做了一个漫长的白茫茫的梦，现在，梦醒了。现在，天色虽然还有些阴沉，借着火车广播里的云南葫芦丝音乐，心里仍不禁雀跃着。

昨晚和同学联系后，忽地又有些不想去找她了，想直接买票回家。刚洗漱好，整理好行李，同学发短信来问，到什么地方了，回说过曲靖了。过一会儿，她又发短信来问，回说快进站了。她说，她就要上班了，怕是来不及见我了。发短信回去，说那就改天吧，反正她也要回施甸过年的。舒了一口气，想着，可以马上回家了。很快，换好火车票，随着人群往外走。出火车就大大呼吸一两口气，清冷的，有着云南特有的气息。走到快要出站时，才想起上车前买的一袋苹果忘带了，有些失落，那些苹果是我在小区门口买的，不便宜，印着“恭”“禧”“招”等字样。我继续往外走。不可能回去拿了。只希望，乘务员能吃掉这些苹果，不会把它们当垃圾处理掉。

出站后，站在人群里，一时有些茫然。许多人近前问，到什么地方？回说，到施甸，立即有个二十多岁的小伙子指引我往车站右侧走。

以前，我到昆明后就是在这儿坐汽车回家的，几年前，说是政府为了解决火车站附近交通拥堵的问题，把车站搬走了，分散在昆明城市四周。走近了，只见一群人围在一家小卖部前，看得出都是急着回家的人。那小伙子把我往前推，说这儿就可以买票。我观察了一下，小卖部门楣处，挂着很小一块牌子，写着“西北客运站售票分部”的字样，心想，没错。一问，票价二百三十元，有些贵，还是买了，给了一张手写的小纸片，说是待会儿可以领到正式车票，再乘他们的车到西北客运站去坐车。

站在旁边等着，见一三十出头的农村女人，捏着一张票到小卖部前，说要退票。卖票的是二十五六岁的小姑娘，说一口昆明腔。冷冷地问，为哪样要换票？阿是没得车给你坐？那女人说，不是，我就想退票。卖票的姑娘说，那为哪样？退票要扣百分之二十的钱你给认得？女人急了，说你们这不是骗钱吗？迟疑了一下，转身往人群外走。卖票的姑娘瞅着她的背影，大声说，不要这么说，我骗你哪样？年头八节的，说话不要这样！我心里不由得开始犯嘀咕，也想退票了。看了看刚才拿到的那张纸片，并未写着退票要扣百分之二十的钱啊。再看卖票处周围，也没写着。怕是被骗了，却也没要求退票，怕麻烦，又想早点儿回家。

又等了一会儿，一个女人告诉我，可以去坐车了。也就在附近，一辆半旧的中巴，车门口有人收走了手中的纸条，给我一张打印的车票，然后让我上车。车上非常挤，行李和人一样多，有一只硕大的条纹编织袋大腹便便地蹲在最后一排座位上。看样子，乘客大多是农民工，有一男一女两位学生，打扮新潮，偶然听见他们一两句谈话，是腾冲的。好不容易挤进去后，车并未开走，还有人往上挤。

司机五十多岁，大胡子，戴眼镜，既像知识分子，又像彪悍大盗，在拥挤的车厢里挤来挤去地收车费，一人五元。总算等他坐到驾驶座上，车慢腾腾地开了。很快，就看不到昆明火车站了，很快，就到了近乎郊区的地方。我这才研究清楚手中的车票，票价是一百八十七元，多花了四十三元。真上当了。刚才遇到的是票贩子无疑了。这些人和司机根本就是一伙。却仍没说什么，只是想法子安慰自己，总算是买到票了，再说，省得盲目地去买票。令人惊异的是，不光我一个人没吱声，整辆车上所有人都被骗了，所有人都没吱声。

到西北客运站后，离开车时间还有两个多小时。到车站二楼餐厅吃了一碗米线。服务员和厨师都是二十出头的姑娘小伙，好几个站在柜台边，询问看似老板的女人什么时候可以回家过年。吃完饭，仍不到发车时间。进站后，拖着行李，等在开往施甸的车前。一辆崭新的蓝色大巴，右侧车身印着非常唬人的四个大字：太空一号。车门还关着，透过前面车窗，看得见有人睡在最前面的下铺。难道还有人没下车？其他铺位上又不见人。

车头附近已经聚了好几位乘客，其中三人是农民工模样，头发蓬乱，面色黝黑，身边堆着大大小小许多行李，有编织袋，有涂料桶。有一位站着，左手拎着一袋面包，右手捏着一个，热情地递给另外站着的一位，那人接了，他又捏出一个，递给靠墙坐在编织袋上的，编织袋上那位年纪稍长，不接，说是吃饱了。他再三递过去，那位再三推托。他有些生气，说买了就是用来吃的，那位终于接了。三人都啃着面包，呜噜呜噜说着话，黑黑的脸上漾着笑。后来，坐编织袋上那位不小心打翻了箱子上搁着的一瓶白酒，白酒瓶摔在地上，碎了，浓烈的酒味迅速散开。编织袋上那人很懊丧，嘴里咝咝着，很可惜地拾起地上的碎瓶子，碎瓶子里还存着一些酒。递面包那人两步跨过来，从他手里夺碎瓶子，说不要了不要了，一瓶酒，算不得什么。编织袋上那人很不舍地放下破酒瓶，嘴里仍旧咝咝着。

后来车门开了，车上睡着那人端着脸盆牙刷下来，蹲在车边的水沟边刷牙，原来他是司机。这车有三位司机，我只见到两位，除了那位后来起床洗脸刷牙的，还有一位一直就坐在墙角一堆等待出售的新报纸堆上看报。

车内非常拥挤。我的床位在最后一排右侧靠窗处，是大通铺，还有另一个人跟我睡一块儿。我先睡下了，翻出余华的《兄弟》接着看，看了两页，没心绪了，转脸看窗外。过了一会儿，上来一个小伙子，躺在我旁边。我们闲聊两句，各自都不再说话。车上陆陆续续上来不少人，有两个女人大声说着话，听得出她们也是刚从上海回来的，原来，我们是同一辆火车。大家说话都是施甸方言，很快有了家的感觉。

车子开了，我不再看书，和旁边的小伙子聊天。他打扮入时，黑上衣黑牛仔，不停玩着手机。聊了一会儿，我大致了解了他的情况。他1992年出生的，比我小八岁，今年还不到二十，但已经在文山打工半年多了。他告诉我，是跟他爸干，所以没什么工钱，主要是修桥，活很重，不过大多是机械化操作。言谈之中，他并不喜欢自己的活儿，说文山气候很差，比不上施甸，雾气特别重，成天灰蒙蒙的看不见太阳，又特别冷。为此，他特别盼着能早点回来，就是他爸不让。很多施甸人都像他这样，对家乡特别依恋，依恋家乡的气候、吃食等等。

我们闲聊着，太阳光慢慢地移到了车窗上，大块大块的光亮在眼前晃荡着。天气越来越热，我穿不住外面的棉衣了，脱了铺在床上，后来连薄外套也穿不住了，因空间逼仄，伸展不开，才一直穿着没脱下。脸上身上全是汗，拿几页小说往身上扇着风。拉上窗帘后，也仍旧热，蒸笼似的。想想一路来看到那么多雪，想想在上海的冷，愈发感到云南的温煦。旁边的小伙子也热得不行，先是脱掉外衣，又脱掉毛衣，后来，连长袖T恤衫也脱了，光着膀子。我这才闻到，他身上有一股浓重的狐臭味儿，我也不言说，只是直起身子，又不能完全坐起，因前面车厢有着浓重的脚臭。我就半躺半坐着，又翻开了小说，努力让自己集中注意力到书上，不多时，已经翻过去小半本。只有上厕所时，我才放下小说，靸了鞋子到客车中部自带的卫生间去。车子在曲里拐弯的山路间快速行驶着，上厕所真是高难度的事儿。

车子一路上没怎么停，过了楚雄、大理、永平，总算进入保山。

旁边那小伙子还是第一次独自一人从昆明回施甸，不断问，到哪儿了？还有多远？到了保山，他长长舒了一口气，问我，保山离施甸还有多远？这时候，已经是下午了，太阳已经不怎么热。拉开车窗，望出去，是大片农田，黄绿相间，黄的是油菜花，绿的是小麦和蚕豆。不多时，车子总算进入施甸境内。

在一些路口，车子停了下来，有人下车了。很多人并不坐到终点站，我也一样。过了七〇七，下的人更多。七〇七是水长乡政府驻地，又有七〇七过道通过，很多年前就开始发展，大发展是最近两年，因被开辟为全县的新工业区，有两家大型工厂在此落户，一家是水泥厂，一家是化工厂，老远就看得见崇山峻岭里的烟囱和厂房。这时候，手机又响了，还是妈打来的，问到什么地方了。还在大理时妈就打来过电话。我接了，说快到了，妈说那就让阿爸出来公路接我了。我说好。过了七〇七，再过了由旺镇后，就是一条贯通全县南北的公路，路边有许多岔路，通向公路两边的不同村寨。

我生怕错过汉村的路口，早早收拾了东西，到车子最前面去盯着路。一个人睡两个人的铺位，睡我旁边那小伙子很高兴，整个人叉着腿，躺成了一个大字。

过了好多个很相似的路口，我才看到通往汉村的那一个。有个人跨着摩托在那儿，我知道是爸。下了车拿了行李，爸已经迎过来了，都很高兴，把箱子牢牢地绑扎在后座上后，我坐在箱子和阿爸之间。

从公路到汉村家里，有两公里左右的路，许多年以来，这条路都让我在回家时倍感头疼，因为漫长，也因为泥泞。这次我惊喜地发现，路已经不是土路了，用水泥砖铺好了，还拓宽了，几乎有外面的大公路那么宽了。

阿爸一边骑摩托一边告诉我，山后有户人家有个儿子在保山财政局做事，拨回来两百四十万元钱修了这条路。路修起来才不多几天，路面还残存着很多沙灰，路上有竹子挂着标语，过几天要办这条路的竣工庆典。到了村口，发现水泥砖路变成了水泥路，原来，村里的土路更是都修成了水泥路。路的变化，无疑将是我这次回家感受到的最大变化。

回到家里，妈已经做好饭菜了，有家里人都很喜欢吃的牛扒呼。我想起曾在火车上看到的荷包蛋，跟妈说了，那会在火车上就想着回到家要吃。妈说那还不容易，就进灶房煎了两个荷包蛋出来。弟弟还没回家，奶奶独自吃，桌边就我们三个人。三个人慢慢地吃着，更多的是说话，多半是我说，爸妈听。我跟他们说回来路上的情况，说工作的事儿。工作方面，自然是报喜不报忧，不想让他们为我操心。我把带回来的箱子打开，拿出两袋葡萄干、两袋开心果，这是妈喜欢吃的。又拿出一把紫砂壶、一条烟给爸。每次回家，我都会带点东西，常常不知道带什么好。爸妈不管我带什么回家，总是很高兴的样子。

刚回家的兴奋慢慢在言谈中淡下来，爸妈有点儿烦忧地和我说起一件事，说堂哥可能会跟我借钱。堂哥住我对面。他家和我家一样，也是两兄弟。爸妈说的堂哥，是大堂哥。小堂哥考上昆明理工大学，我考上复旦大学，弟弟考上北京大学，大堂哥初中没读完就回家干活了。几年前，他和边疆小镇南伞的一位傣族姑娘结婚，如今已有两个七八岁的女儿。最近这几年，堂哥多半住在南伞岳母家。

2009年8月，我曾经到他家住了一段时间，碰巧，赶上缅甸内战，相距不到一公里处，就是缅甸军政府和掸邦地方军交战的地方。炮声枪声，声声在耳。如今想起，这些事情仍旧记忆犹新，我一直想要把那段经历写成小说，却迟迟没动笔。

爸告诉我，堂哥前阵子买房，跟家里拿去了两三万块钱，堂哥又想学开车，要考执照，却差了几千块钱，几天前，来找到爸妈聊了一下午，大概意思是要跟我借。我这才想起，回家前一天晚上收到堂哥的短信，问我什么时候回来，原来，是为这个。我脑海里却禁不住浮现出堂哥的样子来，他的蓬乱的坚硬的头发，他的愁苦的眼神，还有，他毫不讲究的穿着。不禁想起我们在南伞相处的那段时间，他带着我到菠萝地里去吃菠萝，让我看他画的画……我说，反正借的不是很多，要不就借给他吧。爸妈只是摇头。

我没想到，刚毕业半年，就要面临这些事。

我老早就想到，从农村考出去，势必要面临这些事的，只是没想到会来得这么早。如何处理，真让人头疼。对老家人的感情，还有自己的那点儿私心，在不断争斗着。我只能安慰自己，并非自己有多少私心，确实现在还有些力不从心，毕竟刚毕业半年，手头没攒下几个钱，每个月还要付房租。

我的脑海里，仍不断浮现出堂哥的模样，不断浮现出和他在边境度过的那些日夜。

吃完饭，我去看奶奶。我是从后院回家的，奶奶一直待在前院。两年来，奶奶一直神志不清，闹腾起来时，会一个劲儿敲打脸盆、墙壁、玻璃窗等等，扰得四邻耳根不得清净。2009年，我给《滇池》杂志写的创作谈《那些给我讲故事的人》(即本书中的《讲故事》)里，写到过奶奶的这些事。我带了一大捧葡萄干和开心果给奶奶，奶奶看到我，脸上即刻绽开了笑，连声说怎么回来了。我说，奶，我给你一点东西，你找东西接着。奶奶站着不动，只是瞅着我，说阿团，你怎么回来了？我说，奶，你找个东西接着吧，我给你一点葡萄干和开心果。奶奶方撩起对襟大衣的下摆，说放这儿吧。我犹豫了一下，把一大捧东西放在了里面，奶奶用衣服兜住了，两手抓着，生怕掉了似的，说你爸前几天给我几个橘子，我还没吃完呢，我找个塑料袋装着去。又瞅着我问，你怎么回来了？

和奶奶待了一阵，重又回到爸妈跟前，一直聊天，说那些说过很多遍的话，一直到凌晨两点钟，我们还舍不得睡，似乎睡觉是浪费时间。直到凌晨3点多了，才说要睡了。爸妈进屋后，我到院子里去撒尿——小时候，我就经常这么干，那时候怕黑，总要打开堂屋门，借着两道门间漏出的灯光，现在是不怎么怕了。整个院子三户人家，只有爸妈的房间还亮着灯。夜真黑啊，只有在农村才知道什么叫伸手不见五指。奶奶的屋子也是黑的，奶奶大概是睡了，什么声音也没有。蟋蟀唧唧唧叫着。我听到尿液洒在草地上，发出噗噗的温热的声音。抬起头来看天，天上星星真多，一条宽展的银河熠熠闪烁，从上海回到云南，才知道什么叫作繁星满天。

寂静里，这一天渐渐走向终点。

——从时间上来说，其时已经是第二天了。

这不过是无数日子里极为平常的一天，是许多年后我不大可能记得住的一天。

——七年后，我偶然从电脑文件夹里翻检出这篇早已被我遗忘的文字，从头看下来，果然，几乎没有哪个人哪件事是我仍然记得的了。那些人，那些事，早已如同繁星，湮没在当年的夜色里。我或许再也不会坐那么久的火车从上海回云南了，或许再不会坐大巴从昆明回施甸。这几年，我每次回家，总是从上海飞昆明，再从昆明飞保山。回到家里，家里也变了。文中所写的老屋，一多半已经推倒，盖起了钢筋混凝土的三层新居。文中说到的堂哥，已然多年未见面。哦，这是我唯一记得的，那次回家，堂哥确实来找我借钱了，而我最终没借钱给他。那时，我手头实在也没什么钱。从大二到研究生，我每年从农行借助学贷款，六年三万六，毕业时一并还清了，手里哪还有多少钱？但我没和堂哥说这些。没借到钱，堂哥总会有些不高兴的吧？这么多年，我们再没联系过……从那时到现在，故土在时间的明镜里，一天天呈现出我所预想不到的面目。

2011年1月24日　虎年腊月二十一　初稿

2018年8月3日　修订

十　年

到2013年年底，我离开云南来上海，已有十个年头。

读大学时，我每年寒暑假都会回老家——只有大学一年级的寒假没回去。至今记得，宿舍里最后只剩下我一个人，过了没几天，下雪了，不是电视小说里那种雪，是很小的一粒一粒，有点儿像细小的冰雹，落到地上很快就融化了。不管怎么说，总归是雪。记忆中，这是我第一次见到雪。屋里没空调，没人，冷极了。我白天都缩被窝里，看厚厚的《神曲》。吃饭时间到了，才磨磨蹭蹭下床，到水房去，从塑料盆里搬出冰壶似的厚实冰块——这是头天晚上盆里的水凝结成的——放到地上，一路踢到食堂门口。吃完饭出来，冰块还在那儿，只化了不起眼的一小层，我再把冰块一路踢回宿舍。耀眼的太阳底下，冰块亮晶晶的。

工作后，每年就只能回家一次了，都在过年时候。想来，我已经有三年没见到老家的夏天了。虽说是云南，不少树木也是落叶的，和夏天的葱茏浓绿毕竟不同。我家门口有一株两层楼高的苦楝树，冬天里落光了叶子，疏朗的枝丫上，挂满黄褐色的球形小果。我小时候，常看到附近的人来打这果子，捡回去了泡水里，几天就成了糊糊，可以一层一层把废弃的旧衣服粘起来，压实了，剪成鞋垫。如今，没有人再这么做鞋垫了，苦楝树的小果子才能在冬天里仍挂满枝头。然而，明年回家，是看不到这棵苦楝树了。

我家门前的人家要盖新房，苦楝树占了地方，要被砍掉了。

常看到网上和书里在说，如今的农村多么荒凉，年轻人都打工去了，田地都荒芜了，房屋都破败了。我在老家看到的，却与此大相径庭。农民们也出去打工，留在家里的人却没把土地荒了，冬天里除了看到一块块油菜、小麦和蚕豆，就是成片的果树。房子呢？更没破败。外出的人挣了钱，不干别的，就是铆着劲儿，回家盖房子！

迄今为止，汉村的房子已经变身三次了。

最初是草房。我小时候，村里还有几间，茅草铺的屋顶，黑乎乎的，天长日久，经了雨水，看上去就如一层厚厚的泥。茅草是山里割回来的，会开很小的灰色的花，闻上去有股特有的气味，但草房并不因此变得烂漫。草房里往往都是泥地，坑坑洼洼的，下雨天就潮乎乎的，还时常进水。我虽没住过草房，但想想也知道不会舒服。奶奶是赤脚医生，她有个医治"无名肿毒"的方子，须用草房顶上的陈年茅草做药引。她曾感叹，这年头陈年茅草越来越少了，以后怎么办呢？我也跟着很是忧虑，怕以后医不好这病了。

取代草房的，是瓦房。最先出现的瓦房是土木结构的。很多盖新房的人家都要先做土基，做土基的方法有两种，要么是用稀泥和茅草和在一起，用一个木头模子定型；要么将自家的田夯实了，把土一块一块切开来。再往后，不用土基了，改用烧砖。先是用红砖，继而用青砖。青砖更牢固，看上去也更讲究。这时，已经是新世纪初。

外婆家在县城附近，村里比较富裕，那年头，很多人家早就住上钢筋混凝土的小楼了。在我们汉村，也有了一家。那家的男人长年在外，据说是个搞建筑的工头。他家的两层钢筋混凝土小楼很显眼，高墙，铁门，很神秘的样子。一年一年过去，村里也没第二家盖上这样的房子。这一晃，七八年过去了。

去年回家，我到左近一户人家做客，他盖了新房，钢筋混凝土的三层，顶楼有廓大的阳台。那天吃饭，还发现餐桌上有了一些变化。以前最重要的一盘酥肉，已经乏人问津，成了最不重要的菜；提供的酒水也不仅仅是大铝壶里的白酒，还有啤酒、可乐、橙汁等可供选择；更让我吃惊的是，桌上还有一小包纸巾，有人拆开了，分给每人一张。这变化看似微细，实则巨大。

今年我家也盖了新房，也是钢筋混凝土的，墙面、柱子都是白色的，也是三层，一二层三间房，第三层只有边上一间房，另外两间房的位置要盖一间凉亭。爸妈跟我说，屋顶要做防水，凉亭四周要蓄水，养鱼，种荷花。如今，凉亭还没盖好，只立了六根水泥柱子。站在凉亭的位置，看得到大半个施甸坝子。太阳炽烈，大片明黄的油菜花中间，新房一间挨一间，都是钢筋混凝土的。在我家东北方，有一间正在盖的，听父母说，他家之前是砖瓦房，才盖了五六年，如今觉得跟不上潮流了，就推翻了重新盖。对这种集中全力盖房的生活，我一直抱着怀疑的态度。与其花这么大力气盖房，为什么不好好改善一下生活质量呢？但村里人就这样，宁愿省吃俭用，也要攒钱盖房子，好让自己在村里人面前显得“有面子”。就是这种“虚荣”，让村子一天天改变了面貌吧。

汉村一天一天变化着，变化的又岂止是房子？

人，也不是那些人了。

在上海这么多年，逢年过节，我常到一户住在复旦附近的老乡家里去。第一天到上海来，就是他们一家在复旦校门口接的我，当晚我和父亲便住到了他家。按照村里的习俗，我喊他大公，喊他妻子大太。大公今年七十六岁了，满头白发，也是汉村人。我离开汉村十多年，而他已经离开汉村快六十年了。每年我回家，都会问他回不回去。他有几年没回去了，今年难得回。我到村头去找他和大太，约他们到家里吃饭。离吃饭还有一段时间，我就带他们上后山，这不是我第一次带他们到后山转悠了。

有一年，在村路上，碰到一位老人，老人眯了眼瞅大公，大公也看他，半晌，老人犹犹豫豫地喊出了大公的名字。原来，他们是小学同学。大公说，他们当年就读的小学就是现在的汉村寺。还有一年，我和大公在后山，又碰到大公的另一位小学同学，那老人正放羊呢，和大公蹲着，有一搭没一搭地聊天儿，他们身边是一座座坟头，村里大部分人都埋在这儿。

大公的父母也埋在后山。带他们上后山转悠，就是要到他父母坟头看看。这次，大公的同学们一个也没能碰到，也不知今后还能不能碰到。路上，大公犹豫了一下，说，想要在老家修坟。真要修？我问他们。他们却又拿不定主意了。毕竟，这村里没什么他们认识的人了。叶落归根，这根也太陌生了。

村里的老人们一个一个过世，如今，村里最年长的就数奶奶了。奶奶比我整整年长一个甲子，今年九十岁。一年又一年，许多老人过世了，奶奶眼睛花了，耳朵聋了，仍然一天一天往下活着。

我问奶奶，想吃什么啊？问了几遍，她才听清，囫囵地说了一种东西，我猜想大概是牛奶吧，给她买了回来，她拿在手里，脸上浮着孩子般的笑。回上海前，我又给了奶奶几百块钱，奶奶坐在老院子的旧草丛中，明晃晃的夕阳照在她身上，她接了钱，展开来，将窄边对折，百元钞票成了细细一条，再将宽边对折，又用牙咬了咬，钱叠得伏贴了，这才掏出层层叠叠的衣服底下的钱袋，塞进去，将钱袋叠几叠，重新放回原处。

一年又一年，我总想着，这次走了，不知道明年回家，还能不能见到奶奶。

十年了，村里那么多年轻人一拨一拨长大，那么多年轻媳妇一拨一拨娶进村。父母一辈，阿公奶奶一辈，我大多记得，但往往忘记了喊他们什么。路上碰见了，支吾着出不了声，他们看我，也是一脸迷惑，那样子是完全想不起我了。我在村里走着，偶尔拿出相机拍张照片，这个动作更暴露了我的身份，我成了故乡的陌生人了。

明年回家，我家新屋前将会建起两座新屋。在我离开头几天，土木结构的瓦屋正在拆除，那一瓦一木的消失，都在我的相机里。它们能藏身我的相机，故乡却不能。

2014年2月19日

回　望

沈从文称凤凰为“边城”，我是不大能理解的。凤凰算什么“边城”啊？从地图上看，那可是在中国的中心地带！至少和施甸比起来，完全算不上嘛。但这是我后来——至少是到初中以后的认知。在此之前，我可不认为施甸是“边城”。

我在几个场合讲过这事儿。很小的时候，大概是电视看多了，电视上老看到北京，我就觉得吧，大概北京离得很近。有一阵子，我看电视上的天气预报，都看北京的，以为北京下雨我们那儿就下雨，可是，北京下雪我们那儿不下雪啊！渐渐才知道，我们那儿离北京啊，得有孙悟空的一个筋斗云那么远。就是离昆明，都有六百公里哪！

施甸是保山所辖的最小的一个县，实在没什么名声，也找不出什么文化名人。其实，就是云南，也没多少历史名人。我曾和朋友开玩笑说，云南最有名的历史名人有两个，一是孟获，一是段誉。这两位很像：前面那位是战场上老打败仗的大老粗（至少在《三国演义》里是这样），后面这位是情场上老打败仗的花痴。更像的是，这两位都有百折不挠的气概。这算是云南人特有的脾性吗？如果没有这“百折不挠的气概”，高二时在县一中里学习不过中上的我，一定没法最终考进复旦大学。如果我当时放弃了，这会儿，会怎样？我会回到老家那小县吗？

施甸多半是山区，坝区很小，就是个东西窄南北宽的澡盆。我家在澡盆最东边的中央，和连绵的大山相距不到百米。小学时候背课文，喜欢爬西厢房顶上。如今想来，这多么文艺腔啊！可那时候就是不亦乐乎，屋顶的瓦着实踩烂不少。从屋顶看出去，四围都是山，身后的东山一座后面还有一座，西山倒只有屏风似的一座。就想，是不是西山翻过去就能看到落下的太阳了？后来，不记得什么时候了，爬到东山很高的地方，往西边望去，才知道西山后面也是无穷无尽的山。真不知道什么时候才能走出这大山，什么时候才能去远方。

我离开老家到上海前，到过的最远的地方就是保山市中心，也就两根指头的次数。要上大学了，一下子要到昆明，还要继续走，要到上海！上海太远了，远到难以想象，完全两眼一抹黑。阿爸决定送我。我们哪有出门的经验哪，离开家了才知道，不能带乡下那种没有轮子的大箱子的。到昆明火车站后，真够幸运的，阿爸竟然排队买到两张卧铺票。可紧接着又遇到问题了，火车在哪儿啊？怎么火车站看不到火车啊？我们父子都以为，火车站应该像汽车站那样，进广场就能看到车的。再后来，总算摸上火车了，我心里又开始惴惴不安了。我在想，城市是不是太不安稳了？我从电视上知道，上海的地下遍布商场、下水道、车站等等。这让我禁不住恐慌，觉着到了城市很难踩在一块踏踏实实的地上。这样的感觉，大概是城里人很难体会的吧？

城里人难以体会的还不止这个。办完入学手续后，和阿爸绕着复旦转悠，想找个地方吃饭。可哪个饭店我们都不敢进。每一家饭店的装潢都让我们心生畏惧，到里面吃一顿，肯定贵死了！后来，是在复旦东门的一家小店解决的，每人一碗担担面，五块钱。

同学自然有城里人，也有“乡下人”。城乡之间的区隔，在小小的宿舍里展露无遗。在复旦七年——尤其是最初的一两年，我受到的刺激是难以一时说清的。就说一件事吧。我弟弟到北大读书后，家里集中全力供他，我这边就靠跟银行借贷款、助学金和奖学金度日。可刚开始那两年，受英语、计算机等课程的影响，我的总成绩并不足以拿到奖学金，助学金也拿不全，所以日子过得非常吃紧。有一天，我忽然发现，我几张银行卡里的钱加起来只有两百块了！这太恐怖了！后来怎么解决的，如今是记不大清楚了，只记得，那之后不久，我到复旦大学勤工助学处报名，当了好一阵子保安。

和我有类似遭遇的，多半都是乡下人。他们像我一样，困窘、自卑、自闭，又自尊得要命。比如我就是卡里只有两百块钱了，也没跟家里说，更没想过跟谁借钱。

不管怎样，得适应城市。

可不知怎么回事儿，我们这些人，似乎都适应得不大好。一个乡下同学，曾经在宿舍里号啕大哭，只因为他对世界的所有想象都被击碎了。击碎他那些想象的，是城里同学。一个乡下同学，毕业后和女朋友到海南去了，在此之前，因为和女朋友闹别扭，我们生怕他会想不开……还有一个乡下同学，毕业后谁也不知道他去哪儿了，我们甚至不知道他的真名是什么，不知道他现在是生是死。还有，就是短篇小说《朝着雪山去》里那位同学，到西藏去了。

不知道是感触太深没法写呢，还是什么别的原因，写小说这么多年，我极少碰学校里的事儿。《朝着雪山去》写了学校，而且有着真实的故事蓝本，这在我的七八年写作历程中，是绝无仅有的。

这首先得感谢叶开老师，和他聊到这事，他觉得特别好，告诉我可以写成小说。过了大半年，我终于写完了，又是在他和程永新老师的督促下，改了一次又一次。最终，改成了，发表了，虽然还是不尽如人意，但这小说对我来说仍旧非常重要，至少它为我的写作打开了一个路径：我应该好好端量一下我在校园里的那些日子了。

不管怎样，那些日子是我必须要正视的。

现在，让我困惑的是，为什么我们这些乡下人跑到上海来，大多没在上海留下，也不回老家，却往往要到第三地去呢？对我们来说，那是又一个远方。似乎是，我们这些人，因为“书中自有黄金屋”的许诺，拼命把自己从乡土里连根拔起，到一个寄托了美好念想的远方去，却又在那儿受尽屈辱，最终，只能往更远的远方去。

2014年1月3日

写作者

我今年二十九岁，前十九年生活在云南；后十年在上海，读书，然后工作。在云南施甸，崇山峻岭，道路崎岖，坐大巴得一整夜才能到昆明，离缅甸倒是近得很，直线距离怕才有一二十公里吧？汉村离施甸县城有十多公里，紧靠东面的大山。靠山吃山，一年四季，村里人都会往山上跑，砍柴、找野果、找蘑菇、割马草。村外都是农田，夏种水稻芋头，冬种小麦油菜，一年四季，有绿意，有花开。——这样的描述，是不是很容易让人想到“世外桃源”？十年前，我对此完全习焉不察。如今，在上海，我知道“世外桃源”是很多人对云南的印象。居住在城市里的不少人，都在寻求着“世外桃源”。我们的身体困在此地，只望内心远走他乡。

可我知道，云南绝非世外桃源。

在上海这十年，每年我都会回老家一阵。每次回去，都会发现村里或大或小的变化。

譬如，村里小河沟边的垃圾越来越多了。这些垃圾多半是水果、牛奶、果汁等礼品的包装。过去，村里走亲戚，手里不过攥一瓶菠萝罐头，顶多一包萨其马，如今大家手头宽裕了，礼品也随之改头换面。每到年节，家里堂屋的地上总会摆满各种礼品。这些礼品大多华而不实，大而无当的塑料包装很难分解。过去的农村不是没有垃圾，但那是死猪死狗、菜根草灰，堆在小河沟里不久，自然就不见了。

譬如，村里人越来越“讲究”了。去年过年回家，到一户盖新房的人家做客。酒菜摆好后，帮忙的年轻人在每个客人前面放了一张叠得齐整的卫生纸——让客人擦手或擦嘴。我清楚地记得，前年村里的宴会尚未如此。这或许意味着，村里人对生活的追求，已经不仅仅在口腹之欲上了。

譬如，村里这几年掀起了新一波盖房热潮。对很多农民来说，一辈子辛劳，就为盖一所屋子。在我小学时候，村里尚有草房，土木结构，屋顶铺茅草。年深日久，茅草乌黑，混结在一起，如同一层厚实的泥土。屋内潮湿阴暗，椽子都被烟火熏黑了。待我读到初中高中，几乎很难在村里找到草房了，多的是土木结构的瓦房，偶尔有人家会用红砖或者青砖代替土坯，外墙用白石灰粉刷。这样的房子，远远看去，白墙黑瓦，很是气派。

变化还在不断增多。似乎，乡村的方方面面都在向城市靠拢。反之，城市的方方面面也受到乡村的影响。单举一例：乡村出产的蔬菜禽蛋污染越来越重，污染来自化肥和工厂，这都是工业革命的成果，所以，乡村的污染可以说是拜城市所赐。最终，这些被污染的蔬菜禽蛋又大量销往城市。乡村被城市所伤，最终还是要还给城市。

这是城市化吗？“城市化”这词，翻开我们每天的报纸，几乎都能看到。无数专家学者忧心忡忡地讨论过，中国乡村快速城市化带来的问题。作为一个写作者，我没法改变这一切，做社会学上的探讨，也显得力不从心。我要做的，只是看清这一些。不单单记录下这外部的变化，还要记录并剖析这些变化带来的人们内心的变动。什么样的时代，就产生什么样的人；反过来，什么样的人，也将造就什么样的时代。写作的目的之一，就是看清一个个人，进而看清这一个个人汇集成的时代，揭露创痛，预知未来，也给人以希望吧。

中国当下的写作者——老一辈不去说了，就说我们年青一辈吧，估计只有少部分是打小生长在城市中的，更多的，还是生长在农村，然后求学工作于城市。他们了解中国广大的乡村的丰茂和贫瘠，也了解城市的富足和迷惘。他们的笔在乡村和城市之间徘徊，他们笔下人物的犹豫和决绝，正是这个大时代大变动的表现。

写作六七年来，我最初的目光投注在乡村，前年出版的小说集《少年游》，今年出版的长篇《刻舟记》，以及即将出版的中短篇集《散佚的族谱》和中篇集《鱼王》，大部分篇什是关于乡村的。但在刚刚出版的短篇小说集《动物园》中，关注城市的篇章已占去大半。我的目光辗转于那些辗转在乡村和城市间的人们。他们，在这个时代的大变局中扎根，而我的很大一部分写作，将要在他们的身上扎根。

无论城市里的人，还是乡村里的人，他们是这个时代森林里的一片树叶，他们的每一次晃动，都有可能在这片森林里兴起一阵飓风。反过来，他们又被这飓风裹挟着，身不由己。同样地，写作者也是这时代飓风的制造者，也是这时代飓风的裹挟者。

2013年8月18日　初稿

2018年9月25日　修订

补记：编订书稿时，发现《十年》《回望》《写作者》的内容多有重复。很多时候，重复都是写作的大忌，然而，故乡又几乎是每个“写作者”不断“回望”的所在，“十年”、二十年都不会改变。如何让理智节约情感，是我在这一系列写作中需要面对的一大命题。

2020年8月5日

在工地

阿爸在县城干活，离施甸一中不远，一路找过去，在楼下喊他。阿爸，阿爸。不记得喊了几声，搅拌机的轰鸣声停歇了，阿爸从一栋盖到一半的红砖楼里走出来，听我说钱用光了，他从兜里翻出钱，一张一张捻出，递给我。不记得拿了多少钱。只记得阿爸转身，朝红砖楼里走去。搅拌机的轰鸣声复又响起。轰隆轰隆轰隆。

阿爸是木匠大师傅。不管多大的师傅，木匠都只能算是夕阳产业了吧？钢筋水泥的房子越来越多，木工活越来越少了。阿爸的活路经常接不上，接不上就乱接些别的活，石匠、泥水匠，都干过。我去找他，往往是在他干木匠时候，偌大的房子里，一个人干活，还哼着小曲，很是悠闲自在，到灰头土脸的建筑工地去找他，还是第一次。

这一年我读高一。

再次和阿爸到建筑工地，我已经读大一。

天不亮起床，打着呵欠，很快，困意全无，多少有些兴奋。我和阿爸在昏暗的院子边，洗脸，刷牙，各自推出单车，跨上去，丁零丁零打响车铃，拐出还在沉睡的汉村，朝大公路骑行。我不断问阿爸一些问题，阿爸耐心解答着。路两边的作物静默着，绿色还没从黑暗里剥离出来。说话间，向西，向南，再向东，半小时后，来到仁和镇上一处建筑工地。

此时，太阳正慢慢拱出东山，照得西山顶一片红。红慢慢地往下移，再往东移，不一会儿，建筑工地也一片红。散落的红砖，成堆的红砖，砌到一半的红砖墙，在朝暾的映照下，愈发显出红来。周边的水稻、玉米和山药藤，绿叶闪动着柔嫩的光。

我摘下眼镜，擦一擦镜片，又戴上。那年我刚戴上眼镜，是在复旦南区步行街上花一百多块钱配的，镜框比较松，稍微出汗，就会往下滑脱。我不时会下意识地伸手扶一下。

阿爸在二楼砌墙。砌墙看上去很简单，抹一点儿沙灰，搁一块砖头，然后用瓦刀敲一敲。但真做起来，也是很需要技术的。建筑队可不敢把砌墙的重任交给我这戴眼镜的“书生”。那我负责什么呢？负责搬砖。

从一楼搬到二楼，一块红砖重四五斤，每只畚箕里放不了几块。扁担压在肩头，汗水流了满头，走了才两趟，肩上的肉已是又酸又痛，汗水流到眼镜片上，前路一片模糊。和我一起挑砖的，是几个女人，三十岁到五十岁不等，她们一看就是干惯这活了，粗手大脚，每趟挑的砖都比我的多，走得还比我轻快。她们纷纷拿我开玩笑，无非是问我，有没有女朋友啊，怎么大学生会来搬砖啊，戴着眼镜看不看得清路啊。

她们说到眼镜时，眼镜似乎忽然意识到了我脸上的汗水，立时变得沉重，不可阻遏地往下滑。终于，在我耸起肩蹭脸上的汗水时，头一歪，眼镜掉了，跳跃两下，落在脚后。此时，我正走在一段楼梯的中间。世界，瞬间起了一场大雾。已近中午，目之所见，只是一片耀眼的朦胧的光。近处的红砖、钢筋，都闪着亮光；坝子四周青郁郁的山，山顶湛蓝蓝的天，都在各自的色彩里迸出强烈的音符。我一时踌躇，乱糟糟的逼仄楼梯上，要放下担子，有可能砖头会滑脱，我便一手撑住墙，一手扶扁担，前脚立稳，后脚下伸，钩起眼镜，慢慢抬起，同时腾出扶扁担的手，探下去，手脚并用，终于，手和脚在空中成功会师。幸好眼镜没摔坏，擦一擦镜片，重新戴上，世界复归原位。没人看到我刚才的狼狈样。——后来我写过个短篇小说《初岁》，里面有个戴眼镜杀猪的年轻人。杀猪时戴不戴眼镜呢？这是让他困惑的大问题。写小说时，我并没想到在工地打工这个细节，是潜藏的记忆流露吧，让现实和虚构，不经意间沟通了“真实”的涓涓细流。

女人们见我许久才上来，又说了些什么，并没丝毫恶意，只是为了调剂无聊的劳作吧。但那时候我实在内向，只顾低头搬砖，很少搭理她们。她们便在自说自话里，爆发出一阵又一阵的笑声。我在她们的笑声里，扔下砖头，逃也似的下了楼。

楼边装了个滑轮，从楼下拉沙灰上楼。砖垛离和沙灰的地方不远。我站在砖垛边，抬起头看头顶的滑轮，一桶沙灰正摇摇晃晃地往上拉。天真是蓝，附满泥水的沙灰桶摇摇晃晃，不时有几坨沙灰掉下，捎带着灰暗的光芒。我知道，这问题没法问，不用问我也知道答案：如果能有多一个滑轮运砖头，还需要我们这些挑砖头的人吗？

时间像是陷在了沙灰里，极其艰难地挪动着。肩上的皮肤撕裂了一般，手伸进衣服里摸一摸，抽出来看，并没有血。即便没破皮，酸痛仍然越来越难以忍受。

一天，竟然可以这么漫长。

这才是我到工地的第一天。

不记得午饭是什么时候吃的，吃了些什么，只记得饭后几乎没有休息，又开始了下午的劳作。阳光更加猛烈，肩膀的疼痛趋于麻木，脚步的挪动也趋于麻木。女人们对我调笑的热情，似乎也减了许多。只一个上午，她们已然习惯了一个戴眼镜的年轻人跌跌撞撞默默无语地跻身她们中间。我内心的焦灼却与时俱增。我又开始想些永远得不到答案的问题：这样的劳作有多少意义呢？是的，不久以后会有一座新房立在这儿。可是新房也会旧，会坍塌。可是如果连这样的劳作都没有意义，什么样的劳作又有意义呢？……胡思乱想了一圈，想起自己正在读大学，大学毕业后，是不会做这样的工作的。不由得有些庆幸，转而又想，阿爸他们呢？五六个蹲在脚手架上打砖的男人，拿砖头，抹沙灰，放砖头，举手投足，犹如机器；那些女人们呢？她们对我的调笑或许让她们单调的劳作多了一抹异样的色彩吧，也让工地短暂地有了一份快活的空气，可现在她们沉默了，沉默地挑着扁担，上楼下楼，下楼上楼。扁担也一样地重压着她们的肩头，她们的脸上也流淌着汗水，她们的脚步偶尔也如我一般趔趄。

苦熬的并非我一人。我的内心里弥散着一种近乎悲壮的、近乎悲伤的情绪。

这时，黄昏来临了。

天是怎样黑下来的？不知是谁喊，收工了，收工了！更多的人喊，收工了收工了！男人们跳下脚手架，掏出烟点上；女人们扔下扁担，一屁股坐在红砖堆上。我卸下最后几块砖头，挑着空空的畚箕朝楼下走。

西山坡顶，漫天云霞，缓卷慢舒。

田野里的水稻、玉米、山药藤，静滞在浓稠的绿色里。

我们坐拢在工棚里的一盏灯下。白炽灯不时刺啦刺啦响，是因为电流不稳吧？小飞虫们奋不顾身撞上去，叮一声，灯泡微微晃动。饭菜端上来了，一大一小两只铁盆，大盆里装满水煮青菜，小盆里装满白切五花肉。铁盆中间，还有两只碗，盛着一模一样的调料，酱油、辣椒和小葱。搛肉，搛菜，蘸一蘸调料，塞进嘴里，再扒一大口米饭。从来不知道米饭这么香，从来不知道白切五花肉这么香，从来也不知道水煮青菜这么香。我很少吃肥肉，这晚却连续吃了几大块。男人女人们，吃到半饱了，方才舒缓了动作，轻松地谈笑，灯光下看，每一张脸都格外生动。就在这一瞬间，我和他们每一个人，都有了一种亲人似的感觉。

我当时就知道，这会是我这辈子记忆极为长久的一顿饭。

太阳早已落山，坝子四面亮起灯火。我和阿爸一前一后骑着单车，穿过蚊子织成的罗网，蚊子嗡嗡着，一次次朝脖子上脸上发起冲锋，哪怕戴着眼镜，哪怕眯了眼睛，仍然有两三只蚊子射进眼中。又酸又涩又疼，恍若巨石突然压迫到眼球。我下意识地伸手一揉，眼镜朝上一抬，单车龙头猛地一摆。眼中一股热流，裹挟了蚊子的尸体冲决而出。

阿爸告诉我，我一天的工钱是十二块。他的呢？记得是二十块。

这一夜，梦里我都感觉到浑身酸痛。迷迷糊糊，听到楼下开门声，刷牙声，泼水声。我知道，是新的一天了。隐约听到妈说，不喊阿辉了？阿爸说，让他多睡会儿吧。我想要挣扎着起床，然而浑身酸痛，动弹不得。我仄身在现实和梦境的缝隙，听到阿爸推出单车，出了大门，丁零丁零打响车铃。

2019年8月2日　初稿

2019年8月5日　修改

杯中岁月

第一次买酒，是小学时候。我确切地记得，爸和妈吵架了，妈大概是回外婆家了，弟弟和她一起走了。奶奶呢，不晓得去了哪儿。大院子空空荡荡，麻雀在草窠里觅食，阳光停留在每一只麻雀身上。阿爸坐在里屋床沿，喊我进去，递给我五块钱，让我去买酒。这是我乐意做的事儿。我颠颠地跑到村口小卖部，站上石头台阶，踮起脚尖，伸长手臂，朝卖货的老头摊开手掌，手掌里的五块钱纸币被我攥得皱皱巴巴。不待老头发问，我说，要一瓶“白兰地”！老头回转身在灰尘扑扑的货架上翻找，从最底层找到一瓶透明玻璃瓶身的酒，用手擦了擦，递到我手里。

我两手抓住酒瓶，用汗湿的手掌又擦了擦瓶身。我转身往家跑。酒瓶在我手里晃动，发出轻微的咕嘟咕嘟声，我停下，看看里面翻腾的酒，又接着跑，咕嘟咕嘟，细微的声音让我感到愉悦。忽然，脚下一个趔趄，酒瓶从手中滑落，哐当一声，巨响仿佛回荡在整个村子。

酒香四溢。之前我就闻过酒味儿的，只觉得冲，刺鼻，哪里会觉得“香”呢？但就在那个中午，耀眼的太阳光底下，一瓶冒牌的“白兰地”，一瓶廉价的烈酒，意外地袒露出内心的温柔。我呆立着，皱了鼻子，嗅啊嗅，酒香不管不顾，在我周身荡漾。

那时候的天，一定是很高很蓝的；那时候的云，一定是很轻很白的。

但不管天多么高多么蓝，云多么轻多么白，转眼间，我就从对酒香的迷恋里醒悟过来。我，闯下大祸了！一瓶五块钱的酒啊，就这么在我手里报销了。酒香再浓，也会消散；酒水再多，也覆水难收了。我低头看着一地的碎玻璃，看着碎玻璃间潮湿的路面，急得哭了。我蹲下身子，在地上拨拉，没法聚拢酒水，也没法聚拢酒香。我只能徒劳地捡起瓶颈，那是摔碎的酒瓶里，体积最大的一部分。

就这样，我捏着一截喇叭似的瓶颈，忐忑不安地回家了。

我哭泣着，向爸说了摔碎酒瓶的事儿。爸接过我手里的瓶颈，摸了摸我的头，笑了笑，并没一句责备的话。也没让我再去买一瓶酒。那后面的事呢？我是全然忘记了。如今，只有村路上，那一地泼洒的酒散发出的浓郁酒香，仍在记忆里久久不散。

后来，从上大学开始喝酒，越喝越多，甚至被一些朋友认为酒量很大。但我知道，酒量大也好，小也好，并不值得夸耀或歉疚。喝酒，并不需要比赛。

我渐渐喝到了各种各样的酒，其中不乏好酒，比如国内的剑南春、五粮液、茅台、梦之蓝、金门高粱，以及国外的XO、伏特加等。当然，还有各种各样的啤酒、黄酒、红酒。

这些好酒中，我喝得数量最多的，非古井贡酒莫属。远的不说，单是上月底，受古井贡集团副总杨小凡兄的邀约，在古井贡酒厂喝酒三天，喝掉的酒就得有五六斤。喝了年份原浆酒，有八年的、十六年的，还有二十六年的；在酿酒车间，喝到七十度的酒头和五十多度的酒尾；到无极酒窖的品酒处，在品酒师姑娘的专业指导下，又喝了六杯六十五度的特级十年原酒，据说，这酒一杯得一百块钱。这酒确实好喝，且喝这酒时，我又一次闻到四溢的酒香。虽然我能喝酒，但对酒并不敏感，所以，这于我并非常有的事儿。

在施甸，人们喝酒，一向是讲究好不好喝，而非讲究这酒是什么牌子。时至今日，施甸人仍然很少喝瓶装酒，无论高低贵贱，喝的几乎都是散酒。曾经，阿爸喝的散酒是两三块钱一斤的，一买就是几十斤。十来年前，我还和他一起到私人酿酒作坊去买过这样的酒。酒买回来，灌在一个大玻璃罐里，玻璃罐搁在堂屋靠墙的桌上，要喝了，就拧开玻璃罐底部的龙头，那酒便如自来水一般，咕咕地流进杯里。大玻璃罐里，照例会泡些枸杞啊红枣啊之类的，记得有一阵子，似乎还泡了扭扭歪歪的一根人参。我开玩笑似的问爸，要不要搞条老长虫（蛇）塞进去？爸自然是摆手。

好多个夜晚，爸会忽然说，想喝杯酒。拿了酒杯，蹲到玻璃罐前，咕嘟咕嘟接满杯，蹲在茶几边，慢慢喝干。没有下酒菜，只有开着的电视。

渐渐地，我每次回到老家，也都会喝酒。不是跟阿爸喝，而是跟朋友们喝。虽然到上海十五年了，老家仍然有很多朋友，他们知道我回去了，总是要约着喝上几场酒的——他们到上海来，也会约我喝酒。不过，在上海喝酒，和在老家喝酒，是完全不同的。

施甸人热情，好酒。至少，我没在任何别的地方见过这样喝酒的。约的下午六点钟吃饭，四点钟甚至三点钟，人就到齐了。到了做什么呢？喝酒啊！酒盛在一个白亮的铁盆里，盆里还搁了一层米饭。这层米饭很有讲究，说是这样可以把酒里的毒吸掉。再拿出几个玻璃杯，一把小勺，勺子是用来舀酒的。舀酒多少，得看输赢情况。而决定输赢的，则是一副牌。如果只有四个人，那就四个人两两一组，打“幺子分”，哪队输了，两个人碰一碰杯，一起喝。如果人多，那就换一种玩法，最简单的，比如猜大小，猜红黑，输了就喝。这里面还有很多规则，什么“买酒”啊“回头”啊。有时候，输的人会接连输，仿佛那儿是个凹地，酒都往那儿流呢。下酒菜呢？只是几碟小菜，牛干巴、拍黄瓜、炸豌豆粉、凉拌土豆条……吃一吃，喝一喝，说笑着，闹成一团。待两三个小时过去，旁边桌上的菜摆好了，服务员说，可以上桌了。这时候，往往还要再玩几轮，饭局组织者才说，上桌了上桌了！然后呢？又是各种名目地敬酒。有一回，外地朋友到我们县，给我打电话，说我到你老家来了。我说喝好吃好啊。后来问他，我们县的菜怎么样？朋友说，我哪里知道哦，还没上桌呢，就给喝倒了。

喝酒的地方呢，往往是在很小的饭店。吃的都是地道施甸菜。有一回，朋友说要找个风雅的地方约我喝酒。我说，哪有什么风雅的地方？朋友说让他想想。过了会儿，再次打来电话，说去石鼓坡吧，到那儿边赏梨花边喝酒。

石鼓坡，在施甸城南，相对海拔不过几十米，一个小山包而已。山上多植板栗、玉米等，山顶是施甸电视台的信号塔。那儿竟然还有吃饭的地方！时值暮春，家门口的大片梨园早已“绿叶成荫子满枝”，石鼓坡上还会有梨花吗？

带着疑问，我上了来接的车。车开到县城，又开出县城，到了石鼓坡脚下，车子一圈一圈绕上去，坡陡，路窄，虽说不算高，可只要稍微大意，车子也会一头栽到几十米的山下。不多时，总算到了山顶，一片玉米地间，竟然有座小院。进得院门，好几株高大的梨树。枝干遒劲，婆娑，几乎遮蔽了整座院子。然而，不见梨花。

分明过了季节了。我们抬着头，眯着眼，绕着几株梨树转圈。不知谁先发现的，指一指高处，说那儿不是还有一束吗？过不多时，又有个人指指另一处，说那儿也有嘛！我们就在梨树底下，支开一张四方桌，说话，打牌，喝酒，不时抬头看，散落的几束梨花摇摇曳曳，雪白，纯净，衬托着高渺的蓝得让人发愁的天。而大地上，一切事物都在闪光。

日头渐渐偏西，夕光把梨花的影子揉碎在酒杯里。

这时候，我又一次闻到了，酒确实是芬芳馥郁的。

好多年过去了，我不知道又喝了多少美酒，然而，我总也忘不掉这一天。到亳州古井贡酒厂喝酒，因曹操是亳州人，被古井奉为酒神，我总想起曹操那句诗，“对酒当歌，人生几何”，进而，又想起这次喝酒的事儿来了。那样的情境，确乎是足以对酒当歌的，但我们没“歌”，也没有“风兮舞雩，咏而归”，只是喝尽了酒杯里一下午的光阴。

现在正值严冬，古井贡酒厂里自然看不到梨花，但看得到一张张热情的面孔。老家的朋友们，也是这样的面孔。一样地推杯换盏，一样地不知今夕何夕。不知此时此刻，他们是不是也在喝酒？我只知道，爸肯定没在喝酒。爸是永远喝不到这样的好酒了，只因几年前，他已经戒酒。而我，还没来得及和他好好喝一场酒。

2018年12月17日

云边时

春来早

施甸的春天，总是来得很早，春节还没到，春意已然跃上枝头了。到上海这些年，我时常想起这样的画面：过年前后，村里的桃花一树接一树开了，一枝枝桃花，如同一串串连续炸响的鞭炮。那时候，我家后院也有一棵桃树，不过它开花总是迟一些，别家的桃花万千妖娆了，它兀自呆愣愣的，不着一花，不发一语。似乎倒是离它不远的石榴花先开了——石榴花这时候会开吗？“五月榴花照眼明，枝间时见子初成”，过年前后开，实在提前得太早了，但我的记忆分明是如此的。

后院两棵石榴树，东面厕所边一棵，靠近石桥边还有一棵。我时常在石桥上玩儿，身后便是从石榴树根边抽拔而起的一丛新枝，枝头点缀着一颗颗花骨朵儿，圆鼓鼓如一个个小棒槌。偶尔有几朵绽开了，如不时炸响的一个个小纸炮。如果是过年后，那我在石榴树下玩儿的，多半正是那小小的纸炮。

那时的纸炮还是“土炮”，威力有限，一整串炸过后，总会余下许多完好无损的。红纸紧裹着报纸，报纸紧裹着一点儿灰黑火药，一端用黄泥塞住，一端露出细细的火药线。火药线本来不算短，因经了一次燃爆，大多只能保住很少一点儿。我总也忘不掉，从碎裂的鞭炮屑里翻拣到带火药线的鞭炮时，是怎样的欣喜。如果纸炮全没了火药线，虽然失望，却也不至于绝望，这样的鞭炮也是有用的，剥开红纸，把内芯的火药散开，划了火柴头凑近，听刺啦一声响，看青烟一缕起，也是一大快事。

纸炮摆弄了半天，才舍得放响一个。听到远处有鞭炮声，似乎在应和，啪！啪啪！——像是在邻村，又像是在村外，清寂的空气里激起一阵小小的热闹。这是过年的余绪呵。

此时若走去村外，地上是绿的小麦苗，黄的油菜花，而天呢，是蓝得深邃而高远的。高山上呼呼吹来西南风，云朵飘得飞快，鸟儿被吹得东挪西荡。

村外官市山上，这儿一团黄，那儿一团黄，远远望去，如一个个明黄的头颅散放在坟茔间。阿公的坟也在官市山上，坟边也有几团黄花。读高中时，从学校到外婆家的路上，也时常看到路边一丛丛盛放的黄花。但我一直不知道它叫什么名字。很小时，似乎未曾见过这花，仿佛在某一年间，它们一下子冒出来了。然而，从未听人谈论起它们。我有没有问过大人们，它们叫什么名字？似乎是问过的，似乎得到过“野菊花”之类的答案。直到几年前，孤陋寡闻如我，才终于知道这花的大名叫作“千里光”。

常有一种小灌木傍着千里光生长，只是，它们要低调得多。密密匝匝的细碎白花攒成鸡毛掸子似的一串，一串又一串，蓬蓬勃勃的几乎遮没了叶子。我们叫它“羊粑粑花”，更多的云南人叫它染饭花。我从未吃过它染出来的饭，只是喜欢在它的花叶间，寻一种黑黑长长的扇动着薄薄膜翅的小虫，小虫的名字和它有几分相似，叫作“羊啵啵虫”（2019年底，云南作家半夏告知，这是毛大蚊，有红胸的，也有黑胸的，属双翅目）。这虫我十来岁时吃过。小虫活着，把它囫囵地往嘴里一塞，嘴巴一闭，舌头一卷，硬吞下去。

然而，窸窸窣窣，它沿着喉咙爬上来了！我吓得连连喝下好几口水……小时候，我实在干过不少这类诡异而无用的事。

几天前，我沿着老家的山脚走，千里光和染饭花真不少，东一簇西一簇，开得自在坦荡。凑近了闻一闻，染饭花有一股浓郁的香，稍稍离远了，那香便即杳不可寻。而记忆中忽忽飞舞的羊啵啵虫，全然杳无踪影。

走着走着，劈面一树桃花，伞似的撑开，一大桶颜料泼溅，红得惊心动魄。

若不是回到施甸，我怕是不敢相信，桃花可以红得这么肆无忌惮。因了桃花，年少时的一幕幕记忆，又回到眼前来了——我真正领略到桃花之美时，并非我蹲在石桥上放纸炮的年纪，是要到我读高中时候。

施甸一中在县城西部，每天放学后，我要回西南边的永平村外婆家吃饭。两地之间，相距不过二里地。这一段不算长的路，那时还是土路，一边依山，一边靠着一片平坦的凹地。若从外婆家往学校，右手边是山坡，左手边则是凹地。凹地里树木极少，是大片油菜花地。到了春天，凹地里靠近路边的几间房屋前后，几棵桃树清凌凌地凸显出来，孤清而艳丽。再往山坡上看，高高低低的坟头间，一树一树桃花，也高高低低，或红或白，或白或粉。粉的极粉，白的极白，红的更是我从未见过的红。红得热烈，孤独，孤注一掷。仿佛春天只此一回，仿佛春天再不会来。我有时会在路上站一站，静静地听。路上没有一个人走过，也没有一只狗一只鸡一只猫一只猪走过。只听见鸟鸣婉转，星星点点。看不见一只鸟的身影，只看得见一枝桃花倏忽一动，不少花瓣纷纷飘落。偶尔，不远处的县城传来一声汽车喇叭声。阳光明艳，耀眼，瀑布般倾泻。我看见我自己，一个十六七岁的少年，置身于春天寂静辽阔澄净如水的天地间，面对春天难以描述的“美”，心中如沸，手足无措——仿佛春天只此一回，仿佛春天再不会来。

忽然，一点两点，冷冷地落在脸上，身上。落雨了。施甸的雨总是说来就来。雨水落在远方，也落在左近的桃树上。雨水浸润后的桃花，更是红得生死两忘。

坟头，桃花，坟头，桃花；

桃花，坟头，桃花，坟头；

坟头，坟头，坟头，坟头；

桃花，桃花，桃花，桃花……

春天的风绵密又温软，春天的雨缠绵又孤绝。

雨接连不断，到处都是散乱的潮湿的足迹。

走出桃花夹峙的小路，学校在望了。此时，要么沿着大路走，要么拐入一片居民区，其间一条水泥铺就的小路，右手边是人家的后檐墙，左手边是人家的前院墙。短短一条小路不到百米，紧紧排列着十来户人家。每一户人家都关门闭户，但挡不住树枝和藤蔓逾墙而出，自然也有一两枝桃花，然而，此时最吸引我的，是那一蓬蓬高高隆起的纯白的素馨花，犹如一个个蓬松的硕大的发髻。

香，在整条小巷里不胫而走。

我从没敲响过一户人家的门，也从未见过一户人家打开门。

春天门扉紧闭，我一次又一次路过。

那时候，我刚读到戴望舒的《雨巷》，读诗时想起的，正是这一条小巷。小巷算不得“悠长”，也没有一个“结着愁怨的姑娘”，它只是源源不断向我袒露出春天的秘密。

走到小巷尽头，一户人家墙后探出的藤蔓不是纯白的素馨花，而是橙红的炮仗花。炮仗花铺满了整整一面白墙，满墙噼噼啪啪的炸裂声。如此盛大、铺张、靡费，全然是夏天的气象了。炮仗炮仗，我怎能不想起，那个在石榴树下玩纸炮的小孩儿呢？——你看他，刚刚又点着了一个小纸炮的火药线，捂住耳朵，转过头来，害怕着笑着，急急地朝着我奔来了。他七岁八岁，还是九岁十岁？那稚嫩的年纪，正是漫长生命的春天呵。春天是那么匆促，走出小巷，夏天已然扑面而至。

2018年3月4日

清明天

清明这天，我们早早吃过饭，开始准备提篮。提篮里，摞了一个又一个盘子，盘子里有卤脊肉、卤猪肝，还有蚕豆丸子——准确地说，应该是蚕豆饼。头天黄昏从地里摘回来的鲜蚕豆，剥出蚕豆芯子，在石臼里舂碎，和上面粉、小茴香、切成条的五花肉，团成饼状，在油锅里煎得两面金黄。此外，还有一壶茶，茶杯；一壶酒，酒杯。哦，自然还少不了纸钱，少不了香烛。有几年，还会有一挂红封皮的鞭炮。妈挽了提篮出门，没走几步，忽然想起什么，说，拿镰刀锄头了吗？

为什么要拿镰刀锄头？因为阿公坟边长了一大蓬刺花，比人还要高，几乎遮没坟头。刺花开满花，也布满刺，根茎深扎进墓穴，挖是挖不断根的，只能清除地面上的部分。年年岁岁，这蓬刺花被铲除了，总还能蓬勃地生长起来，根部也越来越粗壮，想要彻底铲除，是不可能了。在施甸，这是很常见的野花，听妈说，叫野藿香。后来，我才知道，它的学名叫作五色梅。挺文雅的名字，和它旺盛的生命力似乎不相匹配。

再次出门，弟弟提镰刀在手，阿爸扛锄头在肩，我则空着两只手，跑在最前面。妈又回头，问奶奶：“真不一起去？”奶奶说：“不去了，我在家里献献就得了。”奶奶所说的“献献”，就是端着一托盘菜蔬，在大院子里祭奠，泼一碗浆水饭，同时叽里咕噜说些话。说些什么话呢？无非是让阿公保佑全家吧。奶奶一起去上过坟吗？此时努力搜寻记忆，实在没找到奶奶坐在坟边的印迹。更多的记忆是，她就那么背着手，站在大院子里，目送我们出门。

走出家门不多远，水沟边一棵柳树。我手脚并用，猿猴似的攀爬上去，折断几条嫩枝，扔到树下。我总记得弟弟仰起脸接柳枝的样子，光洒落他脸上，柳叶的影子也洒落他脸上。柳叶浓密、碧绿、柔软，抱在胸前，气息青涩。我们很快给柳枝各个派了用场，粗壮的，留着待会儿插到坟头；细柔的，弯成一个圈儿，孙悟空的紧箍似的，稳稳地套在头顶。此刻回想，感觉那柳枝仍硌着头皮、柳叶仍擦着额头，忍不住要晃一晃脑袋。

再往前走，路道变得开阔。

不时遇见人。问一声，去献坟？答一声，去献坟。问一声，你们也去献坟？答一声，也去献坟。问的答的，皆不停下脚步。路上行人不少，欲断魂的几乎没有。春日阳光清亮，每个走着的人，都是一身轻松。四面山野空旷，不时听见鞭炮声响，循声望去，腾起一团白烟。白烟底下，必有一座坟头。

去往阿公安身的坟山，要么穿过邻村田坝心，要么穿过横沟头继续往东。后一条路，要开阔得多。我们往往走的是这一条路。穿过横沟头，两眼清爽，天上地下一片平坦。

清明真是清的，明的。

明的是光，是水；清的是天，是风。风行水上，光照天下。

天底下万物生长，娇嫩的柳枝，战栗的麦芒，怀胎的油菜，知名不知名的杂草们，嘁嘁喳喳，窸窸窣窣，在我们身边发出细碎的温柔的声音。

我们已经离开大路，走在了田埂上。两条杂草掩映的田埂间，一条窄窄的小水沟，泰半为杂草遮覆——因了水汽的缘故吧，即便太阳升得高高的了，草杈上仍挂着露珠。初看只是一条无足道的小水沟，仔细一看，就会发现，清浅的水流里，不时闪过一条条脊背灰黑的鲫鱼，更为特别的是，水底的软泥上，躺着一条一条小拇指大小的泥鳅，人来了，兀自躺着，受享太阳的光和热，偶尔吐出一个泡泡。泡泡忽忽悠悠上升，在水面爆开，发出轻得听不见的声音，激起一点儿微末的涟漪。

这么看着，听着，我们走到官市山脚下了。

山上树少草稀，山坡开垦成梯地，一层一层往上，和山脚的坝区一样，种了油菜，种了大麦，但种种作物，都比坝区的成熟早一些。清明时节，山坡上大麦已经黄熟了，有的甚至已经收割。新的旧的上百座坟头，散落在这大麦和油菜间，显得颇为热闹。

隔着老远，我们一眼就能认出阿公的坟头。

山上的坟多是青色，阿公的坟却是赭红色的。宛如一座小小的宫殿，背靠东北，朝向西南，有屋瓦，有立柱，柱前各有一只石狮。左边是公狮，右边是正和幼狮戏耍的母狮。公狮侧后方的立石上雕一条凤，母狮侧后方的立石上雕一条龙，龙凤相向，向着一副对联，对联当中，方是大理石碑。碑上正中一行大字，“显考/妣老大/孺人甫永文/李仕英之寿基”，两侧还有不少小字，其中有我们这些小辈的名字。这样式，一看便知是一坟双穴，也就是说，上面是一座坟，底下是两个穴。

阿公在我六岁那年，早早占了左边的墓穴，三十年来，右边的墓穴一直空着。但我们都知道，终有一天，奶奶会进到那空间里。只是，碑上的名字多少有些别扭。奶奶身份证上的名字是“李元英”，怎么写成李仕英了呢？村里不少老人也喊奶奶李仕英。碑文刻好了，奶奶才说，自己叫李元英。问为什么大家又叫你李仕英呢？奶奶也说不出个所以然。错了就错了吧，碑就这么立着。一个错误的名字，在等待一个正确的人。

照例是一阵忙碌，铲除坟周的杂草，拔掉坟前的小麦或油菜，偶尔还得拔掉去年秋天遗留的玉米茎秆。当然，最重头的工作，是清理坟西的野藿香。野藿香如预料中，葳蕤蓊郁，繁花灿烂，蝴蝶翩跹，闹热非凡。我们站着看，要微微仰起头才能看到顶。好几次，我迅速爬上坟顶，低下头来，才能看到它的全貌。同时，也看到了脚下的坟顶。日晒雨淋，经年累月，石头雕成的屋檐已然由赭红转为黯黑。

又是砍，又是挖，还得提防刺，好一阵子，一大蓬吵吵嚷嚷的野藿香，彻底委顿在地，几只蝴蝶，默默流连。我在野藿香左近，插下几根粗大的柳枝，心想，明年会不会在这儿看到几棵柳树？可想而知，这愿望从未实现过。

阿公的坟头，恍若一个野人，剃了头发刮了胡子，露出清爽的面目来了。

我们这才在坟前清理出来的空地上，一盘一盘摆下卤脊肉、卤猪肝，还有蚕豆丸子，此外，还有一壶茶，茶杯；一壶酒，酒杯。妈忙着点燃纸钱，点着香烛，嘴里像奶奶那样，念念有词。爹，您的两个孙子来看您了，妈说。又让我们跪下磕头。我们跪下，磕头，一个两个三个。这时候，阿爸走到一边，手捏烟头，别过脸，点燃了鞭炮。声响巨大，硝烟弥漫。山野愈发显得空旷，太阳光也愈发显得耀眼。

最大一声爆响后，忽然，天地归于平静。

我们在坟前席地而坐，背对坟头，面朝西方。目之所及，是整个施甸坝。天高地广，胸臆开阔。我们一面喝酒吃肉，一面说些闲话。生死之事，自然是谈话的主题。常常感叹，奶奶病病歪歪，却一直活得好好的；阿公身体那么好，不到七十就没了。

阿公过世那年，我刚上学前班。关于阿公的事，能记住的已经很少。其中一件，是妈好几次说起的。说有一次我和阿公到村里人家做客，她和我说，不能自己搛菜，想吃什么菜，就踩一下阿公的脚，让阿公搛给我。做客回来后，阿公很纳闷，问妈怎么回事，为什么我一顿饭踩了他几十脚？那天下雨，阿公被踩得两脚泥。

我记得更多的，是和阿公上山挖松根。然而，具体的情境却忘了，只在脑海里，留下了一些星光的影子，晨曦的影子，松林的影子，风的影子，鸟的影子。

阿公殁后好多年，我到邻村买东西，还被人问，你是不是甫永文的孙子？我说是，他们便如见了熟人，说以前你阿公如何如何。这如何如何，是我从未听说过的。阿公的人生，我竟是从旁人口中零星听来的。而今呢，已经好多年没人再和我提起阿公的名字了。死亡，终于把一个人的身体带走后，把他的故事也带走了。

死后会怎样？我是早早就不相信鬼神的。但我又愿意相信，阿公就在身边。我们带的酒肉，阿公吃得到；我们说的话，阿公听得见。我们离开后呢？阿公也会像我们这样，眺望整个施甸坝吧？天清地朗，万物生长，即便只是看着，听着，也是好的。如果能这样，死，并非一件不可接受的事。然而，我又隐约而坚定地知道，这是不可能的。死，是一片荒漠，一片虚无，是从此什么也不是，从此和这世界毫无关系。

最早意识到生的短暂，死的恒久，大概是六七岁的时候？及至十多岁，二十多岁，每每念及，总觉得“活着”虚妄极了。天地万物，皆和我有关，终究却是和我无关的。

世界终将远离，而我独留此地……

忽然，起风了。

烧化的纸钱随风而起，颠簸浮荡，迤逦而去。

我们急忙起身，收拾杯盘，放进提篮。窸窸窣窣，嘁嘁喳喳，细碎的温柔的声音，不知从何而起，很快充盈天地之间。“野马也，尘埃也，生物之以息相吹也。”庄子如是说。不过，那时我只知蝴蝶，不知庄子，而蝴蝶们，早已散去。幸好有这风，有这万物的声音，再次把我从“虚妄”的渊薮拽出。春日正好，好好活着。收拾好东西下山，我们走到世界里去。

2019年3月4日

端午记

小麦收割后，土地要空荡荡好些个日子。先前掩藏在麦地间的田埂，一条一条袒露出来，绿得醒目。田埂的绿益发显出土地的寂寥了。直到有一天，荒废多日的土地被翻转过来，黑暗的内心散发出发酵过的浓郁气息。家门前枯索多日的水沟热闹起来，来自水库里的水，纷纷涌到各家的田里去。

小时候，这时若到村外，远远望去，只见一头头水牛在漠漠水田间缓慢地跋涉，脖颈上搭了沉重的轭，鼻子喷出粗气，嘴巴磨动着，唇边挂了一堆肥白的泡沫。水牛后面，是个高高卷起裤脚，举着鞭子吆喝的中老年男人。男人瘦骨伶仃，腿肚子上翻出青筋。附近的水田有的已经绿了，走近看，是新插的一簇一簇的秧苗。更多的田垄仍然明白如镜。挑着秧苗的人，往来穿梭在窄窄的田埂上。灵活的白鹡鸰在人们周围跳跃翻飞；悠闲的白鹭离得远远的，忽地扑扇翅膀，飞到远处的一株柳树上去了；更多的鸟儿聚在不远处的村落里，村里枇杷黄熟了，那是鸟儿们的盛宴；此时最惹人注意的当然是布谷，一声接一声，在天地间那么清越明亮。

在这最为忙碌的时节，端午节到了。

我一直觉得奇怪，端午、中秋和除夕这三个最为重大的节日，怎么前两个都在农忙时节呢？

不管怎么辛劳繁忙，人们对待节日是不会马虎的。在端午前两天，我们便忙开了。我和妈到山上的自留地去，那儿种了一大蓬粽叶；还要去找几棵棕榈，摘下叶子后一条一条撕开，用来包扎粽子；糯米是早早就准备好的，泡在水里，莹白踏实。粽子要包得好看且大小合适。看一个个绿绿的粽子从手里产出，是件愉快的事儿。粽子堆了小半铁锅，锅里还要放进鸡蛋和捆成一大串的大蒜。柴火呼啦啦烧着，没多久，粽子没熟，鸡蛋和大蒜早熟了。因了粽叶，鸡蛋壳染成了黄绿色，攥在手里很丰实的感觉；大蒜呢，则煮得软烂烂的，塞进嘴里，舌头和上颚一扁，蒜肉便给挤出来了。除开这些，还有一样重要的食物，便是鸡肉。端午的鸡肉和平常不同，需要加入许多药材。除了自家菜园子里就有的凤米花根，还要到山里去，挖回羊膻草等。如今，我知道凤米花就是姜花，却仍然不知道羊膻草的大名是什么。

我和奶奶扛了锄头，背了竹篓，到山里去了。

离家不过百米的背后山就能找到不少羊膻草。坟堆间的杂草里，那矮矮的探出小小白花的就是。拿着小锄头，瞅准了，浅浅刨挖几下，就能揪出一株来，凑近闻一闻，果然一大股羊膻味儿。平日里，那些坟头多少让人害怕。可羊膻草偏喜欢长在坟堆四周。此时，一座一座坟头，倒有些让人看着欢喜了。挖回的羊膻草根洗净了，和洗净剁碎的凤米花根——有时还会加上茴香根，放进鸡肉锅里一块儿煮。不消多少工夫，一股特异的药香便扑鼻而出了。

吃饱喝足了，大家都要出门去。老家没什么合适划龙舟的河，也从没听说过有划龙舟的风俗。出门是要到街上去，去赶花街。这才是整个端午节庆里最让我们这些孩子高兴的。

花街设在县城。那时候，县城不过是窄窄的两条街。每条街的两侧，一家挨一家搭起棚子，棚子的主人，据说一半是县里的各家企事业单位，一半是喜好花草的个人。棚子里摆置了各种盆栽花草，大多是我叫不出名字的，印象深的有缅桂（白兰花）、米兰、香橼、蜀葵、朱顶红等，还有些藤蔓植物，譬如葡萄、西番莲和素馨花，当然了，最多的要数兰花。那时候兰花热，棚子里多的是各种珍惜罕见的兰花。各种植物种在各异的花盆里，大的小的，高低错落，能开花的，这时候都开了花，红的白的，花香袭人。也有些奇特的植物，让我觉得不可思议，譬如后来才知道名字的佛手。我以为那并非地球上能够存在的植物，可它就真真切切地挂在我眼前的树枝上。很让我怀疑那是用胶水粘上去的。当然，棚子里不只有植物，还造出了假山假河来，相互配合，小小的棚子就如缤纷的花园。印象里，那些花似乎是不卖的，只是那么摆设着，让人进来看，让人看了后说一句，这家的花真好！

每一个棚子前都围满了人，要走进去，却也不是很困难的事。热闹里自有一份闲静在。

完全热闹的，得数摆着轮盘赌的摊位。那些摊位大概是一些流动小商贩摆出来的吧，赌注不过三五块钱，但大人们叫嚷着，一个个早已血脉偾张了。他们赌完后，不管输了赢了，都是很快要回到正在插秧的田里去的吧？

太阳酷烈，湿气蒸腾，我在这混杂着花香和欲望的老街上走了一趟又一趟，挥汗如雨，两手空空，说不清缘由地激动着。

后来，花街没了，端午节便索然无趣了许多。渐渐地，我也就习惯了这没有花街可逛的端午节。再到几年前，花街恢复了，却不再是当初的模样。我从边上经过，看到花草仍然很多，但多的是发财树之类的，花盆也多印着“福”字。轮盘赌不知道有没有了，大概是禁绝了吧。各种小摊自然是多得数不过来。街上的人也比记忆里的多出不知多少倍。但这一切却再也没给过我那种莫名的激动。

如今，端午几乎是完全没法让我激动起来了。从网上看到赛龙舟了吃粽子了，才忽然想起，哦，是端午了。端午后几天，车过青浦前云路，忽见路边有大片水田，水田里有一二十只白鹭。立马停车路边，穿过几棵水杉，几十亩稻田完全铺展在眼前。那些白鹭，或漫步，或低飞，似乎和记忆中的并无二致。

2017年6月23日

火把烧

有时从冬天就得开始准备。冬天是施甸的干季，天干物燥，雨水极少，天却蓝得像一片深邃的水，水里恍若有丝丝暗影。通往山里的路积满浮土，一脚踩下，土灰飞起，久久不落。沿路朝深山里走，两侧的洋草果树挺立着，顶上刀形的叶子切割开干燥的蓝色空气。更多的树是云南松。站定了听，呼呼呼呼——这片松林呼应着那片松林，这座山呼应着那座山。风从哪儿吹来，又要吹到哪儿去？此时若回头朝山下眺望，只见无数树梢在俯仰。风声衬托出巨大的寂静，山下的村子在这寂静里显得缥缈又迢遥。

光在山路里走，只会一无所获，须得深入到树林里。小时候上山，我常和奶奶一起。一年四季，无非是采茶、挖药、找菌子、摘黄果儿，冬天却不适合这其中任何一项。除了松树、洋草果树等绿着，地上的草和灌木大多枯黄了。这时节上山，奶奶是要找柴火，我一面帮着找柴火，一面正要寻觅火把节必需的松香。松香不在松树干上，是在松树根部。黄白色的，小拇指头大的一颗一颗窝在一块儿，好似松树下的蛋，多的话能有一大碗呢。这种松香是干燥了的，中间夹杂些枯干的松毛，闻一闻，一股苦涩的山林气息。这样的好运气当然不会总有。不少时候，捡到的松香是黏糊的，还没干透呢，且沾了泥土和青苔。有人说这样的更容易燃烧，我却总不大喜欢，但也管不得这许多了。

松香拿回家后，得再晒上几天，等完全干透了，找个木棍或瓦片，把松香碾成粉末，最后放进方便袋里备用。如此，算是完成第一项准备工作了。

第二项更重要的准备工作就要开始了。那是什么？当然是扎火把。我们总想着，火把要扎很粗，至少小臂粗，最好小腿粗，更好的当然是有大腿那么粗了。妈看我们把火把越扎越粗，给个白眼，说都有中柱粗了！

火把还要扎得长。所以不能用松柴，松柴硬脆，扎长不易；竹篾柔软，才有长的可能。竹篾哪儿来呢？自然得从妈那儿弄。妈靠破篾子编毯笆贴补家用。破篾子会得来很多下脚料，下脚料会被妈晒干了当作柴火。我们就从这些下脚料里拿——当然是偷偷地拿。但总会被发现的，发现时，竹篾已经被我们扎成火把了——不记得妈有没有过把火把重新拆成柴火的劣迹，大概是有的吧？因为我总记得，火把是要小心翼翼保护着的。晴天了晒出去，雨天了收进来，一天一天，火把表面的竹篾干燥得卷曲了，中间填进去的松果干燥得豁开了嘴，顶端夹着的松毛干燥得仿佛自己会烧着。

干季过去，雨季来临了。

施甸的雨是说来就来的，忽然之间，乌云漫卷，大风呼啸，树木低俯，飞沙走石，雨哗啦啦啦倾盆直下。看大院子对面堂哥家的屋顶，焦渴多日的瓦片腾起一片青烟。雨水顺着瓦沟咕咚咕咚往下灌，瓦沟底下支了盆、支了桶、支了钵头，叮咚叮咚，夏天的音乐开始了。

不消几场雨，各种野花便争先从土地里挣扎出，大院子里可以见到牛筋草、车前草、马唐、鸭跖草、灰灰菜、鬼针草、龙葵、通泉草、泽漆、狗尾巴草、红蓼、益母草、何首乌、野燕麦、蛇莓……最多的要数马齿苋，院子快被马齿苋织就的地毯铺满了。大雨一停歇，绿的更绿了，开花的哪怕再平凡也会多几分亮丽。炽烈的太阳光里，混杂着土腥味的湿漉漉的空气里，飞来了蜻蜓、蝴蝶、蜜蜂，当然，也免不了苍蝇和蚊子。它们嗡嗡嘤嘤，济济一堂。夏天的音乐更盛大了。

这些植物名是我后来慢慢知道的，就像我后来才知道，紫薇原来就是我们说的火把花。火把花是这时节最令人注目的植物了。在我家的自留地边，挨着水沟的地方，就有一大株。平日里是不会注意到它的存在的，夏天一到，恍惚一夜之间，它忽地开满了一树。红红的粉粉的，蓬蓬勃勃的，火把一样燃烧着。

火把花一开，火把节是真要到来了。

阴历六月二十五这天（不少地方是六月二十四），最怕的就是下雨。可千万别下雨啊！孩子们祈祷着。只要有太阳，总还是要把火把再晒一晒的，也要晒一晒松香。余下的时间，就是等待。时间变得如此磨人，钝刀子割肉一般。夏日漫长，太阳迟迟不落。施甸的太阳落下，要到八点以后了。我们迫不及待，又极力克制着。等堂哥们高举火把出门了，我们这才带上松香，拿出火把，将火把头压低，点着了顶端的松毛。小小的火苗迅速蔓延，竹篾噼噼啪啪烧着了。我们忙举起火把。爸妈喊，放低些放低些，不要烧到房子！只好稍稍放低火把，心有不甘地，昂首朝门外跑。——许多年后，想起这个场景，似乎可以听见一粒火光射进黑夜腹地那剧烈的声响。但只一瞬间，连同我们的呼喊、心跳，全给黑夜吞噬了。

慢慢地，火把才从这浓稠的夜色里挣扎出来。

火把刚刚压低了又忙忙抬起，快烧到房檐了，又慌慌地压低一些。火星迸溅，灼伤黑夜的皮肤；火把碰撞，一个人遇见另一个人。聚在一起的光和热，走出村子奔向旷野。水稻、毛豆、玉米长势正旺，浓墨重彩的绿色湖泊里，蚊声煊赫如雷鸣。蚊子军团朝我们身上撞击，朝火光里冲杀。刺啦刺啦，蚊子的焦味儿刺激着我们的鼻子。野地里不再有易燃的东西，我们放肆地挥舞着火把，火光一圈一圈地纠缠着我们。接连朝火光里扔进一把一把松香粉，轰一声，又轰一声，火焰骤然升高又急速塌缩，黑夜如同黏稠的糖浆，伸缩不尽，绵长久远。星空底下，我们的大呼小叫，呼应着火焰的赫赫欢笑。

“火把火把甩甩，谷子结成拽拽；火把火把甩甩，蚊子蛇蚤嘴歪……”

咒语一般念叨着。似乎丰收可期，似乎蚊子真可以被吓退。

抬头望去，远远近近，村头村尾，东山山寨，西山半腰，一点一点火把连缀着，成一条线，成一片锦，直要烧到天上去。我时常想，这时候爬到山顶朝下望，望见的施甸坝子会是怎样一幅图景？后来看电视剧《三国演义》里火烧赤壁，忽然想，哎，就应该是这样的啊！

火把渐渐短了。不得不往家里走，火把头不得不压低了再压低。许多大人站在路边，两眼盯牢我们，谨防我们身体里的小小野兽忽然蹿出，高举火把奔向自由……大概是为了进一步拘禁住我们手里的火，大人们才会想出这最后一个节目来吧？

这是火把节最后的仪式，我们常舍不得把手里剩下的一小截火把投入火堆，但惋惜归惋惜，我们终将孤注一掷，让属于火的终归于火。最后一点儿松香粉扔进火堆后，火堆轰然巨响，四周明如白昼。这最后的火光映照着孩子们的脸也映照着大人们的脸，红通通的一张一张脸，面具般浮凸在黑夜的波涛之上。我们知道，最后的时刻来临了，纷纷朝火堆跑去——

跳过火堆，就没灾没病了；

跳过火堆，就快快长大了。

火堆在孩子们的跳跃里渐渐变小，变暗。此刻，星空暗淡，夏夜忧郁，微风不起，万物静止，是要下雨了吗？果然，雷声隐隐，大雨正在奔袭此地的路上，我们匆匆撇下熄灭的火堆逃回家，甚至忘记了回头瞥一眼……翌日醒来，大雨停歇了，我们看到，屋后的空地上，突兀地多了一摊浓黑如梦魇的灰泥。

2017年6月27日

春秋图

春日清晨，雾气如团团棉絮，缓缓流过身边。沿河岸走，水声淙淙，冷寂明亮。双脚凉冰冰的，运动鞋早被寒霜浸湿了。冷绿的杂草，在鞋底下发出嘁嘁喳喳的声音。奶奶似乎不觉得冷，低头东寻西觅，咕哝着，叶子还没长出来，不好找哇。要找的，是一味叫作“黄龙尾”的草药。又走了许久，奶奶总算有所发现，弯腰看看，蹲在地上，举起小锄头刨挖几下，揪出一条状若人参的根须。

夏日中午，暑气正盛。山里刚刚下过一场雨，路凹陷处潴积着一汪汪浑浊的雨水，雨水反射阳光，晃得人眼花。细脚伶仃的水黾（小时候自然不知道是叫这个名字）撑在水面上，六个脚尖儿微微将水面压得凹下六个小坑，仿若那水是极其浓稠极富弹性的。我挥舞镰刀跑到前面。奶奶不紧不慢跟着，她手里也有一把镰刀。到得大泥汪塘，奶奶停下脚步，用镰刀割下铁篱笆尖刀一样的肥厚叶片。汁液渗出，气息猛烈。日光浩瀚如同响亮的蝉鸣，割裂铁篱笆时那轻快的一声“嚓”，反倒犹如难得的片刻宁静。

秋日黄昏，大山冷峻而静默，云朵悠闲，天色淡远。夕光点燃一团团绿色火焰似的松树，树林下的土红得要洇出血水来。西风吹得山林呼啸。我和奶奶在山脚下的自留地挖山药（红薯）。我问奶奶，山里还有菌子吗？奶奶说，最后一茬了。——忙于秋收，我们好多天没上山了。我继续挥动锄头朝前挪步。奶奶喊住我，让我看身后。奶奶身后新翻起的泥土是松软的，而我身后的，竟被我踩板结了。

冬天，出门少了。夜色初降，我在屋前洗脚。洗脚盆是铸铁做的，沉重又厚实，盆边放了只小铁桶，桶里满满的开水。我坐小板凳，倒一点儿水进盆里，刚好浅浅地铺满，两只脚探进去，龇牙咧嘴，好一会儿，才敢完全放下。不多时，水凉了，再添些水进去。此刻的大院子已被夜色笼罩，对门家屋顶上，高高冒出几十株竹子，竹子摇摇摆摆，听得到呼呼风声。夜凉如水，盆里的水更凉了，不禁又要添些水进去。忽然，再也憋不住，不得不站起，捋下裤子，朝院子里滋尿，尿液滋进院子的草丛间，发出热乎乎的噗噗的声响。最后，大概总有几滴滴到洗脚盆里的……忽然，一声霹雳，闪电照耀得大院子如同白昼。我忙忙穿好裤子，坐下擦干两只脚，钻进堂屋，关上门。

彼时，奶奶靠坐在堂屋门口的板壁上，两膝之间藏了一只竹编外壳土陶芯的火笼，火笼上罩着两只手。暗夜里，炭火红一红，又暗一暗，两只手也红一红又暗一暗。霹雳一个接一个，奶奶的脸明一明，又暗一暗……

冬天的大院子，桃树光秃秃的，杏树光秃秃的，唯一青翠着的，是对门家屋前的一株缅桂。但在我十来岁时，那株缅桂便被砍去了。大院子只剩下一地委顿的杂草。大院子里的草很奇怪，一年一年，竟然换着花样。有时长的多是牛筋草，有时长的多是马鞭草，又有时长满肥大的车前草，再或者长了许多辣蓼和野艾蒿。有一年，大院子里忽然长出一种长圆形叶子的贴地植物，每一条触须伸出去，朝下扎根，朝上开出小小的黄色花朵。这是什么呢？我从没见过。整个大院子很快被铺满了，踩上去犹如铺了一条厚实的毯子。第二年，第三年，竟至于越来越繁茂了。

可是，就像不知道它们是怎么来的，它们的离开也让人弄不清缘由。有一年冬天过去了，春天来了，它们却迟迟没有出现，代之兴起的，是星星点点的禾本科的杂草，几场雨过后，杂草长得蓬勃兴旺，竟至没腰。有一天，春日高照，来了个村里人，放下篮子，蹲下身子开始割草。他家是养马的。半个院子没割完，已经塞了严严实实一篮子草。隔天，他又来了一趟，把剩下的半个院子的草割干净了。

不多日子，草又绿绿地长起来了。

我喜欢草那么绿绿地长着，在风里俯仰，在俯仰里闪亮。但大人们似乎都不喜欢，觉得院里长草太破败了，家不像家了。有时候是奶奶，有时候是西边的大妈，她们也学养马人的样子，拿一把镰刀割净了大院子里的草。

后来是更干脆了，大院子先后修起三块水泥地，再强悍的草也长不到水泥地里。

夏天，水泥地打扫干净，便是小麦的晒场。

小麦粒铺晒在水泥地板上，透出一股熟透了的芬芳——也有时候，会透出腐败的气息。麦收季节常会下雨，收到发潮乃至发芽的小麦并不少见。为什么收获季节常常下雨呢？或者说为什么下雨时节常常收获呢？雨一下往往还得好几天。

收完小麦晒麦子，收完谷子晒谷子，此外，还会晒油菜、豌豆、玉米、毛豆、蚕豆。时间不会停滞，田地不会休歇，劳作也不会止息。

秋天的太阳炙烤着谷子，谷子腾起股股水汽，在阳光里袅袅升腾。我拖了抓筢，在场子里走来走去，身后黄灿灿的谷子上便现出一道一道的小沟。过得一会儿，又从另一个方向走一遍，身后现出的小沟又是另一花色。这总让我有种满足感。

看看太阳落山，得把晒了一天的谷子收起来了。抡铲子、使扫帚，有时还得用上簸箕，把谷子堆拢，扬净，装进口袋。常在书上看人说收获季节的喜悦，可单是这份工作，就让人一年年头疼不已。晒了一天的谷子，外壳上总会脱落许多细毛，只要沾到身上，立即瘙痒难耐。不让“谷毛”沾身，是完全不可能的——何况，我还一身汗，谷毛沾上去便扎了根，总要弄得浑身痒痛。装满一个个蛇皮口袋，一袋一袋高高地堆到屋前。第二天还得继续这份劳作……一天又一天，屋顶上潮湿沉重的云瘦了，高了。等这份工作完成，秋天也深了。

风呼呼地吹着，对门屋后的竹林俯仰着。

清早起来，稻草堆上白白一层寒霜。太阳一照，热气袅袅。如果运气好，会发现稻草堆里有一只离家出走的母鸡，不声不响地下了一窝白生生的蛋。

我和奶奶到村外去。雾气笼罩着远远近近的房屋和田地。

我们是要找一些草药备用，趁着冬天还不是很深，趁着草药还没落光叶子。奶奶似乎不觉得冷，低头东寻西觅，咕哝着，奶奶眼睛不好使了，你帮着多瞧瞧。

风呼呼地吹着……

一天又一天，后院的枇杷花开了，石榴花开了，又一个春天来了……一天又一天，大院子的人就要走尽了，只有离开的，没有归来的——但春天总会准时归来的。春天真是无穷无尽啊，不知疲倦，永远不老，叫人欢欣又绝望。这天，我在大院子里和奶奶说了会儿话，站在曾经晾晒过不知道多少年粮食的水泥地上，看水泥地上裂的一道又一道闪电似的口子。不知是哪一年，那些忽然出现又忽然消失的马齿苋，竟然又回来了。——上大学后，我才知道，它们叫作马齿苋。马齿苋们犹如蜘蛛，一只一只扒住地面，脑袋牢牢钉进水泥地间的裂隙，肢节朝四面八方伸展。是再也不打算离开了吗？原来，草是可以长到水泥地里的。

2017年9月16日

秋光

小说写作头一年，我写过一部将近六万字的中篇，叫作《收获日》（收入小说集《散佚的族谱》）。主角自然是人，秋天的风景只是“配角”。但如能站在云端看，想必是要颠倒过来的——在这天地间，和风景相比，人算得了什么呢？或许不应该说是“风景”，“风景”是旁观者看到的，那许多年月里，我则是厕身其间、融入其中的。秋日的云天和山河，熟稔如同自身的头发和皮肤。随时想起，思绪即被无穷尽的色彩扑满了，仿若打翻油漆桶，稻子的黄，玉米的绿，天空的蓝，云彩的白，失去庄稼庇荫的土地的红……诸般色彩一股脑儿泼洒出来，大块大块的，鲜亮，浓稠，厚重，靡费，汪洋恣肆，覆水难收，惹人嗟叹。

一年又一年，我行走在这秋天里。

一年又一年，我走出这秋天，走到现在这一刻这一地。

229省道纵贯施甸坝南北——这条路的名字，是我刚刚从手机地图上查到的。大概在坝子中间的位置，省道与“横汉路”交叉——这条路的名字，是前几年才有的。偶尔秋天回家，我常站在三岔路口，东西南北望一圈儿。那些青郁郁的大山，鲜嫩朝暾下显得格外清朗。

深深吐纳一口气，沿横汉路往东走——

左手边是梨园，右手边是葡萄园。果实熟透的馥郁气息浮动在空气里。我背着旅行包，拖着行李箱。箱子轮子一路咯噔咯噔。路是弹石路——不，几年前又翻修过一次，如今是砖路了。路面被大车碾轧过，仍然坑坑洼洼的。我小时候，这是条土路，一下雨便泥泞不堪。雨后的秋天，颜色会更深沉，更滞重。刚刚还乌暗沉重的云，抖落一场雨后，轻飘飘地升高了。朝东南边望，一朵飘忽的云正停在四大山顶。四围的天蓝得灰蒙蒙的。

继续往东走，时间慢慢倒退。退回七八年前，路边还没西瓜地，也没占地几十亩的明德小学。横沟寨子没现在这么大，路南路北，望出去很远，方能看到竹林掩映的村落。一片连一片的田里，谷子成熟了，谷穗沉沉地垂着头，不堪重负的样子。田里有人在割谷子，反手抓住谷秆下半截，顺手握住镰刀，刀刃长长，闪着寒光，轻轻的一声嚓，谷秆便齐刷刷断了。不多时回头看看，身后的稻茬上，整整齐齐摆放的谷子，谷穗垂着头，几乎要扎进泥里。泥里有时候还残存着些水，水里能捉到肥白的谷花鱼（鲫鱼）。

忽然，眼前飞起一只大鸟，灰色的翅膀扇动几下，不动了，枯叶似的，呱呱叫着飘远了。前面不远处，大概是要有个鸟窝了。

渐渐地，更多人往来田埂上。一担一担谷子压在男人们肩头。阿爸正在其中。肩杠两边，捆扎得很壮实的谷子从地上掠过，碰擦到路边的野草，窸窸又窣窣。我跟在阿爸身后，也挑着谷子。我的挑子轻得多，但也压得我抬不起头。汗水打湿头发，流进眼睛，眼睛涩疼，睁不开了。许久，不见阿爸换肩，我却已经换过好几次。越换越疼，两肩的骨肉就如碎裂了一般。有一年，雨水淋湿谷子，谷子翻倍地重了。田埂也越发泥泞，平常走路已不方便，何况还要挑谷子？人们挑着谷子走着，咬牙切齿，一声不吭。到得夜里，昏暗灯光下，阿爸脱下衬衫，右肩膀红艳艳的，是皮肉裂翻开来了。第二天抬谷子，每次把肩杠放到肩上，阿爸都格外小心，不能压进裂口里，只能纵向压在裂口之上。

妈叮嘱，谷穗一定得朝上，不然容易碰落谷粒。即便如此，谷粒仍被我弄掉不少。手推车底下，事先垫的蓝色塑料苫布上，谷粒落了黄黄一片。

再往前走，无尽的金黄里，凸显出几片绿绿的藕田。原本藕田边还有席草，如今也割去了。绿而细的席草就晾晒在道路两边。多少次，我偷偷地踩上去，听那翠绿的嚓嚓嚓的声音。再过些日子，等席草晒黄了，干了，村里便可听见笃笃笃的打席子的声音。

继续往东，到横沟小学了。

小学墙上写了大大的红字，“五讲四美”“四个现代化”。学校的铁门关着，已经没人了。再往前走几步，猛地立住了，一条长蛇正横在路中央。站定了看，那蛇一动不动，原来是早已被轧得只剩下皮的死蛇。——收获日，总能看到长蛇出没，它们躲不过闪着寒光的镰刀，也躲不过两头尖尖的肩杠。

再往东，时间再退，退到所有钢筋混凝土房子都轰然消失。我扔掉行李箱，扔掉旅行包，背上了书包。可小学时背了六年的书包是怎样的？竟有些不能确定了。

还要脱掉外套，再脱掉鞋。光着脚丫子，走到二十多年前。脚下的路不再是弹石路，不再是细沙路，而是完完全全的土路；走进村子，路不再是水泥路，而是一条落满枯叶的小路，终年潮湿又阴暗。小路边上，家里后院的小门敞开着。

后院矮矮一圈土墙，不少地方倾圮了，杂草从墙根冒出。墙外的水沟边，有一丛碧绿的美人蕉正吐出黄色花朵。美人蕉的苗，是我读小学三年级时，从村里人家要来的。

从小门进入耳房，鼻孔被谷秆发酵的热烘烘的气味猛击一拳。

谷子刚收回来，一捆捆无声地堆在耳房里。

为省钱，家里多半不会找打谷机，几千斤谷子，得靠阿爸“掼”——先在地上支一个厚实的木墩，阿爸两手攥住一把谷子，一次次高举，一次次低落，谷穗砸向木墩，谷粒如黄金四溅。妈则待在一旁，拆分好适手的谷秆递给他。从中午到下午，从下午到黄昏，爸妈重复着这动作。木墩旁一次次积了厚厚的谷粒，谷粒铲进蛇皮口袋，口袋渐渐布满墙根。我也常常加入这队伍，不多时，手酸痛，腰僵硬，搔一搔头，头发里都有谷粒生根发芽了。

爸妈看我累了，让我一边歇着。

可我不想就那么歇着。家里的电视机坏了。对门堂哥家正在看电视，隔着大院子，仍听得到大侠们的打斗声。我想去大爹家看电视。爸妈想一想，竟然答应了。我跳起来，跑到对门家去了。回头看看，矮矮的耳房里，悬一只昏黄的白炽灯。灯泡四周飞蛾旋绕。灯下两个小小的身影，大山似的还未脱粒的谷子围绕着他们。

看完电视，走出堂哥家的门，砰砰的声音再次传来。

昏黄灯光下，爸妈仍在掼谷子。

抬头看天，云彩堆叠，一轮满月莹莹如玉；低头看地，月光淡淡，大院子秋虫唧唧。

中秋那天，有时家里的谷子还没掼完。当晚，全家仍然会在耳房劳作。砰砰砰——砰砰砰——一声一声，永远不会结束似的。

不过没关系，秋天总有办法补偿我们。

刚脱粒的新米晒干后，到村头磨坊碾回来，奶奶立马用新米给我们做了一顿饭。一顿吃下九碗饭，是我这辈子再也不可能做到的事；也有可能是煮稀饭，稀饭盛到碗里，乳白瓷厚的一层米油浮在表面，可以用筷子挑起一面小小的旗帜。

忙乱的收获日，总算走向尾声。谷粒入仓，农具入库。只剩下稻草一捆一捆，有的靠墙，有的摊地，还有的留在田里。稻草越晒越干，也越轻，轻得可以飞上天。那天上的云，也是越来越轻了。我一边看云，一边走进村里。清晨的村子，秋光如泼，遍地漫流。我知道，秋天的黄金早已埋入记忆的泥土。我甚至不能确定，这篇关于秋天的文字，是否做到了基本的准确……二十多年后，我像个陌生人一样回到收获日的村子，村里越来越多新房子。一年一年，秋光明艳如昨。我爬上新房楼顶看村子，像个看风景的旁观者。村外空旷的田亩满布稻茬，稻茬迸出了一层陌生的绿意。

2017年9月20日

中秋夜

我们总要把石榴留着。我家后院有两棵石榴树，西面甜石榴树，东面酸石榴树。春节过后不久，石榴花开，黑枝绿叶间，红红的一闪一闪；待到春夏之交，枝头便结出浑圆墨绿的小球儿；夏天汹汹而至，小球儿渐渐胀大。

酸石榴树周围不单有枇杷树，还有老屋和一片竹林，或许是因为背阴，石榴成熟得要晚一些。甜石榴差不多吃完了，酸石榴才熟透。酸石榴的籽儿似乎更红，红得发黑。回想起来，就连它的花也似乎更红一些。可惜的是，酸石榴结的很少。

最后剩下的石榴，往往是悬在酸石榴树北枝的末梢。枝头那般细弱，石榴那般沉重，稍有风吹，石榴便贴着瓦屋顶悠悠地荡过来又荡过去。我用棕衣包裹住石榴，以提防馋嘴的鸟儿。日子一天一天过去，石榴皮干得起皱了，皲裂了，裂缝里，隐隐透出晶莹剔透的红。

得等到农历八月十五这天，我郑重地爬上树，小心翼翼将最后的两个石榴摘下，托在手中，再慢慢爬下树。这就是晚间桌上的一分子了。然而，我知道，石榴并不是今晚的主角。主角们，还得到街上去买。

有时候去保场街，有时候去仁和街。中秋这天，任何一条街上，最不缺的就是人，还有那些让孩子们期待了一整年的吃食。除开拽梨、甜柿、苹果、葡萄、核桃、土瓜这些水果类的，还有厚实酥松的鸡蛋糕、长条形的面包（很多年后，才知道书上所说的“面包”不是这个样子的）、剥开一层还有一层的圆圆的白饼，还有芙蓉糕、鸡骨糖、落地松糖、冬瓜饯、赖饼……当然，还不能缺少一大块直径二十厘米左右的月饼（很多年后，我才知道，很多地方的月饼只有巴掌心大）。

有一年，大概是忙于作业，我们没和爸妈一起上街。爸妈让我们写张单子，把我们想吃的都写上去。单子是用铅笔写的，郑重地列出十来样东西。爸妈到街上，遇到大表哥，大表哥看了单子，笑说，怎么会要面包？爸妈回来和我们说这事儿，我有些不解，这有什么奇怪的呢？很多年后，我才意识到，表哥是笑我们想买的太平常吧？然而，也就是这些平常的东西，带给了我们无尽的期盼和欢乐。

我们还期盼着亲戚们上门拜节，他们来了，自然也会带来不少吃的。但家里实在没多少亲戚，常常来往的，不过由旺街大姑妈家，还有山邑二姑妈家。他们来了，往往是扔下一堆东西，说不了几句话，又得匆匆赶回去。

我们有时候也出门拜节，只有外婆家一个去处。我们买一些东西送去，又拎回一些东西。不记得是哪一年——那时候，我大概七八岁吧？从外婆家出来，天色昏黄了。是爸一个人骑单车，前前后后坐着妈和我们两兄弟。从永平村骑到施甸街，再骑到仁和街，天色完全暗下来了。远远近近，灯光点点。不单是坝子上，就连四围的高山上，从半山腰到山顶，都能看见点点灯光。抬起头望，东山之山，夜空浩渺，一轮圆月已经升得很高了。

这场景让我感受到突如其来的孤独了。还好，爸使劲儿蹬着单车，咻咻喘息着，多少让我感觉到一丝人间的暖意。

更多的年份，要等到月亮升高，可不是这么轻易的。

好容易吃过晚饭，好容易挨到太阳落山，好容易等天黑了，月亮仍然没升上来。堂屋中间的桌子已经清空，好摆放糖食。而那些糖食，仍放在我们住的屋里没拿出来。我们跑进大院子，抬头朝屋顶后望。老屋坐南朝北，屋后隔一条窄窄的村路，即是大片竹林。竹林后是背后山，山上也有好几丛竹子，半山腰还有一棵全汉村最大的松树。大松树和那几丛竹子隐隐现出轮廓来了。我们知道，月亮在大山那面，哼哧哼哧，正往上爬呢。再跑进堂屋，催促爸妈摆糖食，爸妈不为所动，说月亮还没上来呢。再看看对门大爹家，屋里亮堂堂的，正中央的桌子已经摆满了。我们内心的焦灼愈发难以掩藏。

月亮——出来咯——

不知道是我，还是弟弟，最先在大院子里喊。

月亮高悬着，很远又很近。背后山上那几丛竹子，那一棵婆娑的大松树，皮影一般清晰。

慢条斯理地，爸妈一样一样摆出糖食，有的放在盘子上，盘子没有了，便打开包装，见缝插针地找个位置放下。这中间，也挤了我们白天摘下的酸石榴。桌子正中间的，当然是月饼，圆圆的一大块，中间拓印了红色的“月”字，衬在有些油腻的黄暗暗的草纸上。

桌子端到堂屋外，奶奶走到院子里，点着香烛纸火，喃喃祷告。奶奶说些什么？已经不记得了，左不过是些慰劳祖先的话吧。

静静的，月光洒满大院子。

奶奶的身影，爸妈的身影，我和弟弟的身影，拓印在虚白的地上。寂静里，虫鸣唧唧，偶尔远远地传来几声狗吠。

桌子重新端回堂屋，一家人团团围坐，我们反倒有些拘谨了，面对一桌子盛宴，不知从哪儿下手好。爸妈说了几次，吃吧，吃吧，我们这才伸出手。我一下子抓住的是苹果。红色的，香甜的，比我的拳头还大的苹果。我两手攥住它，咬一口，让汁水在嘴巴里漫溢。一口一口，没几口，一只大苹果进到肚子里了。爸笑着说，你把这苹果吃完了，还能吃得下别的吗？我这才反应过来，是有些失算了。但爸也有失算处，他明显低估了我的实力。那时候的胃大概是个气球吧？伸缩性太强了，一不小心，就能吞并四海八荒。

佐食的，有电视节目，还有爸妈的故事。

那时候电视频道实在少得可怜，大多数频道播放的只是漫天雪花——虽然，那时候我还没见过真正的雪花。所以，佐食的，更多的是爸妈的故事。

有个故事，妈几乎每年中秋都要讲一讲的。说的是她很小时候，家里编毯笆卖，卖了买粮食吃。中秋到了，家里没余钱买糖食，外公早早打发妈两姐妹睡觉。这时候，有个人走进院子来了。是白龙水的小金，他曾认妈做干妹子。外公说，小金你怎么来了？小金大声嚷，大白太阴的，怎么还不摆饼子?！外公拉过他，悄声说，钱都没有，摆什么饼子。小金摸出两块钱递给外公，说那也不能不过节啊。外公接过钱，赶忙来到街上，街上还有些小摊。外公买了一小包“包装饼”——里面什么类型的饼干都有一些，相当于全家福吧。回家后，叫醒两姐妹，总算囫囵过了一个中秋。不知怎么，那小金让我无端地想到，后来在《红楼梦》里看到的醉金刚倪二，“虽然是泼皮无赖，却因人而使，颇颇的有义侠之名”。

爸的故事来自更遥远的时空。爸说，古时候有个秀才，想到一副上联：半夜二更半。自觉很是有趣，却怎么也想不出下联。找人对下联，也没人能对得出来。因为这事，书生郁郁而终。后来，每当半夜，若有人从书生住处门口经过，必然听到他的鬼魂在默念，半夜二更半，半夜二更半……久而久之，人们都知道了那个地方有鬼。这年中秋，有个行路人经过，又听到书生在念，半夜二更半，半夜二更半……行路人倒不害怕，想一想，接道，中秋八月中。那暗夜里的鬼魂叹息一声，消失无踪，再没出现过。

这个故事让我久久不能忘怀，一个人竟然能为一句话而死，就算死了，仍然对这一句话念念不忘。超越生死，执着如斯，怎能不让人动容。

多年以后，我才知这个故事尚有别的版本。有说这是金山寺长老给金圣叹出的上联，直到被杀前一刻，金圣叹才对出下联，故称为“生题死对”；还有的说，是苏轼考三个儿子，对出下联的是三儿子苏过。然而，我仍然觉得，阿爸讲的那个版本，才是最为动人的。

故事讲完，吃饱喝足，我们不愿睡下，但终究睡下了。卧室的毛玻璃窗，灰蒙蒙地亮着，如同瞌睡的巨眼。窗外虫鸣唧唧，偶尔听见一两声遥远的狗吠。

第二天一早，爸妈很早到田里去了。我们睡到自然醒，睁开眼，恍恍惚惚，想起昨晚是八月十五啊，很多东西还没吃完啊！顿时清醒过来，穿一条小短裤，赤脚跳下床，跑进里屋，打开柜子：半块月饼、几根火腿肠、半瓶鹌鹑蛋罐头、两个酸石榴……酸石榴皮干皱着，皲裂处露出的籽儿，红得格外艳丽。这是我小心珍藏了多久的石榴啊，昨晚竟然完全忘记了它们，这让我既歉疚又惊喜。把这些东西拿到床上，一一铺陈开来，简直比昨晚还要丰盛了，每一样的滋味，似乎也要远远胜过昨晚的。

2018年10月1日

年猪饭

时间是听得到的。不是在屋里听闹钟的嘀嗒，是要到屋外，站在高天厚地之间，听——春天，布谷鸟叫了；夏天，知了叫了；秋天，蟋蟀叫了；冬天，北风呼啸了。不过，施甸坝的北风一向是很少呼啸的。只早晚有些冷，我们常常要生一盆火，凑近了，把两只手映得红红的，捂到脸上，暖暖的。待到太阳从大山后冒出头，万千光亮洒落，暖意便一层一层地起来了。这时候，我们总要把自己安置在太阳光里，蹲着站着或走着。阳光在头发上衣角上手背上轻扑扑地走动着，那细碎的脚步声，也是听得到的。

总是在午后，听到村里不知哪儿响起叮叮当当的声音。是铁撞击铁，响一响，又歇一歇，歇一歇，又响一响。清脆的声音如一粒一粒亮晶晶的小白点儿，散播在房舍和绿树间。这是在舂辣椒呢。辣椒红红的，晒了好多天了，此时都拢在铁制的细长圆筒里，经由一根铁棍反复舂击。铁棍上还要套一个橡胶做的圆薄片儿，好阻挡辣椒的粉末溅起。

某日黄昏，我从县城骑单车回家，远远地听见这声音，叮叮当当，遥远，模糊，又很清晰。整个施甸坝已被暮色吞没，唯独东山顶，一溜儿昏黄的光亮。光亮里的树林和村落，恬静而安详。那叮叮当当的声音，仿佛正来自那一溜儿光亮的地方，带着些微温暖，安慰着暮色里脚步匆匆的行路人。

一家两家三家，越来越多的人家在舂红辣椒。这是为杀年猪做准备呢。

过了十月，再过了冬月——不，可能还没到冬月，村里已经听到另一种声音了。那是猪的嘶喊。这声音固然是惨烈的。但天是那么高远，那么蓝；太阳光又是那么干净，那么耀眼，一切的悲惨，都被稀释了。

小时候，家里的年猪是我从小看着它长大的，简直要把它当成小伙伴。一天天带它到村外去，让它在山坡上吃草，在泥坑里打滚，有时还免不了要趁它睡倒，悄悄骑上去。它忽地惊醒，哄哄叫着，从我胯下挣脱，跑开时，顺脚馈赠我一身泥点。渐渐地，它身形肥大了，待在圈里不出门了。我知道，它最后的日子就要来了。我担心着，又有些盼望着。这一天终于到来，看猪被一根绳子套住，忽地拉紧，按在桌子上，不可避免地挨了一刀，鲜血喷出来，如小小的迎风的旗帜，不消多时，小伙伴变成冒着热气的肉块了。眼见这一切，感情是复杂的。这复杂的情感，困扰了我好多年。我为此还写过一个小说，叫作《初岁》。

不管谁家杀年猪，总要邀约一些人来，吃上一顿早饭或者午饭，甚至吃上一天。这些被邀请的人，要么是家门，要么是朋友。我们每年也会受到一些邀请，有时就在村里，有时是同学家。

去年过年回家，我受邀到邻村吃过一次年猪饭。很多年没吃过年猪饭了，有记忆的吃年猪饭的日子，不下二十年，然而，这么多年里去吃年猪饭的事儿，大半却忘记了。

记得有一次到大院子东边邻居家吃年猪饭，那是下午，太阳亮晃晃的，我和弟弟脸上都挂满了汗珠。邻居说，吃饭出汗，那是身体好。不知怎么，我一直记得这句不知是否正确的话。

还有一次，我到高中同学家吃年猪饭。吃的是中午饭。早上放学后，我们在他的带领下，五六个人骑单车来到他家所在的村子。那个村子是叫山邑吧？离县城不远，绕过老马水库（大名“响水凹”水库），上到半山就是。七八岁时，我到过这儿，那时村里还有人猎鹰。高一这年我再去，猎鹰已是陈年旧事了。村里的房子也非我记忆中的，白墙黑瓦，看上去很新。

在同学家的院子里，我们围坐一桌吃年猪饭，同学向他父母介绍我，他父母很高兴，说同学常说起我，总算见到人了。那天阳光明净，院子边草木繁多，树荫婆娑，花色艳丽。我们说了很多话，吃了很多肉，还喝了一些酒。喝的是啤酒，我那时候几乎没喝过酒，很快便有些晕。同学父母让我别回学校了。我那时可是个乖学生，听了这话，竟真就没回学校，在他家里睡了一觉，醒来后，已到下午饭时间，又接着吃了一顿。

杀猪饭是很特别的，是施甸人辛苦一年后的盛宴。

首先，材料新鲜。猪一般都是当天——顶多是头晚宰杀的。那鲜红腻白的肉还腾腾地冒着热气呢。记得家里最后一次杀年猪，猪刚杀好，剖开肚腹，肚腹里还盛着一汪血——我们叫它“槽旺子”。“旺子”，即云南话里的血；“槽”呢，指的是仰面朝天的猪身。杀猪的老兄没用碗去舀，而是伸出两只大手，把槽旺子捧将起来，淋淋漓漓地凑到嘴边，嘴唇嘬上去，刺溜刺溜地吸光了。见我盯着他，他大概是觉得，我嗔怪他偷嘴吧？他随即又捧了一捧槽旺子，三两步跨到我面前，将手红红地杵到我嘴边，说，趁热喝！我那时已经沾染了“文明人”的习气，自然没有趁热喝，眼一呆，忙摆一摆手。

其次，选材上佳。年猪往往都是自家喂养大的，吃的是自家地里的山药、玉米。而年猪饭呢，又吃的是这一头猪身上最好的地方。譬如，猪肝，炒蒜苗或大葱——有些人家请客多，一副猪肝不够，还得上街再买一副；猪血，炒萝卜丝或酸腌菜；五花肉，白煮后切片，蘸酱油、辣椒或猪血……而最重头的一道菜，是红生。谁家的年猪饭少了红生，是要被讥笑为小气的。

红生就是生肉。先是，选取猪的里脊肉，细细地剁碎了；然后，从粗陶罐里掏出事先腌好的水腌菜，绿绿地盛满一大钵头，将红红的里脊肉置于水腌菜之上，尖尖地堆成一座小山，红的红，绿的绿，煞是诱人。这时候，再加入盐、花椒、辣椒粉等调料——最重要的调料，当数香胡椒根。这是一种深山植物（和肉桂略微相像）的根，洗净晒干后，用小刀或筷子刮表皮，细细的灰色粉末撒下，散发出浓郁的香气。席上德高望重的人举起筷子，将这一大钵头肉和菜调弄一番，艳红的肉被水腌菜水腌渍，变得发白了。那人尝一尝，说，好了。众人便纷纷伸出筷子。

客人们吃年猪饭，也并非光带着一张嘴来。他们手里，总要拎着些东西的，早年是罐头、福荣糕，后来变成一提牛奶、一箱苹果、一桶香油了。男人们围坐了喝茶、吃酒、抽烟，还要帮主人家烧猪头；女人们呢，围坐了嘁嘁喳喳说话，还要帮着择菜、洗猪大肠，最后，要帮着搋肠子，即制作豆腐肠。烧猪头和搋肠子，是吃年猪饭当天的重要事项，都马虎不得。小时候，我总是忙于这两件事之间，一会儿跑到麻兰干树（番石榴）下帮着凑柴火，一会儿跑到小院场帮着吹猪尿脬；一会儿从猪头撕一片烧熟的肉皮蘸盐吃，一会儿跑去压几下搋肠子机。我常常用力过猛，一不小心，撑得透亮的猪肠上便破了个洞，用猪血染色后的豆腐瞬间涌出。

日薄西山了。客人们酒足饭饱，络绎散去。

摅好的豆腐肠悬在竹竿上，用针戳一戳，好让水分渗出。一滴一滴血珠子挂在红亮亮的肠子上，晃动着，里面有一个小小的太阳。我和爸举起竹竿的两端，把豆腐肠挂到屋檐底下。抬头望望，更多的血珠子渗出来了，一粒一粒，晃动着这个冬日白昼最后的阳光。

然而，活儿远远没完呢。猪肉放在耳房，需要赶紧处理。妈忙着切肉，将肉块和晒干的萝卜丝混杂在一起，两手捧起红红的辣椒粉，抖动着，一层一层撒到肉块和萝卜丝上，最后，将它们一齐塞入干净的土陶罐里。爸则忙着揉搓火腿。火腿胖大滞重，要让盐和调料进入内里，既需要手劲儿，更需要技巧。爸侍弄完四只火腿，已然累得气喘吁吁满头大汗。歇一歇，把火腿一只一只叠起来，搬一块石板压在最上面。做完这些，爸还要剁骨头，一柄厚重的剁骨刀呼呼生风，厚实的木墩砰砰直响。我和弟弟呢，实在帮不上什么忙，只是围着烧得通红的火盆，火盆上放了一张铁丝网，铁丝网上的烤肉嗞嗞嗞响……

不记得那是哪一年，家里不再杀年猪。家里有冰箱了，可以经常上街买新鲜肉吃。更重要的，是妈觉得，杀年猪实在是件累人的事吧。我也就很少再吃到年猪饭。想起来，那位让我逃课去吃年猪饭的同学，也好多年没见了。吃过年猪饭没多久，我和他因为一件小事，彼此生了嫌隙，从此形同陌路。高考后，我们各自奔向各自的命运，至今再没见过。偶尔想起他，心想，当初那事算得了什么呢？稍作解释，即可冰释。然而，我并没解释。

叮叮当当，叮叮当当。黄昏里，仿佛又听到舂红辣椒的声音，遥远，模糊，又很清晰。很快就要过年了。天高云淡，日光和暖，小麦油绿，施甸人不是在吃年猪饭，就是在去吃年猪饭的路上。

2018年10月9日

年夜饭

大年三十这天，村里人一大早起床，开始为年夜饭忙活。我家起床晚，刚烧火做饭呢，从灶房的窗户望出去，后门口挨着的村道，已经有人经过。三五成群，推着单车，背着竹篮，挎着提篓，说笑声响亮。问去哪儿呢？说去赶街喽。年三十这天，无论远近的集市都很热闹。不必到县城的集市，只到两三公里外的保场街或仁和街，保管什么都买得到。我们家匆匆吃完早饭，也推出单车，车座上绑定一只竹篮，汇入人流，到街上去。

最常去的是仁和街。先出汉村，拐上东西向的大路，一路朝西，经过我们的小学，再经过横沟，眼前便是县道。天气好极了，路边一片片碧绿的小麦地，一片片鹅黄的油菜地。小麦青涩的味儿，油菜清甜的味儿，拨动着寂静的空气的弦。若仔细看，还会发现，路边的柳枝已萌出嫩芽，桃树已迸开花朵。蓝的天，白的云，和暖的阳光明艳地照拂着大地上的一切。什么都是坦坦荡荡、干干净净的。

仁和街到处是人。阳光闪耀在每一张脸上。一张张黧黑的、皲裂的脸，这时候也是坦荡而干净的。街口是卖甘蔗的、卖陶罐的、卖木料的，再往街心走，才是卖各种年货的，簇新的对联、年画、灯笼、鞭炮……总之，吃的，用的，玩的，应有尽有。麇集的人群之上，看得到聚拢在一起的气球，红的蓝的绿的，高高地悬浮着；忽地，听到不知哪儿传来的一声爆竹，啪——啪啪——我们兴兴头头地随人流朝街心挤，却有人正迎着我们朝街外走。那些人，已然买够年货了。待我们一家买好年货，往街外走时，人已经没那么多，远远近近的，更多的鞭炮声传来。每一阵鞭炮响，都证明了又一户人家做好了年夜饭。

此时，太阳不过刚刚偏西吧。

我们用力蹬着单车，影子撇在公路边的清凌凌的河面，风捎着阳光的气息拂到脸上。我们买了鱼呢，得赶紧回家去。

许多年来，年三十这天，“麻辣鱼”都是我们家最重头的菜。买的要么是鲤鱼，要么是草鱼，偶尔也会有鲫鱼。不管什么鱼，料理起来是一样的。褪鱼这活儿，总是归阿爸。就在后门口空地处，阿爸坐个小板凳，手持剪刀和尖刀，面对一个大盆，盆里游弋着三五条露出黑背脊的鱼。阿爸抓住一条鱼，鱼挣扎着，水花泼刺刺响，溅了他一身。阿爸不为所动，有条不紊地褪掉鱼鳞，清理内脏。鱼鳔没人吃，有时便成了我和弟弟的玩具。杀好的鱼搁在小盆里，瞪着眼，嘴巴一张一翕。

洗整好的鱼端上灶头时，直径五六十厘米的大铁锅里，清亮的菜籽油覆住了锅底，正浮浮地冒出白气。掌勺这活儿照样归阿爸——阿爸一年下厨也就这一次。看他平平端起一条鱼，似乎喘了两口气，好让自己心平气顺，然后，哗啦——鱼顺着锅边儿，钻进滚烫的油里去了。刚刚潜入，便嗞嗞吐着泡儿，周身开出一圈油花。阿爸拿一柄铁锅铲，轻轻按住鱼身。接二连三地，一条条鱼钻入油底，整口铁锅鲜花盛开。这一向是我特别喜欢看的。

不多时，浓郁的香味散开来。阿爸用锅铲小心翼翼地将鱼翻了个身。直到这时，那一小碗清理干净的鱼内脏还没下锅呢。从碗里捞起来，攥干水分，轻轻搁进鱼身子间的空处，哗啦啦啦，油花再度迸溅开来，像是节日里最后欢庆的烟花。待鱼内脏上面的油花渐小，囫囵祭了我和弟弟的五脏庙，鱼便熟透了。起锅，装盘，再将之前调好的调料——酱油里放进了辣椒、花椒和葱姜蒜，均匀地浇遍鱼身，欻啦啦啦——香脆的鱼身子发出一声悠长的叹息。麻辣鱼算是大功告成了。不过，妈是不大喜欢这样的，她更喜欢将炸好的鱼放到蒸屉里蒸一蒸，待鱼身柔软了，再浇上调料。

经济宽裕后，这天家里还会杀一只鸡，那便愈发忙碌。

施甸的习俗，年三十这天，动筷子之前，是先要祭祖的。奶奶将饭菜一碗一碗排到暗红油漆的椿木托盘上，两手端起托盘，弓着腰，走到大院子中间，对着天举一举托盘，放到地上，点了香，烧了纸，泼了浆水饭，嘴里喃喃呐呐，然后，跪下磕头，一个两个三个，再然后，又要我们兄弟也跪下磕头。磕完头，阿爸已经将鞭炮挑到竹竿顶了。我跑过去，虽然竭力平举了竹竿，红红的鞭炮仍然弹到地上，弯弯曲曲爬出去。阿爸点一根纸烟，拾起地上的火药线，红红的烟头凑上去。我往后缩着身子，半睁了眼睛觑看，平地里升腾起团团如云的白烟，红色的鞭炮屑漫天飞舞。有一瞬间，我似乎听不到震耳欲聋的鞭炮声，静默里，只见奶奶矮小的身影恍若隔开了迢遥的岁月之河。一岁复一岁，这身影换成了妈的。我放鞭炮，也不再需要阿爸帮忙。

这一天，我们吃饭是不像平日一般在灶房里敷衍的，须得郑重地围坐在堂屋里，一面吃，一面看电视。最先是凯歌牌黑白电视机，香港回归那年，换成凯歌牌彩色电视机，再后来，电视机越换越大，没再注意是什么牌子的。电视机前坐着的，始终是这几个人。一岁复一岁，奶奶年纪大，熬不住了，吃完饭便回屋睡下，剩下我们几个仍守着电视。偶尔，远远近近地，传来零零落落的鞭炮声。

吃饱喝足后，我们必定是要打热水洗脚的。洗完脚，就再也不能到别人家去串门了。别人自然也不会到家里来。这禁令要一直持续到年初二。我们把这叫作“封门”。

关上堂屋门，春节联欢晚会开始了。

记得那一年，春晚看到一半，都觉得有些无聊。我提议弄点儿东西吃。往年也如此，仿佛这是年夜饭的余绪，甚至于这才是真正的年夜饭。妈想起来，还有半只鸡腌好了没煮呢。妈从灶房拿来那半只鸡，顺便找来调料和烧烤架。先将烧烤架搁到烧得红红的炭火之上，再将半只鸡整个放上去，慢腾腾地，鸡肉开始发出嗞嗞声响，腾起的油烟四散开。我们忙打开门，把火炉搬到堂屋外。我顺势坐到屋外，守着一炉子的香气和温暖。这时，身后的黑暗传来丝丝凉意了。四四方方的大院子，只有我们这户人家亮着灯。几年之间，另外三户人家要么另辟院子过日子，要么别处盖了新房。我想，他们此刻肯定也在吃年夜饭吧。那些消逝的面孔，那些消逝的声音，不禁浮现在脑海。

一个声音从大门外走近，钻进大院子四四方方的黑暗里。咳嗽了一声。我听出是对门的大爹。他家是早早在外盖了新房的。看他进屋，屋里的灯亮了，过了一会儿，灯灭了。我想他大概是回来拿什么东西吧？不想他走出屋，坐到了屋门前。也不说话，只是点了一根烟。隔着一院子的黑暗，红红的烟头一闪一闪，火光里他的脸忽明忽暗。我们和他自然是很熟悉的。他也姓甫，只是和我家不属一支，算是阿爸远房的堂哥。两家人同院生活几十年，有过欢乐，也闹过别扭。这时，鸡肉烤熟了。撕开来，袅袅的香气动人心魄。我说，让大爹过来一起吃吧？大家都说好。我喊他，大爹，过来吃烤鸡啊。他呵呵一笑，说你们吃吧。我再喊，他仍只是笑笑。红红的烟头一闪一闪，他的脸忽明忽暗。我撕下一块鸡肉，蘸了些调料，跑过去递给他。他很客气地欠身，接了鸡肉，看一看，放进嘴里咀嚼。再邀他，他仍拒绝。大过年的，他怎么会一个人呢？我回到火炉边，回头看，他兀自坐在烟头的火光所不能照亮的黑暗里。

跨年钟声敲响，远远近近骤然响起鞭炮声。浓密黑暗里，遍地红花，盛开在多少人家的新年旧岁。不久，复又骤然归于寂灭。大爹一声不响，起身出院门。

大院子静悄悄，他走出门后，仍听得到脚步声。

我站在清冷的院子里，抬头望天，天宇浩大，漫天星光，无声地照拂着这谜一样的世界。

那是我们最后一次在大院子里吃年夜饭吧？再后来，我家也盖了新房了。一岁复一岁，大院子将要沉默在持久的冷寂里。

2018年1月16日

附录——我和我的村庄

秋天的田野

初秋的田野丰满、纯粹，掩盖了大地的黑暗。

万物都已经成熟。成熟是喜庆的，喜庆的表情写在灼热的阳光上、金黄饱满的水稻粒上，也写在农民多皱纹的脸上；成熟又是黑暗的，黑暗的谷仓、大地、死亡——但没人看得见。

风一波一波地吹来，水稻便一浪一浪地翻涌。二十多年来，那是我所见过的最金黄的金黄。水稻金黄得沉默，他们随着风的手指俯身，再俯身，他们在这刹那之间已经看见了自己的开始与结束——他们脚下的大地广袤无边；风过之后，他们又会奋力地昂起沉重的头颅，望一眼湛蓝的天空，此时，他们像极了走长路朝圣的人们。那些朝圣的人也是这般的沉默，他们的脸平静而安详，他们走几千里的长路只为看一眼心中的圣地，其实他们看到的只是自己的心。水稻在湛蓝的天空里也看到了自己。天空是一面镜子，里面有每一个人的位置。

秋天越来越深，水稻低垂着沉重的头颅，等待着命中注定的那一刻的到来，那一刻是他们的终点，也是他们的另一个起点，他们像好奇的孩子，忍不住想要看看，但又怕看过之后失望，更怕看过之后没有失望，因为无论失望与否，那一刻都只有一次。所以等待总是充满了喜悦、不安与忧愁。

秋天越来越深了，时光透露出越来越浓的成熟的气息。水稻的头颅也垂得越来越低了，他们像在沉思，略显忧愁地沉思。他们或许已经在成熟里嗅出了腐败和死亡。

时光锋利的镰刀一闪，水稻一排排倒下，此时，他们仍保持了高贵的沉默。

广阔的大地上陈满了水稻们的尸体，他们很快被扎捆，拉走，储存起来，在他们曾经站立过的地方，露出了大地黑暗的心。

2006年1月15日

挂满时钟的屋子

我做了个古怪的梦，梦见我在一座庞大的迷宫里穿行。

我隐隐意识到有人在迷宫之外等我，等我去做极要紧的事，我们约好了时间，说过不见不散，可是时间快到了，我仍陷在迷宫里走不出去。我不知道自己是怎么走进迷宫的，现在我所能意识到的只有三件事，一是这是一座迷宫，二是我已经在这里面奔走许久了，三是我必须走出去。但是怎么走出去呢？我毫无头绪。

迷宫里高高的墙壁陡然竖起，两面墙壁之间是窄窄的道路，窄得仅容得下一个人，而且连转身都不可能。这就注定了我只能往前走，不能打退堂鼓。我可以站住不动，那样我将失约，将饿死在这座迷宫里；当然我也可以回头望一望身后刚刚走过的道路。我这么想着，便扭头朝后看了看，这一看对我的惊吓非同小可——原来我身后根本没有路。我走过的道路都已经消失了，我站立在道路的边缘，即使可以转身，我也没法后退，因为已经无路可退。我扭头的时候，无意间瞥了一眼墙壁，墙壁上绘满了五彩的风景。（我暗暗责备自己，刚才是太忙于赶路了，竟然连墙上的风景都没有看见。）有淡蓝的远山，一团一团低伏着的野兽似的树木、竹林，树林深处隐藏的村落，村落前面银亮的河流，河流前面广阔的田野，甚至看得到人，有老人有孩子，或忙碌或悠闲。我一步一步往前走，那些风景就一步一步随之更换，桃花开了，柳荫浓了，水稻黄了，雁南飞了，四季的脚步竟然那样匆促。我又回头望了望，刚刚还鲜活无比的风景都不见了。我不忍心了，我想还是走慢点，慢点，再慢点，好让这一切多停留一会儿。

正当我放慢脚步，尽情欣赏两面墙上的风景的时候，我隐隐听见时钟嘀嗒嘀嗒的声音穿透墙壁传来，不由得心下一惊，我差点耽误了大事，我跟人约好了的，都快迟到了，怎么还在这儿耽搁呢？我急得额头上渗出了汗水，恍惚中，我看见迷宫之外，那人正在等我，他不停地抬起手腕，看一看手表，嘴里喃喃说着什么，大概是责备的话吧。我必须尽快跟他会合，我们还有要紧的事要做，那是极要紧的事。理性的思考促使我加快了脚步。我下意识地看了看墙壁上的风景，天哪，那些风景消逝得如此之快！花还没来得及绽开就已经枯萎了，水稻还未泛黄就已经躺倒在寒冷的大地上了。我必须慢一点，慢一点，尽可能慢一点。可是，这怎么行！还有人在迷宫之外等我，我必须按时到达。

……我总是顾此失彼。我几乎要发疯了。

我时快时慢地穿行于迷宫之中，时而看看墙上急速更替的风景，时而瞭望一下远方的道路，其实我只能看见眼前的一小段地方。时钟嘀嗒嘀嗒的声音不停地穿透墙壁传来，像在我耳膜上敲击着急促的鼓点；墙上的风景随我的脚步不可挽回地消逝去。——我几乎要发疯了。

然而我终于没有发疯，我不知怎么地走出了迷宫。出了迷宫，迎面立着一幢小屋，小屋的窗户打开着，那嘀嗒嘀嗒的声音洪亮地从那窗口涌出来，像潮水一般，似乎想要把我淹没，甚至把我身后庞大的迷宫淹没。那声音太响了，以至于我很难靠近那小屋，但我必须靠过去，我知道那人正在小屋里等我，我于是顶着嘀嗒嘀嗒一阵阵扑过来的潮水一步步挪近小屋，把头从窗户探进去，想跟他打一声招呼，告诉他我来了。

最先映入我眼中的是小屋墙壁上密密麻麻的时钟，各式各样的时钟，它们步调一致，嘀嗒嘀嗒，时间的潮水蜂拥，绝对无坚不摧攻无不克。之后，我看见众多时钟包围着一个人，他低着头艰难地踱过来踱过去，他也同样被那嘀嗒嘀嗒的声音苦恼着，他已经很老了，雪白的头发胡子长可及地，几乎像蚕丝一样将他包裹起来。他看上去就像一片孤弱的雪花，被时间的潮水击打、消融，摇摇摆摆，身不由己。突然，墙壁四周的时钟一起咣咣咣地轰鸣起来，时间到了，我们约定的时间到了。他停住了脚步，把头抬起来，盯着趴在窗口上吃惊得张大了口的我，这一刹那，他也同样吃惊得张大了口。我们从彼此的眼神里认出了他就是我等待的那个人，我就是他等待的那个人，而他就是我，我就是他。

我们惊魂未定，我便不由自主地像一片轻灵的雪花飘了起来，从窗口飞进去，倏地钻进了他的身体。雪白的发须迅速合拢，把整个人包裹得严严实实。我们——也就是我，也就是他，在时间的潮水猛烈的激荡下，摇摇晃晃躺倒在地。那小屋也承受不住潮水的撞击，摇晃了两下，也坍塌了。这时我看到，那小屋化作了一座墓碑，立在我的身上，那上面深深地刻着他的名字。而我刚刚穿行的那座巨大的迷宫也已经消失了，迷宫原来的位置，展开了一望无垠的荒原。

2006年1月15日

村　庄

秋天，村庄温暖、安宁、闲适。

秋天，村庄的美丽是无以言喻的。

我喜欢站在高高的山顶上俯瞰村庄，这时候的村庄不再是我居于其间的那个村庄，它向我展现了其完全陌生的一面。绿树翠竹环绕掩映下，青黑色的屋顶鳞次栉比，仿佛挤挤挨挨的鲤鱼的背脊。间或也能望见一段段墙壁，粉红的、雪白的、天青的，一律厚实而笃定。我喜欢在早晨或傍晚站在山顶上俯瞰村庄，那时候的阳光都温柔若水，静静地照在村庄的屋顶上，宛如一片洁白的羽毛落在清幽的水面上，或清冽的泉水泻在青绿的荷叶上。无论屋顶上，还是树木上，都浮着一层淡淡的烟，轻得像一声不经意的叹息。

比这烟更浓也更让人心动的是人家的炊烟。早晨和傍晚的村庄，白云似的炊烟从一个又一个烟囱里冒出来，袅袅娜娜地上升，有的受了树木的挡拦，便扩散开，成蘑菇状。起风的时候，炊烟四散游离，把村庄笼罩在迷雾里；风定的时候，炊烟便心无旁骛地上升，上升。

我的心思也随着那炊烟升到很高的地方，我想，村庄是人世间离天堂最近的地方。饭熟的时候，村庄边上会传来母亲唤孩子回家吃饭的喊声，过了一会儿，远远的田野上便会传回孩子清亮的回应。喊孩子回家吃饭的母亲太多了，答应母亲的孩子也太多了，终至分不清谁是谁，于是所有散落在田野里的孩子们都回家了。母亲们像从桌上捡起一颗颗蛋清色的豆子般领回了她们的孩子。我也有过几次这样的经验，被母亲从田野里唤回，走在回家的路上，远远地望见村口几棵高大的柿子树像火一样燃烧。

秋天深了，柿子都红了。村庄里还有很多这样挂满了火红的灯笼的柿子树，远远地看上去，整个村庄都在燃烧，沉静地燃烧。

村庄很快又安静下来。烟囱也不再冒出白生生的炊烟，只有几朵炊烟还恋恋不舍地栖在树梢上，像迟归的飞鸟。

2006年1月15日

夜　歌

秋天。黑夜。一个人的时光静静滑过。在这样的时候，或许我不该听这样的一首乐曲：贝多芬的《月光奏鸣曲》。

秋天，黑夜，月光，它们都拥有丝绸闪亮柔软的质地，它们都是没有声音的，它们的寂静谁也听不见。它们从几百年前一个人的指尖滑过，没有谁听见。我只听见秋天旷野上露水沉重，仿佛整个世界的秋天便是那坠在一棵草尖上的露珠，在无人经过的旷野上摇晃。我只听见远远传来的狗吠，那样孤绝、凄清。

在这样的时候，我忽然感到了村庄的丰收和荒凉。这是我一个人的村庄，没有人守卫的村庄。村庄已经沉睡，音乐不露痕迹地从村庄的睡梦中响起。

我因为村庄的丰收而忧愁了，我触摸到了丰收深处的黑暗和残忍；我因为村庄的荒凉而欣喜了，村庄或许可以经过一次彻底的死之后再活过来。

音乐不紧不慢地响起，灵巧地穿行于村庄窄窄的道路，像绿眼睛的猫从一个屋顶蹿到另一个屋顶，几乎还未落稳又蹿起。

我听见远方的旷野，一粒露珠坠落，摔碎了月光、黑夜、秋天。

这是我一个人的村庄，我一个人醒着的村庄。

2006年1月15日

午　后

那已经是许久以前的事了。这样的感叹不是现在才发出的，时在当日，我已经这么想了。这有点像李商隐的一句诗：此情可待成追忆，只是当时已惘然。

我已经不记得那天我是为什么事情烦恼着了，我一声不响地走出了村子，毫无目的地走向另一个村子。

路两侧种了竹子，时疏时密，疏朗的地方可以望见远处浅蓝色的山峦，浓密处则将阳光也挡住，投在路上一团团暗淡的影子。竹林之外，也就是路的两侧是两条河，河水自南向北流，望不见那河水，只听得哗啦啦的声响。其实那是一条我已经走过很多次的路，但我之前从未在那条路上走得那么远。我茫然若失地由北往南走着，像一个失了魂的人。

渐渐地，那条路上热闹起来，我知道，城市就在前面不远的地方，我停了下来，但转念又想，我还从未徒步走到过城市呢，为什么不把这条路走完呢？这么一想，心里遂亮堂起来，重又举步往前。车越来越多了，人也越来越多。我开始对这种吵闹感到了厌烦，我又开始怀疑刚刚做出的那个决定了，为什么非要走过去看看呢？不如就此折回去吧。正当我犹豫不决的当头，我看见了一幅美得恍如梦境的图画。

路的西边，翠绿的竹林分开了一个罅隙。我看见潺潺流淌的河水如水银般在阳光下闪烁着明亮的光泽，河的西边有一栋房子。我之前还从未在农村见过这样的房子：瓦是黑色的，这并不奇，奇的是整栋屋子的墙都刷成了粉红色，更奇的是二楼还伸出了一座阳台，而粉红的阳台上，一个年轻的女子正坐在一把橙黄色的摇椅上看书。她穿着雪白的拖地连衣裙，背对着从西边山头照过来的阳光，垂着头，神情专注地看着手里的书。尺许长的乌发泻落下来，遮住了她的半边脸，也挡住了从她背后照过来的阳光。我能很清晰地想象得出阳光怎样温暖地拂照在她的书上，怎样投下淡淡的影子，甚至想或许会有风将几片苍翠的竹叶吹落到她跟前，落在她的洁白的裙裾上，她注目的书页上。

一切显得那么安静、温馨。我感觉时间就像眼前这条河流，从她翻开的书页上悄无声息地流过，我感觉自己不是生活在此时此刻，而是生活在未来，而她已成过去，她离我那么远，不但是空间的距离，更是时间的距离，她遥远得像一个古代的传说。她是应该被写进才子佳人悲欢离合的剧本里的人物，她应该等待着一个英俊的人，那人会骑白马来娶她，那人应该很穷，又应该很有才，得到众人梦寐以求的状元如探囊取物。可是许多年过去了，花已经开了很多次，花也已经谢了很多次，她等待的人始终没有来，而且她和所有人都知道，那人再也不会来了，可是，她和所有人也都知道，她必须等下去，等待是她的命运，是她凄美的让人感动的命运。她有义务让人感动，即便她不需要那份凄美。竹林，粉墙，午后阳光，这一切让她漫长的等待无比完美。

一阵风吹过，竹林发出簌簌的声响，我像从大梦中苏醒过来，再看时，那女子已经不见了。落日洒下最后一抹血红的辉光，一把橙黄色的摇椅在粉红的阳台上前后摇晃。

周围重又恢复了嘈杂，汽车喇叭此起彼伏，我知道我离村子已经很远了，我应该回去。

2006年1月16日

村庄上空的乌鸦

去年初秋，我乘车沿着如今已人迹罕至的滇缅公路，翻山越岭，走了二十多公里，之后，再岔入另一条更少人行的小路，走了十多公里，到了高山顶上一个秀美的山坳，山坳底部靠东，卧着一座村庄。由于有条清亮的小河从村后流过，这个村庄于是有了个美丽的名字：秀水。秀水绿树环绕，小而青翠，仿佛一粒可以捧在掌心仔细端详的豆子。最让我欣喜的是，村庄极为安静。我来时所经的那条小公路是村庄与外界唯一的联系，公路南北走向，从村庄的脚跟前经过，似乎也为村庄所感染，也异常安静，少有车辆往来，公路成了孩子的游乐场，猪游荡的圣地。

我所寄居的小屋位于村庄对面的小山坡上，公路就从小山坡和村庄之间穿过。那天傍晚，我吃过饭，走出小屋散步。站在小山坡上，望着秀水在夕阳昏黄的辉光照耀下，现出一种朦朦胧胧的明亮，透彻而又令人捉摸不透。炊烟从树林间缓慢地升起，几声狗吠从村庄深处隐隐传来，几头被夕阳染成橘黄色的猪悠然自得地沿公路寻食，几个拔草的孩子背着装满草的竹篓从田间地头回来，夕阳把他们的身影拉得很长……这一切都显得那么自然、和谐，我感受到了从未有过的清明透亮，仿佛可以窥见自己的心灵，那儿纤尘不染、流水潺潺。

这时候，一辆吉普车自北朝南开了过来，经过村子时，大概由于仍有几头猪毫无顾忌大摇大摆走在路上，司机按了几下喇叭。在这宁静的小村庄，那几声喇叭的鸣声显得异常尖利。说时迟，那时快，只听得整座村庄响起了一阵扑腾腾的声音，那是无数只乌鸦，黑翅膀黑胸脯黑头颅黑眼睛的乌鸦，呼啦啦啦展开它们的黑翅膀从村子的每一棵树上，子弹一般射向黄昏的天空。它们围绕村庄盘旋，嘎嘎嘎叫着，抗议着，谴责着，愤怒着。

我一下子惊呆了，我怎么也想不到村子的树林间竟栖息着如此之多的乌鸦，而在这之前我没见到它们族类的一个身影，没有听到它们族类的一个声音。这是餐尸的族类啊，它们公然披着黑暗的衣袍，代表死亡的尸衣，飞翔于湛蓝的天空。它们像死亡和黑夜一样君临小村庄，谁也无法逃脱它们的逼视。而在这之前我竟然漠视了它们的存在，我根本没有想到过它们。

吉普车鸣了几声喇叭便扬长而去了，而那些乌鸦兀自继续着它们黑暗的飞翔。它们是湛蓝的天空黑暗的窟窿，它们是虚无的天空黑暗的补丁，它们是我们黑暗的梦，是我们黑暗的生命，是我们黑暗的预言，它们是我们不可逃避而又一无所知的未来。它们的飞翔是致命的。

喇叭的鸣声已经消失很久了，许多受惊的乌鸦也逐渐回到了它们的巢窠，重又隐身于茂密的树丛，谁也看不见。仍旧飞翔于村庄上空的那几只乌鸦，我看见，初秋衰弱的夕阳染红了它们黑暗的翅膀。

2006年1月16日

月亮田

离秀水村不远的地方，是秀水人的梯田。所谓梯田原本是一座一座小山，把小山一层一层开垦出来，就成了梯田。没种庄稼的时候，看得出那是梯田，待种上了绿油油的庄稼，不认识的人见了，仍只以为那是一座青翠的小山。

我到秀水村的时候，已是初秋时分，坝子上的水稻已经泛黄，再过一个多月就可以收割了，但秀水村山高地寒，多数梯田才刚刚放满了水，水稻秧都还没插呢。一天傍晚，我沿着秀水村那条唯一的公路往南走，走了二十多分钟，夕阳已经完全沉到黛青的大山后面了，山背后，几缕阳光笔直地射向天空，阳光照到的天空显得明亮些。也有几缕阳光仍旧停留在尽东方的山顶上，像一只温和柔顺的猫。我毫无目的地看看周围的山山水水，又走了二十多分钟，天完全暗下来了，秀水村里已经有几盏灯火亮了起来，在浓密的树林间闪闪烁烁，萤火虫似的。山里似乎比坝子黑得早些。我并没有停下来，我喜欢这样无所牵挂地一个人走走，这样的时候越来越少了。渐渐地，我已经走出了村子，忽然，我无意间瞥见公路西边一座银晃晃的小山。

出了村庄，公路的东边悬崖峭立，西边则是几十米深的山谷。原来这条公路是开在半山腰的。山谷靠西，立起一座小山，小山辟成了梯田，梯田都已经放满了水，带子似的一圈一圈围住了小山，小山顶上的梯田，则是圆形的一整块，像圆整的月亮。天上团圞的月亮已经快升到中天了，地上所有放满水的梯田也明亮起来了，一层一层，点燃了雪亮的荧光灯。尤其小山顶上，那块圆形的梯田，与天上的圆月两相呼应，那是另一个硕大明亮的月亮。我在公路边坐下来，遥望着这座明亮的小山。在秋天宁静的夜里，那座小山就像孩子手上圣洁的蜡烛，照亮了世间的黑暗。

随着时间推移，天上的月亮越升越高，终于升到了夜空的最中央，此时，另一个奇迹出现了，小山顶上那块梯田刹那明亮了好几倍，似乎天上的月亮忽然失足跌了进去，天上地下，一片澄明。相距不远，秀水村已然酣睡。这座明亮的小山俨然是守护秀水村的长明灯。谁也无法在夜间将这里的安宁盗走。黎明，月亮落下去后，温煦的晨曦也会如月亮一般将这些梯田照亮吧，就像照亮每一双苏醒的眼睛。

第二天，秀水村的人们告诉我，他们把那些梯田叫作月亮田。

2006年1月16日

滇缅公路

我所见过的滇缅公路比我想象的要荒凉。那已经不大像一条公路的样子了，阴森森的，昏晦如原始森林，已经很少有车辆再从这里路过。我乘坐的车子跌跌撞撞地行驶在滇缅公路上，我想，我的那些衣食富足生活安稳的朋友们，有谁会想得到，此时此刻，我正行进在这样一条荒凉的道路上呢?

我经过的那一段滇缅公路大都铺了石头，偶尔也有些地方是土路，那时候刚刚窸窸窣窣落了一阵子雨，没铺石头的地段，便不时蓄起一汪汪混浊的泥水，车轮碾过，浊水四溅。路两侧常是一面峭壁，一面悬崖。峭壁多长满了枝干乌黑湿漉的树，或蛇一般爬满了藤类植物，或冒出游击队似的一簇簇茅草，也有的地方露出黑黝黝光秃秃的石头，鹅黄的晨曦穿过密密匝匝的树林照在峭壁上面，树荫和阳光交织在一起，明暗交替重合，诡异而神秘。往悬崖下看，树木依悬崖之势，地毯一样往下几十米铺展开来，晨曦照在参差不齐的树梢上，显得迷幻惝恍。开车不小心的话，要么撞上悬崖，要么跌落山谷，两者都不会有什么好果子吃。

既然道路这么险恶，而这条公路又曾经是极为重要的交通要道，自然不会毫无防护。滇缅公路两侧都齐刷刷站满了洋草果树，或多或少挡住悬崖和峭壁。那是我所见过的最粗壮最高大的洋草果树，最细的也得一人围抱，最粗的，恐怕两三个人也未必能合抱得住；那高度就更不用说了，十几米甚至二十多米的树干上仍光溜溜的不生一根枝丫，让人望而生畏，不敢起一丝攀爬的念头，光滑的树干再往上，是郁郁葱葱的枝叶，遮天蔽日，挡风阻雨。它们彼此枝叶相交，便如一座座巨人在云端里拉紧了手。这些巨人沿蜿蜒的滇缅公路排开，沉默、坚毅、目光严肃。几十年以前，它们也保护过这条路上急如星火的为一个民族的命运奔波的车队，它们一定是与滇缅公路同时诞生的，不然，它们不会如此粗壮，也不会如此刚强。现在，它们比起往昔是寂寞了。已经很少有车辆从滇缅公路上经过，它们和滇缅公路一起，差不多都已经被这个世界和这世界上的人们遗忘了。世界变得太快，人们记性太差。幸好滇缅公路还未全然废弃，偶尔还会有人来拜访；幸好公路旁边，也还有些人家。

我不明白为什么在这样的深山老林之中，前不挨村后不着店的，会忽然冒出一间间屋子，屋子的主人怎样生活？如何跟外界联系？他们的孩子如何上学？这一切我都不得而知。但我敢肯定，他们生活中的烦恼未必会比我的多，甚至，他们要比我幸福，因为，我看见晨曦照亮他们微笑的黑脸膛了。滇缅公路旁边，也有些村镇，但极少，这样孤零零的小屋，我倒见了不少。

那些居住在城市中或安逸或忙碌或无聊的人们，又有谁会想得到，有这么些辛劳的人们居住在深山之中，有这么一条曾经叱咤风云的公路，隐藏在中国西南的崇山峻岭之中。但没有人知道又怎样呢？它们存在，像大地一样沉默。

2006年1月16日、17日

秋　收

我已经三年没有见到过秋收的场面了。足足三年，我没见过那些挥汗如雨的人们，没见过那些闪亮成一片光晕的锋利镰刀，没见过那些一排排倒下的沉默的稻子，没见过稻子运走后，那露出黑暗胸膛的大地。足足三年，这一切在我的生活中消失了。我离开了我的村庄，于是，我的村庄在我的记忆中一年年荒芜下去，一年年歉收，一年年青黄不接。足足三年，我在城市熙攘的人群中想起我那遥远的村庄，像想起我不该背弃的一个朋友……

农历八月，骄阳胜火。广袤的田野上，水稻遍地金黄。我想起了黄巢的一句诗：满城尽带黄金甲。两者无论在色泽上，还是气势上都是相同的。或许，秋收时的田野还更胜一筹。秋风一过，刷啦啦啦俯身的水稻，恰如排山倒海涌过来的黄金的酒浪。这时候的田野，一切都被推到了极致，金色满眼，稻香四溢，色与香都达到了峰顶，仿佛是窖藏了几百年的老酒，但又不全像，那色，那香，皆是浑然天成，新鲜自然的。这时候的阳光，也是明亮到了极致强烈到了极致，阳光照射着整片田野，便如热烘烘的火烘烤着一大块黄油面包。然而收割的时候还未到，时间还差那么几分。穗子虽都已黄尽了，还有些叶子依然葱绿，尚需候一候。

这时候，广阔的田野也安静到了极致，除了秋风吹过的时候，水稻们都像荷枪实弹的士兵一样站立着，许久，不动。田野上充满了肃穆的情绪，神圣而纯净。欢腾的情绪都小心翼翼埋藏在了大地的深处，生怕一不小心便会泄露出来。只偶尔有几只吃饱了谷粒的鸟，扑棱棱拍响翅膀从稻田里钻出来，蹿上湛蓝的天空。

待整片田野欢腾起来的时候，秋收的时候就到了。秋收似乎会传染的，先是一家两家开始收割，这一家两家便似燎原的星火，将收割的情绪迅速传染开来，野火蔓延，挡也挡不住。俄顷，大地的每个角落都闹热起来了。板车一辆辆停在路边，等着人们将稻子一挑一挑运到路边装车，运稻子的人们，等着另一个人将稻子结结实实一大捆一大捆地捆好，捆稻子的人等着另一个人挥动刃口雪亮的镰刀将稻子齐刷刷放倒。

一切都在有条不紊地进行，人人都有自己的事做。秋收的时候，忙极也累极，有时候忙不过来了，连老人孩子都会加入秋收的队伍。老人帮着在家里做饭，孩子帮着送饭送水，孩子眼睛尖，还能帮着拾遗落在田里的一穗半穗的稻穗。累，那自是不可免的。如若碰巧天气不好，割下的稻子必须立即运回家，必须紧拿急抢，那就更是累得没话说了。腰酸背痛不必说，长满老茧的手上再磨出几个大泡不必说，谷子的毛刺和着汗水弄得全身上下奇痒难耐也不必说，最苦的是，抬挑子把肩头的肉磨破了几层，鲜肉就如秋后绽口的大红石榴籽愣生生翻了出来，就这样，仍不能休息一时半刻，庄稼就是庄稼人的命根子，能让雨淋了不成？咬一咬牙，皱一皱眉，仍将百多斤的担子压到那殷红的肩膀上，挪，也要挪回家里去。

有时候，露水太大，割下的稻子便不能立即运回家去，先得一排一排放田里晾晒几天。有些田里的水仍没有干，割稻子时，便留下一截子稻根，好将割下的水稻放在上面晾晒，晾晒个三五天，再运回家去。许多人家都这样做，放在田里的稻子并不会丢失。

然而秋收仍没有完，将稻子运回家里去只不过是秋收的一小部分。接下去，还要将稻粒打下来。家境比较宽裕的人家，可以找打谷机；手头紧的人家，便只好自己动手了。自己动手，丰衣足食。这并不是一件有必要羞耻的事。所谓自己动手，就是找个木墩子之类的，撑开双手使劲箍一捆稻子，抓牢稻根，使劲往墩子上掼稻穗。掼稻子实是一件极辛苦的事，且时间极久，极枯燥乏味。有时不巧，中秋节到了，仍有一大屋稻子等着掼，那就管不了什么团圆不团圆了，总不能让稻子在节日里发霉啊。稻子掼完了，秋收也还没有完，还需找地方晒打下的谷子。自家有水泥地的自然方便些，没有的，只好挨家挨户去借，等人家晒完了，自己才能晒。等谷子晒好了，扬干净了，装进仓库里了，庄稼人才可以略微喘口气。但休息仍是不行的。接下来，又要耕田种小麦了。年复一年，庄稼人的辛劳是没有尽头的。

秋收过后，田野一下子空了。放眼望去，极少几块田上仍立着些水稻，那些水稻或许种得太晚了，茎叶还绿着呢，它们孤零零地立在空旷的田野上，说不出的萧索、寂寞。几头牛，几匹马，悠闲地立在割过的稻田上，低着头嚼食稻根上冒出的新嫩的稻苗，许久，不动，坚硬的雕像一般。好半天，才见它们心满意足似的甩一甩尾巴。夕阳打在它们宽厚的脊背上，暗红暗红，像一声悠长的叹息。秋天，是深了。

2006年1月17日

野　火

我时常想起一幅画面：黑暗的夜里，辽阔的田野上，野火炽烈，如鲜血奔突，而那头顶上是茫茫无边的星空。

秋收时，有些人家忙不过来，或者家里并不需要稻草，便把打谷机搬到田边，就近打掉割下的水稻，运走稻粒，留下稻草。秋收过后，便常见光秃秃的田上堆着几垛稻草。稻草堆在田里，唯一的用处就是烧了做肥料，或任其腐烂后做肥料。无论采取哪种方式，结果是一样的。为图个快，多数人家会采取前一种方式。秋后傍晚，许多人家便点燃了自家田里的那一堆堆稻草。

有时天气好，稻草放田里晒久了，极干燥，一点即燃，加上晚风劲吹，那火便借着风势，从一堆稻草里冒出来，呼赫呼赫，万马奔腾般，蹿到另一堆稻草上，一忽儿的工夫，十几堆稻草便一齐燃了起来。远远望去，空落落的田野上，只见许许多多殷红的火苗，在稻草堆上深情地舞蹈，忽昂忽低，忽左忽右。

暗淡的暮色中，这让我想起了远古献祭的人们，披发文身，裸身跣足，尽情扭动古铜色的腰肢，面朝天空，眼神纯洁得一如秋天的湖水，低声诉说着自己微末的祈愿，捧出自己无罪的心，坦坦荡荡，毫不卑琐，于是，天下太平。

许久，天越来越暗了，夕阳沉到山那面去了，美丽的上弦月已挂上了西边的天空，再过一会儿，天彻底暗了下来，繁星闪烁，夜云低悬。黑夜的大氅遮蔽了村庄，也遮蔽了田野。但那野火仍然在烧。它们似乎忘记了时间。黑暗的夜里，远远望去，它们像血红的小舌头，舔着夜的乳汁，又像在咬啮，在撕扯。它们与天上的繁星远远呼应，就如大地与天空远远呼应。也有些时候天气不怎么好，云南湿热，四季多雨，秋天也不例外。刚刚还烈日炎炎，几分钟后便暴雨如注，那是常有的事。稻草淋了雨，便不能燃烧了。但有时并不，常常是稻草已经点燃，雨忽然泼了下来，哗啦啦浇遍了田野，那火一时便被打压下去了。

只一股黑烟，如垂死挣扎的铁线蛇，扭扭曲曲地钻出来，在田野上空纠结。然而一会儿，尽管雨势并未稍减，淋得湿漉漉的稻草堆常忽然"噗"的一声，蹿出一大束火苗。就像一个人积蓄了许久的力量，忽然势不可当地发泄出来。雨依旧哗哗哗泼下来，泼在田野上，稻草堆上，也泼在那殷红的火苗上。那火苗似乎也是湿漉漉的，但它依然在燃烧，在雨中燃烧。

每当这时，我常会想，那些稻草无一不是一面燃烧，一面腐烂，但它们总是燃烧得多些。在相同的消逝中，选择一种闪光的方式，那是我们唯一能做的。

2006年1月17日

稻草王国

小时候我最大的梦想就是拥有自己的王国。相对来说，我所关心的并不是"王国"两个字，而是"自己的"。稻草在很大程度上满足了我的这个心愿。水稻收回家后，脱去了稻粒，还需把稻草小捆小捆捆扎起来，放大太阳底下晒干了，之后再垒到柴楼上，作为今后一年猪圈里的粪草，也就是扔到猪圈里做猪窝。

我和弟弟常被父母差遣到柴楼上接稻草，父母则在楼下把稻草一捆捆递给我们。起初，我们干得还算比较尽职，接到稻草后，就一捆一捆整整齐齐地垒起来。时间一久，我们都累了，且早已失去了开头那股子新鲜劲儿，但不干又不行，需要接上来的稻草还多着呢。我和弟弟便变了法儿，先在楼上辟出一小块地方，约莫一平方米，在这四周围上一捆一捆稻草，这便是我们房子的地基了，两个人又兴奋起来了，欢快地接上一捆一捆稻草，厚厚实实地往上垒起来，几十捆稻草垒上去后，房子的四面墙都垒好了，其中一面墙上还留了一捆稻草的缝隙，这便是门了，用一捆稻草塞住，谁也不会发觉这是一间“房子”。要接的稻草还没完，我们的房子也还没盖好。

之后，还须得给四面墙壁造个房顶。我和弟弟似乎都没意识到我们的房子就盖在房子里，不用屋顶也不会淋到雨。

我们想，怎么说也得给房子造个屋顶，不然怎么叫作房子呢？或许这仅仅是为了一种心理上的完整。造屋顶是最难的，因为稻草都不够长，根本没法用一捆稻草从这面墙搭到那面墙。

我们为此想了许多办法。一种是平顶房构想。即先把一捆捆稻草搭在成直角的两面墙上，先从两个对角搭起，达到接近中间的地方，再搭另两个对角，同样达到接近中间的地方。这样，屋顶就剩中间一个正方形的孔没搭上了。我们本想，这时候，可以随便放两捆稻草上去，就能填住那个孔了，万没想到，就放了一捆稻草上去，那小孔还没填严实，屋顶就坍了。看来此法不通，得另想办法。我们想到的第二种方法，可称之为瓦房构想。即先在相对的两面墙壁之上搭“人”字架，这项工程难度很大，需要我和弟弟两个人的精诚合作，费了许多时也费了许多力，人字架终于竣工后，我和弟弟才发现人字架两侧分别有一个三角形的空隙，用稻草填上这空隙，就不是技术问题了，而是根本不可能的事情。看来，第二个计划又不可挽回地泡汤了。怎么办？那就另想办法。我和弟弟想出的第三个办法，也是最终大功告成的办法，实际上违背了我们的原则，我们是妥协了。但除此，似乎再没其他办法了，除非把四面墙拆了，重新盖个比较小的，那样不单要花很多功夫，而且，那样我和弟弟就无法同时待在小屋里了。第三个方法可称之为混合构想。其实很简单，我们一早就想出来了，只是不愿妥协所以才迟迟不用，我们都想不借助其他材料，纯粹用稻草盖一座小屋，最后逼得没法了，才拿了几根轻巧的长树枝，在四面稻草墙上先打了个底，再把稻草一捆一捆盖上去。用了这办法，很快，我们的小屋便落成了。楼下的稻草也差不多都接上来了。

看着一座屋子在自己手中诞生，我和弟弟都高兴坏了，争着打开“门”要钻进去。小屋很小，不过那时候我和弟弟也都很小，所以两个人同时钻进去不但可以一起坐下来，还可以站起来，小屋的屋顶就在离我们的头顶三四寸的地方。我和弟弟待在小屋里，会幻想出许许多多故事，每个故事里我们都被可怕的坏人追，最终，我们都平安地躲进了小屋，而这座稻草垒起来的小屋，在我们的故事里是固若金汤的，任何威力强大的坏人都无法突破。小屋成了我和弟弟的王国。

父母并不会反对我们这样做，只是父母有时候不小心会把我们的小屋碰倒。每次我和弟弟都会很难过。有时候，也不是父母碰倒的。时间久了，小屋自己倒了，那我会更加难过，因为我不知道该怪谁。虽然，小屋建成之后不久，我和弟弟就不大钻进去了，因为稻草常常划破人的皮肤，又痒又痛，钻在小屋狭小的空间里，并不好受。但我仍希望自己盖起来的小屋能一直存在下去，而且毫不怀疑它能一直存在下去。有一年，我和弟弟同往年一样在柴楼上盖了一座稻草小屋，时隔不久，我们都把它忘记了，某天下午，我忽然想了起来，再去看时，发现门是开着的，探头进去，里面竟有四五个白生生的鸡蛋。原来哪只鸡已经将小屋当作它的鸡窝了。

许多年过去了，我仍没有建成自己的王国，曾经以为有过，但如今也被遗忘或挪作他用了。但空着双手，我也得走上前去。

2006年1月17日

两棵树

无涯无际的旷野上，一条河流过，河两岸各有一棵枝叶扶疏的树，它们隔河相望，隔着河永不疲倦地站立，它们站成彼此眼中的风景。晨曦微露，夜里起了雾仍没有散尽，晨曦与雾混合，朦胧与明亮交织，仿佛恍惚迷离的梦境，梦境的中央，它们静静站立；暮色四合，血红的夕阳缓慢地沉落下去，一点一点，黑暗蚕食着整片大地，而它们静静地站立，并不介意黑暗的笼罩。春夏秋冬的轮换它们也不介意，它们站立在那里，似乎站立便是它们存在的使命，它们存在的本身。但是它们并未靠近。许多年来，它们的枝叶总保持着适当的距离。它们的枝叶是完全有能力交织在一起的，那条窄窄的河根本不能阻拦它们，但它们似乎都固执地坚持着什么，它们日复一日，年复一年地站立，但并不靠近。

在众人眼中，它们早已经被想象成一对至死不渝的情侣，它们在酷日和寒风中依偎，用目光支持着对方的存在。可是，它们这种无休止的坚持实在让人们摸不着头脑，既然是情侣，它们为什么不将树枝搭在一起呢？或许它们是仇人，它们一直仇视着对方？它们时刻都在警惕着对方，时刻都等待着对方跨过它们之间那天然的界限，好找到借口给予对方以致命的打击？有一个人这么想了，并把这个想法说出来了，谣诼遂不胫而走，时隔不久，它们在人们眼中的形象彻底改变了。它们成了睚眦必报的复仇者，它们不懂得原谅、和解，连时间都拿它们没办法。它们的仇恨将渗入大地，将成为对大地上一切事物的诅咒。终于，人们愤愤了。有人提议要将它们绳之以法。幸好，多数人只是口头上说说，他们并没有付诸实践的勇毅和魄力。只是在心里加深了对它们的仇恨。

远望中，它们仍静静地站立在旷野上，无论风里雨里，天晴天阴，它们都一如往日地站立，使得旷野不至于太过单调。

忽然一个雷电交加的夜里，其中一棵树被劈了个正着。第二天，村庄里的人都出来了，兴奋地围着这两棵树，纷纷发表高见。

这叫报应哪，看来是这棵树作孽哪，连老天爷也动怒了，劈得好劈得好。一个驼了背的老头捻着山羊胡须道。

那是那是，邻村王家儿媳妇不就是不孝顺吗，老天睁眼，一雷给劈死了，二话没得说。一个瘦高个儿的中年人大声说，仿佛是他亲手惩恶扬善的。

是啊是啊。另一个年纪轻轻的小伙子也附和说，他看了看大伙，又补充道，看来过去是错怪另外那棵树了，得怎么补救一下才行。

那……也不一定。先前那个瘦高个儿皱了眉说，说不定这棵树也有罪。说着像检验一件什么商品，使劲拍了拍那棵没遭灾的树。

哪！老天是不会错的。山羊胡须瞅了一眼安然无恙的那棵树断然道。话刚出口，抽一口气，想起了不久前，正是他提议要将这两棵树绳之以法的。可是话已出口，总不好马上打自己的嘴巴，他只好装得没事人似的，重复道，老天是不会错的，哪！习惯性的感叹，似乎要向众人强调自己的权威。

嘻嘻。不知谁笑了一声。

老头一扭身，见自己的小孙孙躲在自己身后朝一个小女孩儿笑。他一见，简直要愤怒了。本想拍小孙孙一脑袋，转念一想，小孙孙哭起来，自己可没钱买糖哄他，遂只好强忍怒火，绷紧脸把小孙孙拉一边，道：大人说话小娃别插嘴！

小孙孙被骂得一头雾水，却也并不辩解，依旧对那个女孩子嘻嘻笑着，朝女孩子那边走去了，根本没看到老头狠狠地盯着他。

众人低声议论一阵，再没什么意见。剩下紧要的事就是那棵雷劈了的树必须立即连根挖出来运走，这主要是顺天命，当然咯，那棵树细细破了，可是好柴火。当然这是次要的，自然不怎么值得考虑。还有更重要的事就是要为另外那棵树正名。

不如大伙集资，给这棵树立个碑吧。小伙子见自己的想法得手，早已经兴奋起来了，这会儿又毛遂自荐，为大伙儿出起主意来。他说着，极诚恳地看了看老头，并似乎要向他弯一弯腰。

这个……是该这样。老头脸红扑扑的，似乎刚喝了酒，期期艾艾地说。不过，不可乱了主次，现在最紧要的事是顺天命，把这棵作孽的树挖走。

大伙也附和老头，说是啊是啊，这棵树得赶紧挖走，另外那棵树又不会跑，碑什么时候立也是个立，而且那是大事，得挑个好日子合计合计。于是乎，大事先挪后，先把小事解决了。——商量那棵雷劈了的树都该分给谁。出人意表的是，这件小事竟商讨了一下午，而且说做就做，毫不含糊。山羊胡须分得了一大根树枝，虽然还很愤怒，怨怼其他人贪心，但仍喜滋滋地走了。其他许多人都按辈分分了些。出主意的小伙子却并没有分到，于是很气愤地声言，立碑的事他不管了。其实不用他说，立碑的事早就没人管了，若不是他提起，人们早就忘了还有这茬子事了。

黄昏时候，无涯无际的旷野上，一棵树独自站立。人们都已散去，唯它留在旷野上，面对另一棵树被挖走后留下的大坑，刚翻出的红色土壤在暮色中显得有些黯然，使得整个土坑像一朵迟暮的红花。之后，人们对它的评价好多了，简直要尊它为树神了。可也有人心里暗想，这棵树若是劈了做柴火，那也不少啊，不过这种大逆不道的事也就心里想想，没人说出口的。但时隔不久，人们发现，这棵树的枝叶似乎越来越少了，不知被谁这里砍了一枝，那里砍了一杈，而且小偷越来越大胆，时间一久，那树差不多整个秃了。终于，某天一早晨醒来，人们发现，那棵树不见了。一个巨大的红泥土坑在朦胧的晨曦中像伤口一样刺眼。人们都怒不可遏了，纷纷说一定要找出凶手，那凶手挖了神树，一定得惩罚。

这时候，之前出主意的那个小伙子冷冷地站在一旁说，抓什么啊，说不定凶手就在大家里面，其他地方的人离那么远，哪有工夫一夜间把树挖出来再运回家？说完得意扬扬地看着大伙。

那也不一定，挖了树不一定要运回家的，哪有人那么蠢笨，偷了东西要拿回家？那个瘦高个的中年人接口说，也是冷冷地笑着，似乎嘲笑小伙子蠢笨，要报复上次被小伙子顶撞的仇。

你不是偷树的人，你怎么知道偷树的没把树带回家？小伙子反唇相讥道。

你这不是胡说八道吗？毛还没长齐呢，就学会栽赃了?！中年人火了。

别说什么都以为自己是长辈，算起辈分来，你得喊我爹一声大叔，我们也不过同辈，什么叫作栽赃，你给我说清楚！小伙子毫不示弱，也火了。

哪！……不要吵。山羊胡须终于发话了。树丢了得找回来，哪！不能就这么丢了，肥水不流外人田，哪！山羊胡捻着稀疏的胡须，眼白朝上说道，很得意的样子，似乎在鉴赏自己刚刚从电视上学来的那个词：肥水不流外人田。好词哪。忽然，又觉得这词用在这儿似乎不怎么对。可也不好改口了，只好照样把白眼神翻上去，并且为了掩饰，比刚才翻得还要高些。

嘻嘻。小孙孙又在他背后笑。

老头怒发冲冠了，立即转身，拽开孙子，恶狠狠地道，大人说话小娃别插嘴！再插嘴割舌头！

那孩子似乎怕了，远远地走到一边去，忽又折回头来，做个鬼脸，吐口吐沫，骂道：老不死！骂完一溜烟跑了。

山羊胡须奈何不得，于是乎很悲悯地说，现在的年轻人……哪！最后一个字拖得很长，足见语重心长之至。

是啊是啊，现在的年轻人。瘦高个儿随声附和道。并狠狠瞪了小伙子一眼，像要咬下一坨肉来。

短暂的中断之后，商讨继续下去。

许多张嘴说出了许多个绝妙的办法，每个办法的主人都认定，只要按他说的去做，一定能在几小时内抓住凶手。可终于没有执行其中的任何一个办法。因为无论执行了谁的办法，大家知道，那树的大半就得归那人了。从黎明讨论到黄昏，终于没个结果。都说第二天再说，第二天一定得好好商量出个万全之策，反正那树大着呢，小偷一时也不能把它搬多远。这么一说，众人也就安下心来，各自回家了。只有山羊胡须骂骂咧咧地捡了几根小树枝，抄在背后一路慢悠悠地摇回去。肥水不流外人田，他想，这词用得并不错。

终于，又一天的夕阳落下去了，暮色掩盖了光秃秃的旷野。

2006年1月19日

梦中的河

我好不容易爬到了山顶，一条河挡住了我的去路。说那是一条河其实很勉强。虽然它出现在那样一座雄伟的山上，可是它实在只算得上一条清浅的小水沟而已，就像我小时候玩耍的那种小水沟。

忽然，我听见河对岸有谁喊我。待我仔细听又没声音了，而且不见任何人影。我低下头，想要整理一下自己的衣服。这时候，那个声音又响起了。谁在喊我？我再次抬起头，这次我看到了，河对岸，不知怎么的忽然冒出了许多人，而且我认识他们，他们都是我这一生中最重要的人，有家人也有朋友。当然，我并不以此为怪，而且下意识地觉得，他们一直就待在那儿，因为我们是一家人，是极要好的朋友。

我们本来就一直在一起的。但我还是不想有条不像河的河挡在我们之间，于是我说，你们过来啊。可是他们听了我的话，面面相觑，好久才说，算了吧，算了吧，这怎么可能？河这么宽，你不是说笑话吧。我一愣，说，你们才说笑话呢，说这是一条河已经够抬举它了，怎么还说它宽？他们听我这么一说，似乎生气了，都嚷嚷道，那你过来啊。我一听，二话没说，过去就过去，这又不是什么大不了的事。一抬腿便跨过去了。让我吃惊的是，我身边仍然没有一个人影。这是怎么回事？下意识地回头一看，他们竟都到我身后去了，跟我最亲密的那些人都到我身后，也就是河的对岸去了。这一看我恼了，怎么我才过来，他们就跑了呢？而我尚未开口，他们又喊开了：你为什么不过来啊，你过来啊，过来。一听这话，我更恼火了，也冲他们喊：我过来了你们为什么又过去啊？还好意思说我！听了我这话，他们似乎更恼了，大声嚷嚷道：哪有这样的事，分明你没有过来嘛，这样宽一条河，我们怎么过得去？你能过来为什么不过来？他们人多，众口铄金，说得我都信以为真了，心想，或许我刚才真的没有跨出那一步，那不过是我的幻觉罢了。跨这么一条水沟，多跨几次也没什么，过去就过去。一抬腿，便又过去了。可我尚未站稳，又听见他们在河对岸喊：你为什么还不过来啊?！……我快绝望了。我又试了很多次，可是不行。

终于，他们也烦了，他们愤怒地看着我，说，算了吧，算了吧。

现在，我不得不说，这条河很宽，但这不是我的感觉，我只是转述别人的想法。我这么想着，再看那条河时，只见波涛汹涌，两岸悬崖峭壁，虽说河很宽，但由于悬崖太高了，以至于除了中午，日光根本照不进去，站立在令人眩晕的河岸边，只能望见不见底的黑暗。那黑暗有种不可遏止的吞噬的力量，使得人不由自主地向它靠近，投身于它的怀抱，死无全尸。而我看着这一切可怕的场景，但并不战栗，相反，为此感到心满意足。

河对岸，已经没有一个人影了。

2006年1月20日

稻草人

初秋，稻子刚刚泛出嫩黄，田野里即渐渐冒出些稻草人来。有头有手，双手像扁担一样撑开，却独独没有双脚。脚是一根棍子，木棍或竹棍，深深插在泥土里。多数稻草人还穿了衣服，绿的，红的，黄的，一律是些鲜艳的颜色，好引起鸟的注意。有的还在头上绑一长布条，秋风吹过，即迎风飘摇，这就更能起到吓唬鸟类的作用了。他们站在田野上，高出水稻一大截，他们是稻子沉默的守护者。他们的沉默，使得田野充满了宁静而平和的气氛。

然而，稻子一天一天成熟，他们却一天一天憔悴。稻粒一天一天饱满，一天一天现出金子的色泽，平整的田野日益透露出成熟的芳香。而稻草人在风雨里日益衰败、暗淡。他们的衣服已经失去了旧日的光鲜，他们身上的稻草已经发黑、脆弱。终于，水稻在他们脚下一排一排倒下，他们则一身褴褛地站立在一下子空了的田野上，孤独而孤傲。终于，他们也被推倒，和稻草一起焚毁。血红的火焰在他们身上跳跃，那是他们终于自由了的灵魂。

终于，他们在自己的沉默里消失了。

2006年1月20日

秋天的雨

很多时候，时间不是一分一秒过去的，而是在刹那之间，一下子跳过去的，就像一个人不是每一天都在老去，而是在一瞥之间，发现镜中的自己已经不再年轻。我们总是没来得及经历，已然面对那个残酷的结局。

秋天的雨，更显示了这种残酷。秋天的雨连绵不绝，有时一下就是一个多月。天空永远都是阴暗暗的，像烦乱的理不清的心绪，隐隐有种眩晕想吐的感觉。隔着窗玻璃，望着檐口的雨滴一滴一滴滴落下去，没有止息。雨水汇集到院子当中，这儿汪一塘，那儿汪一塘，倒映着灰蒙蒙的天空，像一块块废弃了的抹桌布。大地已经饱和。大地已经被雨水浸透了，再也咽不下这些汤汤水水了。院子里的雨水越聚越多，渐渐漫到了院中小草们的腰部，颈部，以至于没顶。黄绿参半的小草们在水中摇摆，昂扬着小脑袋无助而忧伤。

我记得有一年秋天，雨连续下了一个半月。中间只在下了一个月的时候停了短短半天。其实那也算不得停，雨仍旧窸窸窣窣地落下来，只是天空中露出了太阳。明亮的太阳光照耀着湿漉漉的大地，大地上的一切都在闪闪发光，似乎满地的珍珠玛瑙。半空中的雨滴也被照得分外明亮。仰起头，抑或站在楼上俯身看阳光中的雨滴，它们就如一些明亮的光粒在行进。迅速地到来，迅速地消逝。我站在屋檐下，把手伸出去，一小块阳光停到了我的手上。仿佛一只金黄的蝴蝶，温暖、安静。雨滴落在我的手上，冰凉而纯粹。一股冷与暖交织的电流迅疾传遍了我的全身。

我下意识地一转身，瞥见脚下石阶的罅隙间，一株细小的水仙开出了粉红的花朵。

2006年2月12日

稻草堆上的红蝴蝶

雨连续下了好几天，整个世界都湿漉漉的，大地和天空都似乎可以挤出水来。院子里高高地堆了一垛稻草，本意是要晒干了收起来，如今恰如一大块掉进水里又拎出来的海绵，湿得不成样子了。稻草堆委屈地蹲在雨水之中，远远地望去，说不尽的丰收之后的凄凉。

厚厚的云层间裂开了一条缝，一缕阳光觉悟泻了出来。雨水仍然落个不停，而那缕阳光在雨水之中火一般燃烧。阳光落在稻草堆上，稻草堆闪耀着金灿灿的光芒。

在光的闪耀中，我看见了一只红翅膀的蝴蝶。它也同样遭受了雨水的浩劫。一大滴水珠绊住了它纤细的脚，另一滴雨水落在它薄薄的翅膀上，两片翅膀被粘在了一起展不开。它试图站起，纤细的脚在雨水中挣扎，却难以摆脱那粒水珠。翅膀也遭遇了同样的厄运。它伏在稻草上跌跌撞撞，连站稳都难。时间一分一秒过去，而它仍没有放弃。

我想，或许它真如人们想的那样，是没有思想的。只是一股原始的生命的力量促使它永不放弃。只要还有一口气，它的身躯就必须听从生命的号召，挣扎，再挣扎。没有畏惧，也不会瞻前顾后。在这样的时候，有思想的人类反倒比不上没有思想的动物了。人类处于危难之中，会思索如何生存下去，也会被困难吓住。往往还没有到最后一刻，人已经放弃了。从这方面可以说，正是思想造成了人的懦弱。

正当我这么想的时候，那只蝴蝶已经挣脱了水珠的束缚了。我没看到它是何以成功的，但它终究成功了。雨中的阳光只露出了一会儿，又消失在厚厚的灰色云层后面了。而那只柔弱的蝴蝶摆脱了水珠，小心翼翼地展开翅膀，扇动，再扇动。终于飞了起来。它红色的翅膀展开来像两朵明艳的火焰，飞在昏晦的天气里，有种悲壮的意味。

2006年2月12日

最后的夕光

他没搞清楚自己是怎么落入水中的，但他必须承受这个事实，并想办法改变。

平静的水面因他的介入而动荡不安。随着他双手的胡乱挣扎，水花溅起，涟漪漾开。涟漪一圈一圈漾开，仿佛他生命的频率，惊悚，绝望。湖面上的水鸟也被他吓坏了，纷纷展开翅膀在他头顶盘旋，他一伸手差点拽住了一只鸟的脚趾，那鸟一声惊叫，扑棱棱飞远了。四周更加寂静了，只有他的呼喊在这寂静的空间里奔突。

冷冷的夕光映照得湖面血红，他的呼喊也是血红的。他所看到的一切都是血红的。血红的天空挤压着他的眼球，血红的落日硕大无比，沉重无比，血红的湖水似乎是从他的身体里流出来的。或者恰恰相反，又似乎是这整个血红的世界都要拥塞进他狭小的躯体。他快憋不住了，他的胸口、小腹、脑子，甚至眼球都被撑得胀鼓鼓的。但他并没有想到要阻止这一切的侵入，相反，他的身体竭力将这一切纳入自己的疆域。他要大口喝水，大口喝入他即将失去的整个世界。

涟漪产生得越来越少了，涟漪也越来越平和了。跳动扭曲的线条逐渐变得圆滑，生命的力量在逐渐消逝。世界在离他而去。

夕光越来越冷，越来越暗淡，已由橘红变成了玫瑰红。他越来越贪婪地大睁着眼睛，世界浓缩成了厚厚一片浓重的红色沉积在他的眼球上。他已不能逃避。他的手脚仍不停地挣扎，但他已然认命了，他甚至为这样的安排感到了一丝欣喜。世界正渐渐与他融合为一。他将变成新的自己。过去的一切都不重要了。

过去的一切都只是一个梦，他自己只是梦里的一个影子。许许多多梦的影子在他眼前晃过，走马灯似的。

他甚至看到了自己如何来到这个世界上的——准确地说，是如何进入即将过去的这个梦中。他看见自己在温热的血泊中诞生，自己细小的手脚，无力地触摸着世界。他看见毛茸茸的阳光照在他的脸上，许多张脸对着他微笑。他也想对他们微笑，可他一张口却发出了哭泣的声音。他为此感到莫名其妙，他想再试试，能不能笑一笑，可他发出的仍然是哭泣的声音。旁边的那些人满脸关切地望着他，而他笑不出一声。这次，他真的哭了，放开喉咙大声地哭了出来。他感觉到这个世界是难以理解，难以把握的。他看见自己一点点长大，遇到了许多人，许多人对他笑对他哭，他也同样对许多人笑对许多人哭。但他现在已经听不到他们的声音了，只有许多静默的图景在他眼前晃过，平静地流逝。突然，这一切猛地变得粗糙起来，像是高高低低硌人的石头。嘈杂的声音充斥了每一个画面。画面中的人物也变得狰狞、凶悍。他费尽全力想把这一切扭转到刚才的样子。但他无能为力。他看见自己陷在一个湖中，起起伏伏。整个画面血腥而喧嚣。他看见了自己五官痉挛的脸。他吓坏了。他睁大了双眼，张大了口。

他忽然又明白过来，这一切都是假的，不过是他的幻觉，他的梦。现在，他要醒来了。他要变成真正的自己。

夕光越来越冷，越来越暗淡了。夕光凝结成了浓浓的猪肝色，沉重地盖在了湖面上，他冲不出去了。他使出全身最后的力气，大大地喝了一口水。那轮巨大无比的夕阳血淋淋地压在他的眼球上，他的身体上。夕光像油脂一样熔化开，把他裹在了中间。他禁不住流出了一滴眼泪。泪水落入湖中，发出震耳欲聋的声响。

血红的夕光突然一闪，消逝了，世界暗了下来。

2006年2月13日

蛇

蛇天生具有令人惊惧的美。这美是阴冷的，犹如暗夜里飘忽的幽灵，猩红的舌尖也无法温暖。

蛇全身为光滑艳丽的花纹覆盖。每一游动，全身的花纹恰如静静燃烧的蓝莹莹的鬼火，不安地晃动。蛇停下来，壁立起上半个身子，昂起头，咝咝地吐出分叉的舌尖，探寻黑暗的路途，那燃烧的鬼火便停在它的全身，憋住了气似的微微晃动。

我曾无数次与蛇在这样的情形下狭路相逢。最近的一次是一年前。

初秋的一个下午，阳光照满了院子。我在院子里没事可做，下意识地徘徊，瞥见墙角靠着一捆晒干了的杂草。我随手把它拽了起来扔到一边。这时，草底下一根蓝色的棍子呼地立了起来。——那是一条近乎手腕粗的蛇。我在毫无准备的情况下吓了一跳，但很快镇定了下来。我定定地盯着它，它起初的反应极快，但接下来似乎并没有进一步行动的打算。

初秋时节，天气渐渐转凉，许多蛇已然躲进了洞里，尚未冬眠的，似乎也不大有活力了。它只是昂起了头，不紧不慢地吐着红红的芯子。

落日的光斜斜地照在它身上，温暖的光也似乎被它的皮肤冷却了。它的皮肤看上去是那样光滑，静静地闪耀着蓝幽幽的光，与落日的金黄彼此辉映，说不出的诡奇。落日的余晖也映进了它小小的眼睛里，我甚至在它的眼睛里看见了自己的影子。我们挨得是那样近，不到二十厘米。我感觉它身体里的阵阵寒意向我的周身侵袭……我们对峙了大约一分钟，极其漫长的一分钟。它扭转身子唰唰地爬走了，很快消失在了夕阳照不到的地方，融入了黑暗。而如今我仍时时想起，在它眼睛里看见的自己的影子。

许多个梦里，它们静静地来访。像忽忽悠悠的鬼火，照亮我昏暗的梦境。在它们的眼睛里，我看见了另一个自我。

2006年2月14日

屋 顶

“秋天深了，大雁飞了……”

小学的时候，我常常背着父母到屋顶上背书。现在想来，那确实很危险，但那时候并不觉得。

屋子是典型的南方类型，人字架的屋顶与地面大概构成三十度的斜坡。南方多雨，屋顶上的瓦片滋生了厚厚的青苔，人站上去很容易滑跌。但我那时候并不怕，只觉得坐在屋顶上，一面望着辽远的天空大地，一面背书是一件十分惬意的事。我家有两间房，一间坐南朝北，一间坐东朝西。我喜欢那间坐东朝西的，坐在那屋顶上。左前方离我不远处是一片郁郁葱葱的竹林，阳光穿过竹林，被分割成条条缕缕，斑斑点点，有一种光明与黑暗交织成的恍惚。但不知道为什么，我总不大喜欢竹林。我倒是很喜欢那片竹林外的七八棵桃树，春天的时候，它们开出红色的花朵，粉红的，大红的。我尤其喜欢那大红的，它们带着春天挡都挡不住的热烈熏得我的脸都暖烘烘的。但这还不是这个屋顶让我真正喜欢上的地方。

我最喜欢坐在屋顶上看田野和夕阳。初秋，田野上的庄稼尚未收割，橘红的夕阳缓慢地沉到青郁郁的山后，金色的田野由东向西一线一线地变暗，丰收时节浓郁的气息布下了死亡的暗影；末秋，田野上的庄稼已经收进了粮仓，田野空空荡荡，露出了黝黑的泥土，夕阳冷冷地照着田野上游荡的几匹马几头牛，说不尽的萧索、寂寞。而无论何时，天空都是那般高远，蓝到了彻骨。这一切都已经存在了几千几万年，并且还将继续存在下去。望着这一切，我不由得恍惚，感到了自己的不真切。于是带着点明澈的悲伤，大声地背诵：

“秋天深了，大雁飞了……”

如今我已经离开了我的屋顶。而记忆中的天空、大地、夕阳，在我的记忆之外仍将继续存在下去。这么一想，我再次觉得此时此刻的不真切了。记忆和现实重叠在一起，分不清孰真孰假。怎么一转眼，屋顶上的那个孩子就不见了？会不会一转眼，此刻的自己也不见了？这实在是一件可怕的事。不知许多年之后，当我不在这个世界上了，会不会有另一个孩子坐在屋顶上，面对着不变的天空、大地、夕阳，不无感伤地背诵：

“秋天深了，大雁飞了……”

2006年2月14日

秋天田野上

这或许仅仅只是一个梦，就像我和我的生活，也只是这个世界的一个梦，随时都会消失得无影无踪。

一个七八岁的小孩——我清楚地知道那是我，但我又以旁观者的角度注视着这一切。在许多梦中，我都分裂成了两个自己——茫然地站在秋天辽阔的田野中。

田野正处于收割前夕，庄稼正冲向生命的最顶点。这不顾一切的冲刺，具有不可言传的美丽与悲壮。成熟之后是衰落，生命总伴随着死亡的暗影。飘荡着成熟气息的田野，金黄、宁静、肃穆，朴素到了极致，也华丽到了极致。但谁会看到那致命的黑暗？我只比庄稼高出半个脑袋，踮起脚尖，也只望得见黄灿灿的稻子在我的四围铺展开。稻子低垂着沉重的头颅，穗子在明媚的阳光照射下，闪耀着炫目的光泽。稻子们在高远的蓝天下站立着，像极了一个古老帝国即将开赴战场的武士。沉默的空气中，蕴藏着它们排山倒海的呐喊。只需一声号令，整个世界都会为它们天翻地覆。而它们也将永远地离开这个世界。我喜欢极了这种英雄的悲剧。但我站在生与死的战争爆发前最宁静的田野上，仍感到了不知所措。

我两手空空，不知道自己从何而来，也不知道自己向何而往。似乎我出现在这个世界上的时候就已经待在这片田野上了。我眼看着田野一天一天成熟，不知道自己该做什么。也许我是一个懦弱的人？也许我是一个优柔寡断的人？也许我喜欢浑浑噩噩？我下意识地想要给自己一个方向，就如给地图一个坐标。我想在田野的另一个角落，总有一个我等待的人和等待我的人，我一厢情愿地认为它们是同一个人。

我应该找到她。

"邂逅"永远是一个让人心动的词。我于是开始奔跑，为了一个极明确又极不明确的目标奔跑。

我知道我要寻找一个人，又不知道那个人在什么方向。我的奔跑只是随兴所至。到了十字路口，我用左手跟右手打赌，哪只手赢了，就走那只手靠近的路，如果两只手均等，那就直走。而我把纯属巧合的这一切称之为命中注定。我跑了很久，但我还没遇见那个我命中注定的人，但我相信我一定会遇见的。

在这之前，我也遇见过几个，她们或长或短地让我认为她们便是我的命中注定，不久，我又自己推翻了自己的结论。我越来越不能相信自己了，我对未来更没把握了，但我却越发坚信有一个命中注定的人存在于这片田野的某个角落，而且她在等我。我又跑了很久，又遇见了好几个人，我同样在某个时刻认为她们是我的命中注定，也同样在另一个时刻推翻了自己的结论。我对一切都不敢确信了，包括那所谓的命中注定。

或许根本没什么命中注定？一切都只是概率，只是偶然。遇见的，便是注定的。而所谓的注定，只是我们的自说自话。天下那么大，上帝那么忙，他哪有空为每个人安排下“命中注定”？但我仍不愿承认，即使我在心底已经坚信这一点了。我必须等待，我必须奔跑。在田野的某个角，在田野的某个角落……我固执地为这个念头疯狂着。

田野也在奔跑，一天一天奔向成熟。成熟和死亡混杂在一起的气息包裹着我。我听见我的脚步声穿过了田野广阔的宁静，指向一个我明知道不存在的未来。偶尔，我也会抬头看天。湛蓝的天空，浮现出田野和我的倒影。我已经竭尽全力地奔跑了，而我在天空上看到的只是巨大无比的金黄色背景上一个点缓慢地移动，那情景让我想起了一只蜗牛爬行在撒哈拉沙漠的中央。

终于，田野迎来了那个既期望已久也无法逃避的日子。水稻们自我的身后、身边、身前一排一排倒下。它们依然那般沉默。

田野空空如也。我所遇到过的人也已经杳无踪影。湛蓝的天空上，浮现出我一个人的影子。原来消失是唯一的命中注定。一朵云飘过，永远遮盖了我的影子。

2006年2月15日

午后蝙蝠

那是我八九岁时候的事了。我的牙齿疼得我坐立不安，剧烈的疼痛像是天空上出现的一个大洞。秋收已经进入了收尾阶段，谷子已经扬好，一口袋一口袋装了起来，码在院落里等待入仓。我疼得不知如何是好了，整个人差不多疼得傻掉了。我浑浑噩噩地坐在一口袋一口袋堆起来的高高的谷堆上，半张着嘴，痴了似的望着云卷云舒的天空。

秋末明亮的阳光照在身上，让我对自己的疼痛洞若观火。我一个人坐了很久，疼痛仍丝毫未减，甚至愈演愈烈了，痛得我口水都快流出来了，流就流吧，反正周围也没人。周围很安静，只不时有几只鸟飞下来啄食院子里散落的谷粒。寂静中，任何细微的声音都会被放大到极致，所以，离我很远的照不到阳光的角落，一只口袋发出的轻微声音也让我听见了。我出于一时好奇，或者说无聊，走过去看了看。

只见一团黑乎乎的东西伏在口袋上，很小，还没我那时候的拳头大。我没做任何考虑就把它放到手心上了。我走到院子中央，在阳光下仔细端详，这才发现，它实在是种丑陋的动物。它的身子很软，很凉。它似乎很虚弱，伏在我的手上一动不动，它身体里的冰凉一点一点不动声色地渗进了我的手心。我忽然感到了一种说不出的恐惧。但这只是一忽儿的事。我注意到了它细小的脚趾，无力地蜷缩着，腿上似乎连着什么东西。我小心翼翼地把它的腿向前拉了拉，很惊奇地看到，它的腿和身体之间有一片可以跟翅膀一样展开的薄膜，就像鸭子脚趾之间的蹼。我还没有看到它的头，它的脑袋完全被双腿掩藏起来了。我小心地把它的双腿往后挪了挪，它那更加古怪的脑袋露了出来。——那是一只老鼠的脑袋。对于老鼠，我很熟悉，那时候已经养过很多了。可我从来没见过一只长翅膀的老鼠。我也见到过很多次所谓的“飞老鼠”，而那不过是松鼠，并没有翅膀。我欣喜地把它看了又看，觉得自己得到了宝贝。这可是一只真正长了翅膀的老鼠！

正当我兴致盎然地观察着手中的宝贝时，邻居从我身边走过，一眼看见了它，说：“从哪弄到的？担心它飞走。”

“这是不是真正的飞老鼠？”我对他的警告毫不在意。

“不是，是蝙蝠。小心它飞走。”他再次警告道。

“不会吧？”我这么说既是对他的判断表示怀疑，也是再次对他的警告的漠视。

我一面说一面低头盯着它，想进一步看个究竟。突然，它展开“翅膀”飞了。我根本没搞清楚它是怎么起飞的，也没听到它扇动翅膀的声音。它宛若飘忽的魅影，一下子就离开了我的手掌，在我的头顶飞旋。我呆了一会儿，才想起追赶，但明显来不及了。湛蓝的天空下，它越飞越远。秋末下午衰弱的阳光照在它身上，它的身体愈加黑暗了。我忽然觉得它是湛蓝天空上的一个黑洞，它会一点一点地扩大。这么一想，我的牙痛得更厉害了。

2006年2月16日

流浪的稻子

秋收结束，稻子开始流浪。

把水稻从田野运回家里，脱粒，扬净，装仓，许多稻粒在其间脱离了大众，回到大地，开始了它们的流浪。它们的流浪最好地诠释了“随遇而安”这个词，水沟边、道路旁、广场上、屋檐上、水泥地的夹缝间、腐烂的稻草垛上，都可以安置下它们微小而骄傲的生命。最奇的是，有一次我在猪圈里的粪堆上看见了一株嫩绿的苗子，细看才发现是一株稻秧。

粪堆很高，猪爬不上去，这棵稻秧才逃脱了猪嘴的厄运，得以存活下来。由于照不到阳光，它长得很柔弱，但再柔弱的生命也是生命。从存在的意义上说，生命是没有大小强弱之分的。

然而这些稻苗的命运注定了是悲惨的，即使它们避开了人畜的伤害，克服了缺水的困厄，终究躲不过日益临近的冬天。气温比河面下降的速度还快。云层渐渐转薄，阳光渐渐冰冷，稻子们将在抽穗之前死去。我曾在自己院子里见过一棵稻子，从水泥缝隙里长出来，长得蓬蓬勃勃，从根部发了好几枝苗，甚至最高的两枝苗还抽了穗，然而，尽管我一直盼望着能见到饱满的谷粒，然而它却在几天后被一群鸡断送了。我不知道如果没碰上这样的倒霉事，它会不会达成我的心愿，我知道那也是它的心愿。

这时节，还有另一批命运更悲惨的稻子。

它们是田野里那些被斩断了头颅后的稻茬。收割后不久，光秃秃的稻茬就会抽出新苗来，田野望上去又是一片葱绿。然而好景永远不长。田野很快被翻耕，这些挣扎的灵魂被永远地埋在了大地之下，任凭青春的生命腐烂。在它们腐烂成泥的躯体之上，另一些绿色的生命开始成长。一个生命的诞生总是以另外一个生命的消亡为代价。

初春时分，大地沉醉在生命的汪洋。有谁看得见死亡的暗影？

2006年2月17日

红胸脯的鸟

那是最绝望的鸟。

它的一只脚被系在一根竹竿的顶端，竹竿握在一个孩子的手里。那孩子一脸兴奋地把竹竿举高举低，挥左挥右。可能不久前，这只鸟还激烈地扇动翅膀，围绕竹竿飞旋。但现在它的反应已经很冷淡，一只翅膀无力地耷拉在身侧，已然折断了，另一只翅膀惫懒地扑扇几下，它只能围绕自己转圈子了。它的翅膀已遮不住身体，整个胸腹都暴露在世界的目光之下。从脖颈开始，直到尾羽的起始处，它的胸腹都是红色的。那是一种带着嘲讽意味的红，暗淡、沉默，而又极其强烈。

与此形成鲜明对照的是它的眼睛。它的眼珠子似乎蒙了一层灰白的云翳，像一颗僵硬的木珠子嵌在干枯的石罅里，无法转动。从它的眼睛里，看得见整片苍白的天空。在它的世界里，飞翔已死，苍天已死。那眼睛对世界充满了诅咒和仇恨。这个世界是不属于它的，世界在给了它飞翔的许诺之后又无情地抛弃了它。

对于这样恶毒的背叛，它应该示之以愤怒的眼神和焚烧一切的火焰，而不应现出一脸凄苦的奴态。它应该复仇，应该奋起最后一丝力气给世界以致命的一击。

那孩子又使劲摇了摇竹竿，一阵猛烈的振动传遍了它的全身。它感到全身的羽毛都在颤动，但那不是因为畏惧，而是因为暴涨的愤怒和复仇的快意。所有羽毛都欲在这震颤中离开它的身躯，化作一支支利箭，以仇恨的速度刺入敌人的咽喉和胸口。它甘愿在复仇中流尽鲜血，并急切地渴求在复仇中流尽鲜血。纯净的血将淹死一个邪恶的世界。

那孩子见它一动不动，更加不满了。世界竟然不能按照他的意志运转，为此他感到很无辜和受了极大的侮辱。他接连把竹竿摇晃了几下，每摇晃一下都使出了全身的力气。那只鸟飞快地围绕竹竿旋转。飞速的旋转中，那夺目的红色胸脯幻化成了一朵炽热的火焰。所有的仇恨都燃烧了起来，它要把自己投向世界，要让整个世界也燃烧起来。

那孩子失望了，他随手把那只不听话的鸟扔到了路边，很快忘记了自己的无辜和所受的侮辱，并以更快的速度忘记了那只鸟。那只鸟终于不动了。它闭上了眼睛，拒绝了整个世界。

2006年2月18日

马帮穿过梦境

十多年前，每天早上，我躺在床上，睡到天蒙蒙亮，房前屋后的鸟一起叽叽喳喳鸣叫起来的时候，就会听见马帮哐哐哐的厚重鸣锣声和叮叮叮清脆的脖铃声。两种截然不同的音符交织在一起，形成一支美妙的乐曲。

它由远及近，起初恍若远在天边，朦朦胧胧地听不清，几乎都被群鸟的鸣声遮掩住了。

随着时间的推移，乐曲渐渐清晰起来，浮雕一样从昏暗的背景上凸现出来，越来越强烈，反衬得鸟鸣越来越远了。乐曲虽说强烈，却并不喧噪，宏大的音声表现出来的是极度的温柔和清新。马帮从山上下来。一匹匹毛色光滑油亮的马，健壮有力，翻越了一座又一座云雾缭绕、草木丛生的大山，一路上踏碎了大滴大滴新鲜的露珠，涉过了一条条涓涓流淌的小溪，沾染了大片大片盛开的野花的芬芳。整支马帮，顶着浩渺的天空和数不尽的闪烁不定的明星，在迷蒙的夜色里跋山涉水，朝向黎明中热闹的街市。

途中，马帮不知穿过了多少人的梦境。人处于睡梦中的时候，一般不会受外界的干扰，一旦感觉到了干扰，人已经醒过来了。奇怪的是，我常常在梦里听见马帮经过时的锣声铃声，而我并未醒过来。所有的音符带着大山清晨的所有清新，轻灵地飞过我的梦境，翅膀扇动的微风，漾开了一圈一圈微细的涟漪。一段时间后，马帮像它到来时那样，渐渐远去了，乐曲越来越渺茫，渐渐混杂在群鸟的鸣声间了。涟漪消失了，梦的湖面又恢复了平静。

十多年过去了，我睁开眼睛，马帮已然在我的世界中消失得无影无踪了。但我想，马帮清新的乐曲，此刻应正回响在大山茂盛的草木深处，经久不息。

2006年2月18日

伤　口

我们一生背负伤口活着，就像树木背负花朵活着。某一天，我忽然看见，秋天也像极了大地的一个伤口，鲜艳、丰富、疼痛、黑暗、充满梦幻和死亡的魅影。

我独自穿过落叶飘零的荒野。

不知为什么，我忽然想到人是要死的，就如同果实的腐烂、落日的西沉。我为这一发现吓得张大了口，仿佛之前我从没想到过有这么一回事似的。我想逃出宿命，并非想要长寿，而是逃出生与死的世界。我皱着眉头四处奔走，艰难地在荒草零乱的大地上寻觅着路径，渐渐地，我发觉，地上根本没有路。这一发现愈加让我胆战心惊。大滴大滴的汗珠从我的额头渗出。我紧紧攥着的拳头也已经汗湿了。

我慌乱地在原野上奔突，绝望而又孤注一掷。一个挟剑逃亡的武士奔走在惊恐的夜色中也该是这副样子。我听得见自己的心突突地跳动，仿佛一只被束缚在了牢牢的蛛网中的小虫子做着最后的垂死挣扎，而我沉重的肉身正是那牢固的蛛网。

我不知道奔走了多久，天空和大地似乎都随着我的奔跑而旋转，我的意识中渐渐地只剩下了奔跑的念头，至于为什么奔跑，早已在奔跑途中遗忘了。奔跑麻木了我的神经。正在这时，我的面前突然出现了一条河流，河水清澈而血红。看见了水，我才想起自己已经口渴难耐。我急迫地跪在地上，俯下身，大口大口地往胸腔里灌水。一会儿，我感觉到有什么东西正从上流向我缓缓靠近。我抬起头来，只见一大块东西漂在上流的河面上，它不慌不忙地向我靠近，一点一点，缓慢而又不可抗拒。我很想站起身来，但我的双膝似乎被钉在了大地上，任我如何费尽心思也无法挪动一下。那件东西离我越来越近，周围的空气都凝重起来，充斥着寒冷的气息。屏住呼吸，隐隐可以听见空气像玻璃一样碎裂的声音。那件东西越来越近，河水变得越来越红了，血红的河面反射着秋阳衰弱的光芒，像一柄生锈的黄铜宝剑发出的光。终于，那件东西在我极度的惊惧中漂到了我的面前。

我不由得倒抽了一口气。那是一具僵硬的尸体。它的左前胸豁开了一个大口子，可以看得见里面的心脏似乎仍在突突地跳动，每一跳动，都会挤出一股浓浓的鲜血。血染红了河水。它的面色极其苍白，两只眼睛深陷，我在它乌黑的眼珠里望见了蓝灰色的天空。我才看了它一眼，心中便说不出的厌恶，喝下去的水连同五脏六腑都快呕吐出来了。我转过身干呕了一阵，回过头来，却仍见它浮在我眼前。这时，先前的恐惧与厌恶减弱了，取而代之的是好奇。我细细地打量着它，它平躺着的四肢都被金黄的落叶覆盖着，苍白的嘴唇上也覆盖了一片黄绿参半的叶子。我为了想要看清它的脸，伸手揭掉了它嘴唇上的那片叶子。

出乎意料地，叶子下面的嘴唇娇艳如鲜红的樱桃，在它苍白的脸上，仿佛有两粒明亮的火跳动。正当我看得入神时，它的嘴角忽然一弯，向我笑了笑。这笑是如此的诡异、瘆人，吓得我忽地站了起来。我不知道怎么突然能够站起了。我一站起，它又悠悠地漂远了。

我连忙跑开，跑了很远才停下来，回头看时，忽然觉得那条血红的河流像大地的一道伤口。我忽然明白了些什么，又什么都不明白。

我醒过来，一道白苍苍的月光照在黑暗的窗棂上。

2006年3月14日

旷野上的呼喊

猛烈的雨击打着玻璃窗，噼噼啪啪，敲击着急促的鼓点。

我在温暖的灯光下想起了茫茫无尽的旷野。

旷野上长满了卑微的植物，它们瘦弱、矮小、营养不良，它们似乎天生便是为了承受风雨的袭击抽打。

它们，它们的祖先，以及它们的子孙后代，世世代代据守在这片旷野上，它们在同类的尸体上站立、繁衍、死亡。日复一日，没有终结。除非哪一天这片旷野不再存在。

盛夏的雨说来便来了。灰色的云在天边聚集，大团大团的云乘着风势飘到旷野的上边，一面飘移也一面聚集起更多的雨云。云团的颜色越来越深，终于成了深暗，像是淋淋漓漓的墨汁。黑暗的云团在天空上摆开了阵势，越压越低，离地面已近在咫尺。整个世界没有一丝声音，整个世界都憋住了呼吸和心跳。在这滞重的沉寂中，酝酿着黑暗的雷霆。突然，一道明亮的光在西边的天空一闪，仿佛瘦骨嶙峋的爪子，遽然从厚厚的云层里伸出来，伸向等待着命运降临的大地。这是一个开启一切的手势。随即，轰隆隆的雷霆如无数的车轮滚过了天空。然后又是闪电。然后又是雷霆。然后，是唰啦啦如石如砾的雨点。天空蓄积的全部力量一齐疯狂地倾向了大地。而大地除了承受别无他法。旷野上的居民们，在暴风雨中痉挛般摇晃着它们羸弱的身体，忽左忽右，忽东忽西。暴风雨似乎时而想把它们从大地上拔起，扬入无所凭依的高空，时而又想把它们踩入坚厚的大地，万劫不复，永世不得翻身。风声雨声，喧噪着，呐喊着，而大地上的一切永是沉默。

这时，沉默的大地上，隐隐响起了一声呼喊。喊声很微弱，喊声似乎是从大地深处发出来的，又像是从极远的天地交界处发出来，喊声在茫茫无尽的旷野上奔突，一路经受暴风雨的抽打，但它仍然艰难地传开很远。接着，是第二声，第三声。喊声越来越响，在整片旷野上传播开来。那声音虽然微弱，但是清纯，混杂的雷雨声反倒成了它的背景。它仿佛是金刚钻在玻璃上划出的一道口子。玻璃是坚硬的，也是脆弱的。它仿佛要向天空宣告一条真理：世界上没有永远的暴力，也没有永远的沉默。渐渐地，那喊声以一股温暖的力量充满了旷野。我终于听出，那是一个孩子的声音。他虽然柔弱到了极致，却也强大到了极致。他在一天天长大，无限的生命和力量蕴藏在他的身体中。

我看见一个孩子在风雨交加的旷野上奔跑、呼喊，把自己喊成旷野的声音，喊成旷野上一切卑微的生命的声音。我不知道那会是一个什么样的结局，但我喜欢这个开始。而且，我坚信一切的结局都是由开始注定的。我在温暖的灯光下想象着此刻风雨交加的旷野。灯光打在玻璃窗上，可以看见密密麻麻的雨点被挡了回去。

2006年3月15日

一线蓝光

蒙蒙眬眬中，我躺在床上，透过窗玻璃看见了一线蓝光。

初春的早晨，寒冷的空气中已透出丝丝暖意，而我躺在温暖的被窝里，盯着那一线蓝光，想象着窗外的一切。初春的村庄，浸润在柔和的阳光中，村庄躺在青瓷釉的天空下，好似一只安睡的小猫躺在静静燃烧的炉火旁。村庄中多树，许多树四季常青，故冬天的时候村庄仍旧笼罩在浓重的绿荫中。也有许多树一到秋天就脱下穿了大半年的绿叶，进入沉睡的季节。现在，暖风吹过，大地上沉睡的一切生命都在缓慢地苏醒过来。

透过那一线蓝光，我恍惚看见了柔软的柳枝上抽出了嫩绿的叶子，干枯的桃树枝上撑出了坚硬的花苞，花苞在风的手指爱抚下逐渐变得柔和，终于在嫩黄的阳光中爆裂开来。啪的一声，一朵花绽开了。然后是第二朵，第三朵。每一朵花绽开的声音，都像是一声惊雷的炸响，虽然轻微，却被春天的寂静扩张到无限。桃花有纯白的、粉红的、大红的。我最喜欢大红的那种。它们像小团小团的红艳艳的火焰浮在戟张虬结的枝干上，古老和年轻、宁静和喧嚣的对比如此强烈。而村庄外，应该是大片大片的油菜花。那样金黄，那样灿烂，以至很难分清楚顶在枝叶间的是花朵还是阳光的碎片。

想象着这一切，我的身体轻了许多，我有一种站立在蓝天大地之间，让呼呼的春风吹过我的身体的渴望。我的身体越来越轻，似乎已经被自己的渴望浮了起来，向那一线蓝光飘升。那一线蓝光是一扇通往春天的门。

然而，我终于没有在这扇门外看见我想象的一切。

我已经完全醒了过来。我躺在床上，一线光透过窗玻璃打在我的脸上，循着光线望出去，是蓝灰色的天空。天空下是钢筋水泥的上海。

我的村庄和春天在遥远的地方，在我的记忆中沐浴着温暖的阳光，不知何时醒来。

2006年3月15日

行走两种

人的一生都走在路上，为了可知或不可知的目的往前走。他只有一个办法可以停下来——杀死自己。除此以外，他必须时时刻刻往前走，没有任何办法可以回头。人一生行走的方式有两种：先是面向未来走，然后是背向未来走。

我们从血泊中诞生，身上带着母亲的体温。我们的到来让母亲经历了从未有过的疼痛，也让母亲经历了从未有过的欣喜。从那一刻起，我们便开始了飞速地奔跑。许多事物从我们身上脱落，化成黑夜里朦朦胧胧的记忆。我们像一只刚刚挣脱囹圄的小鸟，大睁着一双闪闪发亮的眼睛，搜寻着世界上一切新奇的事物，毫不犹豫地张开翅膀飞向每一次惊喜。我们希望得到许多东西，但并不急切，因为我们总可以用这样的话安慰自己：还有明天，还有明天。

明天对于我们来说似乎是无穷无尽的。我们满可以抱着游戏的态度，漫不经心地观赏周围的风景。此时的我们，没有负担，无须计划，我们一无所有但又拥有一切。我们可以放弃很多，因为还可以得到很多。我们甚至从来不会回忆，所作的只是展望，只是不顾一切地奔向前去。虽然速度已经很快了，但我们仍然感到了厌烦。我们最大的梦想就是拥有一对翅膀，可以立即飞到很远的地方。蓝天和远方对我们有莫大的吸引力。我们也觉得自己是属于蓝天和远方的，自己站在大地上的肉身是如此的沉重，不止一次地妨碍了行动。此时，生命进行的速度是唯一令我们懊丧的事，生命的速度太慢了。

终于有一天，我们忽然发现时间已如无数次梦想的那样，飞也似的带着我们向前冲去。四周的景物呼啸着划过我们的身边。美好的事物太多了，直看得我们眼花缭乱，我们什么都想要，又不停地对自己说，之后还会遇见更好的，结果走了很远，两手依然空空；又或者什么都想要，也就任由自己随意攫取，结果走不多远，我们便已不堪其累。无论哪一种情形，最终总令我们后悔不迭，大叹并没有得到自己真正喜欢的东西。这时候，我们是多么希望时间的翅膀能停一停啊，好让我们停下来做出取舍，可是不，时间仍然以令我们目眩的速度前进着。我们不由得怕了起来。忙不迭地转过身，望着那已然离我们远去的过往。我们不再昂首阔步地往前奔走，而是彻底更换了一种行走方式：背转身朝未来走。我们的眼睛多数情况下注视的却已不是未来，而是我们一路走来的风景。我们一次又一次回想起那些再平常不过的风景，那些对于此时的我们来说不啻于人间仙境的风景。

我们身体的外形变得越来越臃肿，身体的重量却越来越轻，它被时间强劲的风裹挟着往前飞奔。此时，生命进行的速度是唯一令我们懊丧的事，生命的速度太快了。我们不时转回头望望未来，担心着那个结局的出现。那是一个我们不愿其出现的结局，那是一个必然会出现的结局。我们小心翼翼地倒退着走向未来，仿佛地上埋了地雷，一不小心就会踩到。

我们怀着暮秋时节无限忧伤的心情往前走着，身边出现的风景越来越少，而且多已不属于我们。就连曾经紧紧攥在手中的一切也都因为年老体衰，一件一件被我们抛弃了。

追想着刚刚得到某件事物时，我们那欢欣雀跃的心情，然后再不得不把它抛弃，永远地抛弃。感觉不是我们抛弃了它们，而是它们无情地抛弃了我们，世界无情地抛弃了我们。等到那本不属于我们，后来被我们攫取到，并紧紧攥在手中的一切皆离我们而去，我们又回到了刚来到这个世界上的样子，孑然一身的时候，我们忽然感觉脚下一松，毫无准备地，脚下的土地裂开了一个不大不小刚好装得下我们瘦小身子的口子，我们仰面倒了下去，大地迅速合拢。

最后的那一刻，我们连一声呼叫都没有，匆忙之间，我们只来得及看了一眼那从未好好注意过的天空，水蓝的天空上，一朵洁白的云静静地飘过，定格在我们僵硬的眼睛里，陪伴我们度过今后永久的黑暗。

2006年3月15日

垂死者的窗

他已经进入了弥留之际，但他并不知道。

空荡荡的房间里洁白一片，洁白的屋顶，洁白的墙，洁白的床单被子，他身上穿的是蓝条纹洁白底子的病人衣服。所有的洁白都凝滞而沉重，混淆在一起，像是天空上厚重的洁白的云，堆压在身上，令人喘不过气。他的呼吸在这凝滞的背景上，仿佛浅浅的浮雕，从坚硬的花岗岩面上微微凸显出来。

他长时间呆呆地望着对面墙上的一扇窗。

他望见，窗子外面高远的天空与深邃的大海默默相对。彼此倒映着对方，愈发显得蓝了。很长时间，天上没有一丝丝云，海上也没有一片帆。他厌烦地摇摇头，虽然他的头深陷在枕头里丝毫未动，他的感觉却如地动山摇一般，脑子都似乎要溢出来了。他再度睁开眼睛，望向窗外，之前一片碧蓝的天空大海已经多了些什么。

几朵灰白色的云浮在天上，几片雪白的帆漂在海上。渐渐地，云越聚越多，帆也越聚越多，天上海上渐渐热闹起来……

2006年3月　初稿

2018年12月19日　略改

后　记

这一系列短文原本不在我的写作计划之中。之所以会写，和《文汇报》时任特聘首席编辑潘向黎有绝大关系。记得是2014年，潘姐和我约稿，然而，我并没适合“笔会”的文章。我写的主要是小说，除了偶尔写点儿创作谈之类的，几乎没写过散文。

两年后，小说集《安娜的火车》出版时，我写了《和我有关的世界——谈谈我的最新小说集〈安娜的火车〉》。问潘姐这样的稿子能不能用。不久，潘姐回复说，“当然能。”这成了我发表在“笔会”的第一篇散文，时为2016年1月20日；几个月后，心血来潮写了《上山拾菌子》，成为我发表在“笔会”的第二篇散文，时为2016年7月28日；接着，又发了《奶奶的茶园》。后两篇散文都是写故乡施甸的。我想，要不写一系列这一主题的短文吧？

“笔会”编辑部几位老师商量后，让我在“笔会”开个专栏，大概一月一篇。我非“名家”，且没写过几篇散文。“笔会”竟能让我开专栏，真是非常感谢他们的信任——犹记得刚发表专栏第一篇《高黎贡》时，周毅老师发来微信，说“这篇震住我了”，让我惊喜又惶恐。

去年，周毅老师遽然仙去；今年上半年，潘姐从《文汇报》离职；从《在工地》开始，我的责编换成舒明老师。一个专栏，竟见证了外部这么多人事变迁，不由得让人感慨。

回想当初，想过好几个专栏题目，最后选定的是“云边路”。

云边路，是依稀的来处，也是渺远的去处。若细抠字眼，最初的想法是，“云”即云南，“边”即边疆，“路”呢？自然是指我在施甸这云南边疆小县度过的十九年。但我想把“云边路”的写作领地大致圈定在保山，而不仅仅是施甸。保山下辖施甸县、龙陵县、昌宁县、腾冲市和隆阳区。保山不仅有高黎贡，还有松山、怒江、澜沧江……这些高山大河，是被我从意识深处当作“故乡”的地方。

之前我在几家报纸开过专栏，没有哪个专栏写了超过三篇。“一鼓作气，再而衰，三而竭。”这话还真不错。潘姐说，她是个好编辑，不会允许这样的事发生。我自己都没想到，“云边路”这专栏，竟然很快就写出了不止三十篇。那些注定跟随一辈子的记忆，在我写作十多年后，闪耀着簇新的光亮，自己打开闸门，奔涌至眼前。

这几年，我一直在写一部长篇小说。最初动念写这部长篇，已是2011年，最初的动笔，也已经远至七八年前。然而，第一稿废了，第二稿废了，现在，我所写的是完全推倒重来的第三稿。每天打开电脑，点开文档，盯着，直到10点，12点，2点……现在是3点16分，窗外鸟叫了。夜幕被一粒粒鸟鸣射出千疮百孔。又是新的一天，待中午起床，打开电脑，继续盯着。新的一天！我仍然没写出一个字。为什么写不出一个字?！思绪像生锈的螺丝，被死死地拧在了最末的一个字眼上，没法往下挪动一步。日复一日，月复一月，我极度沮丧，沮丧后又一再涌起希望，希望过后是更深的沮丧。我想，我怕是永远写不完这部长篇了……还好同时在写作“云边路”，让我能够确信，我拥有的文字江河并没有枯竭。

不过，“云边路”的写作和小说很不一样，材料是直接从现实记忆里捡拾来的。写了四五篇后，困惑产生了：这样的书写究竟有多少价值？实在有太多人在写记忆写乡村写亲人写习俗了。我所写的，有什么不一样吗？

伴随着困惑，“云边路”仍一篇接一篇地持续产出。

自2017年4月24日《高黎贡》发表，到如今，“云边路”系列已经在“笔会”上发表三十多篇，在《人民日报·海外版》《光明日报》《文学报》《广州文艺》《大益文学》《青年作家》《天涯》《温润保山》等报刊上也零散发表了二十多篇。其中，《温润保山》是保山的内刊，虽为内刊，印制却很精美大气。主持刊物的蒋开磊兄，于2017年第1期开始，在刊物上持续刊发“云边路”系列，让我和故乡的人们多了一份文学情谊。转眼之间，“云边路”就要从专栏变成一本书了，实在是出乎我的意料。而我的计划是，即便结集出书了，“云边路”专栏仍会继续，甚至才刚刚开始：一个世界正渐渐显形。

我渐渐明了，要在“云边路”里建构怎样一个“文学世界”：和我的记忆有关，和我的当下有关，还和保山的历史和现实有关。个人经验和地方历史交织，“云边路”里的保山才能成为一个细微而宏大、复杂而立体的文学地理。而最终，“云边路”不应该仅仅是指向一个人或一个地方，而应当指向生命和世界。

作为“附录”的《我和我的村庄》，是我刚刚开始写作时写下的二三十篇更短的短文。编订书稿时，忽然想起这组文字，意识到，这是“云边路”的源头。故乡的山川草木，是早早就召唤过我的。然而，我走到别的路上去了。如今，它们终以新的面目呈现。

希望这些文字，能够照亮故乡僻远的高山大河和悠远的蛮荒岁月，也照亮我自己的生命。

2019年6月1日4：16：39　初稿

2020年6月4日3：51：02　修改

2020年8月7日2：26：00　校订

图书在版编目(CIP)数据

云边路 / 甫跃辉著. — 北京 : 北京十月文艺出版社, 2020.12
ISBN 978-7-5302-2090-0

Ⅰ. ①云… Ⅱ. ①甫… Ⅲ. ①散文集—中国—当代 Ⅳ. ①I267

中国版本图书馆 CIP 数据核字(2020)第 226500 号

云边路
YUNBIAN LU
甫跃辉 著

出　　版　北京出版集团
　　　　　北京十月文艺出版社
地　　址　北京北三环中路 6 号
邮　　编　100120
网　　址　www.bph.com.cn
发　　行　新经典发行有限公司
　　　　　电话 010-68423599
经　　销　新华书店
印　　刷　河北鹏润印刷有限公司
版　　次　2020 年 12 月第 1 版
　　　　　2020 年 12 月第 1 次印刷
开　　本　880 毫米 ×1230 毫米　1/32
印　　张　12
字　　数　270 千字
书　　号　ISBN 978-7-5302-2090-0
定　　价　56.00 元
质量监督电话　010-58572393
如有印装质量问题，由本社负责调换。